고전 서사문학에 나타난

가
족

정하영
조혜란
정선희
탁원정
김수연
최수현
구선정
한정미
박혜인

보고사

머리말

조선시대에 부모는 자식들에게 자애하고, 자식은 부모에게 효성을 다해야 하며 동기들끼리는 우애가 있어야 하고 동서들끼리는 화목해야 했다. 부부끼리는 예를 갖춰야 한다고 했는데, 바람직한 부부 관계의 사례로 빈번하게 거론되었던 것은 양홍(梁鴻)의 부인 맹광(孟光)이 남편을 존경하여 밥상을 올릴 때마다 눈썹까지 들어 공경을 표했다는 '거안제미(擧案齊眉)'이다. 조선시대에는 이것이 모두 다 '아름다운' 당위였겠지만, 오늘날의 시선으로 보면 여기에서 촘촘하게 작동하는 유교적 가부장제의 논리들을 발견할 수 있을 것이다.

이 책은 조선시대 소설에 나타난 다양한 가족 관계에 대한 성찰을 모은 것이다. 이 책의 서문을 시작하면서 자애를 먼저 쓸까, 효성을 먼저 쓸까 잠시 고민이 되었다. 왜냐하면 자애와 효성 중 조선시대 당대에 더 중시되었던 것은 단연 효성일 것이기 때문이다. 그러나 이 책의 서문에서는 자애를 먼저 언급하기로 하였다. 조선시대에 부모 자식 관계에서 단연 효가 강조된 까닭은 충과 연결해서 강조할 이데올로기적 필요성 때문이었고, 무엇보다 이 세상 부모 자식 관계에서 먼저 시작되는 것은 당연하게도 자식에 대한 부모의 사랑, 자애일 것이기 때문이다. 조선시대의 가족 간 사랑도 유교적 가치 때문에 생기는 것이 아닌, 자연스럽고도 보편적인 애정에 다름 아니다.

가족은 기본적으로 서로를 아끼고 소중하게 여기고, 유사시에는 그 어떤 인간관계에서도 기대하기 어려운 굉장한 에너지로 서로를 보호하겠지만, 평상시에는 그 일상성으로 인해 피차에 덤덤하기가 십상이다. 뿐만 아니라 가족 관계에서 빚어지는 갈등은 평생에 남을 큰 상처를 남기기도 한다. 사실 조선시대의 남성 중심적인 가족제도와 효 이데올로기에 대한 강조는 오늘날 우리의 관점에서는 비인간적으로 느껴지는 경우도 적지 않다. 그럼에도 한편으로 존비속 간의 살인 사건이 드물지 않게 일어나는 지금의 사회를 생각해 보면 강상 윤리가 그리울 지경이다.

　조선시대 소설이라고 해서 가족 관계를 다 아름답게 그리는 것은 결코 아니다. 아무런 갈등도 없는 가족 관계란 그 자체로 개연성이 떨어지기 때문일 것이다. 이 책의 논문들이 다루는 가족 관계 역시 갈등을 다루고 있는 경우가 많은데, 이는 조선시대 가족 관계를 다루는 소설이 그러하기 때문일 것이다. 부자 갈등이나 형제 갈등은 인류 보편적인 갈등이다. 서양 신화에서도 부자 갈등이 그려지고, 성경에서 묘사하는 인류 최초의 갈등도 형제 갈등이었다. 고전소설에서는 여기에 유교적 사회의 가치가 첨부된다. 조선시대 가족제도 중 오늘날과 가장 다른 점은 축첩제도의 허용이다. 이런 제도는 처첩 갈등, 처처 갈등, 부부 갈등, 계후 갈등 등을 배태하고 있다.

　조선시대에는 함께 밥을 먹는 사람, 즉 종을 포함하여 그 집에서 같이 밥 먹고 기거하는 사람들을 다 아울러 식구(食口)라고 한 반면, 가족(家族)의 범주에 속한 이들은 이보다는 범위가 좁다. 가족은 혈연의 의미가 강하며, 그러하기에 핏줄로 연계될 가능성이 약한 유모, 첩 등은 가족의 경계에 속하는 불안정한 존재들이었다. 그리고 가족 갈등은 애증 같은 감정만이 아니라 사회경제적 지위의 상속 문제와도 밀접하다. 가족의 가치가 가족이기주의로 전개된다면 이는 오히려 반사회적으로 작용할 수도 있으며, 가족지상주의 역시 다른 차별을 예고하는 부정적 요소로 작용할 수도 있다. 오늘날은 기존의 혈연 중심의 가족만이 아니라 관계 중심의 대안가족이 대두하고 있다. 이 책의 마지막에 수록되는 〈한후룡전〉 관련 논문은 조선시대에 모색한 대안가족의 형태를 보여준다.

이 책은 이화여자대학교 고전소설연구모임에서 세 번째로 펴내는 결과물이다. 첫 번째『고전 서사문학에 나타난 삶과 죽음』에서는 삶과 죽음에 대한 문제를 다루었고, 두 번째『고전 서사문학에 나타난 이방인』에서는 조선의 타자, 이방인에 대해 다루었다. 세 번째로『고전 서사문학에 나타난 가족』에서는 가족에 초점을 두었다. 가족과 가문은 조선시대를 관통하는 중요한 가치이면서 동시에 억압적인 요소로서, 조선시대 삶의 조건들을 잘 드러내는 제재이기 때문이다. 근대로 진입하면서 자의반 타의반으로 유교 윤리를 거절한 이래, 불행하게도 우리 사회는 우리의 삶을 지탱해 낼 만한 대안 사상을 아직 마련하지 못 하고 있다. 물질만능주의와 기능중심의 가족 관계가 만나면서 경제적 기반이 허약한 가정은 가족을 지탱해 내기도 힘겨워 보인다. 이화여대 고전소설연구팀은 우리의 공부가 삶에 대한 공부가 되길 기대하면서 세 번째 책을 펴낸다.

2017년 정유년 새해를 열면서,
조혜란 씀

목차

총론: 한국 고전소설과 가족

정하영

1. 가족 갈등 : 고전소설의 관심 소재

조선 후기에 집중적으로 산출된 한국고전소설의 두드러진 특징 가운데 하나는 소재(素材)의 가족 편향성이다. 대다수의 작품이 가정을 배경으로 하면서 가족의 문제를 다루는 가족 소재소설의 범주에 속한다. 고전소설의 대부분을 차지하는 '인물전(人物傳)' 형식의 작품은 주인공의 출생과 성장, 결혼에 관한 내용을 담고 있다. 이들 작품은 가정에서 일어나는 가족 문제를 이야기하고 있기 때문에 '가정소설'이라고 부른다. 가정소설의 확대판이라고 할 수 있는 '가문소설'은 소재의 영역을 단일 가정에서 가문(家門)으로 확대하고, 가족의 범위를 당대에 국한하지 않고 양대(兩代) 또는 삼대(三代)로 넓히면서 가문에 얽힌 여러 가지 문제들을 폭넓게 다룬다. 가문소설은 조선 후기 장편소설의 대부분을 차지하면서 가정소설과 함께 가족 소재 소설의 흐름을 주도한다.

고전소설이 가족 소재를 집중적으로 다루게 된 데는 조선사회의 가족중심적 사고와 깊은 연관이 있다. 어느 사회에서나 가정은 사회의 기본 단위로서 중요시되지만, 주자학적 이념을 신봉한 조선 사회에서 가정의 비중은 다른 어느 사회보다 크게 작용했다. 조선 사회에서 가정은 국가의 축소판이고 국가는 가정의 확대판이었다. 국왕은 군부(君父)로, 왕비는 국모(國母)로 불린 것은 국가와 가정을 같은 구조로 이해한 데서 나온 결과였다.

  조선 사회의 삶은 가정과 가족을 떠나서는 생각할 수 없었다. 가정과 가족에 대한 의무가 다른 무엇보다 우선하는 가치였고, 때로는 국가에 대한 의무보다도 앞서는 것이었다. 국가의 직분을 맡은 공직자라도 부모상을 당하면 장례를 치르고 상주노릇을 하기 위해 자리에서 물러나는 것이 관례였다. 나라에서 효성이 지극한 사람에게 포상을 하거나 벼슬을 내린 사례는 『조선왕조실록』에서 흔히 찾아볼 수 있다.

  조선 사회 윤리의 기본 바탕은 가족윤리에 있었다. '수신(修身)-제가(濟家)-치국(治國)-평천하(平天下)'에서 가장 중요한 비중을 차지하는 것은 '제가'였다. '치국'과 '평천하'는 제가의 바탕 위에서만 가능한 것이었다. 가족 윤리의 핵심인 '효(孝)'는 백행의 근본이라고 했다. '충신은 효자가 나온 가문에서 찾는다'는 격언도 이런 맥락에서 나온 것이다. 조선사회의 윤리적 근간으로 지켜지던 삼강·오륜에서 가족 윤리를 다룬 항목이 핵심을 이루는 것도 이런 까닭에 있다. 삼강 중 '부위자강(父爲子綱)과 부위부강(夫爲婦綱)', 오륜 중 '부자유친(父子有親), 부부유별(夫婦有別), 장유유서(長幼有序)'는 가정 윤리를 실천하는 덕목이었다. 당대의 삶과 관심 문제를 이야기하는 조선시대 소설에서 가정과 가족 문제에 관심을 갖고 가족 간에 일어난 '미담(美談)'이나 '갈등'을 소재로 취한 것은 당연하고 자연스러운 일이었다.

  고전소설에서는 〈심청전〉처럼 효심을 소재로 한 작품이 있기는 하지만 대부분의 작품은 가족 간에 일어난 불화와 갈등에 초점을 맞추고

있다. 대가족 제도를 유지하면서 철저한 상명하복 관계를 지켜왔던 가
정 안에서 가족 간의 불화와 갈등은 피할 수 없는 일이었다. 그럼에도
명분과 체면을 중시하는 유교사회에서 가족 간의 불화와 갈등은 드러
내놓고 말하지 못하는 금기사항이었다. 공자는 『논어』에서 아버지의
허물을 드러내 밝힌 사실을 두고 '아버지는 아들을 위해 숨겨주고 아들
은 아버지를 위해 숨겨주어야 한다.(父爲子隱, 子爲父隱)'라고 가르쳤다.
여기에는 남녀의 구분도 없고 예외도 없었다. 가정 안에서 일어나는 일
에 대해 거리를 두고 살았던 남성들과는 달리 가정 안에서 벗어날 수
없었던 여성들의 경우 마음속에 쌓인 불평과 불만을 표출하는 길은 '사
사로운 이야기' 뿐이었다. 집안에서 주고받으며 전해졌던 '사사로운 이
야기'들이 소설의 소재로 취택되어 규방소설, 가정소설 또는 가문소설
을 낳게 되었던 것이다.

2. 조선시대 가족 구성과 가족 갈등

조선시대 고전소설의 소재가 된 가족 갈등은 가족 구성의 특성과 밀
접한 관련이 있다. 조선시대 가족제도의 근간은 대가족제이다. 이것은
단지 가족 구성의 범위가 넓고 구성원의 숫자가 많다는 데서 그치지
않는다. 소가족제와는 전혀 다른 원칙과 기준과 생활방식이 있다는 것
을 의미한다. 대가족제 아래서 가정은 개인의 행복을 추구하는 공간이
아니고 가문의 전통과 명예를 계승·발전시키는 수단이며 방편이었다.
개인은 가정과 가문의 일원이기 이전에 가문의 창달을 위해 존재하는
개체이다. 출생, 혼인, 출사(出仕)로 이어지는 개인의 일생은 이러한 목

적을 실현하는 단계로 인식된다.

조선시대 대가족제를 유지하고 보존해 나가는 데는 몇 가지 기본 원칙이 있었다. 그 가운데 가장 중요시된 것은 엄격한 위계질서였다. 가장은 가정에서 절대권을 행사하는 가부장이었고, 주부는 가모(家母)로서 집안의 안식구들을 통솔하는 역할을 맡는다. 가정의 위계질서는 국가의 권력구조를 그대로 옮겨 놓은 모습이었다.

위계질서를 보완하는 부수적 원칙은 항렬(行列)과 장유유서(長幼有序)였다. 항렬이 높으면 나이에 관계없이 어른 대접을 받고 어른으로서 행세할 수 있었다. 장유유서는 같은 항렬의 가족끼리 선후를 가리는 기준이었다. 이러한 기준에 따라 운용되는 가부장제는 대가족을 관할하고 가문을 유지하는 제도가 되었지만 그에 따르는 부작용도 적지 않았다. 개인의 능력과 자질을 고려하지 않은 위계질서의 강요는 적지 않은 부작용을 낳았고, 때로는 그것이 가정을 깨고 가문을 파멸시키는 빌미가 되기도 한다.

위계질서의 또 다른 보완 장치는 남녀차별의 관행이었다. 이것은 하나의 관행이었지만 오랜 기간 유지되어 오면서 불변의 원칙으로 자리잡게 되었다. 남녀는 생활방식과 역할에 따른 구분이었지만 그것이 존비귀천의 개념으로 변하게 된 것은 유교문화의 남성중심적 사고 때문이었다. 같은 항렬의 남녀 사이에는 남성이 우위에 있었고, 이러한 차별이 때로는 항렬을 뛰어넘는 경우도 있었다. 삼종지도에서 남편을 잃은 여성은 아들에게도 순종해야 하는 경우가 그것이다.

남녀 차별은 가정의 위계질서를 위한 것이면서 그 이상의 의미를 가진다. 대가족 안에서 여성은 외래적 존재이거나 잠재적 외인(外人)이다. 아내와 며느리는 혼인을 통해서 가족 안에 들어온 외래인(外來人)이다. 그

들은 엄격한 절차를 거쳐 가족의 일원이 되었지만 언제든지 가족으로부
터 떨어져 나갈 위험을 안고 있는 존재들이다. 칠거지악 중 하나를 어기
거나 가문의 질서와 윤리를 어길 때는 가족으로부터 내침을 당한다는
위협을 받으며 살아간다. '형제는 수족과 같고 부부는 의복과 같으니 의
복이 떨어졌을 때는 새것으로 갈아입을 수 있지만 수족이 잘려지면 잇기
가 어렵다(兄弟爲手足 夫婦爲衣服 衣服破時 更得新 手足斷處 難可續).'라는 말
을『명심보감』에 올려놓고 아내는 영원하고 확고한 가족이 될 수 없음을
거듭 주지시킨다. 딸의 경우도 이에서 별로 다르지 않다. 딸은 가족의
일원이지만 언젠가는 가족을 떠나 '출가외인'이 될 잠재적 타인이다. 가
족으로 태어났지만 시집갈 때까지만 맡아 기르는 '외인'이라는 것이다.
사위는 아예 가족의 범주에서 제외시켜 '백년손님(客)'으로 취급받았다.
가족 구성에서 확실하고 영원한 가족은 오로지 남성인 아버지와 아들뿐
이다. 조선사회의 남아선호 현상은 이런 관점에서 이해할 수 있다.

조선시대 가족 구성에서 남녀차별과 연관된 것으로 주목할 것은 축
첩의 성행이다. 원칙적으로는 일부일처제를 고수하면서도 현실적으로
는 일처다첩제의 사회를 형성했던 조선 사회에서 축첩은 일반적 관행
이었다. 권세와 재력을 가진 상류층은 물론이고 평민 또는 하층 사회에
서까지 축첩은 만연되어 있었다. 축첩은 남성의 신분과 권세 또는 재력
을 과시하는 방편이었다. 축첩은 가정에서 일어나는 수많은 불화와 갈
등의 원인이 되었다. 처첩 갈등, 적서 갈등, 부자 갈등, 부부 갈등이
대부분 여기에 기인한다. 가족소설의 소재는 대부분 축첩과 관련된 갈
등에서 나온다.

조선시대 대가족제 가정에서 중요한 관심사는 계후(繼後) 문제이다.
적장자(嫡長子)를 후계자로 세우는 것은 조선 사회에서 변할 수 없는 원

칙이었다. 장자는 '봉제사(奉祭祀)·접빈객(接賓客)'의 막중한 책무를 맡으면서 유산(遺産)의 상당 부분을 차지하고 가문을 통솔할 권한을 가진다. 장자 상속의 원칙을 통해 조선 사회의 가정과 가문은 체제를 유지하고 전통을 이어갈 수 있었다. 그러나 그에 따른 문제점과 후유증도 적지 않았다. 적장자 계승의 원칙은 여러 가지 사정으로 순조롭게 실행되지 못한 경우가 많았고, 그때마다 심한 불화와 갈등을 겪어야 했다. 조선 왕실에서 적장자 승계 원칙을 엄격하게 고수했지만 그것이 실현된 예는 극히 적은 부분에 불과하다. 왕실에서 빚어진 여러 문제들은 대부분 승계 과정에서 일어난 부작용이었다. 이러한 문제들이 민간의 가정에서도 그대로 일어나고 있었으며, 이런 일들은 가족 소재 소설의 소재로 수용되었다.

3. 가족 소재 소설의 흐름

『금오신화』에서 등장하기 시작한 가족 소재는 고전소설 전반에 걸쳐 광범위하게 나타났으며, 신소설을 거쳐 현대소설에까지 그 흐름을 이어간다. 가족 소재가 작품의 핵심을 이루는 경우도 있고, 작품의 배경이나 삽화로 등장하는 경우도 있다. 소설에 수용된 가족 소재는 몇 개의 하위 요소로 구분되는데, 가족 구성의 첫 단계인 '결혼'에서부터 가정생활 중에 일어나는 갖가지 갈등 즉 '부부 갈등', '부자 갈등', '형제 갈등', '처첩 갈등', '동서 갈등', '옹서 갈등' 등이 그것이다. 대부분의 작품에서는 어느 한 가지 요소만을 다루지 않고 몇 가지 요소가 복합적으로 다루어지고 있다. 편의상 작품에 드러나는 갈등을 중심으로 가족 소재 작품의 흐름과 전개 양상을 살펴보기로 한다.

혼사 장애

가정의 출발점은 남녀의 만남과 혼인이다. 조선시대 대가족제에서는 혼인을 '인륜지대사(人倫之大事)'라고 하여 무엇보다 중요시했다. 혼인 의 중요성을 강조하는 만큼 혼인은 신중하고 까다로운 절차를 거쳐야 했다. 적당한 배우자를 만나기도 힘들고, 만난다 해도 혼인을 성사시키 는 일도 어려웠다. 대가족제에서 혼인은 개인과 개인의 만남이면서 동 시에 가문과 가문의 만남이었다. 이 두 가지 요소를 충족시키는 일이 쉽지 않았기 때문에 혼인 과정에서는 적지 않은 갈등과 마찰이 일어났 다. 가족 소재 소설에서는 혼인 과정에서 일어나는 어려움과 갈등을 비 중있게 다루고 있다. 고전소설에서 흔히 등장하는 '혼사장애 화소'는 혼인 과정에서 겪게 되는 어려움을 다양한 모습으로 보여준다.

『금오신화』의 〈만복사저포기〉와 〈이생규장전〉에서 중요한 비중을 차지하는 남녀 결연담에는 혼인의 어려움을 드러내는 혼사장애 요소가 나타난다. 〈만복사저포기〉에서 양생은 늦도록 혼인을 하지 못해 노총 각 신세로 지낸다. 가난하고 미천한 그에게 시집을 오겠다는 처녀가 없 었기 때문이다. 그는 마지막 방법으로 부처를 찾아가 배필을 점지해 가 정을 이루게 해 달라고 기원을 드렸다. 그러나 자신이 원했던 배필은 얻지 못하고 전쟁 중에 죽은 혼령을 만나 환상 세계에서 짧은 신혼 생 활을 보낸다. 환상에서 깨어난 양생은 인생의 덧없음을 깨닫고 산속으 로 들어가 세상을 마칠 때까지 혼자 살아간다. 그러나 다른 관점에서 보면 이 작품은 행복한 가정생활의 꿈이 시작 단계에서 좌절되는 모습을 통해 혼인의 어려움을 말해주는 것이다.

〈이생규장전〉의 내용은 두 부분으로 구분된다. 전반부는 이생이 최랑을 만나 인연을 맺고 결혼에 이르는 내용이고, 후반부는 이생과 최랑의 짧은 결혼 생활이 비극적 결말을 맞게 되는 내용이다. 전반부의 대부분을 차지하는 것은 이생과 최랑의 혼사장애담이다. 이생은 최랑을 만나 몰래 인연을 맺고 혼인을 약속했다. 이 사실을 알게 된 이생의 아버지는 최랑의 가문을 문제 삼아 혼인을 반대하고 아들을 멀리 보내어 두 사람을 떼어놓는다. 최랑의 부모는 상당한 재산을 지원하기로 하고 이생의 부모를 설득하여 혼인을 성사시킨다. 혼인당사자들의 사랑과 가문의 결합이 서로 상충한 끝에 타협을 이루어 혼인을 성사시키는 모습을 보여준다.

조위한의 〈최척전〉 역시 〈이생규장전〉과 유사한 구조를 가진 작품이다. 작품의 전반부는 사랑하는 두 남녀의 만남과 결혼을 다룬 내용이고, 후반부는 결혼 이후의 삶을 다룬 내용이다. 남원에 사는 총각 최척과 이웃 동네 처녀 옥영은 서로에게 마음이 끌려 편지를 주고받으며 마음을 확인한 끝에 혼인을 하기로 결심한다. 그러나 옥영 어머니의 강력한 반대에 부딪쳐 난관에 봉착한다. 최척의 간절한 소망과 옥영의 굳은 결심에 감복한 옥영 어머니는 마침내 결혼을 허락하지만 최척이 전쟁에 징집되는 까닭에 다시 시련을 맞는다. 두 사람의 결혼을 탐탁지 않게 여기던 옥영의 어머니는 딸을 다른 남자에게 시집보내려 한다. 이번에도 옥영의 결사적 반대로 다른 남자와의 결혼은 이루어지지 않았고, 징집에서 돌아온 최척을 맞이하여 마침내 결혼에 성공한다. 결혼 후에 최척의 가족은 전란에 휘말려 적군의 포로가 되고 이국(異國)을 떠돌며 이산의 고초를 겪지만, 부부는 모든 시련을 이기고 고향에서 다시 만나 가족들과 함께 행복한 말년을 보낸다. 최척과 옥영 두 사람이 겪은 두 차례의 혼사 장애는 그들의 사랑이 얼마나 강렬한지를 보여주는 동시에 뒷날 그들이 겪게 될 혹독한 시련을 이겨내는 힘이 되었음을 보여주는 장치이다.

이옥의 〈심생전〉은 젊은 남녀의 비극적 사랑을 다룬 혼사장애형 소설이다. 양반가 자제인 심생은 우연한 기회에 중인(中人) 집안의 처녀를 만나 지극한 정성으로 사랑을 고백한 끝에 인연을 맺는다. 그러나 두 사람은 신분상의 차이와 심생의 소극적 성격 때문에 사랑의 결실을 이루어내지 못한다. 처녀는 소실이 되어서라도 함께 살고자 했으나 뜻을 이루지 못한다. 심생이 집안의 강압을 이기지 못하고 자취를 감추자 처녀는 그를 그리워하다 병사(病死)하고 만다. 심생도 마음의 상처를 이기지 못하고 일찍 세상을 떠남으로써 비극적 결말을 맞는다. 신분제의 조선사회에서 신분이 다른 남녀가 사랑하고 결혼하여 가정을 이루는 것이 얼마나 힘든 일인지를 보여주는 작품이다.

국문소설 가운데 남녀 간의 사랑과 결혼을 다룬 애정소설 계열의 작품은 대부분 '혼사장애' 화소를 포함하고 있다. 부모의 반대에 부딪치기도 하고, 반대자의 방해를 받기도 하며, 전쟁이나 자연적 재난을 당하기도 한다. 그들의 혼인이 이 모든 시련을 겪고 나서야 이루어지는 것은 가정을 이루는 첫 단계로서의 혼인이 얼마나 중요하고 힘든 일인지를 이야기하는 장치이다.

부부 갈등과 화해

조선시대 가정에서 부부 갈등은 대체로 남편에 대한 아내의 불만에서 나오는 것이다. 가부장의 강력한 지배력과 남녀차별의 벽에 막혀 아내의 불만은 직접적으로 표출하기 어려웠다. 여성들의 억눌린 감정을 비교적 솔직하게 표출한 가족 소재 소설에서 부부 갈등은 다양한 모습으로 나타나고 있다. 작품에서는 단지 갈등의 양상을 드러내는 데 그치지 않고 그것을 해결하고 해소하는 방안까지도 제시하고 있다. 남편의 무지와 무능력을 비판하기도 하고, 여성의 뛰어난 능력을 과시하기도 하면서 정신적 위안과 해방을 얻으려 한다.

〈박씨부인전〉, 〈홍계월전〉, 〈정수정전〉, 〈김희경전〉 등의 여성영웅소설에서도 아내는 남편보다 뛰어난 능력을 발휘하여 나라에 공을 세움으로써 부부 갈등을 해소하는 모습을 보여 준다. 〈박씨부인전〉에서 아내 박씨는 추악한 용모 때문에 남편으로부터 소박을 당한다. 그럼에도 남편 이시백을 장원급제하도록 지도하고, 허물을 벗고 미인이 된 후에는 남편과 화목하게 지낸다. 나라에 전쟁이 나자 적군을 물리치고 공을 세워 칭송을 받고, 이어 부부는 행복한 가정생활을 이끌어 나간다.

〈정수정전〉은 대표적 여장군형 소설로 아내 정수정의 영웅적 활약상을 그리고 있다. 어려서 장연과 정혼을 하고 부모를 여윈 수정은 남복을 하고 무예를 닦아 과거에 급제한다. 북방 오랑캐가 침범하자 수정은 대원수가 되고 약혼자인 장연은 부원수가 되어 전쟁에서 승리를 거두고 돌아온다. 수정은 자신의 정체를 밝히고 장연과 결혼하여 살게 되지만 남편은 첩을 두어 아내의 속을 태운다. 남편의 방자한 첩을 치죄(治罪)한 사건으로 수정은 시집 식구와 남편으로부터 냉대를 받는다. 이때 적군이 다시 쳐들어오자 수정은 대원수가 되고 남편은 그 아래에서 군량을 수송하는 일을 맡게 된다. 남편이 제때에 군량을 수송하지 못한 죄를 지으니 수정은 남편에게 곤장을 쳐 죄를 다스린다. 수정이 공을 세우고 집으로 돌아오자 시어머니와 남편이 지난날의 잘못을 사과하고 다시 화목하게 되어 천수를 누리고 산다.

여장군형 소설에서 아내는 남편과 시집 식구들로부터 구박을 받지만, 나라의 위기를 당하여 남장을 하고 공을 세워 자신의 감추어진 능력을 발휘한다. 나라로부터 큰 포상을 받고 집으로 돌아와서는 자신을 구박한 남편과 시집 식구들로부터 지난날의 잘못에 대해 사과를 받아낸다. 그런 다음 남편과 화해하고 정숙한 아내가 되어 행복한 말년을 보낸다. 이러한 설정은 남성중심의 유교사회에서 억눌린 아내의 불만을 표출하고 정신적 해방을 성취하는 방법이었다. 그와 동시에 일상적으로 겪는 부부 갈등을 해소하는 정신적 처방이기도 했다.

남편의 축첩은 부부 갈등을 유발하는 중요한 요인이다. 가족 소재 소설에서 남편은 아내의 무자(無子)를 이유로 들거나 미색에 혹하여 첩을 들인다. 남성 중심의 가부장적 사고를 바탕으로 본처의 입장을 대변하는 대부분의 가족 소재 소설에서는 축첩 자체를 문제 삼지 않는다. '재상가(宰相家)의 일처일첩(一妻一妾)은 예전부터 있는 일'이라고 하여 축첩을 용인하면서 다만 첩의 부덕(不德)과 간악함으로 인한 가정 내의 불화와 갈등을 부각시킨다. 대부분의 처첩갈등을 다룬 소설에서는 축첩제도의 모순을 첩의 악한 성품으로 돌리고 있다.

〈사씨남정기〉는 축첩에 의한 처첩 갈등과 함께 부부 갈등을 보여주는 작품이다. 유연수는 본처인 사씨가 아들을 낳지 못하자 첩을 들이는데 첩의 모함으로 남편은 사씨를 내쫓는다. 사씨와 교씨 사이에 처첩 갈등이 일어나고, 남편과 사씨 사이에 부부 갈등이 일어난 것이다. 사씨는 악한 첩을 축출하고 가정의 평화를 되찾는다. 축첩에 따른 부부 갈등은 악한 첩을 제거하는 것으로 해소된다. 사씨는 애초에 주저하는 남편을 설득하여 교씨를 첩으로 들이게 하고, 교씨를 치죄한 후에는 다시 임씨를 첩으로 들이게 한다. 선량한 임씨는 아들 삼형제를 낳고 사씨와 함께 화목한 가정을 이룬다. 이 작품은 축첩 자체를 문제 삼지 않고 첩의 덕행 여부에 문제가 있다는 가부장적 사고를 보여준다.

〈양풍운전〉은 남편의 정욕 때문에 축첩을 한 경우이다. 양태백은 부인 최씨와의 사이에 아들과 딸을 두었으나 송씨라는 미모의 여인에 매혹되어 그녀를 소실로 들였다. 태백은 소실의 농간에 속아 부인과 자녀들을 내쫓고, 쫓겨난 최씨는 병으로 세상을 떠난다. 양풍 남매는 갖은 고생 끝에 무술을 배워 나라에 공을 세우고 집으로 돌아와 송씨의 악행으로 위기에 처한 아버지를 구하고 파탄난 가정을 다시 회복한다. 전반부에서는 축첩으로 인한 처첩 갈등을 보여주고 후반부에서는 계모의 악행으로 인한 모자 갈등이 나온다. 〈양풍운전〉은 무능하고 혼암한 양태백의 비참한 모습을 통해 축첩 관행을 비판하고 있다.

처첩 갈등은 축첩 행위의 결과이며 그것은 부부 갈등을 동반하고 있다. 쟁총형(爭寵型) 소설이라고 불리는 〈정을선전〉, 〈월영낭자전〉, 〈일락정기〉, 〈옥란빙〉 등에 등장하는 처첩 갈등은 남편의 사랑을 놓고 다투는 본처와 첩의 갈등이 나오는데, 여기에는 표면에 드러나지 않는 부부 갈등이 깔려 있다.

부자 갈등

부자 관계는 가족 구성과 가문 계승의 근간을 이룬다. 부부는 언제든 헤어져 남남이 될 수 있지만 부자는 끝까지 남아 가정을 지키고 가문을 이어가는 중추가 된다. 이런 이유 때문에 삼강과 오륜에서 부자 관계는 첫 자리를 차지한다. 유교사회에서 부자 관계는 천륜의 으뜸을 차지하기 때문에 갈등을 일으키거나 노출시켜서는 안 되는 것으로 생각했다. 현실에서 일어나는 부자 갈등은 소설에서는 다루어지지 못하는 금기가 되었다. 부자 갈등을 다루어야 할 경우에는 직접적으로 표현하지 못하고 우회적으로 이야기하는 방식을 취했다.

〈보은기우록〉은 부자 갈등을 중요 소재로 다루고 있다는 점에서 특이한 작품이다. 작품의 배경은 명나라로 설정하여 독자들의 비난과 거부감을 약화시키려는 의도를 보이고 있지만, 그것은 소설적 장치에 불과하다. 위지덕은 양반가의 후예로서 몰락한 가문을 일으키기 위해 장사와 고리대금업에 종사한다. 재산을 늘리기 위해 수단 방법을 가리지 않는 그의 행위에 대해 아들인 연청은 제동을 걸고 나선다. 아들은 아버지에게 수전노 같은 행동을 그만둘 것을 간청하지만 아버지는 그 말을 듣지 않고 아들을 내쫓고 죽이려고 한다. 뒷날 아버지가 교활한 첩의 계교에 속아 재산을 탕진하고 비참한 처지에 이르게 되자 아들은 아버지를 찾아가 극진히 구호한다. 아버지는 마침내 아들과 며느리의 지극한 효성에 감복하여 지난날의 잘못을 회개하고 선한 사람이 되어 아들과 함께 행복한 말년을 보낸다.

〈홍길동전〉에서도 부자 갈등의 모습을 볼 수 있다. 길동의 아버지 홍판서는 자신의 외도로 낳은 길동을 아들로 인정하지 않고 호부호형을 금한다. 아버지는 이에 항의하는 길동을 윽박지르고 후원에 유폐시킨다. 길동이 장차 가문에 큰 해를 끼칠 인물이라는 무녀(巫女)의 이야기를 듣고 적모(嫡母)와 적형(嫡兄)이 길동을 제거할 계획을 세우고 이를 실행한다. 사후(事後)에 이 사실을 알게 된 아버지는 크게 화를 내지만 기정사실로 인정하여 길동을 제거할 것을 추인한다. 길동은 가출하여 전국을 떠돌며 나라를 어지럽히고 결과적으로 아버지를 괴롭히게 된다.

〈숙영낭자전〉에는 부자 갈등과 함께 구부(舅婦) 갈등이 삽화로 등장한다. 백상곤의 아들 선군은 아버지의 명을 받지 않고 집을 나가서 숙영을 만나 인연을 맺고 집으로 데려온다. 부모 허락도 받지 않고 장가를 들어 온 아들에 대해 불편한 심기를 가졌던 아버지는 아들과 함께 며느리도 못마땅하게 생각한다. 며느리 때문에 학업을 게을리하는 아들을 며느리로부터 떼어놓기 위해 아버지는 아들에게 서울로 올라가 과거에 응시할 것을 명한다. 아버지의 명을 못마땅하게 여긴 아들은 아버지의 명을 어기고 밤마다 몰래 돌아와 아내와 동침한다. 며느리 방에서 들려오는 남자의 기척에 며느리를 의심한 시아버지는 며느리를 구박하여 죽음으로 내몬다. 며느리에 대한 시아버지의 박해는 실상 아들과의 갈등에서 나온 것이다. 우여곡절 끝에 자신의 잘못을 깨달은 시아버지는 죽은 며느리에게 사과하고, 아들에게는 새로운 아내를 얻어줌으로써 아들과의 화해를 시도한다.

부자 갈등의 범위를 넓혀 보면 부모 세대와 자녀 세대의 다양한 갈등을 포괄한다. 어머니와 딸·시어머니와 며느리·시아버지와 며느리, 장모와 사위·장인과 사위 간의 문제도 부자 갈등의 한 유형이다. 어머니와 딸 사이의 관계는 친밀하고 원만한 경우가 대부분이지만, 〈장화홍련전〉이나 〈양풍운전〉에서처럼 계모와 딸의 관계는 갈등 관계에 있는 것으로 나타난다. 시어머니와 며느리 사이의 갈등은 현실에서 가장 흔하게 나타나는 문제이고, 가정소설에도 빠지지 않고 등장하는 소재이다. 가정소설에서 고부간의 갈등 여부는 대개 며느리의 선악 여부에 달려 있는 것으로 그려진다. 〈소현성록〉, 〈완월회맹연〉, 〈창선감의록〉 등의 가문소설에서는 여러 형태의 며느리들이 등장하고 그에 따라 다양한 형태의 고부 관계가 나타난다.

　며느리와 시부모와의 갈등에 대비되는 것이 사위와 장인 장모와의 갈등이다. 야담류에서 흔히 나타나는 '사위박대 화소'가 가정소설과 가문소설의 소재로 등장한다. 〈소대성전〉에서 소대성은 미천한 고아로서 이상서의 사위가 되지만, 이상서가 죽고 나자 장모와 처남들로부터 모진 박해를 받고 살해당할 위험까지 겪는다. 자객의 살해 위험을 피해 집을 떠난 소대성은 무술을 익혀 나라에 공을 세우고 집으로 돌아와 아내와 재회하여 행복한 말년을 보낸다. 〈완월회맹연〉과 〈명주기봉〉에도 사위와 처가 식구들과의 갈등이 나온다. 〈완월회맹연〉에서 정인광은 장인의 패륜적 행위 때문에 갈등을 겪고, 〈명주기봉〉에서 가난한 선비 가유진은 가난 때문에 장모 유씨로부터 박대를 당한다. 대체로 옹서 갈등은 소인형 장인과 군자형 사위의 만남에서 비롯한다.

형제 갈등

　형제는 부모의 기운을 물려받은 동기(同氣)이면서 부모의 사랑과 유산을 놓고 경쟁하는 대립 관계에 있다. 따라서 형제 사이에는 사랑과 미움이 병존하게 마련이다. 현실적으로 왕가나 민간에서 일어난 형제 갈등의 사례는 헤아릴 수 없이 많고, 그것을 바탕으로 한 설화와 소설도 그만큼 많이 있다.

　〈홍길동전〉은 적서 차별의 주제를 다룬 작품으로 주목받지만, 그 이전에 고려해야 할 문제는 이복형제 간의 갈등을 이야기하고 있다는 점이다. 길동이 집을 나가 전국을 떠돌며 나라를 어지럽히고 있을 때, 그를 잡아 나라에 바치겠다고 나선 것도 이복형 인형이었다. 그는 길동을 잡아 올려 나라에 공을 세우고 가문을 보존하려고 했다. 그런 형에 대해 아우인 길동도 적극적으로 대처하고, 자기를 잡아 나라에 바치려는 형의 계획을 무산시킨다. 길동이 병조판서의 직첩을 받아 쌓인 한을 풀고 소원을 성취한 다음 마지막으로 한 것은 형제 갈등을 마무리하는 일이었다. 율도국왕이 되어 아버지의 부음을 듣게 된 길동은 자신이 마련해 둔 장지로 아버지를 모셔오면서 형으로부터 장자권을 가져온다. 이복 형제간의 다툼에서 아우인 길동이 마지막 승리를 거두게 된 것이다.

〈흥부전〉과 〈적성의전〉도 형제갈등을 주로 다룬 작품이다. 〈흥부전〉은 형제간의 재산 불균형을 소재로 한 작품이다. 재물을 숭상하는 형과 도덕을 중시하는 아우와의 갈등에서 아우에게 승리를 안겨줌으로써 형제 갈등은 마무리된다. 〈흥부전〉은 인륜과 도덕을 최우선의 가치로 내세운 조선조 유교사회의 가치관을 반영하고 있다. 〈적성의전〉의 형제 갈등은 다소 복잡한 구조를 보인다. 형은 무능하고 간악한 인물로 설정되어 있고, 아우는 유능하고 선량한 인물로 설정되어 있다. 형제간의 갈등과 다툼에서 아우는 어머니의 적극적 지지를 받아 형을 물리치고 장자권을 쟁취하여 왕권을 차지한다. 부모의 편애가 형제갈등의 중요 원인임을 보여주고 있다. 〈홍길동전〉, 〈흥부전〉, 〈적성의전〉이 다같이 형을 부정적 인물로, 동생을 긍정적 인물로 설정한 것은 당시 사회 현상을 반영한 것으로 보인다. 힘의 불균형 속에서 핍박받는 아우의 처지를 동정하고 그를 지지하는 시각에서 작품을 전개해 나간 것이다.

4. 가족 소재 소설의 의의와 기능

한국고전소설에서 가족 소재 소설은 그 분량에 있어서 압도적 다수를 차지하고 작품의 수준에 있어서도 중요한 비중을 차지한다. 이러한 현상은 가정과 가족에 대한 소설 향유층의 관심과 애착을 보여주는 반증이다. 조선사회에서 가정은 개인의 삶을 지탱하는 바탕이었고, 그 삶을 이어가는 과정이며 목표이기도 했다. 가정은 개인의 사적(私的) 생활은 물론이고 공적(公的) 활동의 출발점이며 삶을 마무리하는 종착점이었다. 가정생활은 개인의 삶을 평가하는 보편적 기준으로 작용했다. 가정 윤리는 사회 윤리의 기초가 되고 최우선 과제로 인식되었다. 가족 소재 소설이 소설사에서 갖는 비중은 이런 현상을 반영하고 있다.

가족 소재 소설은 가정 안에서 일어나는 가족 간의 크고 작은 일들을 표출하는 소통 공간의 구실을 했다. 여성이 주된 향유층을 형성하는 가족 소재 소설은 여성들의 관심사와 소망을 담고 있다. 가정생활을 하면서 겪게 되는 문제들에 대해 드러내놓고 말할 기회를 갖지 못했던 여성들은 소설을 통해서 자기들의 이야기를 했고, 소설을 통해서 자기들이 하고 싶은 이야기를 들을 수 있었다. 혼인 과정에서 겪었던 어려움, 부부 간의 성격차이로 인한 갈등, 가부장의 전횡에 대한 불편, 일상적 관행으로 굳어진 축첩 행위, 그로 인한 처첩 갈등과 적서 차별의 문제 등이 관심의 대상이었다. 이 밖에도 일반 가정에서는 언제나 일어날 수 있는 부자 갈등이나 형제 갈등도 여성들의 삶과 밀접한 관계가 있다.

가족 소재 소설은 기록문학이며 체험문학이다. 가정생활을 하는 동안에 보고 듣고 느낀 것을 이야기하듯 자연스럽게 풀어 놓은 것이 가족 소재 소설의 본질이다. 작품의 전후 또는 중간에 장식적으로 끼워 넣은 환상적 요소를 제거하면 작품의 바탕에는 작자와 독자의 체험이 그대로 드러난다. 현실 속에서 쉽게 만날 수 있는 인물 설정, 세밀하고 실감나는 묘사와 서술이 작품의 사실성을 담보해 준다.

　가족 소재 소설의 두 축을 형성하는 가정소설과 가문소설은 다 같이 여성의 의식과 시각을 대변한다. 작품의 표제에 여성 주인공을 내세운 작품은 물론이고 남성 주인공을 표제로 내세운 작품에서도 실질적 주인공은 여성인 경우가 많다. 작품에서는 여성들이 당하는 어려움을 이야기하면서 그것이 남성들의 가부장적 전횡에서 나온다고 이야기한다. 남성의 위선과 부도덕성을 드러내고, 그로 인해 일어나는 가정의 불화를 절절하게 그려낸다. 가족 소재 소설 가운데 대다수를 차지하는 처첩갈등소설 또는 쟁총형(爭寵型) 소설은 간악한 첩의 만행을 강조하고 있지만, 그것이 실상은 남편의 축첩 관행에서 나온 결과임을 말해 준다. 쟁총형 소설에서 전반부는 첩의 모해로 본처가 쫓겨나 고난을 받지만 중반부에는 첩의 악행으로 남편이 위기에 처하고 비참한 지경에 빠진다. 마지막 부분에서는 본처가 나타나 남편을 구하고 첩을 다스린 다음 가정의 평화를 되찾는다. 이 과정에서 본처와 남편만이 아니라 간교한 첩까지도 불행한 인물로 그려진다. 이 모든 것이 시종일관 무능하고 무기력한 남편의 탓이다.

　가족 소재 소설은 단지 가정 안에서 일어나는 가족 갈등을 보여주는 데서 그치지 않고, 작자와 독자들이 염원하고 소망하는 이상적인 가정상(家庭像)을 제시하고 있다는 데 의미가 있다. 가정소설이나 가문소설이 각각 대변하는 계층은 다르지만 그 안에 제시된 바람직한 가정의 모습은 서로 공통되는 점이 있다. 대다수의 작품이 같은 소재를 다루고 있고, 같은 문제점을 지적하고 있다는 것은 그것이 어느 한 개인의 문제이거나 특정 가정의 문제가 아님을 말해 준다. 가족 갈등의 근본 원인은 당시의 가족제도가 갖는 모순과 불합리에 기인하는 것임을 말하고자 하는 것이다. 개인의 인격과 독립성보다는 가문의 유지와 보존을 우선하는 대가족제는 가족 갈등의 근본 원인이 되었다. 대가족제를 유지하기 위한 방편으로 남아선호와 여성차별 풍조가 만연하였고, 축첩이 보편적 관행으로 나타나게 되었던 것이다. 가족 소재 소설에서는 이러한 문제점을 거듭해서 지적하면서 가문보다는 개인이 존중받고, 여성의 인권과 능력이 인정되는 가정, 또는 사회를 그려내고 있다. 남성들의 횡포에 억눌리어 고통받는 인물을 내세워 가정의 모순을 보여주고, 마지막 장면에서 그들에게 화려한 승리를 안겨줌으로써 정신적 해방을 성취하고 있다. 이것을 단순한 상선벌악(賞善罰惡)이나 권선징악(勸善懲惡)으로 읽는다면 작품의 본질을 간과하게 된다.

이 책은 조선시대 소설 가운데 가족 소재 소설의 중요성을 인식하고, 가족 소재가 조선시대 소설에 어떻게 나타나고 있는지를 집중적으로 검토한 것이다. 특히 다양한 가족관계의 성격과 의미를 밝히는 데 초점을 맞추었다. 검토의 과정에서는 구체적 작품을 대상으로 하여 논의를 진행하였고, 지금까지 다루어지지 않았거나 소홀하게 다루어진 작품을 대상으로 삼았다. 기존 연구에서 다루어진 작품이라도 관점을 달리하여 가족소설이라는 측면에서 새롭게 조명해 보고자 했다.

이번 연구에서 특히 비중을 둔 것은 장편가문소설에 대한 검토이다. 그동안 방대한 분량 때문에 세밀한 논의가 이루어지지 못한 장편가문소설을 대상으로 가족 소재가 어떻게 다루어지고 있는지에 대해 다양한 검토를 시도했다. 「〈유효공선행록〉의 부자(父子)」, 「〈소현성록〉의 고부

(姑婦)」,「〈명주기봉〉의 부부(夫婦)」,「〈쌍천기봉〉의 처처(妻妻)」,「〈범문정충절언행록〉의 유모(乳母)」,「〈완월회맹연〉의 옹서(翁壻)」등이 이에 해당한다.

단편 가정소설 가운데 별다른 주목을 받지 못했거나 가족 소재 소설이라는 측면에서 조명되지 못했던 작품들에 대한 검토로는 「〈유연전〉의 형제(兄弟)」,「〈장화홍련전〉의 모녀(母女)」,「〈한후룡전〉의 대안가족(代案家族)」,「〈양씨전〉의 친정(親庭)」등이 이에 해당한다.

이 책에서 시도한 작업은 가족 소재 소설의 전모를 이해하기 위한 작은 시도에 지나지 않는다. 각각의 논문을 통해서 가족 소재 소설의 성격과 문학적 의의를 이해하고 아울러 고전소설의 존재의의와 기능을 새롭게 인식하는 계기가 되기를 기대한다. 그 동안 쉽게 접근할 수 없었던 장편가문소설에 대한 관심을 불러일으키고, 지금까지 잘 알려지지 않은 새로운 작품을 접하는 기회를 제공하게 된다면 그것도 이 책에서 기대하는 또 하나의 성과가 될 것이다.

아들은 그렇게 폭력적인 아버지가 되었다, 〈유효공선행록〉의 부자

조혜란

1. 효우관인한 주인공이라는데…

〈유효공선행록〉은 대략 18세기 초엽이나 중엽에 창작되었을 것으로 추정[1]되는 작품이다. 대개의 가문소설들이 두세 가문 사이에서 벌어지는 혼인담과, 다부다처제를 둘러싼 애정갈등 문제에 상당한 서사적 비중을 할애하는 것에 비해 〈유효공선행록〉은 동복형제 간의 갈등, 여기에서 비롯되어 대를 이어 전개되는 부자 갈등 그리고 이로 말미암아 파생되는 부부 갈등이 서사의 대부분을 차지하고 있다.

이를 반영하듯 〈유효공선행록〉에 대한 기존 연구 역시 이 작품의 형제 갈등, 부자 갈등과 효우(孝友)의 문제가 논의의 중심을 이루고 있다. 이 작품에 대한 초기 연구는 주로 작품의 구조 및 연작 관계를 밝히고 있고,[2] 연이은 논의들은 주로 부자 갈등, 형제 갈등을 해석하는 데 초

1) 이승복, 「유효공선행록에 나타난 효우의 의미와 작가의식」, 『선청어문』 19, 서울대 국어교육과, 1991, 163쪽.

점을 맞추고 이를 토대로 작가층 혹은 향유층을 추론하고 작가의식을 살피거나[3] 또는 가문의 유지, 창달과 관련하여 갈등의 구도를 군자 대 소인(小人) 구도나 군자 대 재자(才子) 구도[4]로 파악하여 인물 이해에 심도를 더하였다. 그런가 하면 작품을 보는 시각을 전환하여 중첩된 가족갈등이 귀환하는 최종심급을 유정경이라는 혼암한 가부장의 문제로 해석[5]하거나 가부장제 하에서의 여성 수난담에 초점[6]을 맞추는 등 가부장제 억압과 관련한 논의가 이어졌고, 독자 수용의 측면,[7] 주인공 유연의 효우 혹은 효제(孝悌)의 성격,[8] 여주인공과 관련한 계후 갈등의

---

2) 작품의 구조 및 연작 관계에 대한 논의로는 김영동, 「유효공선행록 연구」, 『한국문학연구』8, 동국대 한국문학연구소, 1985; 임치균, 「〈유효공선행록〉 연구」, 『관악어문연구』14, 서울대 국문과, 1989; 최길용, 「〈유효공선행록〉 연작 연구」, 『국어국문학』107, 1992.

3) 이승복, 앞의 논문; 송성욱, 「고전소설에 나타난 부의 양상과 그 세계관」, 『관악어문연구』15, 서울대 국문과, 1990; 박일용, 「〈유효공선행록〉의 형상화 방식과 작가의식 재론」, 『관악어문연구』20, 서울대 국문과, 1995; 김성철, 「〈유효공선행록〉 연구」, 고려대 석사학위논문, 2002.

4) 작품의 인물 간 갈등을 군자 대 소인의 갈등 혹은 군자 대 재자의 갈등으로 논한 연구로는 조광국, 「〈유효공선행록〉에 구현된 벌열가문의 자기갱신」, 『한중인문학연구』16, 한중인문학회, 2005; 전성운, 『조선후기 장편국문소설의 조망』, 보고사, 2002. 두 논문 공히 가문 유지, 창달과 관련하여 인물 구도를 고찰하였다. 유연을 군자로 보는 입장에는 차이가 없으나 상대 인물의 성격을 어떻게 규정하는가에 대해서는 입장 차이가 나타난다. 전자는 유정경, 유홍을 아울러 소인으로 논하였고, 후자는 유홍을 다루면서 재자로 논하였다.

5) 양혜란, 「〈유효공선행록〉에 나타난 전통적 가족윤리의 제 문제」, 『고소설연구』4, 한국고소설학회, 1998.

6) 장시광, 「〈유효공선행록〉에 형상화된 여성수난담의 성격」, 『배달말』45, 배달말학회, 2009.

7) 김문희, 「〈유효공선행록〉의 인물에 대한 공감과 거리화의 독서심리」, 『어문연구』39, 한국어문교육연구회, 2011.

8) 최윤희, 「〈유효공선행록〉이 보이는 유연 형상화의 두 양상」, 『한국문학논총』41, 한국문학회, 2005; 정혜경, 「〈유효공선행록〉의 효제 담론과 문제의식」, 『우리어문연구』44, 2014.

서술 전략9) 등 다양한 관심의 연구들이 보고되고 있다.

그런데 이 작품을 읽다 보면 유연이라는 인물에 대해 선뜻 받아들이기 힘든 지점이 있다. 자신이 아들로 경험한 부자 갈등을 자신이 아버지가 되어서 그대로 자신의 아들에게 반복한다는 점이다. 유연이 군자형 인물이라는 데에는 이견이 없을 터인데 아들 우성을 대하는 유연의 태도는 소인형 인물로 치부되는 아버지 유정경의 모습과 겹쳐져 보인다. 아들 우성과의 갈등에 대해서는 유씨 가문의 유지와 창달을 위한 선택이었다고 설명하지만 부자갈등 양상에서 군자형 인물 아버지는 소인형 인물 아버지의 역사를 답습하는 것처럼 보인다. 이런 까닭에 전반부의 유연과 후반부의 유연은 동일 인물이라면 유지할 법한 일관성이 흔들려 보인다. 유연은 왜 달라져 보이는 것인가?

기존 논의의 연구자들도 이 문제에 대해 감지한 것으로 보인다. 연구의 목적이 어디에 있든 두 번의 부자갈등에서 유연이 보여주는 효우의 성격이 균일하지 않다는 언급10)들이 눈에 뜨인다. 더 나아가 유연의 인물 성격을 장자 콤플렉스와 관련하여 설명하면서 이 작품의 보여주기 서술과 말하기 서술이 서로 괴리된 양상을 보인다는 견해11)를 제시한 논의도 있다. 즉 연구자의 주된 문제의식이 무엇이든 간에 두 번의 부자갈등을 통해 그려지는 유연의 모습이 달라 보인다는 언급을 한 셈인데, 이 정도 이상의 관심을 보이지는 않았다.

주인공 유연의 인물 형상은 왜 서사의 전반부와 후반부를 구성하는

---

9) 강우규, 「〈유효공선행록〉 계후 갈등의 서술 전략과 의미」, 『어문논집』 57, 중앙어문학회, 2014.
10) 정혜경(2014).
11) 최윤희(2005).

두 번의 부자갈등에서 다른 모습으로 비춰지는가? 주인공에 대한 서술이 괴리를 일으키는 경우는 흔치 않기에 이 글은 주인공 인물 형상의 변화에 착목하여 이 작품에 대한 독해를 시도하고자 한다. 이 작품의 주된 가족 갈등은 주인공 유연과 긴밀하게 연관되어 있고, 제목에서도 드러나듯 이 작품은 효가 중요하게 부각되는 작품이다. 그러므로 이 글 역시 부자갈등을 중심으로 주인공의 효제 수행에 대해 살펴보고자 한다. 그런데 대상을 이해하기 위해서는 주인공 유연은 왜 그렇게 성격이 변하는지, 또 작품 전반에서 그토록 '효우관인'하고 어진 군자로 설정되었던 주인공 유연인데, 작품 후반부에서 보여주는 그의 삶은 왜 별로 행복해 보이지 않는지 등에 대해서도 천착해 볼 필요가 있다.

이 글은 선본이자 연구의 저본으로 가장 많이 사용되는 12권짜리 〈유효공선행록〉[12]을 텍스트로 하여 논의를 전개하고자 한다.

2. 〈유효공선행록〉에 나타난 부자갈등
– 소통 불가능한 부자 관계의 반복 재생산

1) 전반부 : 아버지 유정경 대 아들 유연의 갈등

여성인물들끼리의 쟁총형 갈등이 없는 〈유효공선행록〉은 부자 갈등과 형제 갈등이 작품의 축을 이룬다. 이 작품에서 부자 갈등은 전경화되어 큰 사건으로 다뤄지지만 형제 갈등은 주로 형과 아우 둘만의 대화[13]

---

12) 김기동 편, 『필사본고소설전집』 15·16권, 아세아문화사, 1980.
13) 유연은 간과하기 어렵다고 판단되는 동생 홍의 잘못에 대해서는 따로 조용히 대화로 타이른다. 그가 동생의 잘못을 공표하지 않는 이유는 동생을 사랑하기 때문이다. 동생

이거나 아버지에게 형을 모함하는 둘째아들의 속살거림같이 은밀한 방식으로 진행되어 대비를 이룬다. 권문세가의 후손인 유정경에게는 유연과 유홍이라는 두 아들이 있었는데 둘 다 뛰어난 인물이었지만 둘째보다는 첫째가 여러 면에서 더 훌륭한 자질을 갖춘 인물로 그려진다. 그러나 유정경은 둘째아들을 더 사랑했고[14] 그가 첫째보다 둘째를 더 사랑한다는 사실은 주변에도 어느 정도 소문이 나 있을 정도[15]였다. 작품 전반부의 부자 갈등은 아버지 유정경과 큰아들 유연과의 갈등이다.

도입부에서 삼부자와 고소 사건이 연결되는 부분의 사건 설명이 좀 길지만 형제 갈등과 부자 갈등의 시작이자 이 갈등의 요인이 되는 유정경의 태도가 드러나는 부분이기에 설명하도록 한다. 본격적 사건은 유부의 바깥에서 비롯한다. 금오 뇨정이 진사 강형수의 아내를 겁탈하여 그 여자가 자살하는 사건이 일어나고, 억울했던 강형수는 이를 정위에 고발하였다. 이때 유정경이 정위 자리에 있었는데, 자신의 죄가 드러날 것이 두려웠던 뇨정은 유정경이 사랑한다는 둘째아들에게 황금 수백 냥의 뇌물을 썼다. 둘째 유홍은 아버지에게 은근히 뇨정을 잘 말해 두었고, 유정경은 이를 귀담아 들었다. 이튿날 정위에 나간 유정경은 강

홍의 잘못이 아버지를 비롯한 다른 사람들에게는 알려지지 않게 감싸는 것이며, 말로 타일러서 동생이 개과천선할 수 있기를 바라기 때문이다. 유연은 동생 홍의 음해에 대해 그냥 자신이 묵묵히 감당하면서 참아낼 뿐이다.

14) "냥즈를 비록 스랑ᄒ나 댱즈의 졀직효슌ᄒ믈 낫비 너겨 댱으ᄂ 내 뜻을 밧지 아니코 흔갓 낫빗츨 지어 아당ᄒ고 ᄎ으ᄂ 낫빛츨 슌치 아니나 내 뜻을 슌죵ᄒ니 쳔연흔 군즈효즈의 도리라", 〈유효공선행록〉 15권, 6쪽.

15) "내 드르니 쳔금즁이ᄒᄂ 으돌이 〃셔 스〃슌쳥이라 ᄒ니 맛당이 회뢰로ᄡ 달닉리라 ᄒ고", 15권, 8쪽. 이 내용은 뇨정이 뇌물을 누구에게 쓸 것인가를 정할 때 무엇을 판단 기준으로 삼았는가를 보여준다. 유시랑이 차자를 사랑한다는 사실은 어느 정도 소문이 나 있었던 것이다.

형수의 글을 보았으나 '대신 체면에 서로 비난하는 것이 난처한 고로 도리어 강생이 무고를 한다 하여 그에게 칼을 씌워 옥에 가두고' 귀가하였다.

유정경이 두 아들에게 귀가가 늦어진 이유를 설명하자 유연은 바로 아버지에게 간언16)을 드린다. 이유 없이 원고를 벌주고 원범을 심문하지 않는 것은 안 된다는 견해를 피력한 것이다. 이때의 유연은 옳고 그름에 대한 가치판단이 있었으며 그의 간언은 법질서의 올바른 집행이라는 공적 영역에 대한 가치 판단에서 비롯한 것이다. 그런데 아버지가 옳은 판결을 하기 바라는 마음과 의로움[義]을 추구했던 유연의 이 충간(忠諫)이 유정경이 유연을 본격적으로 미워하게 되는 첫 번 사건이 된다. 이후 유정경은 형을 시기하는 둘째아들 유홍의 이간을 그대로 믿음으로써 이 작품의 부자 갈등의 골이 깊어지는 것이다.

동생의 음해와 아버지의 오해가 깊어질수록 유연의 효우(孝友) 또한 더해진다. 유연은 장자권도 포기하고 과거시험도 포기했으며 심지어 거짓 미친 척을 하면서까지 효우를 실천했다. 그는 그 과정에서 아버지에게 돌벼루로 머리를 맞고, 거듭 태형을 당하며, 정신적 육체적으로 억압을 당해 병이 들고 만다. 억울하게 이해받지 못하는 상황에서 점점 쇠약해지던 유연에게 상황 판단이나 자기주장 피력 같은 일들은 너무 버거운 것이 되었고, 심신이 약한 상태에서 오로지 그가 바라는 것은 '아버지의 뜻을 잃지 않는 것'17)뿐이었다. 작품 초반에는 충간을 통해

---

16) "대신의 불근 경ᄉᆞ를 히이 감히 의논홀 비 아니로ᄃᆡ 싱각건ᄃᆡ 옥쳬의 무단이 원고를 죄 쥬고 원범을 ᄃᆞᄉᆞ리지 아니미 가치 아닌지라. 대인이 엇지뼈 이ᄀᆞ치 ᄒᆞ시니잇ᄀᆞ", 15권, 12쪽.
17) 15권, 184쪽.

아버지의 잘못을 바로잡는 기회를 만들고자 했을 정도로 적극적인 가치판단을 했던 유연인데 이즈음에 이르러서는 옳고 그름에 대한 판단을 유보한 채 아버지의 뜻, 효의 수행만을 기준으로 여기게 된다.

2) 후반부 : 아버지 유연 대 아들 유우성의 갈등

전반부 가장은 유정경이고 후반부의 가장은 유연이다. 유연은 아버지와의 갈등을 통해 아버지에게 이해 받지 못하는 아들의 답답한 심정에 대해 잘 알고 있었을 것으로 보인다. 또한 스스로 장자권은 물론 자연인으로서의 인생을 포기[18]할 정도에 이르렀으니 폭력적 가부장의 문제에 대해서도 몸소 충분히 겪었을 것으로 보인다. 이런 그가 아버지가 되면 자신의 경험을 바탕으로 자식을 잘 이해하는 자애로운 아버지가 될 가능성이 높아 보인다.

그러나 뜻밖에도 후반부에 들어 유부의 실질적 가장[19]이 된 유연이 아들 우성에게 보여주는 행동은 자애와는 거리가 매우 먼 것이었다. 가문의 명예 회복만 생각하는 아버지 유연에게 아들과 부인은 연좌의 대상이고 명예 회복의 도구였다. 이로 인해 우성은 거듭 상처를 입는데도 전혀 돌아보지 않는다. 유연 역시 또 다른 폭력적 아버지의 모습으로 아들 우성을 저평가하거나 도외시하는 것이다. 유정경은 혼암해서 그

---

18) 더 이상의 형제 갈등 및 부자 갈등 상황에 처하기를 원치 않았던 유연은 장자권은 물론이고 짐짓 실성한 체하는 연기로 정상인으로서의 인격적인 삶까지도 포기하기에 이르렀다.
19) 실질적 가장이라는 표현을 사용한 이유는 후반부에서도 여전히 유정경이 살아있기 때문이다. 조부 생존 시에는 조부가 가장인데 이 작품 후반부에서 유정경은 후경화되고 유부의 전면에 배치되는 인물이 유연이다. 그러므로 후반부에서 유부의 실질적 가장 노릇을 하는 이는 유정경이 아닌 유연이다.

랬다고 하여도 유연은 너그럽고 어진 군자라 일컬어지는 인물이다. 그러나 그 역시 폭력적 가장 형상을 대를 이어 반복적으로 재생산하고 있다.

그런데 문제는 그 과정에서 신체적 정신적으로 상흔이 남고, 폭력이 폭력으로 재생산된다는 점이다. 유정경의 폭력은 유연의 폭력으로 이어지고, 아들 우성 역시 몰인정과 백안시의 폭력을 경험하면서 폭력적이 된다. 아들들은 아버지가 되면서 가문을 위한다는 확고한 신념하에 가족 구성원에게 폭력을 행사하는 폭력적 가장의 형상을 재생산하는 것이다. 〈유효공선행록〉에서는 군자든 아니든 예외가 없었다. 이 작품에서 가장 부자연스럽게, 그리고 아들의 입장에서 가장 폭력적으로 행사되는 가장권의 예로는 효우의 완성을 위해, 가문을 위해 자기 아들을 인정하지 않는 아버지의 문제를 들 수 있다. 이는 장자권 문제, 즉 계후 문제로 불거진다. 장자의 장자권을 폐하고 차자에게 장자권을 넘겨야 겠다고 생각하는 아버지 유정경, 아버지에게 아들로 인정받기를 간절히 원하는 친아들을 외면하고 동생과의 우애를 위해 친아들 대신 동생의 아들로 장자를 삼는 아버지 유연, 자기 친아들이 있음에도 양아버지에 대한 은혜를 갚기 위해 자기 아들 대신 양아버지의 친아들인 우성의 아들에게로 계후를 넘겨주는 또 다른 아버지. 유부의 가장(家長)들은 각자의 입장에서 보면 유부를 위해 천륜 대신 종통을 선택한 것처럼 보이기도 한다. 그러나 결과적으로는 원상복귀를 한 셈에 해당한다. 결국 유연의 효우와 상관없이 계후는 유연의 혈통 쪽으로 돌아왔다.[20] 궁극

---

20) 김민정(2015)은 이에 대해 〈유효공선행록〉이 표면적으로는 종통을 중시하는 것처럼 보이지만 실은 혈통중심주의를 보여준 것이라고 설명하였다.

적으로 가문의 계후로 인정받은 유우성은 그러나 납득하기 어려운, 아버지 유연이 보여준 폭력의 경험으로 인해 이미 또 다른 폭력적 가장의 모습을 갖춰가고 있었다.

3. 유연의 경험은 왜 좋은 아버지가 되는 밑거름이 되지 못했을까? - 의(義)를 초과하는 효 이데올로기의 문제

이 작품에서 유연은 효성스러운 군자이다. 사실 자식이 부모를 사랑하는 것은 비단 유교만이 아니라 인류 보편적인 감정에 해당한다. 기독교의 십계명에도 부모를 공경하라는 계명이 들어 있고, 불교에서도 부모를 공경하라고 가르친다. 유교의 효도 환원하면 각자의 부모를 사랑하고 공경하라는 것이 기본 메시지일 터인데, 문제는 이것이 유교의 통치 논리와 맞물리면서 이데올로기화되면서부터일 것이다. 특히 조선의 경우, 행동의 동기가 부모를 향한 효에 해당한다면 이때의 효는 국법도 초과하는 강력한 논리가 된다. 살인죄를 저질렀어도 그것이 아버지를 살해한 원수를 죽인 경우라면 살인에 상응하는 처벌을 받지 않는 경우가 종종 있었다. 오히려 자식으로서의 도리, 효를 행한 것이라는 평가가 행해지기도 했던 것이다.

이 작품에서도 유연이 불효와 불의 사이에서 고민해야 하는 장면을 맞닥뜨리기도 한다. 그런가 하면 효성스럽고 우애 있고 높은 벼슬에 오른 유연이지만 그는 평생 기쁨이나 행복의 감정보다는 슬픔이나 분노의 감정에 더 많이 노출되고, 경직된 태도, 완고함 등의 단어가 떠오르는 인물형이며 게다가 평생 병약한 몸으로 살다가 죽음에 이른 인물이다. 왜 효성과 우애는 그에게 친밀한 가족 관계를 형성하는 자양분으로 작용하지 않았는가? 어렸을 때 아버지의 폭력을 경험하며 죽음에 이르는 고통을 맛본 유연은 왜 폭력적인 아버지상을 극복하지 못 하고 자신의 아들에게 자신이 경험했던 그 폭력적인 아버지 역할을 그대로 반복하게 되었는가? 이는 전반부와 후반부에서 그가 수행하는 효제의 성격이 변화하기 때문이다. 이 장에서는 이런 유연의 한계를 설명하기 위해 이 작품에서 주인공을 서술할 때 '전가(傳家)의 보도(寶刀)'처럼 등장하는 효 이데올로기의 구체적 실상, 그 성격에 대해 고찰해 보기로 한다.

1) '불효'와 '불의'와의 상관관계

이 작품에서 유연이 구체적으로 '의(義)', '불의(不義)'라는 단어를 사용하며, '의'와 '불의' 사이에서 선택을 하는 장면이 나오는데, 바로 부인의 첫 번 출거 장면[21]과 유배지에서 출거한 정소저와 재회하는 장면[22]에서이다. 효 수행과 부인에 대한 은애는 가끔 충돌할 때가 있다. 이 작품에서도 효/불효, 의/불의를 고민하는 장면에서 리트머스 역할을 하는 것은 부부 관계이다. 첫 번째 출거 장면은 그가 효자인 까닭이고, 두 번째 장면인 유배지에서의 재회는 눈앞에서 죽어가는 전 부인을 지나칠 수는 없다고 판단한 것이니 권도(權道)의 문제로 이해 가능하겠다. 그런데 이 두 번의 인용에서 눈에 띄는 점이 있다. 유연이 불의(不義)를 대체하는 선택항으로 '아버지의 뜻을 잃지 않는 것', 즉 불효(不孝)

---

21) "출하리 블의 될지언졍 대인긔 뜻을 일치 아니리라", 15권, 183~184쪽.
22) "졔 비록 유죄ᄒ나 당ᄎ시ᄒ여 ᄇ리면 의 아니라 형이 몬져 가 탈 거슬 출혀 보ᄂᆡ면 거ᄂ려 가리라", 15권, 321~324쪽.

를 든 것이다. 효를 선택하면 불의가 되고 의를 선택하면 불효가 되는
상황인 셈이다. '효/불효' 혹은 '의/불의'의 대립이 통상적일 터인데, 그
는 불효와 불의를 견주고 있다. 결과적으로 효를 선택하면 불의가 되는
구조인 것이다. 이 관계 설정에서 효는 의에 우선하게 되고, 옳고 그름
에 대한 판단보다도 효 수행이 중요한 가치가 되었다.

  '효가 백행의 근본'이고 충(忠)으로도 연결되나, 효는 기본적으로 부
모를 향한 것이다. 부모를 기쁘게 하는 것이 효인 까닭에, 효는 기본적
으로 가족관계 지향적 가치에 해당한다. 가장권이 인정되는 유교적 가
부장사회에서는 부친인 가장의 뜻을 살피는 것이 효로 인정된다. 문제
는 부모의 가치관이 온당한가이다. 부모가 잘못하였을 때 곡진하게 충
간하는 것이 효이기는 하나 받아들이는 쪽에서 이를 충간으로 받아들
이지 않으면 효로 여겨지지 않는다. 앞에서 살펴본 유연의 경우가 바로
여기에 해당하는 것이다. 유연이 의/불의에 대한 판단을 못 해서가 아
니라 유정경이 아들이 내린 판단에 동의해야 비로소 그의 행위가 의이
자 효로 인정받을 수 있다. 유연의 경우는 의/불의에 대한 판단은 가능
하였으나 의를 선택하면 불효하게 되는 형국이다. 이런 이유로 정소저
의 첫 번 출거 장면에서 유연은 의를 선택하고 불효하게 되느니 불의를
감내하고 효를 이루겠다는 선택을 하게 된 것이다.

  〈논어〉에서 공자가 제시한 '의'의 성격을 검토해 보면 공자가 사용한
'의'라는 개념은 사회적 통합과 질서를 기반으로 하는 이상적 공동체의
실현과 관련되어 있다.[23] 이렇듯 '의/불의'는 경우는 사회적 가치, 공

---

23) 금종현, 「의(義) 사상의 기원과 전개」, 성대 동양철학과 박사학위논문, 2011, 136~137
   쪽. 금종현은 공자의 의(義)에 대해 구체적으로 다음과 같이 설명하고 있다. '첫째는 지식
   인이 자신의 분(分)을 지키고 분에 귀속된 자신의 직분을 충실하게 수행하는 것, 둘째,

적 가치 여부를 판단할 때에도 사용 가능한 잣대이다. 이 작품에서도 유연이 '의'를 '효'로 치환하면서 발생하는 문제가 있다. 그것은 공적 영역과 사적 영역의 구분이 모호해질 수 있다는 점이다. 의와 효 사이에서 갈등[24]은 가족적 영역과 사회적 영역의 혼재를 초래할 수 있다. 〈유효공선행록〉에서는 실제로 공적 영역과 사적 영역에 대한 가치가 섞이면서 경계가 흐려지는 장면이 서사화된다.

2) 유연이 행한 공/사 영역의 혼재

임금이 죽고 태자 때부터 유연과 친분이 두터웠던 새로운 왕이 즉위하면서 만귀비 일당은 사형을 당하거나 유배를 가게 된다. 이때 유홍 역시 만귀비 일당이었음이 밝혀지는데 마침 유홍은 십만 군을 거느리고 남방에 가서 도적과 교전 중이었다. 그는 뛰어난 지략으로 수개 월 만에 남방을 평정하는 데는 성공했으나 자기 마음대로 방만하게 운영하여 다시 반란이 일어나고 간신히 자기 몸만 빠져나와 경사에 이르렀

공권력을 정당하게 행사하는 것, 셋째, 이익 획득 과정이 정당하지 검열하는 것'의 세 가지이다.

24) 『논어』 「자로편」을 보면 섭공과 공자가 양을 훔친 아버지를 고발하는 것이 곧은 것인지 여부에 대해 대화를 나누는 장면이 등장한다. 섭공이 공자에게 자신의 영내에 정직한 자가 있는데 그 아비가 양을 훔쳤을 때 그가 가서 고발했다고 하니, 공자는 우리 마을의 정직한 사람은 그와는 다르다면서 아비는 자식을 위해 숨겨주고 자식은 아비를 위해 숨겨주니 정직이 그 가운데 있다고 한 것이다. 이 장면 역시 아버지의 잘못에 대해 자식이 어떻게 행동해야 하는가에 대한 고민을 담고 있어 효와 직(直) 사이에서의 갈등을 일으키기는 하다. 그런데 이때의 직이란 인간의 타고난 성정을 왜곡하지 않고 표현하는 것과 관련되는 것이다. 이는 이 글에서 문제 삼는 공적 지향과 관련하여 옳고 그름을 판단하는 의(義)와는 거리가 있다고 여겨 이 글의 논의에서는 제외한다. "葉公語孔子曰 吾黨有直躬者 其父攘羊 而子證之. 孔子曰 吾黨之直者 異於是 父爲子隱 子爲父隱 直在其中矣", 『논어』「자로편」 18장.

는데25) 도착해 보니 그 사이 새 천자가 즉위했고 정치적 판도가 바뀐 상황이었다. 천자는 유홍이 선제의 뜻을 저버리고 방자히 굴다가 반란을 초래하고 삼군을 다 잃고 혼자 돌아왔으니 죄가 중하다고 하며 사형에 처할 것을 명하고, 유홍 또한 참수를 당해도 아뢸 바가 없다26)고 한다.

유홍은 작품 초반부터 탐심이 많아27) 뇨정의 뇌물을 받고 형과의 경쟁 구도28)에서 아버지의 인정 또한 필요했기에 뇨정과 결탁하면서 자신의 힘을 키워 갔다. 그 결과 집안에서는 형을 폐장시키고 자신이 장자권을 승계하게 되었으며 조정에서는 만귀비, 뇨정 일당과 더불어 권력을 행사하기에 이르렀다. 서사의 반이 지나서야29) 유홍의 죄상이 만천하에 드러나게 되었고, 드디어 공정한 법 집행이 이루어져서 시비가 제대로 가려지게 된 것이다.

유홍에게 사형이 합당한 판결이라는 인식은 당시 조정 신하들만의

25) "뉴홍이 이십만군 거ᄂ려 남방의 나ᄋ가 도젹과 교젼ᄒ미 지모비계ᄂ 졔갈 진평이라도 더으지 못흘지라 공 필젼필승ᄒ여 수월이 남방을 평졍ᄒ고 믐이 방ᄌᄒ여 군ᄉ를 흘치 아니코 빅셩을 괴롭게 ᄒ니 인심이 살란ᄒ여 일시의 반ᄒ니 홍이 슐을 취ᄒ고 누엇다가 황망이 말게 올나 다라ᄂ니 십만 군심이 물결 허여지듯 ᄒ며 일인일긔도 좃ᄎ 리 업ᄂ지라 단긔로 달녀 수십일 후 경도의 드러 텬직 붕ᄒ시고 태직 즉위ᄒ시믈 알고", 15권, 414~415쪽.

26) 15권, 415~417쪽.

27) 〈유효공선행록〉의 이본 중 하나인 나손본에는 유홍이 장자권을 탐하게 된 원인으로 자질에 대한 질투 외에 종통과 재산 문제도 언급되어 있다. 김성철, 「〈유효공선행록〉 연구」, 고려대 대학원 석사학위논문, 2002, 22쪽에서 재인용. 재산이 장자인 형에게 다 돌아가고 자신은 무용하게 되리라는 유홍의 막연한 두려움은 장자에게 재산권과 제사권을 몰아서 상속했던 종법제 강화라는 제도적 측면과도 관련 있는 것이다.

28) 물론 이 경쟁 구도에 유연도 참여했던 것은 아니다. 유연의 경우는 더할 나위 없는 우애로 동생을 대했으나 자신보다 능력이 출중한 형에 대해 강한 경쟁심을 느꼈던 유홍은 늘 보이지 않는 경쟁 구도 속에서 형과 자신을 비교하였다.

29) 유홍의 죄상이 드러나 태형을 당하고 수감되는 장면은 6권에 이르러서야 등장한다.

생각은 아니었다. 유부의 다른 가족 구성원 중에서도 이에 동의하는 신하들이 있었다.[30] 이는 법 집행의 타당성을 의미하는 것일 터인데 가족의 입장에서 이를 막고 싶어서 개입한 인물이 유연이다. 유홍의 사형은 당시의 법 감정에도 합당한 것이었을 뿐만 아니라 천자가 직접 개입하여 결정된 것으로 번복하기는 어려운 상태였다.

　유홍의 죄가 안팎으로 드러나고 유정경 역시 잘못을 깨달아 유연은 다시 유부로 돌아오게 된다. 그런데 유연은 여전히 벼슬에는 나아가고 싶지 않았다. 이런 유연이 벼슬에 나아가게 된 것은 동생 유홍을 살리기 위해서였다. 유연은 동생을 변호하기 위해 천자를 알현하여 유홍이 죄가 없다는 장광의 변론을 한다. 유연의 변론을 다 듣고 난 후에도 천자의 생각에는 전혀 변화가 없었다. 그러나 천자는 유연이라는 신하가 필요했던 까닭에 '어진 이의 효우를 상하게 하지 않고자' 유홍을 사형에서 감해 유배 보내겠노라고 대답한다. 동생을 감형해 주겠노라는 답을 한 후 선제의 뜻을 받들어 벼슬자리에 꼭 나아오라고 거듭 당부하는 천자의 말에 거절할 수 없었던 유연은 드디어 응낙을 하게 된다.[31] 유연의 벼슬 응낙은 천자의 감형에 대한 보답의 성격이 강하다.

　문제는 유연이 대궐에 나아가 동생 유홍을 변론한 내용이다. 유연은 '인정에 간절히 부르짖는 것은 동생의 목숨'이라고 인정에 호소하더니 막상은 '인정에 호소하는 것이 아니라 공론을 구하는 것'이라고 하며 '만귀비가 권세 있을 때 바른 말 한 이가 얼마나 되는가?', '동생이 만씨

의 당인 것은 맞지만 다만 동생이 만씨를 배척하지 못 했다고 하여 죽이려는 것은 지나친 처사가 아닌가' 등의 반론을 제시하였다. 그런데 이는 사실과 다르다. 유홍은 단순 가담자가 아니라 적극 가담자였는데 유연은 사실 관계를 왜곡시키면서까지 동생을 옹호하였다. 그리고서는 '선제 명으로 몇 달 만에 남만을 평정한 공이 있으며, 군사가 흩어졌지만 반란은 아니며 벌 받을 줄 알면서도 들어왔으니 그 충심(忠心)은 알 수 있을 것'이고 '허물이 어찌 자신에게 돌아오지 않고 동생에게 돌아갔느냐'[32)]고 호소하였다.

초반에 유연이 강형수의 옥사에 대해 뇨정을 벌해야 한다는 입장을 피력했던 것을 감안해 보면 그는 공의에 대한 감각과 판단이 정확했던 인물이었음을 알 수 있다. 그러나 동생을 살리고 싶었던 까닭에 그는 짐짓 상황을 왜곡해 전달하여 만귀비에 대해 반대하지 않았던 다른 신하들도 동생과 다를 바 없다고 죄상을 희석시키고 결국은 동생이 충심을 지닌 신하인 것으로 결론 맺는다. 여기까지 보면 유연이 동생을 살리고 싶어서 온갖 수사를 동원하는 것으로 보인다. 그런데 유연은 어떻게 이렇게까지 변론할 수 있었던 것일까?

서술에 의하면 유연은 유홍이 실제로 사형에 처해질 것이라고는 생각하지 않았던 것으로 보인다. 유연이 진실로 홍을 안타까워하자 몇 명의 신하들이 유홍에 대한 옥사를 의논하러 왔다가 그냥 입을 다물어 버렸는가 하면 친구 박상규가 유홍에 대한 천자의 진노에 대해 전해 주어도 유연은 동생을 옹호하기만 한다. 이런 유연의 모습에 박상규는 '유홍이 조정과 친척들에게 논죄의 대상'이며 '유홍을 살리고 싶다면 빨

---

32) 유연이 동생을 구하기 위해 대궐에서 상소를 하는 내용은 15권, 446~453쪽.

리 벼슬에 응해 조정 공론에 참여해야' 한다고 조언[33]한다.

그러나 유연은 아직도 사태 파악을 못한 채 유홍에 대해 확신을 가지고 있었다. 그 후 수십 명의 대신들이 유연에게 문병을 왔는데, 유연은 태상경 유선을 남으라고 하더니 '왜 우리 형제의 단점을 들추는가', '유홍 죽이는 게 천자의 덕에 무슨 도움이 되는가[34]' 등의 반문을 하며, 자신이 천자를 만나 동생을 구하겠다고 하면서 대궐에 가서 장광설의 변론을 늘어놓은 것이다.

이런 유연의 모습은 뇨공의 권력 남용과 수뢰에 대해 명백히 논했던 유연의 모습과는 거리가 멀다. 조정의 대신들만이 아니라 유부의 친족이나 친지들도 모두 유홍의 죄상에 사형이 합당하다는 판단을 하는 와중에도 유연 혼자만 사실과는 전혀 다른 인식을 가지고 있었음을 알 수 있다. 그러하기에 앞에서와 같은 사실 왜곡의 변론도 가능했던 것이다. 아무리 뛰어난 군자라고 해도 유연은 동생이 개입한 사건에 대해서는 판단이 제대로 작동하지 않았음을 알 수 있다. 반역의 무리에 가담해 권력을 남용한 신하가 자신의 동생이었을 때 유연 역시 공/사 영역에 대한 판단이 모호해짐을 알 수 있다.

유연은 자신이 더욱 병약해지는 것이 벼슬에 응했기 때문일 것이라고 생각할 정도로 벼슬을 원하지 않는다. 그런데 이런 그가 벼슬에 임할 때에는 두 번 다 동생의 감형, 해배[35] 등 동생 문제가 해결되고 있다. 그가 공직에 대해 매우 가족중심적인 태도로 접근하고 있음을 알 수 있다. 이 같은 가족중심적 태도는 가문 서사의 특징일 수도 있으나

---

33) 15권, 440~442쪽.
34) 15권, 443~445쪽.
35) 16권, 231쪽.

유연의 경우, 상황 판단까지도 제대로 작동하지 않을 가능성도 있다는
점이 문제이다. 서술자는 두 번 다 천자가 유연의 효우에 감동한 것으
로 그려, 이것 역시 유연의 효우를 강조하는 일화로 마무리된다. 그러
나 이는 소위 군자에게도 가족 간의 효우가 국가적 사안보다도 우선하
는 양상을 보여주었다.

유연은 이 작품에서 긍정적 자질을 지닌 신하로 그려진다. 그런데 이
런 유연도 공적인 임무와 사적인 일을 선명하게 구분하고 있지 않다.
가족 일에 공적인 권력이 동원된다. 딸이나 동생 등 가족이 연루된 일
이라면 공/사 구별에 대한 태도나 가치 판단도 흐려지거나 중지된다.
이는 결코 긍정적으로 바라보기 어려운 것인데 서술자는 이에 대해 문
제 삼지 않는다.[36)

3) 유연 효우 수행의 변화 :
내면화된 가치의 실천에서 효제담론의 수단화로

박일용은 유연의 효가 우순 효행담과 상동적 구조를 지녔다[37)고 밝
혔다. 아버지 고수와 동생 상의 살해 모해 속에서도 아버지와 동생을
용서하고 포용하는 순의 효행담은 유연의 효제 수행과 유사한 바 있다.
그런데 유연의 효제 수행이 순임금 고사와 같은 구조를 지닌 효제 수행
이라는 점은 작품의 전반부에만 해당하는 것으로 보인다.[38) 작품 전반

---

36) 이는 특히 주인공인 유연의 인물 형상을 생각할 때 더 아쉬운 지점이다. 이는 인물론을
진행할 때 다시 천착해야 할 문제라고 여겨진다.

37) 유연의 효와 우순 효행담의 구조가 상동적이라는 논의는 박일용(1995) 참고.

38) 왜냐하면 유연의 이 같은 효우 수행은 작품 전반부에서 그려지며 후반부의 유연의 모습
은 기존 연구에서 지적된 바 있는 강력한 힘을 지닌 고루하고 경직된 가부장의 모습이

부에서 유연은 자신을 해하려는 동생 유홍의 음해를 감싸고, 그런 동생의 이간에 넘어가 자신을 핍박하고 장자권을 박탈하려는 아버지에게 순종한다. 아버지와 동생의 허물을 드러내지 않기 위해 자신은 미친 척하며 은둔하는 삶을 선택하려는 것이다.

동양에서 중요하게 거론되었던 우순 효행담의 순 임금 이미지는 『맹자』의 〈진심장구 상〉[39], 『사기』의 〈오제본기〉[40] 등에 언급되면서 완성되었다. 사마천의 기술이 역사적 사실에 대한 것이라면 『맹자』는 순임금 고사에 대한 가정적 질문을 포함하고 있다. 제자 도응이 맹자에게 '순이 천자가 되고 고요가 사사가 되었는데 고수가 사람을 죽였다면 순이 어떻게 했을지'를 묻는다. 도응은 순임금이 아버지를 사랑하지만 사사로운 정으로 공의를 해쳐서는 안 되고, 고요는 법을 집행하지만 천자의 아버지를 벌할 수는 없겠다는 생각을 하며 스승을 떠보기 위한 질문을 한 것이었다. 여기에 대해 맹자는 '법을 집행할 뿐'이라고 하며, '순임금은 천하를 헌 신 버리듯 버리고 몰래 아버지를 업고 바닷가로 도망쳐 평생 기뻐 즐거워하며 천하를 잊었을 것'이라고 대답한다. 순임금은 공적인 의, 즉 법도 왜곡시키지 않았고 효우도 해치지 않았다. 순임금의 고사가 효제 수행담으로 영향력을 갖게 된 결정적 이유는 도응이 질문한 가정적 상황에 대한 맹자의 이 같은 해석에 힘입은 바 있을 것으로 보인다.

『사기』의 순임금 기사는 순임금의 효우와 관련하여 보상의 성격이 드러난다. 이에 비해 맹자의 기사는 순임금이 아버지의 허물을 덮기 위

___

주를 이루기 때문이다. 이 문제에 대해서는 후술하기로 한다.
39) 맹자 저, 김혁제 교열, 『맹자 집주』, 명문당, 1983, 363~364쪽.
40) 사마천 저, 정범진 역주, 『사기』, 까치글방, 2001.

해 천자의 지위를 가차 없이 버릴 수 있는 인물이었음을 설파한다. 효
우하지만 동시에 그는 아버지에 대해 공적인 잣대로, 법의 잣대로 판단
할 수 있는 엄격함 또한 지닌 인물이다. 순 임금의 판단에도 아버지는
유죄이기에 그는 공적 기강이 미치지 않는 방외의 공간으로 도피를 시
도하는 것이다. 맹자의 순임금 해석은 자신이 누렸던 기득권을 포기하
는 내용으로, 여기에서 순임금의 선택은 천자의 자리 즉 사회적 지위가
아니라 단 한 사람 아버지였으며 자연인으로서의 삶이었다. 아버지에
대한 사랑41)으로 사회적 지위와 권력을 포기했을 것이라는 맹자의 해
석이 순임금의 효우의 성격을 완성했다고 하겠다.

　전반부의 유연은 동생과 아버지를 안타깝게 여겨 포용하며, 과거 응
시와 장자권을 기꺼이 포기하고 감내하려는 의지를 보인다. 자신이 학
습한 내용을 삶에서 실천하고자 하는 군자의 모습이다. 유연은 '세상물
욕이 없는' 인물로 설명된다. 아버지가 자신을 몰라준다는 사실에 좌절
하고 자신의 뜻이 왜곡되는 것에 답답해하면서도 시비에 대해서는 간
하고 아버지의 명에 순종하느라 눈물 흘리고 피 토하며 병들어 가는
전반부 유연의 모습에서는 인간적 면모가 드러난다. 그 과정에서 이념
적 수행42) 같은 태도가 보이기는 하나, 효우라는 자신의 가치를 삶 속

---

41) 순임금의 효를 단지 이념적 선택인 것이 아니라 아버지에 대한 사랑으로 볼 수 있는
　근거는『맹자』〈진심장구 상 35〉의 '舜雖愛父 而不可以私害公'에서 찾아볼 수 있으며,
　기존 논의에서도 이 같은 설명을 시도한 바 있다. 자현 김 하부시, 이경하 역, 「효의 감성과
　효의 가치」, 『국문학연구』13, 110쪽. 이 논문에서는 우순 효행담을 "가족에 대한 순의
　한결같은 사랑"으로 설명하고 있다.

42) 아버지에 대한 효와 형제에 대한 우애라는 가치를 실천하기 위함이라 해도 전반부에서
　유연이 보여주는 선택과 포기, 인내 및 그가 겪어야 하는 고초는 통상적인 정도를 지나친
　것처럼 보인다. 그러므로 유연의 효우는 이념적 성격을 지닌 것으로 볼 수 있는데, 이념적
　가치라 해도 주체가 내면화한 가치라는 점은 여전하다.

에서 몸으로 실천하고자 한다는 점에서 전반부 유연의 효우 수행은 진실성을 지녔다고 평가할 만하다.[43] 이런 점에서 전반부 유연의 효우는 맹자가 답한 순임금의 효우를 환기시키기에 족하다. 그러나 순임금의 효우에 합당한 유연의 모습은 여기까지이다. 전반부의 유연이 효우의 가치에 따라 실천하려 했다면, 후반부 유연은 효우라는 가치를 자신이 원하는 방식대로 끌어 사용한다는 혐의에서 자유롭기 어렵다.

기존 논의에서는 작품의 부분을 특정하지 않은 채 전체를 대상으로 유연의 효와 우순의 효가 상동성이 있다고 설명하였다. 그러나 후반부 유연의 효는 우순의 효와 같지 않다. 그리고 이 효우의 '같지 않음'은 인물 성격의 '달라짐'으로 나타난다. 후반부 유연의 모습이 전반부 유연의 모습과 다른 것은 바로 유연이 효우를 수행하는 방식의 차이에서 기인한다. 유연은 과연 언제부터 이렇게 달라지기 시작하는 것일까? 유연이 수행하는 효우의 성격에 변화가 감지되기 시작하는 것은 그가 유부의 장자로 복귀하는 시점과 맞물린다. 또 이 시점은 그가 공/사 영역을 흐릿하게 넘나들기 시작하는 때와 맞물린다.

후반부의 유연 역시 효우한 인물로 간주되는데, 그러나 그 속내는 전반부와는 다른 식으로 펼쳐진다. 유연은 사적인 목적[44]을 성취하기 위해 천자 앞에서 효우를 끌어와 강조했다. 유부로 돌아온 유홍은 집안에 은둔한 채 내내 죄인으로 살아야 했다. 유연은 헌수연을 통해 동생이 자기 공간 밖으로 나올 수 있도록 하였다. 그의 입장에서는 동생의 신원

---

43) 아들의 입장에서 효제 문제를 온몸으로 겪는 전반부 유연이라면 수직적 이념, 아버지라는 존재에 대한 성찰이 가능했을 것으로 기대하게 된다.
44) 이때 조정의 공적 담론은 문제를 바로잡기 위해서는 유홍의 사형이 마땅하다는 입장에 서 있었다.

역시 가문의 위상과 유관한 것이었다. 이때 아버지의 헌수연은 효를 표방한 것이고 효가 관건이니 아들 유홍이 잔치자리에 나와도 비난할 수 없는 명분이 확보되는 자리이기도 하다. 유연은 효를 내세워 동생의 자리를 마련해 주고자 한 것이다. 이 효제에는 순전히 아버지와 동생을 위한 몫만이 아니라 유연의 가문 내 정치에 대한 맥락이 작동하고 있다.

후반부의 유연의 효우는 순임금의 효우와는 성격이 다르다. 우순 효행담의 순 임금은 아버지를 위해 천자라는 사회적 지위도 포기할 것으로 기대되는 인물이었고, 전반부 유연의 선택 역시 그러하였다. 반면 후반부 유연은 효를 내세워 가문의 창달을 기도한다. 목적 달성을 위해 효우의 논리를 동원했다. 이때 효우는 짐짓 상황 판단을 무마할 수 있는 논리이자 거래의 대상이 된 셈이다. 전반부 유정경의 명이 불합리한 것이었다면 후반부 유정경의 명은 매우 합당한 것일 경우가 많다. 그러나 가문의 사회적 지위와 평판이 우선이 된 유연에게 아버지 유정경의 뜻은 때로 무시 가능한 것이 되었다. 후반부 유연은 불의와 불효 사이에서 고민하는 장면을 연출하지 않는다. 아버지의 뜻과 달라도 고집한다. 실천하고자 추구했던 가치였던 효우, 그 자체로 목적이었던 효우를 수단화할 수도 있게 된 후반부의 유연. 이런 유연의 모습은 전반부 유연의 모습과는 상당한 거리가 있으며, 전·후반부 주인공의 인물 형상에 대한 서술이 다른 까닭은 바로 효우를 수단화하게 된 주인공의 모습에서 연유하는 문제이다.

가문이라는 목적을 위해 자신의 뜻을 접고 벼슬에 나가야 했던 유연은 삶의 방식 역시 달라진다. 후반부 유연은 자연인 혹은 개인으로서의 삶이 아니라 가문, 즉 사회의 위계질서 내에서의 자기 집안의 위상 유지를 선택한 것이다. 이는 아버지 개인에 대한 사랑, 형제간의 우애만

이 아니라 많은 권력 관계가 이미 포함된 게임을 선택한 것이다. 유교적 덕목들은 실제 행동의 준거로서가 아니라 필요할 때 사용 가능한 명분이 될 수 있었고, 효우나 가족관계 역시 그런 선택의 연장선상에 있는 것이다. 이런 까닭에 후반부 유연은 부인, 아들과의 관계에서도 소통 장애와 같은 어려움을 겪는 것으로 보이며, 가문이라는 지향 앞에서는 부인도, 아들도 수단화되었다.

4. 효제(孝悌)와 가문이기주의, 그 한끝 차이

'효제'하면 가족이 화목할 것 같다. 자잘한 갈등은 있을 수 있으나 궁극적으로는 그러할 것이다. 그런데 〈유효공선행록〉에서는 다른 현실을 보여준다. 작품 초기부터 유연은 효성스럽고 우애 있는 인물로 칭해진다. 그러나 이 작품은 이대에 걸친 부자갈등을 축으로 전개된다. 신화에서 아버지와 아들은 긴장관계에 놓인다. 신화적 구도에서 아버지는 아들의 극복의 대상이 되기 때문이다. 그러나 현실에서의 '아버지와 아들'이라고 하면 다른 그림을 꿈꾼다. 아버지는 아들을 자애로 기르고 아들은 아버지에게 효도를 하는 것, 이것이 아마 유교 사회에서 보편적으로 기대하는 이상적인 부자관계일 것이다. 문제는 효가 이념화될 때이다. 이념화된 효는 충으로 연결되는 통치의 도구이며 그 사회의 기존 체제를 공고화하는 기제로 작용한다. 이념으로 굳어진 효는 도식화되고, 누군가가 이념화된 효의 틀 안으로 들어서기로 결정한다면 그는 그 순간 자신에게 주어진 그대로의 방식을 자신의 삶의 방식으로 받아들인 것이 된다. 효제에 대한 유연의 태도 변화는 바로 등장인물 유연이 그런 선택을 한 결과이다.

아버지와 부인 사이에서, 불의와 불효의 갈등 사이에서 이념에 의해 당위로 아버지를 선택한 유연. 이 순간 유연은 만약 자신이 아버지 대신 부인과의 관계 유지를 선택할 때 자기 가문에 닥쳐올 위기를 떠올리고 있었을 수도 있다. 동생을 위해 장자의 자리를 내어주고 거짓 미친 척으로 벼슬길을 포기했던 것을 생각해 보면 유연은 자기 자신의 일생이나 출세는 포기할 수 있었던 것으로 보인다. 이는 자신이 더 가치 있다고 생각하는 동생과 아버지를 위해서라면 소위 '남아로 태어나면 공맹을 배워 출장입상하고 아름다운 이름을 후세에 드리워야 한다'는 당대 사회의 가치는 저버릴 수도 있었던 소극적 저항에 해당한다. 그런데 이런 유연도 자신의 존재 근거, 대사회적 얼굴의 근간을 이루었던 자기 집안, 가장인 자기 아버지를 포기하는 데까지 이르지는 못한 것이다. 적극적 저항 내지 적극적 포기에 이르지는 못한 유연, 문제는 여기에 있다. 더 치열하게 고민했어야 비판적 지성인데, 유교적 가부장제의 가치들을 적극적으로 내면화했던 유연은 가문 위기의 순간을 맞닥뜨려서는 친친의 원리를 가문이기주의의 방향으로 해석, 적용한다. 작품 전반부의 부자갈등에서 유연은 동생을 위해 장자권을 포기하지만 자신이 가문을 지키기로 결심한 이후 후반부의 부자갈등에서 유연은 가문 유지를 위해 친자를 포기한다.

가문을 위해 유연은 천자와 일종의 거래를 한 셈이다. 유연 같은 신하가 필요했던 천자는 죄인 유홍을 풀어주고 신하를 얻었고, 평생 벼슬 안 하고 살기를 원했던 유연은 벼슬에 나가기로 합의하고 동생과 가문을 살렸다. 동생의 죄과에 대한 유연의 해석은 자신의 공적 지위를 사적인 목적으로 사용한 것이다. 서술자는 긍정적으로 서술하나, 그리고 그 사회의 인정도 받으나 유연은 실은 점점 괴물을 만들어 내는 구도 안으로 들어간 것이다. 부인에게, 자식에게 폭력을 휘두르면서도 가문 논리로 그것을 정당화하고, 그래서 부인이나 자식에게 깊은 심리적 상처를 남기고, 결국 자신도 행복하지 않은 사태의 반복. 폭력적 가장, 반복되는 가정에서의 폭력적 권위, 그가 보여주는 것은 다른 가족 구성원과 친밀한 관계에 들어가지 못하는 가족 내 외톨이 가장의 모습이다. 아버지의 폭력에 노출된 아들로서 경험했던 폭력을 유연은 아버지가 되어, 폭력의 주체가 되어 자신의 아들에게 고스란히 행사한다. 군자라 일컬어지는, 그 사회의 관용을 얻는 아버지의 폭력, 가장의 폭력이다.

　서술자는 유연이 효제했다고 말하나, 부모에게 효도하고 형제에게 우애 있는 주인공이 그 대상인 아버지, 동생과 친밀한 관계에 들어가지 못하고, 공적 지위를 남용하고 사리사욕을 인정했던 아버지와 동생의 가치관을 넘지 못했다. 이는 결국 선한 주인공의 패배다. 서술자 역시 주인공과 비슷한 가치관을 가지고 있기에 유연을 긍정적 주인공으로 서술하나, 그래서 유연이 주인공의 위치, 지위를 잘 확보해 내고 그 임무를 잘 수행해 낸 것으로 평가하나, 실상 유연은 작품 초기 대립을 보였던 그들의 세계관, 그들의 가치관 쪽으로 넘어간 셈이기 때문이다. 공사 영역의 경계를 흐린 판단, 가문논리가 사적 욕망임을 제대로 간파해 내지 못한 주인공, 가문 논리와 묘하게 겹치는 효제 등과 같은 문제가 보인다. 가장인 아버지는 가문 살리는 것을 중시하고, 비단 유정경만이 아니라 당대의 아버지들, 당대의 가부장제, 당대의 법이 가문을 중시했으므로 아버지의 뜻을 따르면, 주인공이 이를 '양지'로 해석했으면, 그 역시 가문을 살리는 방향을 선택하게 되는 것이다.

　또 동생을 살리고 싶은 유연의 마음도 비슷한 행보를 보인다. 동생의 행위에 대한 옳고 그름을 분별하는 문제와 동생을 아끼는 마음을 뒤섞어 행동한 유연은 동생의 행위를 합리화시켜 주는 방향으로 논리를 세우게 된다. 그는 동생을 아끼는 마음이 큰 나머지 법적 판단을 넘어서 버렸다. 유연은 이런 자신의 상태를 '제(悌)'라는 명분을 내세워 합리화하여 천자를 설득하는 데 성공했으나 이는 결국 천자와의 공모 관계에 의한 합의인 셈이다.

이념적 당위성에 대한 인정은 이념적 폭력성을 부여 받는다. 효제의 틀, 그 프레임으로 자신의 행동을 합리화하나 그 근저에는 삿된 욕망, 가문논리의 충실한 수행자로 변해 버린, 가문의 안녕과 번영을 위해서는 공적 판단의 문제까지도 기꺼이 왜곡하는 일개 유교 관리 유연의 탄생이 놓여 있다. 그 유교 관리의 불행한 가정생활이 작품 후반부에 그려진다. 가정 안에서 그는 어디에도 마음 붙일 데가 없다. 그의 식구들, 그의 아내나 그의 아들 역시 불행하다. 부인은 남편에 대해 냉소적 시선을 보내는 인물로 변했고 아버지 유연의 인정을 갈구했던, 인간적 감정을 품고 있었던 부드럽고 효성스러웠던 아들 우성은 결국 그 과정에서 생긴 심리적 상처로 인해 애꿎은 자기 부인에게 폭력을 휘두른다. 유연과 비교했을 때 구체적 전개 과정에서는 차이가 있으나 큰 틀에서 유우성은 아버지 유연이 간 궤, 즉 효성스러웠으나 부자 간 갈등을 거치면서 폭력적 가장이 되는 전철을 따라간다.

〈유효공선행록〉은 이대에 걸친 부자갈등을 통해 도구화된 이념이 개인의 삶을 왜곡시키는 과정을 보여주는 작품이다. 조선 후기 가족 문제와 이념의 작동 방식, 가부장권이 강화되는 사회상 등 다양한 요소들이 반영되어 있는 〈유효공선행록〉은 자신이 내면화한 가치를 스스로 도구화하는 사이에서 발생하는 문제들, 한 번 선택하면 돌이키기 어려운 현

실, 그리고 성공 서사의 끝이 공허할 수도 있음을 보여준다는 점에서
여전히 문제적이다.

'모성대상'에 대한 자기서사의 단절과 재건, 〈장화홍련전〉의 모녀

김수연

1. 계모 이야기의 독법에 대한 문제 제기

〈장화홍련전〉은 17세기 중반에 발생한 살인 사건을 바탕으로 만들어진 소설이다. 1650년대에 일어난 것으로 알려진 전실 자식 살해 사건은[1] 하나의 설화군을 이룰 정도로[2] 많은 사람 사이에 회자되었다. 그러다 1758년경에는 한문 소설체로 기록되기도 하였다.[3] 해당 작품은 현재 확인이 어렵지만, 현존하는 최고 기록인 박인수본(1818년 창작)에서 그 형태를 확인할 수 있다. 40여 종의 이본을 통해 당시의 인기를

1) 정지영, 「〈장화홍련전〉-조선후기 재혼가족 구성원의 지위」, 『역사비평』 61, 역사문제연구소, 2002, 422쪽.
2) 서은아, 「〈장화홍련〉 이야기의 문학치료적 효용」, 『문학치료연구』 7, 한국문학치료학회, 2007, 91~115쪽.
3) 전성탁은 김모의 『조선소설사』(학예사, 1939, 182쪽)와 김기동의 『이조시대소설론』(정연사, 1659, 323쪽, 박성희, 『고대소설사』(일신사, 1964, 368쪽)에서 박인수본 이전에 박경수본이 있었다는 언급이 있다고 했다. 전성탁, 「장화홍련전의 일연구-박인수작 한문본을 중심으로」, 『국어교육』 13, 한국국어교육연구회, 1967, 13~15쪽.

가늠할 수 있는 〈장화홍련전〉4)은 한국의 대표적 계모 이야기로, 이후
에 등장하는 〈콩쥐팥쥐〉류에 많은 영향을 미치기도 하였다.

　　그동안 〈장화홍련전〉 연구는 살인사건의 진실을 파헤쳐보려는 시도
에 집중했었다. 초기는 재산에 대한 욕심으로 인해 전실 자식을 죽인
계모에 대한 비난이 우세했으며, 이후에는 가부장제의 폭압 속에서5)
악녀가 될 수밖에 없었던 희생양으로서의 계모에 대한 이해를 시도했
다.6) 때로는 무능한 가부장에 대한 날선 비난과 전처−후처를 중심으로
하는 자궁가족 간의 갈등에 대한 고찰이 이루어지기도 했는데, 이 모두
가 살인사건에 대한 의미를 해명한 작업들이다. 이 작업들은 한 가정에
서 특수한 지위에 있는 계모에 대해 서로 다른 시선을 투영하지만, 궁
극적으로 계모와 다른 가족구성원이 화합하지 못하고 있다는 결론에
대해서는 일치하는 견해를 보인다. 이러한 독법으로 읽는다면, 〈장화
홍련전〉은 기존의 가족관 하에서는 용인될 수 있는 이야기지만, 다양
한 형태의 가족을 수용하고 이해해야하는 오늘날 독자들에게 그다지
적절한 서사가 아닐지도 모른다.

---

4) 서혜은은 〈장화홍련전〉의 이본을 4계열로 나누고 그것들이 시대적 흐름과 독자 성향을
　나타낸다 하였다. 서혜은, 「〈장화홍련전〉 이본 계열의 성격과 독자 의식」, 『어문학』 97,
　한국어문학회, 2007, 387~418쪽. 작품을 참고할 경우 제1계열은 박인수본(전성탁 위의
　논문 부록), 제2계열은 김광순 소장 31장본(김광순 소장 『한국고소설전집』 32, 경인문화
　사, 1994), 제3계열은 규장각소장(가람본) 33장본, 제4계열은 경판 28장본(김동욱 편, 『한
　국고전소설판각본자료집』 5, 국학자료원, 1994)을 대표본으로 삼았다.
5) 탁원정은 장화홍련의 억울한 죽음이 가부장제의 강박 때문이라 보았다. 탁원정, 「〈장화
　홍련전〉의 서사공간 연구−박인수본, 신암본, 자암본을 대상으로」, 『고전문학연구』 31,
　한국고전문학회, 2007, 61~98쪽.
6) 윤정안, 「계모를 위한 변명−〈장화홍련전〉 속 계모의 분노와 좌절」, 『민족문학사연구』
　57, 민족문학사학회, 2015, 63~86쪽; 이정원, 「〈장화홍련전〉의 환상성」, 『고소설연구』
　20, 2005, 99~135쪽; 정지영, 앞의 논문, 422~441쪽; 조현설, 「남성지배와 〈장화홍련
　전〉의 여성형상」, 『민족문학사연구』 15, 민족문학사학회, 1999, 102~131쪽.

그럼에도 〈장화홍련전〉은 지금도 여전히 한국의 대표적 고전소설이
고, 심지어 오늘날 유소년기 아이들에게 많이 읽히는 동화 중 하나로
자리 잡았다.[7] 주지하듯 이 작품은 계모와 전실 자식의 갈등을 다루었
다. 작품 속의 계모는 추하고 악한 반면, 전실 자식 장화와 홍련은 아름
답고 가련하다. 아버지의 묵인 혹은 동의 하에 계모는 장화를 연못에
밀어 넣어 죽이고, 장화와 홍련은 권선징악을 명분 삼아 계모와 이복
동생이 갈기갈기 찢겨 죽는 벌을 받게 만든다. 이런 잔혹동화를 아이들
은 왜 기꺼이 읽는 것일까? 연구자들의 설명처럼, 이 작품이 가부장제
하에서 재산 다툼, 자궁 세력 다툼 혹은 모순된 제도 하의 희생양 이야
기로만 이해된다면 아이들이 그것을 즐겨 읽을 이유도 동시에 아이들
에게 그것을 읽힐 이유도 없을지 모른다. 최근에 제기된 것처럼 〈장화
홍련전〉을 유아살해에 대한 부모들의 죄의식과 그것에 대한 책임을 사
회적 약자인 계모에게 전가하는 이야기로 읽어도 마찬가지다.[8]

아이들이 이 작품을 즐겨 읽고 재미있는 이야기라고 느끼는 것은 작
품과 독자 사이에 공감대 형성이 성공적으로 이루어졌음을 말한다. 이
는 작품에 기존의 해석과는 다른 서사, 즉 갈등서사를 넘어 아이들의
입장에서 충분히 공감하는 서사가 존재한다는 의미이다. 그렇다면 아

---

7) 권순긍이 단양중 2학년 150명을 대상으로 조사한 독서실태에 따르면, 〈장화홍련전〉은
〈콩쥐팥쥐전〉, 〈흥부전〉, 〈토끼전〉, 〈홍길동전〉, 〈심청전〉에 이어 6번째로 많이 읽힌 독
서물이다. 응답자 95명 중 90명이 초등학교 과정에서 이 책을 읽었다고 하였다. 권순긍,
「〈콩쥐팥쥐〉 서사의 문학치료학」, 『문학치료연구』 30, 2014, 71쪽. 실제로 2015년 10월
현재, 국내 최고의 서점 사이트(교보문고)에서 30종에 가까운 초등학생용 〈장화홍련전〉
이 판매되고 있다.
8) 심우장은 〈장화홍련전〉은 부모입장에서의 유아살해에 대한 집단 기억과 죄의식 측면에
서 논한 바 있다. 심우장, 「유아살해서사의 전통과 영화 〈장화, 홍련〉」, 『문학치료연구』
31, 한국문학치료학회, 2014, 69~100쪽.

이들은 이 작품을 어떠한 이야기로 읽고 있으며, 이 이야기를 통해 어떠한 위안을 얻고 있는가? 이 작품은 유소년기 아이들에게 어떠한 경험을 제공하는가? 〈장화홍련전〉이 오늘날 아이들에게 새로운 고전이 될 수 있는 가치는 어디에 있는가? 이 글에서는 유년기 아이들이 〈장화홍련전〉에 매료되는 이유를, 자기서사가 형성되는 유년기의 심리적 성장 단계와 관련하여 살펴보고자 한다. 이를 위해 현대 정신분석학의 흐름을 반영한 상담심리학과 문학치료학의 도움을 빌릴 것이다.9)

2. 유소년기 자기서사의 형성과정과 거절당함의 트라우마

자기서사(self-epic)란 정운채가 문학치료학을 통해 제시한 개념이다. 문학치료학은 "문학작품을 바라보는 방식으로 우리 인생을 바라"볼 것을 제안한다.10) "인간 활동 그 자체가 문학이며, 더 나아가 인간 그 자체가 문학"이라는 시각은11) 모든 인간이 각자의 "문학적 실마리"를

---

9) 〈장화홍련전〉에 대한 정신분석학적 접근은 많지 않다. 소설은 더욱 적고, 공포물로 영화화된 작품을 대상으로 논의가 있었다. 프로이트의 이론을 바탕으로 한 일렉트라 콤플렉스를 적용하는 관점이 주를 이룬다. 박부식, 「영화적 환상에 관한 정신분석적 연구 : 〈장화홍련〉, 〈거미숲〉, 〈올드보이〉를 중심으로」, 동국대 석사학위논문, 2004; 김해미, 「영화〈장화홍련〉의 공포 표현에 관한 연구: 줄리아 크리스테바의 이론을 중심으로」, 홍익대 석사학위논문, 2010; 하선화, 「한국 공포영화 속 모성담론의 재해석에 관한 연구: 정신분석학적 프랑스페미니스트 논의 개입을 위하여」, 동의대 석사학위논문, 2006; 박진, 「공포영화 속의 타자들: 정신질환과 귀신이 만나는 두 가지 방식: 〈장화홍련〉, 〈분홍신〉, 〈거울 속으로〉, 〈거미숲〉을 중심으로」, 『우리어문연구』 25, 2005; 박시성, 「김지운의 장르영화에 나타나는 시선의 정신분석: 노스탤지어 또는 선망」, 『영화』 1, 2008; 이희, 「고전소설 장화홍련전의 정신분석적 주석」, 『정신건강연구』 9, 1990. 이 글에서는 프로이트 이론을 극복하며 새롭게 제안되고 있는 현대 정신분석학의 대상관계 관점을 참고할 것이다.

10) 정운채, 「문학치료학의 서사이론」, 『문학치료연구』 9, 한국문학치료학회, 2008, 250쪽.

지니고 있음을 주장한다.12) 인간이 문학이라는 점에서 자기서사는 넓은 의미의 작품서사에 포함된다. 이는 문학의 작품서사를 파악하는 일이 곧 인간의 자기서사에 대한 이해를 돕는 작업임을 말해준다. 여기서 말하는 서사(epic)의 핵심에는 인간관계가 놓여 있다. 서사는 우리들의 삶을 구조화하여 운영하는13) 인간관계의 "형성과 위기와 회복에 대한 이야기"인 것이다.14)

    문학치료학은 문학의 본질적 기능을 치료로 보고 제안된 연구방법론이지만,15) 구체적 증상에 대한 치료를 목적으로 삼지 않더라도, 작품서사를 통해 인간 내면에서 작동하는 자기서사를 이해할 수 있게 한다는 점에서 의미가 있다. 작품에 접근하는 기존의 독법을 반성하고, 오늘날에 의미 있는 서사의 발견을 독려하기 때문이다. 특히 인간의 삶을 운영하고 행동양식을 특징짓는 '자기서사'에 대한 주목은 우리가 태어나면서부터 맺게 되는 관계들을 성찰하게 한다.16) '관계'에 대한 주목은 현대 정신분석학에서 주목하는 대상관계이론 및 자기심리학과 만나는 부분이기도 하다.17)

---

11) 정운채, 위의 논문, 248쪽.

12) 정운채, 「고전문학 교육과 문학치료」, 『국어교육』 113, 2004, 113~114쪽.

13) 정운채, 「서사의 힘과 문학치료방법론의 밑그림」, 『고전문학과 교육』 8, 2004, 171쪽.

14) 정운채, 「인간관계의 발달과정에 따른 기초서사의 네 영역과 〈구운몽〉 분석 시론」, 『문학치료연구』 3, 2005, 20쪽.

15) 정운채, 「한국고전문학과 문학치료」, 『조선학보』 183, 2002, 40쪽(『문학치료의 이론적 기초』, 문학과치료, 2005, 268쪽).

16) 문학치료학에서는 인간관계의 발달과정에 근거하여 기초서사를 자녀서사, 남녀서사, 부부서사, 부모서사로 구분하고 각 서사단계에서의 과제를 순응, 선택, 지속, 양육으로 보았다. 정운채(2005), 위의 논문, 10~21쪽. 이때의 기초서사는 생물학적 차원이 아니라 관계적 차원에서 설정된 것이다.

17) 프로이트 사후 지속적으로 고전적 정신분석학에 대한 반성과 재검토가 이루어졌다. 그

인간은 태어나는 순간부터 타인과 관계 맺기를 시작한다. 그중에 가장 중요한 것이 유년기의 인간관계이다. 유년기 인간관계의 최초 대상은 부모이다. 부모와의 관계맺음이 지닌 특성은 성장하는 과정에서 겪게 되는 관계들에 지대한 영향을 미치게 된다. 부모와 충분히 공감적 관계를 경험한 아이는 이후 안정과 신뢰를 바탕으로 한 인간관계를 만들어가게 된다. 반면, 공감적 관계가 부재한 아이들은 사람들과 관계를 맺는 것에 어려움을 느낄 가능성이 크다.

현대 정신분석학은 아이의 자아 발달에 영향을 미치는 '대상관계'에 주목하며, 부모와의 공감적 관계가 부재한 아이들은 자기감의 결핍을 경험하게 된다고 주장한다. 자기심리학을 제창한 하인즈 코헛(Heinz Kohut, 1913~1981)은 아동의 심리적 성장단계 즉 자기애 발달 단계에서 부모는 최초의 자기대상(self-object)이 된다고 한다. '자기대상'이란 아이의 자기애적 요구에 공감적으로 반응하여 '자기의 일부처럼 경험되는 존재'를 말한다.[18] 자기대상은 자기로부터 분리되거나 독립된 존재로 경험되지 않는다.[19] 초기 프로이트 학파는 자기애를 '리비도가 자기에게 집중된 상태'로 보았지만,[20] 코헛은 강렬한 자기애적 경험 중 일부는 외부 대상과 관련이 있다고 이야기한다. 즉 인간은 자기 내적 투자를 위해 자기대상들을 사용하기도 하고 자기와 분리되지 않는 일부

핵심은 독립적 자아 개념에서 관계적 자아로의 이동이라 하겠는데, 대상관계 이론과 자기심리학이 대표적이다. 스테판 밋첼·마가렛 블랙, 이재훈·이해리 역, 『프로이트 이후 현대정신분석학』, 한국심리치료연구소, 2002, 158~292쪽.

18) 하인즈 코헛, 이재훈 역, 『자기의 분석』, 한국심리치료연구소, 2002, 10쪽.

19) 하인즈 코헛, 이재훈 역, 위의 책, 15쪽.

20) 하인즈 하트만(Heinz Hartmann, 1894~1970)의 '정상적 자기애'가 대표적이다. 하트만은 자기에 대한 리비도적 투자를 자기애로 보았다. 이는 자기애를 모든 에너지와 관심을 자기에게 집중하는 것으로 이해한 프로이트의 관점을 계승한 것이다.

로 경험한다는 것이다.21)

아동의 발달 단계에서 부모는 최초의 자기대상으로서, 아이의 자기
애 형성에 중요한 영향을 미친다. 아이는 최초의 대상관계를 부모와 더
불어 만들어 가는데, 이 과정에서 아이는 자기애를 경험한다. 이때 만
들어진 '관계의 성격'이 그 아이의 기본적 자기서사를 형성한다고 볼
수 있다. 아이는 자기대상으로서의 부모를 자신의 일부로 인식하고 절
대적으로 의지한다. 자기를 향한 에너지와 집중을 부모에게 동일하게
투사하는 것이다. 그리고 부모가 그러한 자신의 자기애적 요구를 수용
할 것이라 기대하고 열망한다. 이것이 수용되면 그는 공감적 관계를 경
험하지만, 거절당할 경우 자기애를 경험하지 못하고 자기감의 결핍을
겪게 되는 것이다. 이러한 결핍은 이후 맺게 되는 인간관계에 트라우마
로 작용하며, 이상적 징후로 드러나기도 한다.22) 문학치료학적 입장에
서 볼 때 이러한 이상적 징후는 자기서사의 왜곡으로 인해 야기되는
인간관계의 불편함이라 할 수 있다.

이처럼 '관계'를 중심으로 한 문학치료학의 자기서사 개념과 정신분
석학의 대상관계 이론은 우리가 고전의 작품서사를 이해하는 데에도
시사점을 준다. 유소년기 인물을 대상으로 한 작품에는 오늘날 또래 독
자들이 공감할 "관계의 형성과 위기와 회복"의 서사가 내포되어 있음을
유념하고 읽어나가야 한다는 성찰이 그것이다. 〈장화홍련전〉의 주인공

---

21) 하인즈 코헛, 앞의 책, 9~10쪽.

22) 아동에게 나타나는 이상적 징후에는 자기과대감(A sense of grandiosity), 박해자로서
의 초자아(ego-destructive superego), 투사적 동일시가 있다. 장정은, 「놀이치료의 정신
분석적 주제와 문학치료적 함축」, 한국문학치료학회 제143회 학술대회 발표요지, 2015년
9월 19일, 2~7쪽.

은 소녀들이다. 장화와 홍련은 어린 나이에 자신의 절대적 보호자인 어머니와 사별한다. 이본에 따라 차이는 있으나, 대개는 장화가 6세, 홍련이 4세 때 친모 강씨가 세상을 떠나는 것으로 되어 있다.[23] 그리고 아버지 배좌수는 장화와 홍련을 돌볼 사람을 찾기 위해 혹은 아들을 얻기 위해 새로운 배우자 허씨를 들인다.[24] 허씨는 장화홍련이 혼인할 나이 즈음에 두 딸을 모함하고, 아들 장쇠를 시켜 자매를 죽게 한다. 그러나 마침내는 죄가 발각되어 아들과 함께 능지처참의 형벌을 받고 죽는다. 이본 가운데 가장 후대에 등장하고 대중적 특성이 두드러지는 방각본과 활자본 계열에서는 배좌수가 세 번째 부인으로 윤씨를 들이는 화소가 첨가된다. 그들 사이에서 장화홍련이 재생하고 성장하여 출가하는 내용이 더해진 것이다. 현재 많이 읽히는 동화 〈장화홍련전〉의 저본은 윤씨가 등장하는 후대본 계열이다.[25]

장화와 홍련은 어린 나이에 친어머니 강씨를 상실한다. 강씨는 생물학적 개념의 어머니인 동시에 아이들의 절대적인 자기애 대상 즉 가장 '안전하고 신뢰할 수 있는'[26] 관계인 '모성 대상(maternal object)'이기도 하다.[27] '강씨의 죽음'으로 형상화 되는, 아이들을 따뜻하게 품어주고

---

23) "長女年六歲, 次女年四歲, 遭母喪"(박인수본, 전성탁, 위의 논문, 18쪽). 장화는 2~3살에 홍련이 태어났고, 홍련도 2~3살에 어머니를 잃었다. 이들은 모두 충분한 모성을 확인하지 못한 상태에서 어머니와의 관계 단절과 상실을 경험한다.

24) "두 딸을 거두어 키우기 위해 후취를 하였는데, 두 아들을 낳았으니[爲二女後娶生二子]"(박인수본, 전성탁, 앞의 논문, 18쪽), "이적의 좌쉬 비록 망쳐의 유언을 싱각ᄒᆞᄂ 후스ᄅᆞᆯ 아니 도라보지 못 홀지라"(경판 28장본, 위의 전집, 802쪽).

25) 여기서는 활자본을 저본으로 삼은 조현설의 현대역본 『장화홍련전』, 현암사, 2005를 중심으로 서술하겠다.

26) 정신분석학과 상담심리학에서 내담자는 상담가를 '안전하고 신뢰할 수 있는 대상' 혹은 '관계'로 인지한다. 여기서는 유사한 의미로 해당 표현을 빌렸다.

27) '모성 대상'은 자기대상으로서의 '모성'이라는 의미로, 필자가 제안하는 조어이다. 이때

지지해주는 '모성 대상'의 상실은 장화와 홍련이 의도한 것이 아니라는
점에서 강제적이다. 때문에 그것은 자매에게 폭력에 의한 빼앗김과 유
사한 상처를 남긴다. 자기서사를 만들어가는 유소년기에, 장화와 홍련
은 자신들에게 충분히 공감해줄 대상을 잃고, 이로 인해 공감적 반응의
결핍을 경험한다. 이것은 자기애적 요구를 거절당한 것과 같은 내상(內
傷)을 남긴다. 아이들은 어머니의 죽음으로 거절당함의 트라우마를 갖
게 된 것이다.

　이러한 트라우마는 '안아주는 환경'[28]으로서의 '모성 대상'을 대체할
수 있는 긍정적 자기대상 관계의 발견으로 치유될 수 있다. 모성 대상
상실에 대한 치유는 남은 부모가 해야 할 역할이기도 하다. 만약 배좌
수가 장화와 홍련에게 충분히 신뢰할 수 있는 양육 환경을 제공했다면,
아이들의 내상은 쉽게 회복되었을 것이다. 그런데 배좌수는 자매들을
돌볼 사람이 필요하다는 이유를 대며(박인수본), 그러나 내심 아들을 얻
기 위해서(경판본) 서둘러 재혼한다. 아버지의 재혼은 아이들의 트라우
마를 더욱 강화시키는 역할을 한다. 아버지의 재혼은 아버지 스스로가
어머니를 대체할 만큼의 절대적 대상관계를 제공하지 않았다는 것을
의미하기 때문이다. 그러나 더 큰 문제는, 아이들이 어머니의 죽음으로
인한 '상실과 거절당함의 트라우마'를 충분히 이해받지 못한 상태에서,
자신들과 절대적 공감 관계가 되어야 할 '안전하고 신뢰하는' 모성 대상

　'모성'은 생물학적 개념이 아니고, 정신적·관계적 측면을 강조한 말이다. 이는 작품 후반
　부에 등장하는 철산 부사가 '모성 대상'의 역할을 한다는 데서 알 수 있다.
28) 도널드 위니캇은 분석과정에서 분석가가 환자에게 '안아주는 환경'이 되어야 한다고
　말했다. 이는 코헛이 말한, '양육적인 환경'으로 모두 긍정적인 자기대상 관계를 설명하는
　용어이다. 스테판 밋첼, 위의 책, 275~280쪽.

의 자리에 낯선 사람 즉 허씨가 들어앉도록 강요받았다는 데 있다.

허씨가 비록 아이들에게 강요된 모성적 자기대상일지라도, 그녀가 지속적으로 아이들을 격려하고 품어주었다면 문제는 달라졌을 것이다. 그러나 허씨는 배좌수와 혼인을 한 직후, 아들 셋을 연달아 출산한다. 이는 허씨가 장화 홍련에게 온전한 '모성 대상'으로 기능하지 못했음을 말해준다. 이처럼 지속되는 지지와 공감의 결핍으로, 아이들의 내면에는 공격적이고 파괴적인 자기서사가 나타나게 된 것이다. 일반적으로 자녀 단계에서는 '순응'을 핵심과제로 삼는 자기서사가 형성된다.[29] 초기의 장화 홍련을 보면, 충분히 부모와의 순응적 관계형성이 가능해보인다. 그러나 지속되는 공감의 결핍은 자매들의 내면에 분노와 증오의 자기서사가 자리하게 만들었다. 이는 자매가 사후 원귀가 되어 철산 부사에게 나타나는 장면에서 확인할 수 있다. 장화 홍련은 부사에게 자신들의 억울함을 호소하고 허씨의 죄악을 폭로하는데, 이때 그들이 전하는 허씨에 대한 '말'은 매우 악의적이다.

말의 요지는 '계모의 심한 학대에도 자신들은 부모의 뜻을 공경하고 행동을 조심히 했으나, 아버지는 행실이 좋지 않고 거짓말을 잘하는 흉녀 허씨에게 미혹당하고, 종국에는 허씨가 흉계를 꾸며 자신들을 죽게 했으니 사무친 원한을 갚아 달라'는 것이다.[30] 여기서 주목할 것은 장화 홍련이 허씨에 대한 공격성을 드러내고 있는 점뿐 아니라, 아버지 배좌수 또한 안전하고 신뢰할 수 있는 자기대상으로 여기지 못하고 있다는 사실이다. '아버지가 흉녀에게 미혹당했음'을 호소하는 것은 우리

29) 정운채(2008), 앞의 글, 254쪽.
30) 조현설, 『장화홍련전』, 현암사, 2005, 58~66쪽.

가 앞서 지적한 바대로, 배좌수가 아이들에게 강씨를 대신하는 대상관
계를 제공하는 데 실패했음을 분명하게 드러낸다. 자매들은 어머니(강
씨, 허씨)뿐 아니라 아버지와의 공감적 관계 형성에도 실패했다. 배좌수
가 딸들의 트라우마를 돌아보지 않고 가장 신뢰해야 하는 '모성 대상'의
자리에 낯선 여인을 데려왔으며, 쉽게 흉녀에게 미혹되었기 때문이다.
허씨에게 '미혹되었다'는 것은 아버지가 딸들보다 허씨와 더욱 공감적
관계를 맺었다는 의미이다. 장화홍련은 아버지에 대한 불신을 애써 허
씨 탓으로 돌리지만,31) 그들은 아버지에게 거절당한 상처를 충분하고
깊게 자각하는 것이다.

〈장화홍련전〉은 4~6세에서 10대까지에 걸친 소녀들의 자기서사 형
성과정을 이야기한다. 특히 어린 시절 경험해야 할 공감적 반응이 결핍
된 아이들, 자기애적 요구를 충분히 수용하고 공감해주는 자기대상으
로서의 부모를 경험하지 못한 아이들의 자기서사에 주목한다. 어린 시
절 자기를 홀로 남겨두고 떠난 엄마, 엄마의 자리에 새로운 여인을 들
인 아버지, 새로 들어온 또 다른 엄마 그리고 의붓 형제들을 대상으로
이루어지는 관계맺음이 작품서사의 핵심인 것이다.32) 때문에 유사한
인간관계를 경험하거나 비슷한 관계를 상상하는 또래 여학생들이 이
작품에 쉽게 공감하게 된다. 유소년기 여학생들의 경우, 자기서사를 형
성하는 과정에서 부모와 형제가 매우 중요한 자기대상으로 작용한다.

31) 장화홍련은 부사에게 "아비는 터럭만치도 악한 마음이 없는 어진 분인데 간특한 계모의
꾀에 빠져 이 지경에 이르렀으니 특별히 죄를 사하여" 달라고 청한다. 조현설, 위의 책,
66~67쪽.
32) 정운채는 '우리들 각자의 삶을 구조화하여 운영하는 서사를 자기서사라 하고, 자기서사
에 영향을 미치는 문학작품의 서사를 작품서사'라고 정의했다. 정운채, 『문학치료의 이론
적 기초』, 문학과 치료, 2007, 324쪽.

그러나 가족 관계에서 언제나 공감과 수용만을 경험하는 것은 아니다. 편하고 친하다는 이유로 더 쉽게 거절과 갈등을 경험하기도 한다. 어린 소녀들은 또래끼리 "우리 엄마는 계모인가봐"라는 말을 예사로 한다. 그것은 정말 엄마가 새엄마라는 뜻이 아니라, 자기대상인 어머니에게 시도했던 자기애적 요구가 거절당한 경험을 고백하는 것이다.

자기서사 형성 과정에서 가족과의 관계맺기 경험은 이후의 인간관계에 영향을 미친다. 어린 시절 경험한 부녀 관계의 특성에 따라 성인이 된 후 이성에 대한 신뢰도가 달라진다는 사실은 잘 알려져 있다. 가족 관계에서 공감 결핍과 거절당함의 경험이 지속되면 아이는 쉽게 주눅들고 자기감이 떨어진다. 사람들과의 관계에서 자신은 못나고 부족하며 가치 없는 존재라고 생각하는 아픈 자기서사를 갖게 되는 것이다. 아픈 자기서사란 자기서사가 건강하고 원활하게 형성되는 것에 문제가 발생했다는 뜻이며, 자기애의 발단단계가 단절되었음을 말한다. 〈장화홍련전〉은 바로 그러한 자기서사의 단절 경험을 드러내고, 공유할 것을 제안한다. 소설이라는 상상의 틀을 빌려 아프고 부끄러워 숨기고 싶은 상처를 드러낸 것이다. 이는 우리가 작품서사를 통해 자기서사와 대면하고, 자기서사의 단절 시점을 소환하여 거기서부터 새로운 자기서사를 써내려갈 수 있는 가능성을 시사한다.

3. 단절된 자기서사와의 대면과 재연의 장(場), 〈장화홍련전〉

장화와 홍련은 유소년기에 생모와 사별하고, 아버지의 재혼을 경험한다. 아이들에게 생모와의 사별은 원하지 않는 외부의 폭력, 즉 강제적 분리를 의미한다. 이것은 공감적 자기대상의 상실 혹은 공감적 반응에 대한 원천적 거부와 같다. 이러한 거절당함으로 아이들은 또 다른 거절당함에 대한 공포를 내면화한다. 이런 공포의 내면화가 지속되면 아이들은 자기 내면에 어머니 즉 자기대상에 대한 증오와 분노의 서사를 만들어낸다. 앞서 말한 "우리 엄마는 계모가 틀림없어" 혹은 "나는 주워온 딸이 분명해"류의 이야기가 그것이다. 이때 '계모'는 현실적 대상이 아니라, '어머니에 대한 적대적 심리의 투사체가 언어화된 대상'이다. 아이들은 공감적 관계가 형성된 새엄마에게는 친엄마 같다고 말하고, 친엄마라도 공감적 관계가 결여되면 계모라고 말하기 때문이다. 즉 계모 이야기는 1차적으로 계모에 대한 이야기를 가리키지만, 많은 경우 '우리 안에 내면화된 모녀 관계에 대한 언어적 투사물'이다.

장화홍련은 어머니 사후 새엄마를 맞이한다. 어머니에게 원천적 거절당함을 경험한 후 내면화된 두려움은 새엄마에 대한 공포로 연결된다. 이러한 공포는 강씨 사후에 확인되는 아버지와의 관계 때문에 더욱 심화된다. 아버지는 아이들의 상실과 상처에 공감하지 못하고, 그들의 아픔이 온전히 치유될 때까지 기다리지 않은 채 재혼을 하기 때문이다. 배좌수의 재혼은 아버지가 아이들의 긍정적 자기대상이 되어주지 못하고, 더불어 자매들에게 신뢰하지 못하는 자기대상(허씨)을 강요하는 결과로 이어진다. 이것은 아이들에게 또 다른 거절당함의 경험이 된다. 계모 허씨는 재혼 후 바로 아들 셋을 내리 낳았는데 동생을 셋이나 두는 동안,[33] 자매는 아버지에게 충분한 관심과 애정적 반응을 받지 못했

---

33) 유년기 아이들은 인형놀이를 통해 동생에 대한 적개심도 드러내는데, 인형을 동생이라 하면서 그 팔다리를 자르는 것은 동생에게 어머니를 빼앗겼다는 심리를 반영한다. 동생에 대한 부러움(선망, 시기심)은 파괴적 공격성을 내포하고 있기 때문이다. 멜라니 클라인,

음은 당연하다. 아버지가 아침저녁으로 들러 어루만지며 눈물을 흘린 것은 일시적 행위로서, 아이들에게 충분한 위안이 되지 못한다. 아버지의 관심이 생모와 분리된 불안을 회복할 만큼의 공감관계를 이루었다면 아이들이 허씨를 흉녀로 인지하는 공포와 분노를 지니지 않았을 것이다. 아버지의 행동은 결국 아이들의 분리 불안을 심화시키고, 자신들이 이런 거절의 상황을 능동적으로 제어할 수 없다는 것을 인지하게 한다. 때문에 공포는 심화되고, 동시에 내면에서는 자신들의 수동적 위치에 대한 반감이 내면화된 자아 즉 폭력적 자아가 만들어진다.[34] 〈장화홍련전〉에 나타나는 '착한 장화홍련의 원귀'는 이러한 폭력적 자아의 모습으로 이해할 수 있다.

  그렇다면 〈장화홍련전〉은 분리 불안과 반감을 내면화한 아이들, 또는 그러한 자기서사가 형성되려는 아이들에게 어떠한 자리를 제공할까? 여기서 〈장화홍련전〉이 상상력 놀이라는 점을 주목해 볼 수 있다. 일반적으로 상담과정에 놀이치료를 접목할 때 거절당함의 경험 즉 박해나 무관심, 애정결핍을 경험한 아이들은 놀이과정에 스스로 스토리를 만들어내는데, 그때 아이는 스스로 박해자 내지 징벌자 역할을 한다. 이것은 내면화된 징벌자가 놀이 서사에 등장하는 것이다. 내면화된 징벌자는 평소 수동적 지위에서 부모로부터 분리 불안과 좌절 및 불쾌

  이만우 역, 『아동정신분석』, 새물결, 2011, 43쪽. 〈장화홍련전〉에서 장화를 죽음으로 몰아넣은 존재가 동생 장쇠라는 사실과, 호랑이가 그 장쇠의 팔다리를 물어뜯는 것으로 징치하는 상상력도 유년기 심리와 관련이 있을 것이다.

34) 어머니의 젖가슴으로 상징되는 사랑과 선함 안전함의 상실을 느끼는 순간 아이는 어머니에 대한 제어할 수 없는 탐욕과 그것을 파괴하는 환상의 충동을 느낀다. 박주영, 「환상 안에 있는 고딕 어머니: 멜라니 클라인의 대상관계이론에 관한 연구」, 『인문과학논총』 13, 2004, 59~60쪽. 뺏긴 어머니를 갈구하는 동시에 한편 파괴해 없애고 싶은 마음이 함께 자라나는 것이다.

를 경험한 경우에 강화된다. 즉 자신이 제어할 수 없는 외부 상황이 처음에는 두려움과 공포를 형성하지만 종국에는 그것에 분노하는 자아를 만드는 것이다. 〈장화홍련전〉 같은 계모 이야기는 부모에게 거절당한 아이가 만들어내고 상상하는 서사이다. 아이가 엄마를 계모라고 규정하는 순간, 아이는 어머니를 흉녀라고 저주해도 되는 우월자의 지위를 갖는다. 또한 서사적 상상 내에서지만 계모를 잔인하게 징치할 수 있는, 즉 어머니의 생사와 존재 부재를 스스로 결정할 수 있는 징벌자가 된다.

아이들 내면의 박해자가 서사에 등장하면, 어머니는 마땅히 징치되어야 하는 혹은 잔인한 처벌을 받아도 마땅한, 추하고 악한 대상으로 변화한다. 대중적이고 동화적 성격이 강화된 방각본 이후의 〈장화홍련전〉에서는 허씨의 용모가 과도하게 부각되는 것은 이러한 맥락에서 이해할 수 있다.[35] 그녀는 '한 자가 넘는 두 볼, 퉁방울 같은 눈, 질병 같은 코, 메기 아가리 같은 입, 돼지털 같은 머리카락, 겨우 한 자 될 듯한 난쟁이 키, 시랑 같은 목소리, 두 아름 되는 허리, 곰배 팔, 수중다리, 쌍 언청이, 썰어 놓으면 열 사발 정도 될 듯한 주둥이, 콩 먹석처럼 얽힌 피부'를 지녔다. 그리고 심성도 불측했다. 이것은 계모에 대한 사실적 묘사가 아니다. 여기에는 어머니 허씨를 바라보는 장화홍련의 불편한 시선이 고스란히 담겨 있다. 허씨에 대한 자매의 불편함은 허씨를 경험하기 전에 내면화된 것으로, 장화홍련이 당시까지 어떠한 모습의 모녀 관계를 경험했는지 알게 한다. 그들에게 부모 혹은 어머니는 공감적 대상이라기보다 부정과 갈등과 파괴의 대상으로 변해버린 것이

---

35) 실제로 방각본 이후에 나온 스토리가 근현대 동화본으로 수용, 계승되었다.

다. 그리고 그 대상은 계모 허씨의 흉악한 모습으로 형상화되고 상상된다. 허씨의 모습은 어머니가 자신을 해칠 것이라는 적대감을 반영한다.

계모 이야기 속에 반영된 흉악한 어머니상은 부모에게 버림받거나 거절당했던 수동적 아이의 입장이 반영된 상상이다. 흉측한 계모의 상상은 자신을 해칠지 모를 어머니에 대한 공포와 적대감을 드러낸 동시에, 스스로 어머니를 버리고 살리며 징치하는 것을 자신의 통제 안에 두려는 심리이다.36) 현실의 수동적 지위가 허구적 이야기 속에서 능동적 지위로 바뀌는 것이다.37) 수동성이 능동성으로 전환하기 위해 아이들이 스스로 역할극 서사를 상상해낸다는 점은 흥미롭다. 이것은 현실에서 경험하는 좌절의 이야기가 문학 속에서는 굴절되어 나타나는 '서사'의 속성을 매우 잘 드러내기 때문이다. 서사 특히 문학적 상상은 현실에 기반을 두지만 동시에 현실적 욕망을 굴절시켜 표현한다. 문학적 굴절이 클수록 현실적 욕망의 좌절 정도가 크다. 그런데 굴절의 서사는 궁극적으로 현실의 변화와 수정을 시도한다. 정신분석학적 상담심리에서는 아이들이 놀이 과정에서 스스로 만들어내고 상상하는 역할극의 서사를 통해 현실에 대한 능동적 조정을 경험한다고 말한다.38) 또한 문학치료에서는 문학의 작품서사가 왜곡된 자기서사를 수정하고 보완한다고 말한다. 이런 의미에서 〈장화홍련전〉은 아이들이 부모와 맺고

---

36) 프로이트는 아이들이 인형을 던지고 잡아당기는 놀이에서 '엄마로부터 분리되는 불안을 자신의 통제 아래 두게 되어, 수동적으로 좌절당하는 위치에서 능동적으로 좌절과 불쾌를 제어하는 경험을 하게 된다고 했다. 프로이트, 박찬부 역, 「쾌락원칙을 넘어서」, 『정신분석학의 근본개념』, 열린책들, 2003, 280~281쪽. 아이들은 놀이에서 자신이 원하는 역할극을 만드는데, 아이들 시선에서 상상하는 나쁜 엄마-착한 딸 이야기 또한 그러한 역할극 놀이의 일환으로 볼 수 있다.

37) 최근에 이슈가 되었던 아이들의 잔혹동화나 잔혹동시는 이러한 심리를 반영한다.

38) 장정은, 앞의 글, 5쪽.

있는 관계를 돌아보고 수정하는 데 유의미한 장(場)이 될 수 있다. 자기
서사 형성과정에서 단절된 지점을 상상의 세계에서 소환하여 대면하
고, 현실에서 주도하지 못했던 관계를 주도적으로 재연함으로써, 왜곡
된 지점을 수정하고 단절된 부분을 건강하게 이어갈 수 있는 기회를
제공하기 때문이다.

〈장화홍련전〉은 아이들이 단절된 자기서사를 당당히 마주하고, 주도
적으로 재연할 수 있도록 특별한 배려를 준비하였다. 그것이 바로 '철
산 부사'이다. 〈장화홍련전〉은 허씨의 모함에 의해 전실 자식이 억울한
죽임을 당한 이야기이자, 동시에 허씨가 장화홍련의 하소연에 의해 죽
는 이야기이다. 허씨의 모함이 성공했다는 것은 배좌수가 아이들보다
허씨에 더욱 공감하고 있음을 의미한다. 아버지가 아이들의 말에 귀 기
울이고 이해하려는 관계를 이루지 못했기에, 아이들에 대한 허씨의 모
함이 힘을 얻을 수 있었던 것이다. 이러한 상황에서 아이들은 아버지에
게 거절당할 것을 예상하고 두려워하여 자신의 처지를 표명하지 못한
다. 그러나 자신의 이야기를 들어주고 자신들의 입장에 공감해주는 대
상이 등장하자, 즉 안전하고 신뢰할 만한 대상이 나타나자 아이들은 자
신의 입장을 적극적으로 드러낸다. 여기서 '철산 부사'는 배좌수와 허
씨가 제공하지 못한 '모성 대상'이자 안전한 '자기대상'이 된다. 철산 부
사의 공감은 계모 입장에서는 모함이 될 수 있는 자매의 하소연을 진실
로 만드는 힘이 된다. 비록 하소연 속에서 '아름답고 순종적이며 착한'
장화홍련이 자신의 어머니와 남동생을 '극악한 원수'로 칭한다 해도,
철산 부사가 지지하기에 그것은 왜곡이 아니고 사실인 것이다.

허씨에 대한 과격한 발화는 현실 속 장화홍련에게서는 찾아볼 수 없
었던 모습으로, 이것은 자신들이 허씨의 운명을 좌우할 수 있다는 심리

의 표현이기도 하다. '원수를 갚아주면' 부사가 고을을 아무 문제없이 태평히 다스릴 수 있게 해주겠노라는[39] 협박도 스스럼없이 하는 모습에서[40] 우리는 장화홍련의 지나친 자기감을 발견할 수 있다. 원수를 갚아달라는 말은 허씨 모자를 죽음으로 다스려 달라는 뜻이니, 그 말에 담긴 심리가 매우 공격적이다. 처음에 철산 부사는 허씨와 배좌수를 불러 심문한 후, 그들의 해명을 듣고 풀어준다. 그러자 자매는 부사에게 "명관도 흉녀의 간특한 계교에 속아 제대로 해결을 하지 못할 줄 어찌 알았겠느냐"며 원망 배인 말을 내뱉는다.[41] 이렇게 자매는 가혹한 명령을 내리고, 그것이 수행되도록 엄격하게 관리한다.

장화홍련이 철산 부사를 대하는 모습은 안전한 대상을 발견했을 때 나타나는 아동의 모습과 닮았다. 상담 과정에서 아이들은 상담자가 자신에게 우호적이며 충분히 공감해줄 대상임을 알게 되면, 평소 부모에게 보이지 않던 지나친 자신감을 드러내기 때문이다. 이것을 과대 자기감(a sense of grandiosity)이라 한다. 과대자기감은 심한 경우 상담자에게 폭력적 행태를 보이는 것으로 드러날 수도 있다.[42] 그러나 이것은 아이 자신이 경험한 단절과 좌절의 재연이다. 아이들이 부족하고 소극적인 존재로 평가받았던 관계를 재설정하는 과정에서, 지나치게 당당

---

39) 경판 28장본, "원슈룰 갑하 쥬시고 형의 누명을 벗겨 쥬시면 명관계셔 이 고을룰 틱평히 지닉시고 아모 폐단이 업스리이다."

40) 신동흔은 장화홍련의 이중성을 착한아이 콤플렉스의 입장에서 해석하며, 원귀(귀신)은 내면의 분노로서, 우리가 성찰하고 지워가야 할 것들로 설명했다. 신동흔, 「착한 아이의 숨은 진실-〈장화홍련전〉에 깃든 마음의 병」, 『프로이트, 심청을 만나다』, 웅진 지식하우스, 2010, 15~28쪽.

41) 조현설, 앞의 책, 66쪽.

42) 비온은 이것을 '자아-파괴적 초자아(ego-destructive superego)'라고 했고, 일반적으로는 박해자로서의 초자아라고 한다. 장정은, 앞의 글, 4쪽.

하고 뛰어난 존재로 자신을 과시하는 경험을 하게 되는 것이다. 이러한 과시는 상담자에게 자신의 능력을 인정해줄 것을 요구하는 제스쳐이다. 코헛(H. Kohut)은 아이들이 상담가에게 자신의 특별함을 인정해주는 공감적 반응을 기대한다고 한다.[43] 때로는 상담가를 자신의 일부로 대상화하고 이상화하기도 한다. 즉 상담가가 자기의 경험에 온전히 공감하고, 큰 힘을 지닌 이상적 부모가 되어주기를 희망하는 것이다.[44] 장화홍련의 경우, 철산 부사는 자매의 입장을 이해하고 공감하며 자신들의 시선에서 현실을 재조정해줄 수 있는 대상이 된다. 그는 장화홍련에게 온전히 공감하고 그들을 위해 그들이 원하는 방식으로 관계를 새롭게 조정하는 것이다.

바로 이점이 〈장화홍련전〉을 아이들의 고전으로 만든다. 철산 부사와 같이 아이들을 이해하고 속마음을 들어주는 존재는 현실에서 거절당함의 상처를 지닌 아이들에게 공감적 대상을 제공하고, 그 앞에서 평소 드러내지 못한 자신의 힘을 과시할 기회를 준다. 그는 자매가 상실한 모성 대상이자, 아버지가 제공하지 못했던 새롭고 안전한 자기 대상이다. 〈장화홍련전〉은 철산 부사를 통해 어긋나고 단절되었던 관계를 조정할 자리를 마련해주었다. 상상을 빌려 신뢰할 수 있는 자기대상을 제공하는 〈장화홍련전〉은 아이들이 스스로 자기서사의 단절된 부분을 꺼내도록 한다. 단절된 자기서사, 끊어진 자기애 발달단계 부분과 대면하고 그것을 재연하며 아이들 스스로 새로운 관계의 자기서사를 시도하고 경험하게 하는 것이다. 이것이 〈장화홍련전〉이 오늘날까지 아이

---

43) 자기심리학에서는 이러한 현상을 거울전이(mirroring transference)라고 한다.
44) 이것은 이상화전이(idealizing transference)라고 한다.

들에게 끊임없이 독서되는 이유이다. 이러한 대면과 재연을 통해 아이
들은 새로운 자기서사의 재건을 꿈꿀 수 있게 된다.

4. 자기서사를 재건하고 치유하는 이야기

〈장화홍련전〉의 이본 가운데 아이들에게 가장 많이 독서되는 것은
방각본 이후의 이야기 형태라 하였다. 방각본 이후의 이야기는 17세기
중반에 있었던 최초의 '살인 사건'과는 관계없이 많은 아이가 흥미를
가지고 읽는 이야기가 되었다. 현재도 다수의 〈장화홍련전〉이 아동용
독서물로 제작되고 있음은 작품의 후대 서사 형태가 아이들에게 적지
않은 공감을 제공하고 있음을 의미한다. 동화가 '어린이를 위하여 재구
성하거나 재창작한 옛이야기'이고 '초현실적 시공을 배경으로 하는 허
구의 이야기'[45]라고 할 때, 전래의 〈장화홍련전〉이 오늘날 아동 독서물
로 계승되는 것은 새삼스럽지 않다.[46] 이 글이 주목하는 것은 〈장화홍
련전〉이 아동 독서물로 전환되는 것과 이본의 변화 과정에서 발견되는
양자의 접합 지점이다.

대중화되기 시작하는 방각본 이후 이본에서 눈에 띄는 것은 재생담
의 결합이다. 재생담은 또 다른 계모 윤씨의 등장을 준비하는 장치이
다. 이것은 〈장화홍련전〉이 모녀 관계의 재설정에 주목하기 시작했음
을 의미한다. 자매가 재생하기 위해서는 그들을 품어 줄 어머니가 필요

---

45) 권순긍, 「근대초기 고소설의 전변양상과 담론화」, 『고소설연구』 36, 23~26쪽.
46) 실제 근대 초기 동화의 대표작은 〈콩쥐팥쥐전〉이다(권순긍, 위의 논문, 24쪽). 이것은
   〈장화홍련전〉에서 계승된 계모서사로서, 계모서사가 아동물로서 유의미한 역할을 하고
   있음을 알려준다.

하기 때문이다. 윤씨는 바로 '품어주는 어머니'로 등장하는 것이다. 허씨와 같은 계모이지만, 윤씨에게는 아이들을 품어주는 역할을 맡겼다. 이러한 윤씨의 등장은 독자들에게 어떠한 경험을 제공하는가?

〈장화홍련전〉은 어머니들과 딸들 사이에서 발생하는 '애착, 갈등, 화해'의 관계를 이미지화 하고 있다.[47] 그중 핵심은 두 번째 어머니 허씨와의 갈등이다. 장화홍련과 허씨의 갈등 원인은 무엇인가. 그동안 이를 설명하는 데 '계모'라는 이름은 참으로 유용하게 사용되었다. '계모'라는 명명만으로도 갈등은 당연한 관계요소가 된다. 여러 가지 이유로 우리 사회에서 계모는 전처 자식을 학대하고 구박하는 '악인'으로 낙인찍혀 있기 때문이다. 이에 아이들은 부담없이 자기가 설정한 역할극에서 계모를 징치할 수 있는 가혹한 박해자나 엄격한 징벌자가 될 수 있다. 그러나 실제의 아동학대나 유아살인이 주로 친부모에 의해 이루어졌다는[48] 점은 문학 속 혹은 아이들의 상상 속 계모 형상에 친모나 친부의 모습이 겹쳐졌을 가능성을 말해준다. 때문에 단순히 허씨가 계모이기에, 더 많이 부도덕하고 탐욕스러우며 잔혹하다는 평가는 논리적이지 못하다. 특히 아이들이 읽는 계모 이야기 속 추악한 계모의 등장은 자

---

47) 이강엽은 〈장화홍련전〉의 세 어머니에 주목한 바 있다. 그는 세 어머니를 자신을 가장 사랑하지만 함께 할 수 없는 어머니(강씨), 함께 하지만 사랑하지 않는 어머니(허씨), 함께 하면서 사랑하는 어머니(윤씨)로 보고, 아버지-어머니-딸의 삼각관계 안에서 딸이 결핍된 애정을 보상받는 것으로 작품을 이해하였다. 즉 모성애를 채워주는 참어머니(윤씨)를 찾음으로써 어머니(강씨) 떠나기가 실현된다고 본 것이다. 이강엽, 『신화 전통과 우리소설』, 박이정, 2013, 381~398쪽.

48) 심우장은 〈장화홍련전〉이 유아살해 서사를 계승한 작품으로 보고, 유아살해 서사의 초기 모습을 〈에밀레종〉이나 〈동자삼〉 설화와 〈손순매아〉 등에서 찾고 있다. 유아살해자로서의 계모는 부모들의 죄의식을 덜어내기 위해 소환된 존재인 것이다. 심우장, 「유아살해 서사의 전통과 영화 〈장화, 홍련〉」, 『문학치료연구』 31, 한국문학치료학회, 2014, 69~100쪽.

기서사의 형성과정에서 단절된 지점의 소환으로 이해해야 한다. 이러한 소환은 부모-자식 관계의 전개에서 단절된 자기서사와의 대면과 재연이고, 악한 계모에 대한 응징은 자기서사를 새롭게 조정하려는 아이의 자기서사 치유와 재건의 시도이다.

추악한 계모를 응징하는 이야기를 통해 아이들은 자기서사의 단절지점을 재연한다. 이때 반드시 등장하는 것이 중간자 역할의 인물이다. 중간자는 아이들이 신뢰하고 안전하다고 느끼는 대상으로, 〈장화홍련전〉에서 철산 부사와 같은 인물이 이러한 기능을 한다. 아이들은 중간자를 새로운 부모 즉 자신에게 공감하는 부모로 여기고, 그가 위대한 힘을 지니고 있다고 생각한다. 아이들이 친부모에 대한 상처와 그로 인한 분노가 반영되었을 추악한 계모를 징벌하는 데는 중간자의 온전한 공감과 지지가 필요하다. 이를 통해 아이들은 계모의 징치를 주관하고 경험하며 새로운 모녀 관계를 주도한다. 이러한 경험은 상담을 통한 분석관계에서 아이들이 중간자인 상담가에게 공감을 요구하는 동시에 가학적 태도를 보이는 자기애 발달단계의 재연과 같다.[49] 작품이 독자의 자기서사 단절지점을 소환하고 새로운 관계설정을 시도하고자 하는 욕망에 부합하고 있음은, 〈장화홍련전〉 내에서도 확인할 수 있다.

〈장화홍련전〉에서 자매는 자신의 주도 하에 그들이 원하는 방식으로 허씨와의 갈등을 해결한 후 새로운 인물을 제안한다. 그것이 바로 윤씨이다. 이 작품이 단순히 생모와 계모의 다툼에 머물지 않음은 윤씨 또한 계모라는 데 있다. 물론 장화홍련이 재생하여 윤씨의 딸들로 태어나

---

49) Stephen Mitchell, "The Wings of Icarus: Illusion and the Problem of Narcissism," *Relational Psychanalysis: The Emergence of a Tradition*, ed. by Stephen Mitchell and Lewis Aron, The Analytic Press, 1999, p.163. 장정은, 앞의 글, 3쪽 재인용.

기에 윤씨를 허씨와는 달리 '친모'로 보아야 한다는 주장도 있다. 그러나 이것은 친모와 계모를 생물학적 개념으로만 이해하는 관점이다. 친모 계모가 모녀 관계의 언어적 투사라는 측면을 고려한다면, 이러한 명명은 정신적 유대의 문제로 읽어야 한다. 아이들이 자신의 어머니를 '친모 같은 계모'와 '계모 같은 친모'라는 방식으로 인지하는 것은 이 때문이다. 윤씨가 '계모'가 아닌 온전한 친모라고 한다면, 새로 태어난 장화홍련도 이전에 상처 입은 장화홍련과 별개의 인물로 이해해야 한다. 그러나 독자들은 재생한 장화홍련을 이전 장화홍련의 연장으로 이해한다. 이러한 이해는 윤씨가 친모 같은 계모임을 말해준다. 즉 작품은 모녀 관계의 새로운 설정을 위해 재생담이라는 동화적 낭만성을 활용한 것이다.

기괴한 외모가 부각되며 더할 나위 없이 악독한 존재로 계모 허씨가 그려지는 방각본부터 윤씨가 등장한다는 사실에 주목할 필요가 있다.[50] 배좌수가 장화홍련의 양육을 위해 부득이 허씨를 취했다면, 윤씨 또한 집안일을 주재할 사람이 없어 부득이 취한 재취였다. 그러나 그녀는 허씨와 달리 용모와 자질이 비상하고 성품이 온순하며 숙녀의 기풍이 있는 여인으로 그려진다. 자연 배좌수와의 금슬도 좋아, 곧 딸

---

50) 제1계열과 제2계열은 회생이나 재생담이 없다. 제3계열인 가람본은 선관이 부사에게 환혼단을 주어 장화홍련을 회생시키고 혼인하게 한다. 가람본, 31쪽, "션관 하ᄂᆞ히 나려와 일오딕, 'ᄂᆞᄂᆞᆫ 옥황상졔의 신입ᄒᆞᄂᆞ 틱을 션군이러니 옥졔의 명을 바다 와스니 빅좌슈의 ᄯᅡᆯ 형졔ᄂᆞᆫ 그딕와 연분이 잇ᄂᆞ니 명일 오시의 함원지의 든 신쳬 둘을 다 건져다가 누이 후의 환약을 하ᄂᆞ식 입의 너흐면 직시 회싱ᄒᆞᆯ 거시니 형졔를 다 혼인ᄒᆞ여 유ᄌᆞ싱녀ᄒᆞ고 만연 영화를 부리라.' ᄒᆞ고 환약 두 기를 쥬거늘 감ᄉᆞ 바다들고 다시 말ᄒᆞ고ᄌᆞ ᄒᆞ더니 홀여 션관은 간 곳 업고 학의 우름 노릭의 노나 ᄭᅴ니 침상일몽이오. 황약 두 기 완연이 손의 이ᄂᆞᆫ지라. ᄌᆞ시 보니 딕초만한 환약인딕 금ᄌᆞ로 글ᄌᆞ을 삭여시미 화혼환빅단이라 ᄒᆞ엿거늘 신긔이 역여 환약을 간슈ᄒᆞ고"

쌍둥이를 낳는데, 배 좌수는 그 딸들에게 장화홍련이라는 이름을 붙여 준다.[51] 윤씨는 장화홍련을 귀히 길러, 좋은 배필을 얻고 영화를 누리게 하니, 여기서 장화홍련은 '계모'라는 이름과 화해를 하게 된다. 사실 이 화해에서 '계모'라는 이름은 크게 중요하지 않다. '계모'에 덧씌워진 고정관념이 다분히 의도적임을 상기한다면, 〈장화홍련전〉의 윤씨와 장화홍련의 관계는 어머니와 딸의 화해를 말하는 것이다. 모녀 간 화해는 결국 아이들이 원하는 모성 대상의 발견을 의미한다. 이것은 또한 아이들의 상처 입은 자기서사가 치유되고, 단절되었던 자기애 발달단계가 극복되며 재건됨을 의미하는 것이기도 하다.

현재 우리가 향유하는 〈장화홍련전〉은 단순히 옛 사실에 대한 기록이라는 의미를 벗어난 지 꽤 되었다. 명실상부한 한국의 대표적 전래동화로, 아이들과 청소년에게 지속적으로 읽히는 작품이기 때문이다. 문제는 오늘 읽는 〈장화홍련전〉에 대한 이해가 여전히 가족 간에 벌어진 끔찍한 살인과 억울한 죽음이라는 묵은 '정답'을 벗어나지 못하고 있는 점이다. 우리가 〈장화홍련전〉의 또 다른 독법을 고민하는 것은 이때문이다. 기존의 연구시각에 따른 독법으로 〈장화홍련전〉을 읽고 해석할 경우, 그것이 가부장 사회에 대한 고발이든 현대적 가족갈등에 대한 심리적 원인 모색이든, 이 작품은 '계모'라는 존재에 대한 원천적 거

---

51) 경판 28장본, "가녀의 주졔ᄒᆞ리 업스믹 그 지향ᄒᆞᆯ 곳이 더욱 업셔 부득이 혼쳐를 구ᄒᆞᆯᄉᆡ 향족 윤광호의 쏠를 취ᄒᆞ니 나히 십팔셰오 용모 직질이 비샹ᄒᆞ고 성품이 쏘한 온슌ᄒᆞ여 슉녀지풍이 닛는지라 부뷔 졍의 진중ᄒᆞ여 금슬지낙이 지극ᄒᆞ더니…쌍녀를 싱ᄒᆞ니 좌쉬 둣고 급히 드러와 부인을 위로ᄒᆞ며 신ᄋᆞ를 본즉 용모 괴질이 옥으로 삭인 듯 쏫츠로 무은 듯 연연 작약ᄒᆞ믹 그 년화와 갓트믹 그 쏫츨 도라보니 발셔 간 딕 업ᄂᆞᆫ지라 가장 긔이 녀겨 혜오딕 이 쏫치 반다시 화ᄒᆞ여 녀이 되도다 ᄒᆞ며 불승희열 왈 져의 원혼되물 말미아마 환싱ᄒᆞ여 부녀지의롤 다시 믹즈미라 ᄒᆞ여 닐홈을 장화와 홍년이라 ᄒᆞ고 장즁 보옥으로 잇지 즁지ᄒᆞ더니"

부와 저항을 고착시킬 우려를 여전히 가지게 된다. 때문에 다양한 형태의 부모–자식 혹은 가족에 대한 이해와 수용이 요구되는 시대의 아이들과 학생들에게 〈장화홍련전〉은 어떠한 의미로 다가설 수 있을까를 고민해야 하는 것이다.

이러한 고민에 대해 〈장화홍련전〉은 스스로 현명한 대답을 전하고 있다. 〈장화홍련전〉은 17세기부터 21세기까지 지속적으로 독서되고, 향유자들과 마음을 주고받으며 그 관계 속에서 작품서사를 조금씩 변화시켰다. 처음에는 어머니에 대한 애착에서 벗어나지 못하고 상실의 억울함만을 강조하며, 그것을 야기한 범인으로 또 다른 어머니를 지목하여 치열하게 갈등하더니 어느새 스스로 새로운 어머니를 만들어 화해하는 것이다. 그러는 사이 파괴되었던 딸과 어머니의 관계는 되살아나고, 인물 간의 애착은 애정이 되어 독립된 자기서사를 구축할 수 있는 어른으로 성장함을 보여주고 있다. 작품은 인물의 성장 과정에서 자기서사에 귀 기울여주는 존재의 소중함도 놓치지 않고 있다. 유년의 인물이 성장하는 과정에서 때로는 이유 없는 아픔과 분노가 찾아올 때가 있다고 한다. 그것이 어른이 되는 과정에서 반드시 거쳐야 하는 단계라고 한다면, 그 단계를 조금 더 현명하게 지날 수 있기를 바라는 마음이 〈장화홍련전〉의 소망일 것이다.

부부 화합의 조건, 〈명주기봉〉의 부부

최수현

1. 가문구성원의 관심 대상으로서 부부 생활

잘 알려진 것처럼 가문의 창달과 번영의 방법을 고민하는 국문장편소설은 이를 남성의 관직 진출과 가문 구성원들의 혼인 및 부부 생활을 통해 드러낸다. 이처럼 가문 구성원들의 부부 생활은 서사에서 주요 이야기로 등장하는데, 일부다처제 상황에서 기질과 성품이 다른 각각의 인물들이 만나 부부가 되었기 때문에 이들이 화합에 이르는 과정까지는 크고 작은 문제들이 발생하게 된다. 동시에 부부의 화합은 가문의 평안과도 직결되는 문제이기 때문에 자녀들의 부부 생활은 가문 어른들의 초미의 관심 대상이 되고는 한다.

이런 상황에서 국문장편소설에 부부 생활이 가문 구성원에게 공유가 되는 점에 대해서는 연구가 이루어져 왔다. 국문장편소설의 초기작이라 할 수 있는 〈소현성록〉을 대상으로 이 작품의 성(性)에 대해 관심을 재현하는 방식을 살핀 연구에서는 그 방식을 감추기, 엿보기, 스치기로 파악했는데, 이 중 엿보기는 자녀나 손자 세대의 부부 생활을 서모가 엿본 후 이를 구성원들끼리 공유하는 상황을 가리킨다.[1] 또한 〈현씨양웅쌍린기〉를 대상으로 논의한 연구에서는 이 작품이 부부 생활을 사생활이 아니라 가문의 공사(公事)로 조명하는 것은 가족의 삶을 개인의 삶과 구분하지 않던 문화 관념의 소산을 보여주는 동시에 사생활의 영역으로 닫혀 있던 부부 생활을 소설이라는 공공의 독서물을 통해 보여주기 위해 설정한 것으로 파악하였다.[2]

〈명주기봉〉에도 자녀들의 혼인과 부부 생활은 주요 사건으로 서사화된다. 그런데 이 작품은 부부 간의 화합을 이루는 요인으로 여타의 국문장편소설에서 많이 등장하는 정서적 친밀감 못지않게 체격의 어울림에 대해서도 고민하는 모습을 보여 주목을 요한다. 이는 부부 간의 화합의 조건을 기질이나 정서적인 부분뿐만 아니라 당대 향유층들이 다채롭게 생각하고 있었음을 확인하게 한다는 점에서 의미가 있다.

〈현씨양웅쌍린기〉 연작의 두 번째 작품인 〈명주기봉〉은 북송(北宋) 인종황제 시대를 배경으로, 현수문과 현경문 형제의 자녀들의 이야기를 다룬 작품이다. 현씨 가문 자녀들은 다양한 이유로 결혼 생활에서 갈등을 겪는데, 그 중 현천린과 그의 부인들이 겪는 갈등은 이 작품에 나타난 부부 화합의 조건에 대한 고민을 잘 보여준다. 현천린이 서사에서 비중 있는 인물이라는 점에서 그와 그의 부인을 대상으로 부부 화합의 조건에 대해 작품이 보이는 태도는 이 작품의 부부 관계에 대한 인식을 살펴볼 수 있게 한다는 점에서 주목을 요한다. 현천린은 현경문의 장자

---

1) 전성운, 「〈소현성록〉에 나타난 성(性)적 태도와 그 의미」, 『인문과학논총』 16, 순천향대학교 인문과학연구소, 2005.
2) 최기숙, 「〈현씨양웅쌍린기〉에 나타난 '부부 관계'와 '결혼 생활'의 상상적 조율과 문화적 재배치-'현경문-주소저' 부부 관련 서사분석 중심으로」, 『한국고전여성문학연구』 20, 한국고전여성문학회, 2010.

라는 점에서 가문 내에서 무게감이 큰 인물일 뿐더러, 현천린과 그의 배우자들의 서사는 전체 24권으로 이루어진 이 작품에서 1권부터 16권까지 비중 있게 서술된다.

  그간 〈명주기봉〉과 관련해서는 다양한 측면에서 연구가 축적되었다. 연작들과의 관련 양상, 창작 방식, 주요 갈등의 특징, 애정 형상 측면 등 다방면의 연구가 축적되어 이 작품을 깊게 이해할 수 있도록 해주었다.3) 이 중 〈명주기봉〉에 나타난 애정 형상을 살핀 연구에서는 현천린의 부인들 가운데 가장 비중이 많은 월성공주와 그가 일으키는 갈등을 내외적 요인에 의해 빚어지는 것으로 파악하고, 특히 갈등을 지속시키는 내적요인을 성인의 풍모를 보이는 공주의 성격보다는 다혈질적이고 이기적인 면모를 보이는 천린의 성격으로 파악하였다. 또한 천린의 애정은 감성적, 성애적인 면모를, 공주의 애정은 도의적, 감성적인 면모를 보이는 것으로 파악하였다.4) 〈명주기봉〉에 나타난 가족 갈등에 대해 다룬 연구에서도 현천린과 월성공주의 갈등은 혼인 당사자들뿐만 아니라 혼인 당사자와 기존 가족 구성원 간에도 빚어지고 있어 복합적인 원인에 기인한 것으로 파악하였다.5) 위의 논의들은 천린과 공주의

---

3) 대표적인 연구는 다음과 같다. 송성욱, 「〈명주기봉〉에 나타난 규방에 대한 관심」, 『고전문학연구』 7, 한국고전문학회, 1992; 이지하, 「〈현씨양웅쌍린기〉 연작 연구」, 서울대학교 석사학위논문, 1992; 송성욱, 『조선시대 대하소설의 서사문법과 창작의식』, 태학사, 2003; 한길연, 「소인형 장인이 등장하는 옹서대립담 연구: 여주인공 입장을 중심으로」, 『고소설연구』 15, 한국고소설학회, 2003; 고은임, 「〈명주기봉〉의 애정 형상 연구」, 서울대학교 석사학위논문, 2010; 이영택, 「〈현씨양웅쌍린기〉 연작 연구」, 한국외국어대학교 박사학위논문, 2012; 이지하, 「대하소설 속 친동기간 선악 구도와 그 의미」, 『한국문화』 63, 서울대학교 규장각 한국학연구원, 2013; 이나라, 「〈명주기봉〉에 나타난 가족 갈등과 그 의미」, 고려대학교 석사학위논문, 2014; 최수현, 「〈명주기봉〉 이본 연구 – 고대본 〈명주기봉〉을 중심으로」, 『한국고전연구』 32, 한국고전연구학회, 2015.
4) 고은임, 앞의 논문, 29~58쪽.

갈등을 입체적으로 파악하게 했다는 점에서 의미가 있다. 그러나 외적 요인이 해결이 되어도 이들의 갈등이 지속되며, 갈등의 내적 요인이 부부의 성격 차이에만 국한되지 않는다는 점에서 이들의 갈등 재현의 의미에 대해서는 여전히 궁금증이 남는다. 이는 곧 부부 화합의 조건의 다른 면이기 때문이다.

이 글에서는 〈명주기봉〉에 나타난 현천린과 그의 부인들의 재현 양상을 살펴보고 이 작품이 부부 화합의 조건에 대해 생각하고 있는 바를 알아보고자 한다. 이를 위해 현천린이 여러 부인들과 맺고 있는 부부 생활의 양상을 혼인한 순서에 따라 혼인 시기, 동침 시기 및 성(性)에 대한 태도, 주변 인물들의 부부에 대한 인식 등의 측면에서 살펴보고 그 의미를 탐색해보고자 한다.6)

2. 〈명주기봉〉의 현천린과 그의 부인들의 부부 생활 양상

1) 현천린과 설단아

〈명주기봉〉에서 현천린은 총 3명의 부인과 1명의 첩을 두는데, 먼저 현천린과 설단아의 관계에 대해 알아보자. 우선 혼인 시기부터 살펴보자. 설단아는 천린과 처음 혼례를 올린 여성이나, 훗날 천린이 부마가 됨에 따라 우부인이 되는 인물이다. 천린은 11세에 첫 혼례를 올리는데 이는 조부 현택지의 성화로 인해 비교적 이른 시기에 이루어진다. 이때

---

5) 이나라, 앞의 논문, 43~48쪽.
6) 논의의 대상은 선본으로 알려진 한국학중앙연구원 소장본 24권 24책 〈명주기봉〉으로 한다.

배우자가 되는 설단아는 12세로 소개되며, 이는 설단아 부친의 구혼에 의한 것으로 제시된다. 혼인 직후 현씨 가문 사람들에게 설단아는 아름다운 외모에도 불구하고 바라던 덕성을 갖추지 못했다는 점에서 천린의 짝으로 부족하다는 평가를 받는다.[7]

다음으로는 동침(同寢)의 측면을 살펴보자. 혼인이 이루어졌다고 해서 바로 이들의 동침이 이뤄지는 것은 아니다. 이들이 첫 동침을 갖는 시기는 혼인 후 1년이 지났을 무렵이다.

> 자리에 나아가니 원래 부친의 명을 지켜 지금까지 운우지정을 나눔이 없다가 이제 이별을 당하여 다시 모일 기약이 없는 고로 저의 한을 풀고 자신의 신의를 온전히 하고자 하여 원앙지락을 이루었다. 천린이 비록 12세로 어리나 모든 일에 노성함으로 홀로 부부 행락에 무심하겠는가. 그 친밀함이 비길 대 없었으며 설씨의 유정함은 천린보다 세 배나 더 하였다. …(중략)… 장부의 정을 돋우며 뜻을 맞추니 천린이 처음으로 부부의 즐거운 일을 깨달으니[8]

어린 나이에 올린 혼인이기 때문에 천린은 부친 현경문에게 몸가짐을 조심히 가질 것을 요구받아[9] 설단아의 아름다움에 끌리면서도 동침

---

7) "남후 부뷔 셜시의 폐빅을 바들시 신부의 교용월태 졀세ᄒ여 범안은 만구칭션ᄒ대 존당 구고와 슉당은 비소망이라 크게 놀나 ᄉ싴지 아니코 하언을 슈웅할 식" 〈명주기봉〉 1권.

8) "침셕의 나아가니 원내 부명을 직희여 지금 냥셩의 친이 업다가 이졔 니별을 당ᄒ여 모들 지속이 업ᄉ고로 져의 한을 풀고 ᄌ가의 신의를 은젼코져ᄒ여 원앙지락을 일우니 샤인이 비록 십이셰 유년이나 빅식 노셩ᄒ니 홀노 부부 힝락이 무심ᄒ리오 견권친밀ᄒ미 비길대 업ᄉ니 셜시의 유졍ᄒ믄 싱의게 셰번 더운지라 …(중략)… 장부의 졍을 도드며 뜻을 맛ᄎ니 싱이 쳐음으로 부부락스를 ᄭ다ᄅ믜" 〈명주기봉〉 2권.

9) "너의 형뎨 구상유취로 뼈 입장ᄒ니 거셰의 ᄶ지롬을 입을가 ᄒᄂ니 여등은 삼가 진즁ᄒ여 몸을 조심ᄒ고 힝실을 두터이 ᄒ여 가훈을 져바리지 말나" 〈명주기봉〉 1권.

을 하지 않는다. 두 사람의 동침은 천린이 부마에 간택되어 설단아가 이혼 당하게 되는 상황에 처하자 이뤄진다. 이 시점은 천린이 12세, 설단아가 13세일 때인데, 위에서도 확인되듯이 천린은 부모 허락 없이 스스로의 판단에 의해 동침을 하면서 이를 즐거운 일로 받아들이며, 설단아 역시 이혼을 앞둔 상황에서 이를 받아들일 뿐더러 더 나아가 천린의 정을 돋울 정도로 능동적인 모습을 보여준다.

마지막으로 두 사람의 갈등 측면을 살펴보자. 이들은 천린이 부마가 됨에 따라 갈등을 겪으며, 이 갈등은 설단아의 유배로 인해 장시간 지속된다. 월성공주로 인해 첫째부인으로서의 지위를 잃은 설단아는 미혼주를 먹여 천린의 분별력을 떨어지게 만들어 천린으로 하여금 공주를 박대하게 할뿐더러, 공주에게 독약을 먹여 살해를 시도하다 실패하며, 무고사를 행하려다 발각돼 유배를 가게 된다. 이들 갈등에서 흥미로운 점은 유배를 마치고 돌아온 설단아를 대하는 천린의 태도이다. 10년의 유배 생활을 마치고 돌아온 설단아를 현부에서는 하루라도 빨리 데려오고자 하는데 반해 천린은 그 개과(改過)를 믿지 못해 3년 후에야 데려오겠다고 반발하기 때문이다. 이 시점에서 천린은 더 이상 어린 아이가 아니라 형제들의 대소사를 주도적으로 처리하며 현경문의 장자로서의 입지를 세운 상황으로 이 일을 제외하고는 현부 어른들과 입장을 달리하는 모습을 보이는 경우는 없다. 결국 이 갈등은 현부 어른들이 천린의 의견을 무시한 채 설단아를 바로 데려온 후, 그 개과 사실을 믿게 된 천린이 점점 마음을 누그러뜨리면서 해결되는 것으로 나타난다.

2) 현천린과 월성공주

월성공주는 현천린이 두 번째로 혼인을 치른 인물로, 이 혼인을 통해 천린은 설단아와 이혼하고 공주를 첫째부인으로 맞이하게 된다. 먼저 이들의 혼인 시기를 살펴보자. 이들의 혼인은 설단아와 혼례를 치른 지 1년이 지난 시점인 천린이 12세 때, 공주가 9세 때 이뤄진다. 천린이 설단아와 혼인했음에도 불구하고 부마가 된 것은 월명도사에게 신물인 명주의 짝이 부마감이라는 이야기를 들었던 황제가 명주의 주인이 천린이라는 사실을 알고 두 사람의 인연을 천연(天緣)이라 여겼기 때문이다.

다음으로 이들의 관계를 동침(同寢)의 측면에서 살펴보자. 〈명주기봉〉에서 천린과 공주는 내외적 요인에 의해 갈등을 겪는다. 외적으로는 공주의 하가(下嫁)로 인해 이혼 당한 설단아가 벌이는 모해로, 내적으로는 강압적인 혼인에 대한 반발과 동침(同寢)에 대한 태도의 차이로 인해 갈등이 빚어진다. 그런데 설단아의 모해가 발각돼 외적 요인이 사라지고 천린이 공주에 대해 좋아하는 마음을 가지게 되면서 강압적인 혼인에 대한 반발이 없어진 후에도 이들의 갈등은 지난하게 지속되는 특징을 보인다. 따라서 여기서는 지난한 갈등을 지속시키는 원인이 된 동침을 둘러싼 두 사람의 태도를 알아보자.

〈명주기봉〉에서 천린과 공주의 동침은 혼인 후 5년이 지나 이뤄지며, 그나마 동침이 자연스러워지는 것은 그로부터도 2~3년이 지나서이다. 이처럼 동침이 끊임없이 지연된 것은 두 사람의 동침에 대한 태도가 다르기 때문이다. 혼인 초에 동침이 지연된 것은 공주가 어리다는 점과 혼인이 강압적으로 이루어졌다는 점 때문이다. 12세의 설단아도 어린 나이라 생각해 동침을 미루게 했던 현부에서는 9세인 공주와의 동침을 권하지 않으며, 천린은 원치 않게 부마로 간택된 데에 대한 반발로 공주를 냉대한다. 게다가 두 사람의 혼인이 1년이 지났을 무렵에는 천린이 그간 공주를 박대한 사실이 알려져 황제가 공주를 궐에 불러들이고 천린에게서 부마 관작을 거두면서 동침은 더욱 늦어지게 된다.[10]

그런데 이처럼 동침이 지연되는 상황에서 흥미로운 점은 동침을 둘러싸고 두 사람이 서로에 대해 보이는 태도이다. 강압적인 혼인에 대한 반발과 설단아의 모해로 인해 현천린이 공주를 냉대하고 핍박하는 상황과 별도로 두 사람은 일반적이지 않은 부부의 모습을 보여주기 때문이다. 우선 공주의 태도를 살펴보면, 그녀는 혼인 직후부터 동침이 이뤄지기 전까지 일관되게 천린을 두려운 존재로 여기며 침묵으로 반응한다. 서사에서는 공주가 천린과 한 공간에 있는 것을 두려워하는 모습이 반복적으로 제시되는데, 그 이유를 서술자는 공주가 궐에 있을 때 태자나 광평왕 같은 오빠들 이외의 다른 남자를 본 적이 없기 때문이라고 설명한다.[11] 이후 천린의 핍박이 물리적인 폭력을 동반하자 공주의 경직된 모습은 한층 더 심해지는 것으로 나타나는데, 연적을 부수거나 자신에게 반발한 궁녀의 머리를 베는 천린의 모습을 본 공주가 그에게 두려움을 보다 강하게 느끼게 되기 때문이다.[12]

---

10) "천린의 월성도위 관면을 삭히고 공쥬를 대니로 드려 짐의 슬하의 죵신케하라"〈명주기봉〉4권.

11) "평싱 깁흔 궁의 쟈라 뎨와 태즈 형뎨 밧근 남즈로 샹졉히미 업다가 부마의 강엄흔 긔운을 대흐여 셔의흐기 심흔지라 슈싁과 두려오믈 씌여"〈명주기봉〉2권.

12) 월성공주가 현천린과의 관계에서 갖는 두려움은 선행연구에서도 지적되었다. 선행연구에서는 월성공주가 보이는 두려움이 현천린이 미혼주에 빠져 있을 때 벌인 광거가 결코 잊히지 않는 두려움의 근원이 된 것으로 파악하였다. 이나라, 앞의 논문, 47쪽; 이 글에서는 월성공주가 현천린의 광적인 행동으로 인해 두려움을 느끼는 것이 혼인 직후부터 가지고 있었던 두려움을 증폭시키는 역할을 했다고 보며, 월성공주가 현천린과의 관계에서

이에 반해 천린은 공주를 냉대하는 것과는 별도로 동침에 대해서는 부부 간의 자연스러운 일이라는 입장을 보인다. 때문에 지나치게 자신을 두려워하는 공주를 두고 천린은 자신과 공주의 관계가 일반적인 '부부'가 아닌 '빈주(賓主)' 관계와 같다고 생각하기에 이른다. 게다가 천린은 설단아가 보여준 교태 있고 온순했던 모습과 비교해, 공주가 자신을 낯설어하는 모습을 의아해하며 풍정을 드러낼 수 없음에 대해 못 마땅하게 여기는 태도를 보인다.[13]

이처럼 두 사람의 동침이 지연되는 상황을 반복적으로 보여줌으로써 〈명주기봉〉은 서사에 긴장과 이완을 불러 넣는데, 공주가 궐에 들어간 상황에서 이들이 재회하게 되는 대목은 그러한 경우의 대표적인 예이다. 궐에 있음에도 불구하고 설단아가 벌인 모해로 인해 독약을 먹고 사경을 헤매게 된 공주를 천린이 간호하면서 이들은 재회하는데, 이 재회 역시 동침으로 이어지지는 못한다. 이 시점은 혼인한 지 3년이 지난 때로, 천린은 여전히 동침하고 싶어 하는 데 비해, 공주는 천린을 두려워하기 때문이다. 천린은 공주의 흰 피부와 가는 손 모양을 곱다고 생각하며 체향을 맡고 가슴이 뛰는 것을 느끼며[14] 스스로 이런 자신의 모습을 짝사랑이라고 판단하는[15] 반면, 공주는 자신을 지성으로 간호하는 천린을 보고도 심경의 변화를 느끼지 않으며, 천린이 묻는 말에

처음부터 두려움의 정서를 보였음을 이야기하고자 한다.

13) "부미 어려셔붓터 셜시의 교용함틱ᄒ여 드ᄃ라이 슝슌ᄒᄂ 거동을 익게 보왓거ᄂᆯ 져 공쥬의 닝담ᄒ며 공경ᄒ미 엄흔 존빈 ᄀᆺᄐ여"〈명주기봉〉 2권.

14) "옥결 ᄀᆺᄐ 긔부와 삭츙ᄀᆺᄐᆫ 셤슈 긔묘ᄒ여 …(중략)… 쳔향이 분비ᄒ여 코의 쏘이고 광치 요요ᄒ여 눈의 영 ᄶᅵ니"〈명주기봉〉 5권.

15) "져 공쥐 비록 아름다오미 쳘부셩녜나 임의 인연이 박ᄒ여 쳔니를 즈음친듯ᄒᄒ거ᄂᆯ 내 이대도록 ᄉ렴ᄒ리오 ᄲᅡ스랑의 외즐김 ᄀᆺᄐ여"〈명주기봉〉 8권.

대답을 하지 못할 정도로 어려워하는 모습을 보여준다.16)

이 같은 태도는 첫 동침이 이루어질 때까지 일관되게 나타난다. 이들의 동침은 혼인 후 5년이 지나서 이뤄지는데, 이 역시 공주의 반발로 세 차례나 실패한 후 이뤄진다.

○ 상궁을 불러 말하기를 "잠깐 쉬려고 하는데 촛불이 보기가 싫구나. 그대는 사이를 적은 금장(錦帳)으로 가리도록 하게나." 부마가 천천히 말하기를 "공주께서 사이에 금장을 치는 것은 불을 보기 싫어서가 아니라 나를 보기를 싫어해서로군요."17)

○ 부마의 손이 닿으면 놀라기를 나무가시가 닿은 것과 같이하고 두려워하기를 악호를 대하듯 하나 무례히 물리치거나 초독스럽게 떨치지 못하고 지난 일을 생각하며 마음이 송구해 얼굴에서 눈물이 떨어져18)

○ "공주께서 이미 정당에 문안을 마치고 계시는 것일 텐데 어제 오늘 갓 들어온 신부가 아니거늘 어찌 예복을 입은 채로 앉아 계십니까?"19)

〈명주기봉〉은 두 사람이 동침에 이르는 지난한 과정을 자세히 제시하는데, 그 과정에서 두 사람이 서로에 대해 지닌 생각 역시 구체적으

---

16) "공쥐 지극히 온순ᄒ 쯧는 말을 아니 대답지 못ᄒ여 입을 움즉이고져ᄒ나 혀 돕지 아닌ᄂ지라"〈명주기봉〉5권.
17) "상궁을 불너 ᄀᆯ오대 잠간 쉬고져ᄒ대 촉불 보기 실흔지라 그대는 ᄉ이의 적은 금장을 가리오라"〈명주기봉〉9권.
18) "져의 손이 님흔즉 놀나오미 형극 ᄀᆺ고 두리오미 악호와 갓ᄐ나 무례히 물니치며 초독히 떨치지 못ᄒ대 셕스를 싱각ᄒ여 심골이 송구ᄒ니 옥면의 향한이 써러져"〈명주기봉〉9권.
19) "옥쥐 임의 정당혼졍을 파하여 겨실진대 어졔 오늘 ᄀᆺ 드러오신 신뷔 아니어늘 엇지 례복을 입은쳐 안져겨시뇨"〈명주기봉〉9권.

로 드러나게 된다. 위의 예문은 천린의 동침 시도를 세 차례에 걸쳐 거
부하는 공주의 반응과 관련한 대목이다. 혼인 직후부터 천린을 낯선 사
람 같다고 여겼던 공주는 치독(置毒) 사건으로 아프던 자신을 지극 정성
으로 간호하고, 그리워하는 마음을 편지에 적어 보낸 천린을 여전히 두
려워한다. 때문에 천린이 아프다는 이유로 어쩔 수 없이 현부로 돌아오
게 되었지만 같은 공간에 있는 상황에 놓이자, 공주는 천린과의 사이에
금장(錦帳)을 치며, 예복을 벗지 않고, 울거나 혼절함으로써 동침을 거
부하는 모습을 보인다. 반면 천린은 이러한 공주의 태도를 여전히 이해
하지 못하며 더욱 강압적으로 동침을 시도한다. 아름답다고 생각한 공
주를 보며 동침을 하고 싶어 하는 천린은 공주가 부부 사이에 당연하다
고 생각되는 동침을 거부하는 것을 이상하다고 여기기 때문이다.[20]

그런데 이 같은 공주의 반응은 상궁들에게조차 과한 행동으로 여겨
져 그 정도가 일반적이지 않음을 알 수 있다. 〈명주기봉〉에서 공주 곁
을 늘 지키는 이로는 이상궁, 설상궁, 위보모가 있는데, 이중 이상궁과
설상궁은 황제나 현부 인물들에게 사리분별력이 뛰어나다는 평가를 들
으며 신임을 받는 이들이다. 그런데 이들조차도 공주가 수년간 동침을
거부하며 경직된 모습을 보이는 것을 두고 의아해하며 이처럼 고집을
세우는 것이 장차 유익하지 않을 것이라며 행동을 바꿀 것을 권유하는
말을 건넬 정도이기 때문이다.[21] 결국 천린과 공주의 동침은 이에 응하

---

20) "도위 졍식 노왈 젼일은 나히 어려 부부호합이 그 썌 아닌고로 싱이 오히려 앗기미 잇거니
와 이졔 피ᄎ 녕긔 ᄎ고 군명을 밧ᄌ와 복합ᄒ미 잇거늘 무ᄉ일 가부를 거졀코져 ᄒ시ᄂᆞ뇨
…(중략)… 그 쳔향이 품비ᄒ여 몸의 품기고 그 픠되 요요ᄒ여 눈의 어리믈 보미 의ᄉ 착급
ᄒ거늘"〈명주기봉〉 9권.

21) "상궁이 나족이 굴오ᄃᆡ 젼일 부마 노야의 과게 만ᄒ시나 당ᄎ지시ᄒ여ᄂᆞ 군주 유힝이
ᄂᆞᆺ부미 업거늘 옥쥬 너모 고집ᄒ샤 톄위 손상ᄒ시고 …(중략)… 장ᄎᆺ 유익지 아닐가 ᄒᄂᆞ이

지 않으면 자해하겠다는 천린의 위협과 완력에 의해 이뤄지게 된다. 때문에 첫 동침은 천린의 의지는 있을지언정, 공주의 의지가 반영되어 있다고 보기는 어렵다.

그런데 흥미로운 점은 동침이 있은 후 두 사람의 관계가 이전과 상반된 모습을 보여준다는 점이다. 두 사람의 동침이 자연스러운 부부 생활의 모습으로 나타나는 데까지는 이후로도 2~3년의 시간이 더 걸리는데, 이 과정에서 두 사람은 이전과 달라진 태도를 보여준다. 우선 공주는 더 이상 천린을 두려워하지 않는 모습을 보인다. 첫 동침 직후부터 천린과 같이 있는 공주의 심정을 묘사할 때 두려움에 대한 서술은 나타나지 않는다.[22] 강압적으로 동침이 연이어 이뤄진 후 공주는 병을 앓으며, 급기야 태아를 사산하는 일을 겪게 되는데, 이 과정에서 공주는 자신을 간호하는 천린과 눈을 마주치기도 하고 대답을 하는 등 변화된 모습을 보여준다. 공주는 자신을 돌보느라 초췌해진 천린을 보며 젊기 때문에 자손을 걱정할 때가 아님에도 슬퍼하는 것이 지나치며 식음을 전폐하고 운 나머지 강한 기운이 줄어들었다고 여기는데,[23] 이러한 판단은 공주가 천린의 모습을 지켜보았기 때문에 내릴 수 있는 부분이다. 또한 천린과 눈이 마주친 순간 공주는 시선을 내리지만 그 직후 천린이 옷을 벗고 곁에 누우며 편히 자기를 권할 때 더 이상 침묵하는 것이 아니라 소리 내 대답을 한다.[24] 이는 독약을 먹어 사경을 헤매던 공주

다"〈명주기봉〉 9권.

22) 이는 첫 동침 직후 연달아 이어진 다음날 동침 상황을 묘사할 때부터 발견되는 점이다.

23) "부마의 초챵ᄒᄂ 소리를 듯고 그 셕반 폐ᄒ믈 보믹 …(중략)… 시년이 최소ᄒ여 원녜 머릿거늘 …(중략)… 모진 긔운이 엇지 져러툿 소삭ᄒ엿난고"〈명주기봉〉 13권.

24) "부믹 옷오슬 버서 후리치고 공쥬를 향ᄒ여 왈 샹이 습인ᄒ고 한뇌 위지ᄒ니 옥쥬의 귀골이 샹ᄒ실가 ᄒᄂ니 평안이 혈슉ᄒ소셔 공쥐 유유 대왈 공회 침금을 찾지 아니시니

를 천린이 간호할 때, 공주가 천린에게 여전히 두려움을 느끼고 낯선 이를 대하듯이 대했던 것과 차이를 보이는 점이다.

이후 공주는 천린과 일상적인 이야기를 주고받을 뿐더러 스스로 의견을 내놓는 등 자연스러운 부부 관계를 유지하는 모습을 보여준다. 자신의 입궐을 막는 천린에게 시누이 현희염이 친정인 현부에 와서 지내는 시간이 길다는 점을 들며 입궐을 막을 이유가 없다는 점을 내세울 정도로 목소리를 내기도 하며, 동침 상황에서 신체적 접촉을 부끄러워할지언정 두려워하거나 거절하지 않는 모습을 보여주기 때문이다.[25]

이 같은 변화는 천린에게서도 역시 발견된다. 완력으로 이뤄졌던 첫 동침의 결과로 공주가 아팠으며, 그때 잉태되었던 아이가 사산됨에 따라 천린이 자신의 행동을 뉘우치기 때문이다. 천린은 사산 한 공주를 간호하면서도 그 모습에 반해 동침하고 싶은 마음을 가지나 곧 태아의 사산이나 공주의 아픔을 자신의 탓이라 여겨 뉘우치며 차라리 4~5년을 기다려 동침을 했었더라면 하는 후회의 마음을 비추고 그 이후의 동침을 늦추기 때문이다.[26] 게다가 첫 동침 이후 2~3년이 지나 이뤄진 다음의 동침으로 아들이 태어났을 때 천린은 지난 날 자신의 행동을 사과

첩이 엇지 몬져 ᄌ기를 구ᄒ리잇고” 〈명주기봉〉 13권.

25) “공쥐 답지 말고ᄌᄒ나 ᄯᅩᄒᆫ 핑계를 어들가 ᄒ야 강잉화답ᄒ니 부매 그 웅ᄃᆡᄒᄂᆫ 바를 드르니 오히려 ᄌ가의 싱각홀 빅 만흔지라 져 가튼 셩녀현부와 금슬 종고의 락〃ᄒᆫ 낙이 이실가 ᄒ엿더니 만심의 깃분 ᄯᅳᆺᆯ 억졔치 못ᄒ여 그 옥슈를 잡고 광미의 화긔 어리여 견권ᄒ미 비길ᄃᆡ 업스니 공쥐 크게 슈습불안ᄒ여ᄒ더라” 〈명주기봉〉 16권.

26) “부미 그 셩염미모를 대ᄒᄆᆡ 은졍이 산비히박ᄒ나 도라 싱각건대 금번 그 ᄉ싱이 위태ᄒ던 거동을 싱각ᄒᄆᆡ 젼일 삼가지 못ᄒᆫ 일이 빅번 뉘웃브고 열번이다로온지라 젹은 거술 춤지 못ᄒ여 큰모흘 어ᄌ러일빈 업스니 ᄎ라리 ᄉ오년을 각거ᄒ여 그 긔운이 져기 츙실ᄒᆷᄅᆯ 기다려 빅년동쥬를 계교ᄒᄆᆡ 은졍을 졀ᄎᄒ여 졍심을 굿게ᄒ나 ᄉ싀 ᄯᅳᆺ ᄀᆺ지 못ᄒᄆᆯ 한ᄒ고” 〈명주기봉〉 13권.

하며, 이는 공주에게 받아들여지는 것으로 제시된다.[27)

마지막으로 이들의 관계에 대한 주위 사람들의 인식을 살펴보자. 〈명주기봉〉에서 천린과 공주의 관계에 대한 평가는 엇갈리게 나타난다. 기실 천린이 공주와 혼인한 것은 앞서 언급한 것처럼 일광대사에 의해 이들의 인연이 천연(天緣)으로 인식됐기 때문이다. 그러나 이와 달리 주위 인물들은 두 사람이 기질이나 신체적 조건이 다름으로 인해 이들이 어울리지 않음을 지속적으로 언급한다. 혼례 날 광평왕은 '난초 같은 기질의 공주가 산악 같은 천린을 감당치 못할 것'을 걱정하며, 서술자는 '천린의 풍채가 좋으며 기운이 범 같은 데 반해 공주가 그렇지 못해 어울리는 부부이나 기질이나 신체 조건이 다름'을 강조한다.[28)

이러한 시각은 첫 동침이 있은 후 공주가 병을 앓는 상황에서 더욱 강해진다. 강압적인 동침이 연이어 이뤄지면서 공주가 아프게 된 정황은 현부뿐 아니라 궐까지 알려지는데, 태자와 광평왕은 '공주가 본래 약한 기질인데 반해 천린이 호걸스런 기질을 지녀 생긴 일'로 치부하며, 황제는 현경문에게 '공주의 기질이 맑은데 비해 천린의 자질이 준걸이어서 서로 어울리지 않는다'고 평가하기 때문이다.[29) 이는 공주가 사산

---

27) "부매 셕스를 드노하 스죄ᄒ미 금일 처음이라 공쥐 불복ᄒ나 공쥐 늘호여 디왈 왕스를 닐ᄏ를 비 업고 첩은 인싀ᄆ황ᄒ여 돈연이 〃 즈미 잇거늘 군휘 오히려 유심ᄒ미 잇도소이다"〈명주기봉〉 16권.

28) "광평왕이 쇼왈 군의 긔운이 산악 ᄀᆺ고 위풍이 밍호 ᄀᆺ거늘 아미 월셩은 지란 ᄀᆺᄐᆫ 긔질이라 능히 군의 호풍을 감당치 못ᄒᆯ가 두리로라"〈명주기봉〉 2권; "부미 …(중략)… 신장이 격대ᄒ며 냥비다슉ᄒ여 풍운을 졔희ᄒᄂᆫ 룡ᄀᆺ고 공산의 파람ᄒᄂᆫ 범 ᄀᆺᄐᆞ여 그 명모염미ᄂᆫ 진짓 공쥬로 더브러 일대 냥필이오 젹슈 부뷔로되 그 강위ᄒ고 쟝셩ᄒᆞᆫ 가히 내도ᄒᆞ지라"〈명주기봉〉 2권.

29) "태즈와 광평왕이 함쇼 쥬왈 월셩ᄆᆡ지 본대 질약다병ᄒᆞ거늘 텬닌은 웅호걸식라다"〈명주기봉〉 10권; "샹이 우으시고 이늘 됴회 후 진공을 대ᄒᆞ샤 웃고 ᄀᆞᆯᄋᆞ샤대 월셩 히이 긔질이 너모 호연이 몱아 진퇴 져그믈 짐이 즈못 두리거늘 텬린의 풍뉴쥰글이 그 젹쉬 아닌가

했을 때에도 거듭 확인되는데, 현경문은 부친 현택지, 형 현수문 등이
모인 자리에서 공주의 약한 기질을 볼 때 천린과 어울리는 짝이 아니며
두 사람이 강약이 너무 달라 부부라고 하는 것이 옳지 않다는 판단을
거침없이 내비치며, 이는 주위에 있던 이들에게 반박을 사지 않는 것으
로 나타나기 때문이다.[30]

그런데 이러한 평가는 천린과 공주가 부부 생활을 원만히 하게 되고
자녀를 출산함에 따라 찾아볼 수 없게 된다. 대신 현택지와 장태부인의
수연(壽宴)에서 이들의 관계를 서술자가 좋은 배필이라 평가하는 것을
통해 시선이 바뀌었음이 확인된다.[31]

3) 현천린과 조소저

현천린과 세 번째로 혼인하는 인물은 조소저로, 그녀는 혼인 후 현천
린의 좌부인이 된다. 먼저 이들의 혼인 시점부터 살펴보자. 이 혼인은
천린의 배우자가 비어있던 시기에 이뤄진다. 앞서 언급한 것과 같이 천
린에게 박대 받은 사실이 알려져 공주가 궐로 들어가고 황제가 부마
관작을 환수한 후에도 설단아는 공주에 대한 모해를 그치지 않는다. 결
국 공주에게 독약을 먹이고 무고사를 벌이려던 일이 발각되면서 설단
아가 유배 가는 상황에 처하자 황제는 천린의 빈 아내자리를 위해 황족
숙흥군의 누이인 조소저를 아내로 맞아들이게 하면서 이들의 혼인이

시븐지라”〈명주기봉〉 10권.

30) “진공이 잠소 대왈 …(중략)… 다만 공쥬의 질약다병ᄒ미 ᄋᄌ로 관관ᄒ 뜩이 아니오
강약이 닉도ᄒ여 텬아로 더브러 부뷔라ᄒ미 가치 아니대”〈명주기봉〉 13권.

31) “부〃의 용광이 상하치 아니코 품복이 층등치 아녀 일빵 가위로딕”〈명주기봉〉 18권.

이뤄진다.

　조소저는 천린과 겪는 갈등이 없으며 월성공주나 설단아에 비해 〈명주기봉〉에서 비중이 적은 인물이다. 그러나 조소저와 천린의 관계에 대한 주위 인물들의 평가로 인해 이들의 혼인은 주목을 요한다.

　　좌우에서 보건대 용모가 수려하고 풍채가 늠름하며 그 얼굴빛이 비록 옥결같이 희지는 못하나 두 눈의 정기가 밝고 두 뺨 아래가 풍만하며 높은 코가 그윽하고 큰 입이 복이 있으며 처진 귓불이 어깨 위에 닿아있으며 이마가 나와 있으나 미간이 훤칠하고 눈이 깊으나 정기가 당당하며 얼굴이 길지만 턱이 둥그스름하여 가히 다남자 다복의 상이오. 키가 육척이 넘고 허리가 퍼지며 팔이 길고 손이 굵고 두 어깨가 높아 태산이 서 있는 듯하니 마음이 넓고 복되어 도리어 좋아보였다. 주위에서 연달아 월궁을 구경하여 눈이 무산에 있다가 이 신부의 장대한 거동을 보고 다 묵연하였는데32)

　조소저는 시아버지 현경문을 비롯한 현부 구성원으로부터 천린에게 어울리는 짝으로 평가를 받는 인물이다. 위의 예문은 혼인 날 조소저의 모습을 묘사한 것으로, 그녀는 여성스러운 외양을 띠고 있는 것이 아니라 건장한 장부 같은 체격을 갖춘 인물임을 알 수 있다. 조소저는 신장

32) "좌위 보건대 용뫼 슈려ᄒ고 풍신이 언건ᄒ여 그 ᄂ빗치 비록 옥결ᄀᆺ치 희지 못ᄒ나 두 눈의 정긔 명낭ᄒ고 냥협지히 풍만ᄒ며 놉흔 코히 유긔ᄒ고 큰 입이 복겨워 쳐진 귀불 엇기 우히 대혀시며 니미 내미나 미간이 훤츌ᄒ고 눈이 깁흐나 정긔 당당ᄒ며 얼골이 기나 턱이 둥구러 가히 다남ᄌ 다복지상이오 ㅋㅋ 뉵쳑이 넘고 허리 퍼지며 팔이 길고 손이 굴고 두 엇개 놉하 태산이 션ᄃᆺᄒ니 어위ᄒ고 복되여 도로혀 조아뵈ᄂᆞᆫ지라 좌위 연ᄒ여 월궁을 구경ᄒ여 눈이 무산의 잇다가 이 신부의 장대ᄒᆫ 거동을 보고 다 묵연ᄒ대" 〈명주기봉〉 6권.

이 육척이 넘을 정도로 건장한 풍채를 지녔으며 긴 팔과 굵은 손을 지닌 것으로 묘사되는데, 이를 본 현경문은 조소저를 다남자 다복할 관상이라 평가하며 천린의 부인이 될 만하다고 여기고 서로 어울리는 부부라는 판단을 보인다.[33]

이러한 판단은 이들의 동침 시점에도 밀접하게 영향을 미친다. 천린은 조소저와 혼인 후에도 공주를 향한 자신의 마음을 지키고자 동침을 하지 않기 때문에, 이들의 동침도 혼인 직후 일어나지 않는다. 동침이 이루어진 시점은 공주가 천린의 강압으로 동침을 가진 후 아프게 된 때이다. 공주의 아픈 이유가 강압적으로 이뤄진 동침임을 파악한 현경문이 내놓은 방안이 다름 아닌 천린을 조소저의 숙소로 보내 그녀와 동침하게 하는 것이기 때문이다.[34]

그런데 이러한 판단이 옳았음은 동침을 갖는 당사자의 태도에서도 재차 확인된다. 인물의 비중 상 동침을 두고 조소저의 언급이나 감정 상태가 자세히 묘사되지는 않는데, 적어도 조소저는 공주처럼 동침을 거부하거나 두려워하는 모습을 보여주지는 않는다. 더불어 천린은 조소저와의 동침을 앞두고 그녀에게 열협군자의 풍모가 있다 여겨 기뻐하며, 동침 후에는 그 기세가 충만하고 씩씩해 금슬이 좋았다 생각하며, 이를 두고 부친이 헤아린 것과 같이 서로가 서로에게 어울리는 짝이라 여기는 모습을 보여준다.[35]

---

33) "신부의 유덕 확실흔 거동이 짐줏 ㅇ조의 내죄 되염즉ㅎ여 장부의 젹거부뷔 되염즉ㅎ다" 〈명주기봉〉 6권.

34) "부마를 계츄ㅎ여 조시의 셩혼 ᄉ오저의 박명이 심ㅎ민 군즈의 유신흔 덕이 아니오 즉금 공쥐 병 즁ㅎ니 츠후는 침쇼를 젼일이 조시 슉소의 ㅎ라 불여즉 즁히 다ᄉ리리라"〈명주기봉〉 10권.

35) "비로소 ᄌ시 보니 조시 의복을 소담이 ㅎ고 쵹하의 안즛는 거동이 어위츠고 슉연ㅎ여

4) 현천린과 강양공주

천린이 마지막으로 혼인하는 인물은 강양공주인데, 그녀는 적장 우길의 딸로 혼인 후 천린의 빈실이 되었다 훗날 숙빈이 된다. 강양공주는 설단아나 월성공주에 비해 비중이 적은 인물이나 성(性)에 대한 태도를 엿볼 수 있는 인물이라는 점에서 함께 살펴보고자 한다.

우선 혼인 시점을 알아보자. 강양공주와 천린의 관계는 혼인 이후보다 혼인에 이르기까지의 과정이 주로 서술되는 특징을 보인다. 이는 강양공주가 다른 인물들과 달리 전쟁에서 만난 천린과 스스로의 의지로 혼인을 이루기 때문으로 여겨진다. 부친 우길의 반란을 진압하러 온 천린과 대적하던 중 오히려 잡힌 강양공주는 항복과 동시에 청혼을 하는데 이는 받아들여지지가 않는다. 그러나 천린과 혼인할 의지를 지닌 강양공주는 이후 남장을 하고 천린이 전쟁터에서 식량난을 겪을 때 이를 지원하며, 천린을 비롯한 현부 인물들이 역모를 일으킨 것으로 궁지에 몰렸을 때 이 일이 음모임을 밝혀주는 등 끊임없이 도움을 줘 천린이 20세가 되었을 때 빈실이 되기에 성공한다. 이처럼 적극적인 혼인의 의지로 강양공주는 현부에 들어오는데, 부인이 아닌 빈실의 지위가 되는 것은 그녀가 적장의 딸이었다는 점이 영향을 미친 것으로 여겨진다.

다음으로는 동침(同寢)과 성(性)에 대한 태도를 살펴보자. 그런데 이처럼 혼인을 하고 싶어 하던 강양공주는 막상 혼인 후, 천린과의 동침을 원하지 않은 채 오로지 문학을 강론하며 세월을 보내는 모습을 보여

비록 염염이 고은 빗츤 업스나 활연상쾌ᄒ여 졍히 렬협군ᄌ의 풍이 이시니 도위 가장 심복ᄒ대 …(중략)… 부미 그 혜슌유덕ᄒᆫ 위인을 진즁ᄒ여 금슬이 화명ᄒ고 조시 확실 춍장ᄒ여 진짓 공의 혜아린 바와 ᄀᆺᄐ여 젹슈 부뷔러라"〈명주기봉〉10권.

준다. 결국 강양공주와 천린은 동침을 하나, 비중 상 두 사람의 심리는 언급되지 않는다. 다만 이때 흥미로운 지점은 강양공주가 동침이 있기 전 앵혈(鶯血)을 갖게 된다는 것이다. 국문장편소설에서 여성의 순결을 상징하는 징표인 앵혈은 대개 어렸을 때 부모에 의해 팔에 새겨지는 점이다. 그런데 변방에서 자란 강양공주는 이러한 풍속을 익히지 못해 앵혈이 없는 것으로 나타나며, 자신에게 없는 앵혈의 의미를 천린과의 혼인 후 알게 되면서 현부 어른들을 통해 동침 전 앵혈을 부여받는 것으로 나타난다.

3. 〈명주기봉〉의 부부 화합의 조건, 체격의 어울림과 정서적 친밀감

〈명주기봉〉에 나타난 현천린과 그의 부인들의 부부 생활을 통해 이 작품의 부부 관계에 대한 인식을 살펴보자. 이 작품은 현천린의 부부 생활을 통해 부부 간의 화합을 위해 체격의 어울림과 정서적 친밀감이 중요하다는 인식을 드러낸다.

우선 부부 관계에서 체격의 어울림을 중요하게 생각하는 점부터 알아보자. 이 작품은 이상적인 부부 관계를 위해 중요한 것 가운데 하나를 신체의 조화로 바라본다. 현부 인물들은 며느리가 들어올 때마다 끊임없이 평가를 하는데, 평가의 기준은 미추(美醜)와 덕성뿐 아니라 배우자와 신체적으로 조화를 이루는가가 포함되기 때문이다. 앞서 살펴본 것처럼 천린의 배우사 중 어울리는 짝이라는 평가를 받는 이는 조소저이며, 월성공주와 설단아는 그렇지 못하다는 평가를 받는다. 설단아가

덕성이 부족해 그런 평가를 받는다면 월성공주는 체격이 달라 어울리지 않는다는 평가를 받는다.

〈명주기봉〉은 일광대사와 신물을 통해 천린과 공주의 인연을 천연(天緣)이라고 설명한다. 때문에 황제는 설단아를 이혼시키면서까지 공주와 천린을 혼인 시킨 것이다. 그런데 이러한 믿음과 달리 혼인 직후부터 두 사람의 관계를 두고 주위 인물들을 어울리지 않는다는 평가를 거듭 내린다. 이는 혼인을 할 무렵 공주가 어려 신체의 발육이 천린과 어울리지 않았던 것으로 생각될 수도 있다. 그러나 현부의 장손인 현웅린이 12세에 10세의 사마영주와 혼인을 하거나, 천린이 11세에 12세의 설단아와 혼인을 했을 때에는 사마영주나 설단아에게서 체격을 두고 배우자와 어울리지 않는다는 평가는 나타나지 않는다. 뿐만 아니라 앞서 보았듯이 설단아는 13세에 천린과 동침을 하는데, 이때의 그녀는 성숙한 여성으로 묘사된다. 그런데 〈명주기봉〉에서 유독 월성공주만이 체격이 천린과 어울리지 않는다는 점이 부각된다. 이처럼 공주의 기질이 약하며 맑아 건장한 체격을 지닌 천린에게 좋은 배필이 아니라는 평가는 공주가 건장한 아이를 출산할 때까지 반복된다.

기실 황실과의 혼인은 가문의 위상을 세울 수 있는 방법 가운데 하나이다. 때문에 국문장편소설에서 중심가문의 여성이 태자비로, 남성이 부마로 설정되는 일은 종종 나타나며, 이는 가문의 번영을 보여주는 하나의 지표가 되어준다. 〈명주기봉〉에서 현부 역시 월성공주를 며느리로 맞아들이는 일을 가문의 경사로 여기며, 혼인 직후 천린이 궐에 문안을 다녀왔을 때에는 주고받은 대화를 일일이 물어보며 성은에 감사해하는 모습을 보인다.[36] 때문에 황실과의 관계를 고려해야 하는 현부 인물들과 두 사람의 인연을 천연(天緣)이라 여기는 황실 인물들이 천린과 공주를 두고 어울리지 않는 관계로 판단하며 더 나아가 이를 발화하는 부분은 이외의 모습이라 할 수 있다.

국문장편소설에서는 덕성의 어울림을 이상적인 부부의 조건으로 평가한다. 부덕(婦德)을 갖춘 여성이 며느리로 들어왔을 때에 가문구성원들은 혼인 대상자와 잘 어울린다는 판단을, 그렇지 못한 여성이 들어올 경우 혼인 대상자의 성품에 비추어 맞지 않는다고 판단하기 때문이다. 따라서 〈명주기봉〉에서 천린과 공주를 두고 덕성뿐만 아니라 체격 조건을 중요하게 인식한다는 것은 이상적 부부의 모습에 대한 판단을 보다 현실화, 구체화해 드러낸 것이라 할 수 있다.[37]

이처럼 이상적인 부부의 조건으로 체격의 조화를 중시한 것은 작품의 배경이 되고 있는 송(宋)대나 작품이 향유되던 조선 후기의 체격의 조화가 자녀의 출산이라는 현실적인 문제에 큰 영향을 주었기 때문이라 여겨진다. 가문의 번영과 영달을 보여주는 국문장편소설에서 후사를 잇는 문제는 매우 중요한 부분이라 할 수 있는데, 〈명주기봉〉에서 신체적 조건이 자녀의 출산에 영향을 미치는 것은 천린의 부부에게서도 확인된다. 천린이 첫 아들을 얻는 것은 20세가 갓 지났을 무렵인데, 천린이 현경문의 장자(長子)라는 점이나, 그의 나이 11세에는 설단아와, 12세에는 월성공주와, 14세에는 조소저와 혼인했던 것을 염두에 둔다면 이는 매우 늦은 것이라 볼 수 있다. 때문에 천린이 사촌 현웅린의

---

36) "일개 슈말을 뭇고 텬총이 권권ᄒ시믈 드ᄅᄆᆡ 셩은을 감굴ᄒ더라" 2권.

37) 신체적 조건을 부부 관계에서 중요하게 여겼던 점은 조선시대 풍속에서도 발견된다. "전통 혼례에서는 혼담이 오고가면 '간선'이라 하여 신부감을 선보는 풍속이 있었는데, 신부의 관상을 보고자 한 것은 여성의 상에 따라 관계한 남성의 건강 상태가 달라질 수 있고, 다산의 여부를 알 수 있다고 믿었기 때문"이라고 한다. 정성희, 『조선의 섹슈얼리티: 개정판』, 가람기획, 2009, 37쪽.

아들들을 보며 부러워하고 자신의 후사에 대한 걱정을 드러낸 것은 당연한 것이라 할 수 있다.

이런 점에서 〈명주기봉〉이 현천린이 17세에 월성공주와 동침했을 때, 임신되었던 태아를 사산(死産)으로 처리하는 것은 충격적이다. 국문 장편소설에서 악인형 여성들이 남편의 애정을 얻거나 자신의 입지를 굳히기 위해 출산한 아이를 뒤바꾸는 설정은 종종 찾아지나 선인형 인물의 태아가 사산되는 경우가 드물다는 점을 고려하면 더욱 그러하다. 앞서 보았듯이 월성공주는 강압적인 동침이 있은 직후 병을 앓는 것뿐만 아니라 이때 잉태되었던 아이를 사산(死産)한다. 이를 두고 〈명주기봉〉은 천린의 꿈에 선관이 나타나 사산이 천린이 어려서부터 '강위(强威)'했으며, 무고히 궁녀를 살인한 것에 기인한 것이라 설명하게 한다.[38] 그러나 이와 별도로 현경문이나 황제는 두 사람의 신체가 어울리지 않았기 때문에 발생한 일이라는 입장을 보인다. 현실적으로 아이의 사산은 선관의 설명처럼 궁녀를 살인한 것에 대한 죄의 대가라기보다는 공주의 신체적 약함에 따른 것일 가능성이 높다고 볼 수 있다. 이처럼 체격의 조화나 조건이 자녀의 출산에 영향을 미치는 점은 천린과 그 배우자 사이의 자녀들의 수에서도 확인된다. 현부 인물들로부터 가장 잘 어울리는 짝이라는 평가를 받았던 조소저는 6자 3녀를 두는 반면, 월성공주는 2자를 두기 때문이다. 따라서 〈명주기봉〉이 천린과 그의 배우자들을 통해 체격의 조화가 이상적인 부부 관계의 중요 요인이라는 입장을 보여준 지점은 지극히 현실적인 문제라 할 수 있는 후사

---

38) "군이 소시로븟허 강위틱고ㅎ야 무죄흔 비즈를 춤ㅎ고 술싱을 툐히 너기ㄴ고로 ᄌ궁이 일죽 틱이지 못ㅎ엿더니" 16권.

잇기를 적나라하게 드러냈다는 점에서 작품에 실감을 부여하고 있다고
할 수 있다.

다음으로 〈명주기봉〉이 이상적인 부부 관계를 위해 정서적 친밀감을
중요하게 생각하는 점을 알아보자. 이 작품은 부부 관계에서 정서적 친
밀감이 몹시 중요하다는 생각을 드러내는데, 특히 이를 동침(同寢)이라
는 사건을 통해 보여준다. 국문장편소설에서 부부 간의 동침을 거부하
는 여성은 종종 발견된다. 〈성현공숙렬기〉의 효장공주, 〈옥원재합기
연〉의 이현영, 〈명주기봉〉의 현월염 등이 그러한데, 그러한 행동을 하
는 데에는 나름의 이유가 제시된다. 〈성형공숙렬기〉에서 이미 소씨와
혼인했던 임세린과 부부가 된 효장공주는 세린이 자신을 후한(後漢) 때
송홍(宋弘)을 연모한 호양공주(湖陽公主)에 비기며 음란한 여인으로 여
기자 동침을 거부한다.[39] 또 〈옥원재합기연〉의 이현영은 장인을 인정
하지 않는 남편 소세경에게 항거하기 위해 성적 자결권을 행사하는 방
식으로써[40], 〈명주기봉〉의 현월염은 호색한 남편 이기현이 창기와 어
울리며 군자답지 못한 행동을 하는 것을 문제 삼아 동침을 거부한다.

이에 비해 〈명주기봉〉에 나타난 월성공주의 동침 거부는 심리적 두
려움에 기인한 것으로 제시되어 차이를 보여준다. 이 작품에서 현월염
과 같이 나름의 명분이 있어 동침을 거부하는 경우를 제외하고는, 여성
들은 남편과의 동침에 순응하는 태도를 보이는데, 이러한 모습은 이 작
품뿐만 아니라 대다수의 국문장편소설에서도 발견된다.[41] 물론 공주

39) 장시광, 「〈성현공숙렬기〉에 나타난 부부 갈등의 성격과 여성 독자」, 『동양고전연구』
    27, 동양고전학회, 2007, 15~19쪽.
40) 한길연, 「대하소설에 나타나는 '남편 폭력담'의 양상과 의미」, 『한국고전여성문학연구』
    21, 한국고전여성문학회, 2010, 87쪽.

가 천린과의 동침을 거부하는 이유는 천린이 공주에게 보여준 냉대와 핍박 때문으로도 이해할 수 있다. 그런데 앞서 살펴본 것처럼 물리적 폭력이 있기 전부터 공주는 천린과의 동침을 거부하며 천린을 두려워 한다.[42] 〈명주기봉〉에서 공주는 부덕(婦德)뿐 아니라 성인의 풍모를 갖춘 인물로 평가받을 정도로 작중 내에서 뛰어난 인물로 제시된다.[43] 7세에 제자백가(諸子百家)에 능통해 태자와 광평왕이 모르는 곳을 해석 하기도 하며, 해결 방안을 찾지 못해 난항을 겪던 국가의 대소사를 풀어갈 수 있도록 해 황제로부터 아낌을 받을 정도이며[44], 자신을 죽이려한 설단아를 용서하고 유배에서 풀려나게 할 정도로 인품 역시 뛰어난 것으로 그려진다.

때문에 이 같은 자질과 성품을 지닌 공주임에도 천린에게 두려움을 느끼는 것은 부부 생활에서 여성이 가질 수 있는 감정의 한 측면을 극단적으로 드러낸 것이라 할 수 있다. 기실 혼인을 통해 인정된 배우자

---

41) 다만 이러한 여성들의 태도는 주로 서사에서 선한 성품이라고 규정지어진 여성들에게서 발견되며, 남성에 대해 성적인 욕망을 드러내 악한 성품으로 규정지어진 여성들의 경우에는 부끄러워하는 모습보다는 보다 적극적인 태도를 드러내는 것으로 보인다.

42) 이 글에서는 공주가 천린에게 갖는 두려움이 물리적 폭력이 있기 전부터 있어왔음에 주목하고자 한다. 천린이 갈등 상황에서 보여준 물리적 폭력이 공주가 그에 대해 지닌 두려움을 증폭시키는 것은 분명하다. 그러나 공주가 지닌 두려움이 물리적 폭력에만 의한 것이라면 물리적 폭력의 또 다른 형태인 강압적인 동침이 이루어지고 난 이후에도 지속적으로 공주가 천린에 대해 갖는 두려움의 정서가 기술되어야 한다고 여겨진다. 그러나 서사에서는 동침과 동시에 두려움에 대한 감정 서술이 사라지고 있어 두려움의 근본이 물리적 폭력 이전에 있다는 점에 주목하고자 한 것이다.

43) 월성공주가 성인의 풍모를 갖추었으며 작중에서 가장 뛰어난 인물로 독특한 위상을 차지 한다는 점은 선행연구에서 지적되었다. 고은임, 앞의 논문, 40쪽.

44) "년급 칠세의 졔ᄌ빅가를 룽통ᄒ여 태ᄌ와 광평왕이 밋쳐 ᄭᆡᄃᆞᆺ지 못ᄒᄂᆞᆫ 곳을 공쥐 히셕ᄒ대 현현이 아ᄂᆞᆫ 양ᄒ여 공과ᄒᄂᆞᆫ 뜻이 업셔 …(중략) … 국가의 대소ᄅᆞ를 혹 결치 못ᄒ시 민 스스로 아ᄂᆞᆫ 쳬ᄒ지 아니대 ᄌ연 신셩ᄒᆞᆷ믈 감초지 못ᄒ니 샹이 크게 앗기시ᄂᆞᆫ 바로" 〈명주기봉〉 1권.

와의 동침은 작중에서 남녀를 불문하고 당연하게 받아들이는 사실이다. 때문에 천린이 설단아와 비교해 동침을 거부하며 경직되어 있는 공주를 끊임없이 의아해하거나 상궁들이 그 행동을 지나치다고 평가하는 것은 어찌 보면 당연하다고 할 수 있다. 그러나 달리 생각해보면 감정의 교감은커녕 한 번도 본 적이 없던 이를 남편으로 받아들여 평생을 함께 보내야하는 것을 자연스럽게 받아들이는 것 자체가 당연한 일이 아닐 수 있다. 때문에 부덕(婦德)으로 교육 받았음에도 불구하고 낯선 존재인 동시에 자신을 못마땅해 하는 점을 표현하는 이를 남편으로 맞이한다는 것에 따른 두려움이 여전히 한 편에 남아있을 수밖에 없는데, 〈명주기봉〉에서 월성공주의 모습은 이를 섬세히 표현한 것이라 볼 수 있다.

〈명주기봉〉은 이 같은 두려움의 감정을 없애고 부부 관계가 자연스러워지는 과정을 경험의 공유를 바탕으로 한 정서적 친밀감의 구축을 통해 보여준다. 천린과 월성공주가 자연스러운 부부의 모습을 갖기까지 천린의 행동은 여러 차례 변화를 보여준다. 강압적인 혼인과 자신을 두려워하는 공주에 대한 불만으로 공주를 핍박하던 천린은 이후 공주를 좋아하는 자신의 감정을 확인하면서부터는 태도를 바꾸기 시작하기 때문이다. 그런데 천린이 태도를 바꿨다하더라도 천린의 행동이 일방적이었을 때에는 공주와의 관계가 여전히 문제를 띠고 있었다면, 천린과 공주가 같은 문제를 공유하고 공주를 배려하는 방향으로 천린이 행동하면서부터는 공주 역시 천린을 이해하려하기 시작하고 두 사람의 관계가 회복되는 것으로 나타난다. 때문에 천린이 공주를 좋아하는 자신의 감정을 확인하고, 공주에게 자신의 마음을 알리는 편지를 쓰거나 독약을 먹고 사경을 헤매던 공주를 지극정성으로 간호를 했었더라도 이는 그간 공주를 대하던 태도와는 다른 것이더라도 일방적이라는 점에서는 동일하기 때문에 공주와의 관계는 여전히 회복되지 않고, 공주는 동침을 두려워하는 것으로 나타나는 것이다.

반면 강압적으로 첫 동침이 있었기 때문에 이후에 천린을 더 두려운 대상으로 여겨야 할 것 같은 공주가 더 이상 두려움이나 공포를 느끼지 않는 것으로 나타나는 것은, 두려움이나 공포에 대한 서술이 사라진 자리에 공주와의 관계에서 공주를 배려하려고 진심으로 노력하는 천린의 모습이 대신하기 때문이다. 강압적 동침으로 인해 병을 앓는 공주를 간호하면서 천린은 이 일의 원인이 자신에게 있음을 깨닫고 공주와 계속 동침을 갖고 싶은 일방적인 마음을 추스르기도 하며, 이때 잉태 되었던 아이를 공주가 사산(死産)하고 또 이로 인해 생명이 위태로워지자 죄책감을 갖는 것으로 그려진다. 이처럼 이전과 달리 자신의 행동에 대해 생각하고 일방적으로 자신의 감정을 요구하기 보다는 고통을 함께 겪고 슬픔을 공유하면서 천린을 공주의 마음을 헤아리고자 하는데, 이는 2~3년에 걸쳐 이뤄지는 것으로 재현되면서 천린의 진정성을 잘 드러내준다. 이처럼 〈명주기봉〉은 공통의 경험을 바탕으로 한 감정의 공유를 기반으로 한 친밀감의 구축을 통해 부부 간의 정서적 교감이 갖는 중요성을 드러내준다. 이는 배우자를 일방향적이거나 수직적인 관계가 아니라 진심어린 소통을 기반으로 관계 맺기를 해야 하는 대상으로 인식하고 있음을 드러낸 것이라는 점에서 의미가 있다. 국문장편소설에서는 동침을 거부하던 부인들이 남편의 병간호로 인해 마음을 돌려 부부화합에 이르는 모습이 종종 나타난다. 〈명주기봉〉에서도 월성공주가 천린의 병간호로 마음을 돌리는 모습이 나타나지만 이는 다른 작품과는 차이를 띤다. 대개의 경우 남편의 병간호가 부인의 마음과 관계없이 남편이 병간호를 하면서 정성을 보였다는 모습만으로 화합에 이르고 있다면, 〈명주기봉〉에서는 이처럼 이루어진 치독 사건의 병간호에서는 부부 화합을 이루지 못하지만, 부부 불화의 책임 소지자가 누구이며, 공주의 마음 상태를 고려해 병간호가 이루어졌을 때에는 부부 화합으로 나아가는데 병간호가 도움이 되기 때문이다.

이처럼 〈명주기봉〉이 천린과 공주를 통해서 부부 관계에서 정서적 친밀감의 중요성을 드러내는 점은 이 작품의 여성 친연적인 성격과도 맞닿아 있는 부분으로 여겨진다. 일찍이 선행연구를 통해 이 작품은 결혼한 여성이 친정에 대해 미련을 버리지 못해 야기되는 남편 및 시가와의 심각한 갈등 등에서 여성의 입지점을 확보할 수 있는 여지를 마련하고 있다는 점에서 규방에 대한 관심을 보여주는 작품이라는 평가를 받았는데,[45] 부부일지라도 혼인 초에 여성이 남편에 대해 낯선 사람이라는 점에서 두려움이라는 감정을 갖게 되는 지점을 드러낸 것이나, 친밀감이 바탕이 된 동침의 중요성을 보여주는 부분은 이러한 측면과 연관되기 때문이다.

이처럼 이상적인 부부 관계에 중요한 요인을 정서적 친밀감으로 인식하는 태도는 이 작품을 향유하는 이들에게 공감을 제공했으리라 여겨진다. 이는 작품이 향유되던 조선 후기 사회에서 여성 규훈서나 수신서에 나타난 이상적 부부 관계에 대한 태도와 견주어 볼 때 더욱 그러하다. 규훈서나 수신서는 부부 관계에 대해 설명할 때 세세한 항목들을 제시해주고 있으나 그 덕목들은 "아내가 비록 남편과 대등하다고 하나 남편은 아내의 하늘이다. 마땅히 예로써 공경하여 섬기되 아버지와 같

이 해야 하니, 몸을 낮추고 뜻을 나직이 하여 거짓으로 존대하지 말고, 오로지 순종함을 알아서 감히 그 뜻을 거스르지 않아야 한다."[46])와 같이 부부 간의 감정의 교감을 나누는 것보다 예를 중심으로 관계를 구축해 나가는 데 치중해 있기 때문이다.

〈명주기봉〉에서 천린과 월성공주는 기실 어울리지 않는 짝이었다. 이들은 체격 조건이 어울리지 않았기 때문에 천연(天緣)임에도 불구하고 주위 사람들로부터 서로에게 맞지 않는 배우자라는 평가를 받는다. 더욱이 당사자들 가운데 한 사람인 공주가 혼인으로 맺어진 관계임에도 불구하고 낯설음에 기인한 배우자에 대한 두려움으로 인해 천린과 함께 있는 것을 불안해하기 때문에 이들의 관계는 자연스러운 부부의 모습과는 거리가 멀다. 심지어 체격이 어울리지 않는 점과 천린의 일방적인 마음에 의해 이뤄진 동침의 결과로 이들은 현경문의 후계를 이어야 할 태아를 사산(死産)하기까지 한다.[47]) 그러나 이들의 관계는 사산을 계기로 회복되어 결국에는 작품 내에서 이상적인 부부로 서로에게 어울린다는 평가를 듣는 것으로 전환된다. 이처럼 두 사람의 관계가 전환된 것은 강압적인 동침과 사산에 따른 슬픔을 공유하면서 상대의 입장에서 이해를 해보고자 하는 의지를 드러내며 정서적인 친밀감을 쌓기 시작했기에 가능했던 것으로 여겨진다.

배우자와의 체격 조건이 어울리는 문제는 기실 후천적으로 바꿀 수 있는 부분은 아니다. 그렇기 때문에 〈명주기봉〉에서도 처음부터 체격 조건이 맞지 않았던 천린과 월성공주의 사이에서는 어렵게 아들 2명이

---

46) 소혜왕후 지음, 이경하 주해, 『내훈』, 한길사, 2011, 115쪽.
47) 월성공주와 현천린이 사산한 아이의 성별은 아들이었던 것으로 언급된다.

태어나는 것으로 나타난다. 체격 조건이 이처럼 중요한 것은 가문의 후계와 직결되는 문제이기 때문인데, 〈명주기봉〉은 이를 조소저라는 인물을 통해 보완하는 모습을 보여준다. 정서적인 교감을 바탕으로 이상적인 부부라는 평가가 천린과 월성공주에게 주어지기 전까지 천린에게 있어 가장 어울리는 짝이라는 평가를 들었던 조소저는 현경문이 다남자할 인물이라고 예측했던 것과 딱 맞게 많은 후손을 남기기 때문이다.

이와 별도로 〈명주기봉〉이 여성의 몸에 대해 보여주는 인식에 대해서는 좀 더 생각해 볼 문제를 남긴다. 부부 화합의 조건으로 체격의 조화를 중시하는 것은 〈명주기봉〉이 가문의 후사를 생각하는 지극히 현실적인 시선인데, 이것이 곧 여성의 몸을 출산의 도구로만 여기는 것이라고 단정 짓기는 어려워 보이기 때문이다. 여성의 몸을 출산의 도구로만 여기는 것이었다면 공주와 천린의 관계에 대해 체격 조건이 맞지 않는다는 서술을 그토록 반복적으로 제시한 후 이를 정서적 친밀감을 바탕으로 한 이상적인 부부의 모습으로 바꿔나갈 필요는 없었을 것이기 때문이다. 다만 여성의 몸을 두고 여타의 국문장편소설에 비해 〈명주기봉〉이 보다 순결에 대해 강박적인 시선을 드러내고 있다고는 여겨진다. 월성공주가 남편임에도 불구하고 낯선 이라 여기며 천린을 극단적으로 두려워하는 모습을 보이는 것이나 강양공주가 혼인을 올린 후에도 동침을 갖기 전에 일부러 앵혈(鶯血)을 다시 부여받아야 하는 모습을 설정하는 것은 친밀감의 중요성이나 앵혈이라는 교양 습득 여부와 별도로 순결에 대한 강박적인 시선을 드러낸 것으로 보이기 때문이다.

4. 〈명주기봉〉이 담아낸 부부 화합의 모습과 향유의 문제

이 글은 국문장편소설 〈명주기봉〉에 나타난 이상적인 부부의 요건과 그 의미를 현천린과 그의 부인들을 대상으로 알아보고자 한 것이다. 현경문의 장자인 현천린은 사촌 현웅린과 함께 〈명주기봉〉을 이끌어가는 중심인물로, 서사에서 상당한 분량으로 제시되는 현천린이 겪는 부부 갈등은 이 작품의 이상적인 부부 관계에 대한 생각을 잘 드러내준다.

이 작품에 나타난 이상적인 부부의 요건을 알아보기 위해 먼저 현천린과 그의 부인들의 관계 양상을 살펴보았다. 현천린은 3명의 부인과 1명의 첩을 두는데, 이들의 부부 관계 재현 방식을 알아보기 위해 혼인 시점, 동침(同寢) 시기, 성(性)에 대한 태도, 서로에 대한 인식, 주위 사람들의 부부에 대한 인식을 살펴보았다. 이를 바탕으로 〈명주기봉〉이 이상적인 부부의 조건으로 배우자와의 체격의 어울림과 정서적 친밀감을 생각하고 있음을 확인하였다. 이와 함께 가문의 후사를 잇는 점에서 체격의 어울림이 중요하지만 정서적 친밀감을 통해 이를 극복할 수 있다고 생각하고 있음을 확인하였다.

〈현씨양웅쌍린기〉 연작 가운데 두 번째 작품인 〈명주기봉〉은 18세기부터 20세기까지 꾸준한 향유가 이루어졌으며[48], 현재 2종의 완질본과 24종의 낙질본이 발견되고 있어 조선 후기 널리 향유가 이루어진 작품으로 생각된다. 이처럼 널리 향유가 이루어질 수 있었던 데에는 이

---

48) 심경호, 「낙선재본 소설의 선행본에 관한 일고찰-온양정씨 필사본 〈옥원재합기연〉과 낙선재본 〈옥원중회연〉의 관계를 중심으로-」, 『정신문화연구』 13권 1호 통권 38호, 한국정신문화연구원, 1990; 강전섭, 「〈언문칙목녹〉 소고」, 사재동 편, 『한국서사문학사의 연구』 Ⅴ, 중앙문화사, 1995; 이원주, 「고전소설 독자의 성향」, 『한국학논집』 3, 계명대 한국학연구소, 1975.

작품이 부부 간에 발생할 수 있는 여러 가지 문제의 국면을 다양한 부부들 간의 관계를 통해 녹여낸 점과 함께 앞에서 살펴본 것과 같이 현천린 부부의 문제를 통해 부부가 화합을 이루기 위해 고려해야 할 여러 가지 점들에 대해 인물간의 심리와 처한 상항을 세밀히 고민한 점들을 서사에 면면히 녹여냈기 때문이라 여겨진다.

　그런데 이들 이본들은 인물의 심리나 감정 서술에 있어 차이를 보이고 있어 작품에 대한 향유층의 섬세한 생각의 차이를 살펴볼 수 있게 해준다. 때문에 이러한 이 글의 논의에서 더 나아가 〈명주기봉〉의 다양한 이본에 나타난 현천린과 그의 부인들의 부부 관계 재현을 좀 더 섬세히 살펴본다면, 이 작품을 향유하던 이들이 〈명주기봉〉이 보여준 이상적인 부부 관계에 대해 지녔던 생각을 보다 구체화 할 수 있을 것으로 여겨진다.

'지기知己' 관계의 정실과 재실, 〈쌍천기봉〉의 처처

탁원정

1. 순서가 뒤바뀐 혼인

〈쌍천기봉〉은, 이현 가문의 1,2대 이야기를 주로 다룬 〈쌍천기봉〉과, 이현 가문의 3,4대 이야기를 주로 다룬 〈이씨세대록〉로 이어지는 〈쌍천기봉〉연작의 전편이다. 대부분의 가문소설이 그런 것처럼, 〈쌍천기봉〉 또한 모든 사건과 인물이 혼인에서 파생되고 있다고 할 수 있다.

그런데 〈쌍천기봉〉에서는 특히 문제시되는 논란의 혼인들이 두드러진다.[1] 작품 초반부터 1대 인물인 이현과 유요란의 조혼이 나타나 논란을 가져오고, 이는 2대 주요 인물들의 혼사에서도 지속적으로 나타난다. 이 밖에도 근친혼에 해당하는 중표혼이나 불고이취 등 논란의 혼인

---

1) 이런 양상은 후편인 〈이씨세대록〉에서도 그대로 이어진다. '폐장 논의를 불러온 불고이취', '내종형제 간 이중 혼인', '속임수에 의한 혼인', '재종간의 혼인', '시녀로 대한 남자와의 혼인' 등 더욱 강도 높고 자극적인 문제의 혼인이 나타나고 있다. 탁원정, 「〈이씨세대록〉에 나타난 비례(非禮)의 혼인과 그 의미」, 『한국고전연구』 28, 한국고전연구학회, 2013 참조.

유형이 나타나고, 그 상황에서 혼인을 둘러싼 분분한 논의가 이루어지고 있다. 무엇보다 이런 논란의 혼인에서 여성 인물들의 억울한 상황이 빈번하게 나타나고 있는데, 3대 인물인 이몽현의 공주혼이 그 대표적인 혼인이라 할 수 있다.

이몽현은 이관성의 장남으로, 장세걸의 딸 장옥경과 정혼한 사이이다. 그런데 인종황제의 눈에 띈 후 부마로 낙점되고, 인종황제는 아들 선종황제에게 몽현을 장녀 계양공주의 부마를 삼고 장옥경은 둘째 삼으라는 유언을 남기고 세상을 떠난다.

이몽현이 13세에 택일하고 납채까지 마쳐 혼인날이 수십 일 남은 상황에서, 계양공주의 어머니 진황후는 왕명으로 이몽현과 계양공주의 혼사를 재촉한다. 선종황제가 이미 정혼한 장옥경을 둘째로 정하자고 제안하지만, 진황후는 딸 계양공주에게 구차한 상황이라며 눈물까지 흘리고, 이에 선종황제는 어쩔 수 없이 납폐를 거두라고 하여 사실상 퇴혼을 명한다.

그러나 장옥경이 퇴혼 명령을 받고도 수절한다고 하자, 진황후는 분노하며 다른 곳에 시집갈 것을 명하고, 장상서는 파직하며 반발의 상소를 올린 이몽현의 아버지 이관성도 하옥시킨다. 결국 이관성은 왕명을 받은 부친 이현의 회유에 어쩔 수 없이 혼인을 승낙하고 이몽현과 계양공주는 혼인한다.

이몽현은 장인 장세걸의 파직과 장옥경의 수절을 생각하며, 계양공주를 차갑게 대하고 동침하지 않으며 장옥경 생각에 결국 병이 난다. 그럼에도 계양공주는 이부의 가법을 승순하고 존당 구고에게 효성을 지극히 하는 등 자신의 소임을 다한다. 그러던 중 이부의 일기를 통해 장옥경의 존재를 알게 되고, 장옥경이 먼저 빙폐를 받았으니 조강지처라고 하면서 장옥경을 데려오기 위해 본격적인 행동을 시작한다.

먼저, 황실에 입궐한 계양공주는 국법에 부마의 양처 없으나 필부도 처첩이 있다며, 진황후에게 간청해 장옥경을 부마의 둘째부인으로 맞이하라는 성지를 내리게 한다. 그런데 성지가 장옥경에게 전달되자 장옥경은 부마의 재실이 되어 황녀와 동렬이 될 수 없다며 거절한다.

이에 계양공주는 장옥경에게 부인 직첩을 내려달라는 표문을 진황후에게 보낸다. 진황후는 장씨에게 정국부인 직첩을 내리고 조서로 공주의 뜻을 저버리지 말라고 당부한다. 그럼에도 장옥경이 국명을 봉승치 못하겠다는 표를 써서 보내자, 계양공주는 편지로 회유하고 동요하여 결국 장옥경의 마음을 돌리고, 장옥경은 위의를 갖춰 재실로 이부에 들어온다.

장옥경이 퇴혼당했을 때, 선종황제의 후궁인 설귀비의 아들 설최는 장옥경의 빼어남을 듣고 매파를 보내 구혼하지만 장세걸은 분노하여 매파를 내쫓아버린다. 장옥경의 복귀 이후 설최는 앙심을 품고 설귀비에게 이몽현이 장옥경만 중대하고 공주는 박대한다고 거짓으로 알리고, 설귀비는 이 사실을 진황후에게 알려 장옥경을 이부에서 출거하도록 한다.

친정의 옥호정에서 머물던 장옥경은 딸 미옥을 출산하는데, 이부에서는 장옥경이 출거당한 상태라 하여 미옥만 데려와 애지중지한다. 이후 계양공주가 아들을 출산하고, 진황후에게 하례하러 들어갈 때 미옥을 황실에 데려가 보이면서 자연스럽게 출거당한 장옥경의 이야기를 꺼낸다.

어미와 떨어진 미옥의 애처로움과 장옥경이 모함당하게 된 전후 사정을 듣고 난 진황후는 이몽현을 불러 자신의 잘못을 인정하며 장옥경

의 복귀를 허락한다. 이때 장옥경은 병세가 지속되어 바로 돌아오지 못
하다가 이몽창의 혼례일을 맞아 이부에 재복귀한다.

2. '지기(知己)' 관계의 정실과 재실

이몽현이 먼저 장옥경과 정혼한 상황에서, 진황후의 고집으로 장옥
경을 퇴혼시키고 그 자리에 들어가게 된 계양공주는, 어쨌든 권력을 등
에 업고 혼인한 인물이다. 그러나 이런 늑혼의 상황임을 알았다면 혼인
하지 않았을 인물2)이기에, 늑혼의 상황을 알고 난 후에는 적극적인 해
결사로 나서게 된다.

처음 장옥경의 일을 알게 되자, 계양공주는 자신의 잘못을 인정하고
장옥경을 맞아 친구가 되고자 하고3), 그날의 일기를 얻어 상세한 상황
을 안 이후에는 장옥경의 처지와 입장을 걱정한다.4) 이후 황실에 입궐
한 계양공주는 진황후에게 간청해 장옥경을 부마의 둘째부인으로 맞이
하라는 허락을 얻자 자신의 일인 것처럼 들뜨고 기뻐한다.5) 이뿐 아니

---

2) 진황후는 늑혼을 진행하면서 계양공주가 알면 문제될 것이라 하여 "시위 근시와 졔비빙
다려 니르샤티 계양이 이런 일을 알면 간흘 거시니 여등이 입 밧긔 닐진티 법을 졍히
흐리라(권6)"하면서 혼인날까지 쉬쉬하는 모습을 보인다.

3) 미양 부마의 거동을 댱시로 의심흐더니 추언을 듯고 크게 씨다라 왈 내 황녀의 존흐므로
뻐 남의 일싱을 그릇 믿드니 젹악이 극흐지라 텬앙이 두렵도다 알괘라 부미 반드시 댱시로
인흐여 화긔 업슴이니 댱시로뻐 태낭긔 고흐여 규즁 붕우를 삼므리라(권6)

4) 댱시 당당흔 샹문 녀즈로 부마로 더브러 의법이 뎡혼흐여 납폐를 바닷다가 위엄의 핍박흔
배 되어 공규의 늙으니 그 졍시 춤혹흐고 현철흐믄 보지 아녀셔 알지라 … 흐물며 믄져
빙폐를 힝흐여시니 조강졍실의 존흐미 이시니 엇지 둥한이 공경흐리오(권6)

5) 공쥐 대희흐여 비무샤은 왈 신의 미흔 졍셩을 낭낭이 쳥납흐시니 셩의 망극흐올 쑨 아니
로라 댱녀로 흐여금 마른 남긔 물이라 텬은이 호싱지덕이로소이다 인흐여 물너 례복을
졍히흐고 뎐의 올나 뫼시미 공쥐 평싱 소원을 일우미 깃브미 속의 가득흐여 미우의 화긔

라, 계양공주의 이런 노력에 마음이 풀어진 이몽현이 공주궁에서 정침으로 돌아와 동침할 것을 청하자, 장옥경이 돌아올 때까지는 동침하지 않겠다고 온건히 거절한다.6)

계양공주의 간청으로 성지가 내려졌음에도 장옥경이 뜻을 굽히지 않자, 이부에서는 계양공주에게 설득하는 임무를 맡기고7), 이에 계양공주는 "댱시 부마로 셩녜를 허치 아니미 ᄌᆞ못 원녜 깁흐미니 그 ᄯᅳ들 굽피기 어려온지라 만젼지계를 베퍼야 ᄆᆞ음을 히혹ᄒᆞᆯ노라"라고 하면서 그 맺힌 마음을 풀어주어야 한다고 생각한다. 이후 장옥경의 마음을 돌리기 위해 진황후에게 정국부인 직첩을 내리는 조서를 받지만, 이를 전달하면서 장옥경이 이 또한 받아들이지 않을 것을 예상하고 미리 두 통의 편지를 써 함께 보낸다.8)

㉠ 계양공쥬 쥬시는 삼가 일쳑 깁으로써 댱소져 안하의 븟치ᄂᆞ니 ᄂᆞ지 굽어 슬피물 어드랴 계양은 심궁의셔 싱쟝ᄒᆞ고 소져는 후문의셔 ᄌᆞ라나 셔로 일홈을 아지 못ᄒᆞ더니 계양이 태낭낭 명으로 니문의 드러오미 미쳐

알연ᄒᆞ고 말숨이 도도ᄒᆞ며 소리 낭낭ᄒᆞ여(권6)

6) 공쥬 손샤 왈 녀지 되어 가군의 명을 거슬미 례 아니나 댱소졔 드러오물 지란ᄒᆞ리니 댱소졔 죤문의 드는 늘 녯 침소로 가미 늣지 아니 ᄒᆞ이다(권6)

7) 승상이 흔연이 좌를 쥬고 글오ᄃᆡ 어제 텬은과 옥쥬 덕으로 댱시로 몽현과 졍친코져 ᄒᆞ미 댱시 고집이 여ᄎᆞ여ᄎᆞᄒᆞ여 죽기로 듯지 아닌ᄂᆞᆫᄃᆞ ᄒᆞ니 ᄒᆞ릴이 업스므로 공쥬를 쳥ᄒᆞ여 연고를 니ᄅᆞ미로소이다. (권6)

8) 공쥬 칭샤ᄒᆞ고 이의 진 허 냥 샹궁을 명ᄒᆞ여 태후 됴셔를 교ᄌᆞ의 담아 위유ᄒᆞ여 가게 ᄒᆞ고 ᄌᆞ긔 스스로 빅깁을 펴여 일봉셔를 지어 소영 소옥 등을 맛지고 닐오ᄃᆡ 댱시 거쳐ᄒᆞᆫ 문의 니ᄅᆞ러 원재 만일 막고 여지 아니 ᄒᆞ거든 구ᄐᆡ여 핍박지 말고 여ᄎᆞ여ᄎᆞᄒᆞ여 드러가 태후낭낭 셩지를 젼ᄒᆞ고 내 셔간을 쥬어 만일 허치 아니 ᄒᆞ거든 너히 냥인이 이리이리 ᄒᆞ라 ᄯᅩ 다시 경계 왈 소옥 등은 내 ᄆᆞ음을 알 거니와 슈부와 보모는 날을 위ᄒᆞ여 댱시를 깃거 아니 ᄒᆞᄂᆞ니 모ᄅᆞ미 례를 ᄂᆞ즉이 ᄒᆞ고 말숨을 공슌이 ᄒᆞ여 나의 공경ᄒᆞ는 ᄯᅳ슬 손케 말나(권6)

는 소져의 평싱을 희지으니 스스로 슈괴흔지라 고로 태낭낭긔 소져 텬싱 슉덕을 가초 고흐니 텬심이 감동흐시 소져로써 부마의 건즐을 소임케 흐시니 계양이 스스로 희열흐여 슉녀로 더브러 엇개를 굴오고 븕히 교훈흐믈 드를가 흐더니 싱각지 아닌 소졔 홍진을 거절흐여 산명의 깁히 드러 인륜을 폐코져 흐니 일시 계양의 연괴라 어린 뜻이 깃치 누르지 못흐여 당돌히 쳑셔를 늘녀 소져 안졍을 어즈러이니 더옥 미안흐나 셩인이 광부 지언도 필획칙이란 말을 미더 흔 말을 고흐느니 소져는 기리 용납흐라 계양이 일즉 드르니 텬디음양이 오륜을 샹흐니 사름이 느미 그 짱이 가족 흐믄 니의 셧쩟흔지라 소졔 텬관춍지직녈의 귀녀로 니문의 빙폐흐미 피 츠 검손흐미 업거늘 쳡이 스이로조촛 니문의 드러오니 쇼졔 므춤닉 공구 의 늘고져 흐시니 일시 계양을 구이흐미어니와 크게 가치 아니미 네히 이시니 당돌흐믈 닛고 고흐노라 대개 규슈로써 산간의 인셰를 긋츠려 흐 니 녜의 맛당티 아니미 흐나히오 쏘 산간의 드러 삭발거셰흐느 니는 이 쳔인의 힝스어늘 소졔 혁혁한 가문녀즈로 츠스를 힝흐미 만만 가치 아니 미 둘히오 쏘 태휘 셕스를 뉘우체시고 소져를 관유흐시미 관곡흐시거늘 소졔 됴명을 듯지 아니흐니 도리의 온당흐미 아니라 불가흐미 셰히오 쏘 소져의 냥친이 소져의 공규박명을 쟝일의 츠마 보지 못흐여 흐실 거시어 늘 소졔 이를 도라 관념치 아니미 효의 맛당치 아니미 네히라 계양이 즈소로 스룸 스랑흐고 앗기는 므음이 하늘의 질졍홀지라 금일 소져의 스 톄 가치 아닌 힝스를 좀간 개유흐느니 내 비롯 녯 스룸만 깃지 못흐나 큰 스오나오믄 업슬가 흐느니 소져는 기리 혜아려 일즉 길혼녜를 승슌흐 여 셩문이 니르러 구고 감지를 밧드러 삼강과 오륜의 즁흔 일을 폐치 마 르소셔 흐엿더라 (권6)

ⓒ 댱시 옥경은 직비흐고 삼가 계양궁 효셩옥쥬 안젼의 올니느니 쳡은 산간의 머리털 잇는 산인이라 잇다감 풍편을 조추 옥쥬의 일월깃투신 셩덕 을 듯줍고 스스로 우물 밋 개고리 하늘을 바름깃투여 흠모흐오믈 이긔지 못흐오딕 쳥뫼 시러금 신을 젼치 아니 흐니 쵸목 가온딕 쳔흔 셩졍이 경궁

귀퇴의 비최기 어렵더니 천만 의외의 옥찰을 밧드오니 천심이 도로혀 경공
ᄒ여 한서를 밧들고 공경ᄒ여 지삼 슬피오미 셔즁 스의 다 도리의 합당ᄒ
고 녜의와 튱효의 다 올ᄒ시니 엇지 밧드지 아닐잇고마ᄂ 천신의 ᄆ음이
홍진 믈욕의 념이 쇪굿투니 스스로 곳치지 못ᄒ여 감히 존명을 밧드지
못ᄒᄂ니 옥쥬ᄂ 너른 덕을 펴시 첩 일신을 바려두실진디 ᄯᅩᄒ 은혜 크지
아닐잇가 모월모일의 산인 댱옥경은 돈슈ᄒ노라 ᄒ엿더라셔(권6)

㉠은 첫 번째 편지로, 다소 공식적인 표현으로 네 가지 이유를 들어
이부에 들어올 것을 회유하고 있다. 이에 장옥경은 계양공주의 자신을
위한 마음에 감동해서 고민이 되면서도 ㉠'와 같이 거절을 한다.

㉡쥬시 계양은 댱시 현소져긔 다시 글을 붓치ᄂ니 희라 첩의 정성이
미ᄒ고 사름이 경훈 고로 소져의 ᄇ리미 되니 스스로 눈믈을 머금고 하늘
을 우러러 졍이 ᄉ못지 못ᄒ믈 한ᄒᄂ니 소져ᄂ 첩의 어린 정성을 도라보
라 쵸의 태낭낭 엄지 소져로 공규의 늙게 ᄒ여겨시나 도금ᄒ여 뉘우ᄎ시
미 간졀ᄒ시고 첩이 소져 위훈 ᄆ음이 신명의 질졍훌 거시로디 소져ᄂ
감동ᄒ미 업ᄉ니 이 도시 적국 두 ᄌ를 구이ᄒ미라 첩이 당당이 몸을 피
ᄒ여 소져 ᄆ음을 평안케 ᄒ리니 소져ᄂ 엇지 너기ᄂ뇨 소졔 비록 번요ᄒ
므로 밀막으나 소졔 당쵸 부모의 명으로 니군의게 도라올진디 ᄯᅩ 번요ᄒ
믈 념ᄒ랴 소져ᄂ 지삼 싱각ᄒ여 쳐의 어린 졍을 도라보라 첩이 이러툿
간졀이 소져의게 청ᄒ여 소졔 ᄯᅳᆺ이 ᄒ갈굿틀진디 스스로 시름 져ᄇ린 죄
를 닥가 천츄빅셰 후 디하의 가 소져를 보와 사례ᄒ고 금셰의 인뉸의 춤
예치 아니리니 첩의 평ᄉᆼ 졍심이라 필연을 림ᄒ여 ᄆ음이 어리고 의ᄉᆨ
삭막ᄒ니 소져ᄂ 첩의 ᄂ라ᄂ 므음을 도라 슬피미 천만 ᄒᆼ심이라 ᄒ엿더
라(권6)
㉡' 일일의 두 번 옥찰을 밧드오니 ᄒᆼ심ᄒ오미 운무의 오른 ᄃᆺ ᄒ거니

와 지슌 ㄴ리오신 글을 밧들ㅁ 쳔신이 죽어 무칠 ㅼ히 업슬가 ㅎㄴ이다 옥쥐 쳔승금지옥엽으로써 니릇툿 ㅎ시니 쳡이 므슴 말을 ㅎ리잇가 연이나 온인 대ㅅ는 부뫼 쥬쟝ㅎ시리니 쳡이 허므미 아니 잇실 줄 옥쥐 짐작ㅎ여 용셔ㅎ소셔.(권6)

이를 예상한 두 번째 편지 ㉡에서는 자신이 물러서겠다며 강경한 입장과 함께 감정에 호소하고 있다. 이런 정성에 감동한 장옥경은 결국 마음을 돌리게 되는데, 계양공주의 시비들이 시원한 답을 달라고 하자 자신의 답서를 보면 자연히 뜻을 알 것이라고 하여[9] 두 사람의 마음이 통하고 있다는 것을 드러낸다.

당시 지비슈명ㅎ고 공쥬를 향ㅎ여 공슌이 지비ㅎ니 공쥐 안식을 졍히ㅎ여 니러나 답례ㅎ고 눈을 드러 보니 당시 얼굴의 긔이ㅎ믄 즈가 곳 아니면 그 ᄣ이 업슬거시오 ㅎ물며 신이ᄒᆞᆫ 눈을 ᄒᆞᆫ번 움죽이ᄆᆡ 그 사람의 현불초를 모ᄅ리오 심하의 이모ᄒᆞᄆᆡ 혈심으로 조ᄎᄂᆞ더라(권6)

장옥경의 혼례날, 시아버지에 의해 처음으로 장옥경과 대면하게 된 계양공주는 그 외모의 아름다움과 사람됨을 알아보고 애모하는 마음을 갖게 되는데, 이는 공주궁에 가 계양공주를 대면한 장옥경도 마찬가지이다.

이후 설최의 모함으로 장옥경이 출거당하게 되었을 때에도 심히 안타까워하고,[10] 장옥경의 딸 미옥을 제자식처럼 사랑하며, 미옥을 황실

---

9) 원컨딕 소져는 쾌ᄒᆞᆫ 말ᄉᆞᆷ을 ᄒᆞ시면 환심ᄒᆞ여 도라가 아쥬긔 알욀 말이 빗늘가 ᄒᆞᄂᆞ이다 소제 미소 왈 그딕등은 잡말 말나 옥쥐 닉 글을 보신 즉 아ᄅ시리라(권6)
10) 진 허 냥인을 불너 니ᄅ딕 닉 심녁을 허비ᄒᆞ야 당시를 겨유 니문의 드려와 피챠 ᄉᆞ랑ᄒᆞ여

에 데리고 들어가 진황후의 모성을 자극해 장옥경의 복귀를 허락받는
다. 이런 계양공주의 노력과 정성에 대해 장옥경 역시 그녀의 진심을
알고 감동하며 나아가 신뢰하는 모습을 보인다.[11]

그런데 이들은 감정적 연대만이 아니라 실제 일상을 함께 하며 담소
를 나누는 등 자매나 다름없는 돈독한 모습을 보여준다.

> 공쥐 시녀를 명ᄒᆞ샤 과쥬를 드려 권ᄒᆞ며 므러 굴오ᄃᆡ 부인 년셰 몃치나
> ᄒᆞ뇨 당시 피셕 ᄃᆡ왈 셰상 아른 지 십ᄉᆞ 년이로소이다 공쥐 희왈 첩과
> 동년이시니 졍의 각별 심샹치 아니 ᄒᆞ여이다 당시 사례ᄒᆞ더라 반일을 머므
> 러 도라오니 공쥐 셔ᄂᆞ물 훌연ᄒᆞ여 ᄌᆞ로 모드물 쳥ᄒᆞ고 송별ᄒᆞ니라(권6)
> 부ᄆᆡ 물너나 초하당의 니ᄅᆞ니 당시 업거늘 셜미ᄃᆞ려 무른ᄃᆡ ᄃᆡ왈 아츰
> 문안 후 계양궁의 가시니이다 부ᄆᆡ 즉시 궁의 니ᄅᆞ니 당시와 공쥐 ᄒᆞᆫ가지
> 로 믈슴ᄒᆞ여 흥이 놉핫거늘(권7)

두 사람은 시간이 날 때마다 공주궁인 계양궁에서 함께 지내는데, 이
들의 담소를 목격한 남편 이몽현의 눈에 '흥이 높았다'고 비칠 정도로
즐거워하는 모습을 보인다.

이처럼 〈쌍천기봉〉의 공주혼에서 외적인 정황상 가해자와 피해자,
또 한 남편을 함께 섬겨야 하는 적국 관계의 두 여성은 '지기(知己)' 관계
로 설정되고, 평화로운 일상까지 함께하는 양상을 보여주고 있다.

디ᄂᆞ연 디 일 년이 되엿거늘 그ᄃᆡ등이 무슨 말을 텬명의 쥬ᄒᆞ야 칙이 부모의게 밋고 당시로
써 니문을 셔ᄂᆞ게 ᄒᆞᄂᆞ뇨 셜파의 노식이 미우의 표종ᄒᆞ고 만심이 녈녈ᄒᆞ더라(권7)
11) 장옥경의 계양공주에 대한 신뢰는, 후편인 〈이씨세대록〉에서 자신의 딸 미주가 철수와
결혼한 후 자존심 대립을 하면서 원활한 부부관계를 형성하지 못하자, 계양공주에게 미주
를 훈계해 줄 것을 청하는 데서도 잘 드러난다.

3. 타자 아닌 타자, 재실의 부상

길일을 수일 앞두고 급작스럽게 정혼자 이몽현이 부마가 되고, 자신은 납폐까지 반납하는 퇴혼의 상황에 놓이게 된 장옥경은 분명 이 늑혼의 피해자이자 타자이다. 그러나 딸의 처지를 안타까워하며 다른 데 시집갈 의중을 묻는 아버지에게 수절하면서 부모를 모시겠다고 의연하게 답한다. 이후 설최의 강박을 피해 후원 깊은 곳 옥호정에 머물면서도 부부의 은정은 생각지도 않고, 혹시 후에 공주가 재실로 부르더라도 죽기로 작정하고 이곳을 떠나지 않겠다고 다짐한다.[12] 실제 재실로 들이라는 성지가 내리자 죽기는 쉬어도 이부에는 들어가지 못하겠다며 단호한 모습을 보이며,[13] 아버지의 재촉이 심해지자 부모님 생각에 죽지는 못할 바에 비구니가 되어 상황에서 벗어나겠다고 하기에 이른다.[14]

장옥경의 전세(戰勢)는 이로부터 역전된다. 성지가 내렸음에도 뜻을 굽히지 않자, 정국부인 직첩을 내리는 진황후의 조서가 내려지기에 이르는 것이다.

---

12) 셰샹 부부 은졍은 쑴의도 싱각지 아녀 쏘 당너 공쥬 덕을 펴 부마로써 즈긔를 취케 ᄒ나 죽기로써 옥호뎡을 나지 아닐 쓷을 두어 일편 졍심이 쇠돌ᄀ더라(권6)

13) 소졔 대왈 소녜 풍진을 거졀ᄒ고 셰샹을 니별ᄒ여 이곳의셔 죽으믈 명ᄒ엿ᄂ니 엇지 부마의 지실이 되어 황녀로 동녈이 되어 춍을 다토리오 셩쥬 비록 그러틋 ᄒ시나 소녀의 쓷은 굿치미 어려오니 야야는 강박지 마ᄅ소셔 …… 소졔 함누 탄식 왈 부친 말ᄉᆷ이 올ᄒ시나 소녜 이곳의 드러올 젹 명ᄒ 쓷이 이시니 죽기는 쉽ᄉ오나 니문의 드러가기는 못 ᄒᆯ소이다(권6)

14) 소졔 크게 쵸죠ᄒ여 츄일 셕시을 폐ᄒ고 죵일토록 번뇌ᄒ더니 홀연 탄식 왈 니 츄싱 계활이 이러틋 구츠ᄒ고 괴로오니 쾌히 즈졍ᄒ여 모ᄅ미 원이로ᄃᆡ 부모 유톄를 가븨야이 상히오디 못ᄒᆯ 거시니 출ᄒ리 머리를 깍가 사ᄅᆷ의 형톄를 변ᄒᆫ 즉 야얘 엇지 강박ᄒ시리오(권6)

짐이 소녀 계양을 위호여 부마를 퇵호미 믄득 경의 인뉸을 어즈러이는
마쟝이 되니 계양의 과도히 짐을 간호여 부마로 신의를 완젼코져 홀 식
짐이 공쥬 뜻을 아름다이 너겨 경으로 부마의 직실을 허호느니 이 졍히
됴흔 뜻이어늘 경이 고집히 츄수호고 신명의 드러 살발호기로써 니른다
호니 이 아니 짐을 원망호고 공쥬를 역경호미냐 모로미 일죽이 부마의
가뫼 되여 공쥬의 아름다온 뜻을 져비리지 말나 호엿더라

공주의 뜻을 저버리지 말라는 당부가 있기는 하지만 이 정도면 늑혼
의 주체였던 왕실이 허리를 많이 굽힌 상황이라 할 수 있다. 그러나 장
옥경은 이에 대해서도 자연을 벗삼아 사는 지금이 즐겁다고 하면서 온
건하게 거절한다.

소의 왈 신쳡 댱옥경은 돈슈빅빅호고 삼가 표를 밧드러 태후낭낭 혼샹
하의 올니느이다 업듸여 셩지를 듯줍고 톄수모골호물 이긔지 못호옵느니
신쳡이 비록 부마 니몽현을 위호여 졀을 직히오나 아비 됴뎡 즁신으로
부귀 극호오니 일신의 반졈 괴로오미 업고 스스로 산경을 즐겨 일싱을
계교호미 신의 무음이 즐겁고 소탕호온지라 엇지 니문의 드러가기를 싱
각호리잇고 추고로 국명을 봉승치 못호오미니 태후낭낭은 붉히 비최시믈
바라느이다 호엿더라(권6)

이를 예상한 계양공주가 미리 보낸 장문의 편지에 대해서도, 자신을
그냥 두라며 온건하지만 분명한 거절을 해서 두 번째 편지까지 오게
한다. 서술자 또한 공주의 정성이 장옥경의 마음을 풀 수 있을 것인가
의 여부를 독자에게 미끼로 던지고 있다.[15]
이 과정에서 그녀가 거처하는 공간인 옥호정 또한 부상하고 있다. 옥

호정은 장부 후원의 깊은 곳에 있는 정자로, 경치가 매우 뛰어나고 규모 또한 장대하지만 정결하고 고요하여 장옥경이 물러나 지내면서 인간사를 잊고 즐기기에 적합한 공간으로 그려진다. 실제 공주의 편지가 왔을 때도 이 옥호정에서의 생활에 대한 미련이 크게 작용하기도 한다.[16]

그런가 하면 진황후의 조서가 도달할 때는 왕실의 인물이라도 함부로 들어갈 수 없는 철옹성의 공간으로 그려진다. 이전부터 장상서는 혹시 모를 무뢰배 등의 침입을 대비하여 옥호정 주변을 두 겹 세 겹 에워싸고 문마다 건장한 문지기 등을 두어 아무나 왕래하지 못하도록 한 상태였다. 그런데 진황후의 조서를 전달하러 간 태감과 상궁 일행도 예외가 아니어서 원문을 지키던 문지기로부터 "소복 등은 쥬인의 명으로 문을 직희여 감히 잡사룸을 드리지 못ᄒᄂ니 태감은 스스로 슬퍼 용샤ᄒ소셔"라는 박대를 당한다. 이후 계속해서 단속과 제지를 당하며, 결국 태감은 중문에 머물고 상궁만 들어갈 수 있다는 조건부로 장옥경의 처소에 안내된다.

> 즁문의 니ᄅ니 긴 담이 둘넛는듸 가온듸 두 쪽 거문 문이 구지 닷쳣고 져믄 쟝획 슈십 인이 안즛다가 태감과 샹궁의 위의를 보고 놀나 닐오듸 이곳은 외인이 간듸로 못 드러오ᄂ니 태감니 셩지를 밧즛와 니ᄅ러 겨시다 ᄒ니 밋쳐 브품치 못ᄒ고 열녀니와 또 안문의는 노양낭비 희여시니 태감은 이의 머물고 샹궁만 드러가소셔 졍태감 왈 긍긍의 말이 올흐니 엇지 좃지 아니 ᄒ리오 …… 분칠흔 담을 의지ᄒ여 붉은 문이 반고의 립ᄒ엿는듸 프른 옷 닙은 즁년의 양낭 슈십 인이 흔가히 안즛다가 진시 등을

> 보고 대경 왈 이곳은 우리 샹셔 밧 못드러오시고 ᄒᆞ물며 안흐로 문을 두어 왕ᄂᆡᄒᆞ시거늘 엇던 궁인이시완ᄃᆡ 경히 드러오며 엇지 원쟈등이 노야명 업시 드려보ᄂᆡ더니잇고 진샹궁이 ᄂᆞ아가 풀흘 드러 ᄀᆞᆯ오ᄃᆡ 우리등은 계양궁 궁인이라 태후낭낭 셩지를 밧ᄌᆞ와 소져긔 젼ᄒᆞ려 니ᄅᆞ럿ᄂᆞ니 잉잉은 고이히 너기지 말고 젼ᄒᆞ물 바라로라(권6)

이후에도 수차례 실랑이 끝에 겨우 장옥경을 만나 조서를 전하는 장면은, 처소와 소저의 우아한 기품과 분위기로 인해 상궁들이 압도당하는 양상을 보인다.

> 진 허 냥인이 ᄎᆞ언을 듯고 희동안ᄉᆡᆨᄒᆞ여 이의 황쥬리를 그ᄅᆞ고 됴셔를 밧드러 안히 니ᄅᆞ니 져근 집이 뫼흘 의지ᄒᆞ여 극히 정묘ᄒᆞ고 ᄇᆡᆨ옥셤을 셰 층으로 므엇고 좌우로 ᄇᆡᆨ홰 울셔ᄃᆞᆺᄒᆞ고 쳥향이 진울ᄒᆞ더라 황지를 샹우ᄒᆡ 봉안ᄒᆞᆫ 후 이윽고 향풍이 진울ᄒᆞ고 옥ᄑᆡ ᄌᆡᆼᄌᆡᆼᄒᆞ더니 녀시네 소제를 뫼셔 ᄂᆞ오니 진 허 등이 밧비 눈을 드러 보ᄆᆡ 그 안ᄉᆡᆨ의 ᄇᆞᆰ으믄 옥을 더러이 너기고 츄파셩안이 ᄉᆞ벽의 죵요ᄒᆞ며 냥협의 부용홰 녹파의 ᄂᆡ왓ᄂᆞᆫ ᄃᆞᆺ 구름ᄀᆞᆺᄐᆞᆫ 귀밋치 녕농ᄒᆞ고 쇄락ᄒᆞ여 쳔광ᄇᆡᆨ태 일광이 무ᄉᆡᆨᄒᆞ니 졔인이 대경ᄒᆞ여 숨을 길게 쉬고 ᄉᆡᆼ각ᄒᆞᄃᆡ 텬하의 우리 옥쥬ᄀᆞᆺᄐᆞ신 ᄧᅡᆨ이 업술가 ᄒᆞ더니 ᄎᆞ인이 엇지 이러ᄐᆞᆺ 긔특ᄒᆞ뇨 졍히 일ᄏᆞᆺ더니(권6)

이처럼 옥호정은 퇴혼당한 피해자 여성이 울울한 세월을 보내는 타자의 공간이 아니라, 인간세상의 시름을 잊고 표연히 신선이 된 듯한 즐거움을 만끽하는 공간이자, 왕실과 공주의 권위에 대등한 혹은 당당한, 타자 아닌 타자 장옥경을 물리적으로 보여주는 공간이다.[17)]

---

17) 옥호정은 이후 장옥경이 출거당했을 때 머무는 곳이자, 소월혜가 출거당했을 때 머무는

4. 여성연대와 자기표현을 통한 여성 중심 혼인담론의 생성

〈쌍천기봉〉의 공주혼 속 계양공주와 장옥경 두 여성의 관계는 '지기 (知己) 관계'이다. 두 사람은 직접 만나기 전부터 서로의 사람됨을 짐작 하고 그에 감화된 상황이었으며, 장옥경의 혼례날과 공주궁에서의 하 례날 각자 짐작하던 바를 확인하며 감동스러워한다. 그런데 이들의 '지 기(知己)'는 무엇보다 서로의 처지에 대한 이해와 배려에서 나타난다.

계양공주가 퇴혼당한 장옥경을 걱정하고 그녀의 복귀를 위해 해결사 역할을 하는 한편에서, 장옥경 또한 자신의 고집으로 계양공주의 부부 관계 또한 원만하지 않음을 걱정하면서 결정적으로 이 때문에 마음을 돌린다. 또한 먼저 딸을 낳은 장옥경이 자신의 자식이 장손이 되지 않 았음을 오히려 기뻐하고, 후에 아들을 출산한 계양공주는 장옥경을 고 려하여 내 딸이나 마찬가지라는 애정을 드러내면서 그 마음을 어루만 진다.

> 댱시 녀오의 댱녀ᄒ여시믈 보고 깃브믈 이긔디 못ᄒ야 샤례 왈 옥쥐 어미업순 거슬 이럿툿 이휵ᄒ시니 쳡의 모녜 옥주의 은혜는 못 다 갑흘소 이다 공쥐 불열 왈 쳡은 흥문과 미오를 닉 나하시며 늄이 나하시믈 분변 치 못ᄒ거늘 엇디 이런 말숨을 ᄒ시ᄂ뇨 댱시 더옥 감샤ᄒ딕 사례를 못ᄒ 더라(권7)

이처럼 공주라는 신분이나 한 남성을 함께 모셔야 하는 적국 관계 이전에, 같은 여성으로서의 처지와 입장이 계양공주의 공감 나아가 장

등 이부의 여성 시련 때 피난처 역할을 한다.

옥경의 심경 변화를 이끌었고, 이는 보통 불화와 갈등 관계로 설정되기
쉬운 두 여성의 연대라는 다른 양상을 가져왔다.[18)

　이런 여성연대는 공주나 일반 양가의 여성이나 여성으로서 평등한
관계일 수 있음을 드러낸다고 할 수 있다. 실제 계양공주는 장옥경의
존재를 처음 안 순간부터 친구를 삼고자 하고, 회유의 편지를 보낸 때
도 서로 다른 곳에서 생장했을 뿐 같은 처지라고 한다. 장옥경이 이부
로 들어온 후에도 함께한 자리에서 나이를 물어보며 동년배임을 신기
해하고 더 가깝게 느낀다. 장옥경 또한 퇴혼을 당하게 만든 당사자임에
도 불구하고 계양공주의 진심을 헤아리고 이에 감동해한다. 물론 공주
라는 신분 때문에 이부에 처음 들어올 때까지는 '공경의 대상'이라는
불평등하고 통념적인 관계를 유지하고 있었지만, 이부에 들어온 이후
에는 마음의 경계가 풀리면서 그야말로 자매 같은 관계를 보인다. 다른
공주혼에서 여성의 연대가 불의한 남편에 대한 동지적 관계의 양상을
보이는 것과 달리, 계양공주와 장옥경의 연대는 남편이 전제되지 않은,
남편과는 별도의 자매애 양상을 보이는 것이다.[19)

18) 장시광은 "계양공주가 장옥경을 두둔하고 그 수난을 두 번에 걸쳐 해결해 주는 모습은
동렬 사이의 화해를 강조하려는 서술자의 의도가 개입된 결과로 해석된다. 사실, 〈쌍천기
봉〉을 비롯해 대하소설에 등장하는 동렬들은 〈구운몽〉처럼 동렬 사이에 화해하는 모습보
다는 〈사씨남정기〉처럼 불화하는 모습을 훨씬 더 많이 보인다 …… 이러한 맥락에서 볼
때 계양공주와 장옥경 사이에 보이는 훈훈한 모습은 서사를 너무 일방적인 갈등 상황으로
만 구성하는 것을 방지하는 효과를 거두고 있다."고 하여, 서술자의 의도적 구성이라는
측면에서 파악하고 있다. 장시광, 「〈쌍천기봉〉 여성수난담의 특징과 그 의미」, 『한국고전
여성문학연구』 21, 2010, 213쪽.
19) 〈취미삼선록〉에서도 무양공주와 허씨 간에 이와 유사한 양상이 나타난다. 다만, 이 경우
에는 "단순히 허씨를 위해서가 아니라 남성의 독단적인 행위로 인해 억울하게 내쫓겨야만
했던 여성들을 다시제자리로 돌려놓음으로써 남성중심의 질서를 바로잡기 위함이다. 무
양은 조강지처 복원을 위해 직접 광무제에게 찾아가 간청하기도 하고 부마를 허씨에게
보내어 데려오게 하기도 한다. 결국 공주의 노력 끝에 허씨가 돌아오게 되고, 공주와 허씨

또한 여기에는 파직을 당하면서도 딸의 의사를 존중하고 지켜주려 했던 친정아버지와, 어느 한편에 치우치지 않는 애정 관계를 유지한 남편 이몽현 등 남성들의 역할도 중요한 작용을 하고 있다. 특히 부마인 이몽현은 처음 계양공주와 혼인하게 되었을 때, 계양궁에 찾아가지 않고 장옥경 생각에 병까지 나는 일반적인 부마의 모습을 보이지만, 계양공주의 진심을 안 이후에는 평소의 인품을 보이며 계양공주와 화합하고자 한다. 이에 대해 계양공주는 장옥경이 돌아올 때까지 계양궁에서 지내겠다는 거절을 하긴 하지만, 이는 온건한 거절의 양상으로 장옥경이 돌아온 후에는 부마를 순순히 받아들인다. 이는 일방적이고 폭력적인 부마의 모습이나 개심한 부마의 애정을 거부, 거절하는 다른 공주혼 속 공주들의 모습과 차별화된다.[20]

부마와 공주의 화합 그리고 남편과 두 여성의 조화로운 관계 역시 남편의 애정에 대한 타자로서 반목하는 적국 관계가 아니라, 남편과는 별도의 주체로서 연대하는 여성 관계에서 파생된 것이라고 할 수 있다. 이렇게 볼 때, 〈쌍천기봉〉 공주혼의 여성연대는 이를 통해 평등한 인간 관계, 나아가 조화로운 가족관계의 가능성을 모색하는 의미를 지닌다

가 동렬로 조화롭게 지내면서 가족의 질서가 바로잡힌다."(구선정, 「공존과 일탈의 경계에선 공주들의 타자의식 고찰-〈도앵행〉과 〈취미삼선록〉에 등장하는 공주들의 시댁 생활을 중심으로-」, 『한국고전연구』 26, 한국고전연구학회, 2012, 388쪽)에서 알 수 있듯이, 목적이 다르며, 그런 점에서 복귀한 이후의 관계 또한 남편의 폭력에 대한 방패막 역할을 하는 공생이라고 할 수 있을 것이므로, 〈쌍천기봉〉의 두 여성 관계와는 다른 성격을 지닌다고 보아야 할 것이다.

20) 삼대록계 국문장편소설에서의 선인형 공주들은 정혼녀의 혼사를 주관한 것을 알고 변화된 부마의 태도를 달가워하지 않고, 남편의 애정을 거절하려는 모습을 보여준다. 강우규, 「삼대록계 국문장편소설에 나타난 공주혼의 유형적·시대적 특성과 의미」, 『한국고전여성문학연구』 32, 한국고전여성문학회, 2016, 336쪽.

고 할 수 있다.21) 나아가 혼인에서, 여성들이 새로운 가족관계의 긍정
적인 동력이며 주체일 수 있다는 여성 관련 혼인담론을 생성하고 있다
고 할 수 있다.

　공주혼의 갈등과 문제 상황에서 혼인 당사자 여성들의 목소리가 지
배적으로 드러난다는 점 또한 주목할 부분이다. 일반적으로 혼인 과정
에서 당사자인 여성은 타자화되기 쉬운 존재들이며, 부모나 남성 당사
자의 지배적인 목소리 속에 파묻히거나 들어볼 수도 없는 것이 여성
당사자의 목소리이기 때문이다. 물론 계양공주의 경우는 공주라는 신
분에 의해 일반 여성들보다는 자신의 목소리를 내는 데 자유롭다고 할
수 있다.22) 그러나 장옥경은 일반 양가의 여성이면서도 퇴혼당한 상황
에서 자신의 목소리를 강하고 고집스럽게 드러내고 있으며, 이는 다른
공주혼과 차별화되는 지점이다.23)

　그런데 장옥경의 지속된 거절의 입장 표명과 표문, 계양공주의 대변
과 회유의 편지와 같은 자기표현은 공주혼 과정에서 정실과 재실 자리

---

21) 기존의 공주혼 논의에서 왕권과 신권, 국가 권력과 가부장권, 상위의 여성과 하위의
　남성 간 대립과 갈등이 중요한 문제였다는 맥락에서, 〈쌍천기봉〉 공주혼의 여성 연대와
　평등한 관계 모색이라는 의미는 이들 대립과 갈등상의 중재와 해소의 한 양상이라고 볼
　수 있을 듯하다.

22) 정선희 또한 공주혼 과정에서의 공주의 입장 표명에 대해, 공주라는 지위 높은 신분이기
　에 가능한 것임을 지적한 바 있다. 정선희, 「삼대록계 국문장편소설의 공주/군주형상화와
　그 의미- 부부관계 속 여성의 감정과 반응 양상에 주목하여」, 『한국고전여성문학연구』
　31, 한국고전여성문학회, 2015, 239쪽.

23) 〈유씨삼대록〉에서도 공주혼으로 인해 결연이 지연된 장소저가 자신의 혼사가 허사가
　되었음에 양심을 품으며 한탄하거나 진양공주의 주선으로 부실로 들어가게 되는 과정에
　불만을 품으며 자기 의사를 드러내는 부분이 나타난다.(이수희, 「공주혼 모티프의 모티프
　결합방식과 의미」, 『한국고전연구』 19, 2009, 268~269쪽.) 그러나 장소저가 부마를 미혹
　하고 지속적으로 진양공주를 음해하고 살인미수까지 하는 악인형 인물로 그려지고 있어
　자기 표현의 성격은 다르다고 할 수 있다.

가 뒤바뀐 상황과 긴밀하다. 장옥경이 다른 데 재가하지 않고 이부에 대한 수절을 지키겠다는 입장이면서도 이부에서 불러들일 때 재실로 들어가는 것을 고사하는 것이나, 계양공주가 장옥경에 대한 죄인 의식을 드러내고 회유의 편지에서 본인이 자리를 내놓겠다는 말까지 하는 것은 정실과 재실의 지위 차이와 그에 대한 분명한 인식을 기저에 두고 있다.24)

또한 이 지점에서 공주혼은 공주와 양가 여성의 특수한 문제에서 정실과 재실의 일반적인 문제로 넘어간다.

> 첩이 소져 위흔 무음이 신명의 질졍홀 거시로디 소져는 감동ㅎ미 업스니 이 도시 젹국 두 주를 구익ㅎ미라 첩이 당당이 몸을 피흐여 소져 무음을 평안케 ㅎ리니 소져는 엇지 너기ᄂ뇨(권6)

장옥경이 재실로 들어오는 것을 고사하자 그 마음을 돌리려는 계양공주의 편지를 통해 혼인 당사자의 입에서 '적국에 대한 거리낌'이 그대로 노출되고 있으며, 사실 진황후도 늑혼의 처음은 권력이었으나, 이후

---

24) 〈쌍천기봉〉의 후속작인 〈이씨세대록〉에서도 정실과 재실의 순서가 뒤바뀌는 상황이 나타나고, 재실로 들어가는 문제가 심각한 갈등으로 번진다. 이몽창의 장자 이성문과 여현기의 딸 여이화는 어려서 정혼한 사이이다. 혼기를 앞두고 여현기가 운남 원찬에서 돌아오던 길에 절강에서 대적을 만나 여이화를 잃게 되는데, 이로 인해 이부에서는 신의를 앞세워 여이화를 기다릴 것인가, 혼기가 되었으니 먼저 혼인하고 여이화가 살아돌아오면 상원자리를 내어 줄 것인가 하는 논란이 일게 된다. 평소 이성문의 군자다움을 높이 사던 임계운이 적극적인 구혼을 하게 되면서 이 논란은 본격화된다. 임계운은 먼저 여현기를 찾아가 "빅셰라도 녕녀를 엇는 날은 니즈의 샹원으로 죤흐고 닉 녀우는 둘재를 뎡흐미 엇더ㅎ뇨"라고 하여 허락을 구하고 임씨가 먼저 혼인을 한다. 후에 여이화의 생환과 함께 여부에서는 이부와의 혼인과 관련된 논란이 빚어지는데, 이는 재실로 들어갈 딸의 처지에 대한 염려 때문에 재실로 보낼 수 없다는 경씨의 발악에 가까운 반대 때문이다.(권3~4)

에는 딸이 적국의 화를 당할까 하는 걱정이 주가 되었다.25) 이는 황후
로서가 아니라 친정어머니로서의 걱정이며, 이를 통해 재실을 들이는
문제, 특히 먼저 정혼했던 여성을 재실로 들이는 문제가 혼인 당사자는
물론 친정부모에게 얼마나 정신적인 압박을 주는 것인지 잘 드러낸다
고 할 수 있다. 실제 이 때문에 진황후는 공주가 냉대당한다는 모함을
듣고 장옥경을 출거시켰다가 그 인물됨을 알고 안심한 이후에야 재복
귀시킨다.26)

　이처럼 공주혼의 당사자들이 적극적으로 또한 지배적으로 자신의 목
소리를 내는 것은, 퇴혼당했다가 재실로 들어가는 것이 당연한 수순이
아니라는 점, 재실을 들이는 것은 정실이나 재실 모두에게 불편하고 불
안한 상황이라는 점을 환기하면서, 재실 문제의 타성(惰性)에 제동을 건
다. 또한 재실을 당연시하면서 이 상황에 놓인 여성들은 타자화하는,
남성 중심 혼인담론의 균열을 보여준다고 할 수 있다.

◇ ◇ ◇

　〈쌍천기봉〉 공주혼에서 나타나는 정실과 재실, 즉 처처 관계는 현대
부부 관계나 가족 관계에서는 낯설고 부자연스러운 것일 수밖에 없다.
그러나 한두 세대만 위로 올라가 보면, 한 집안에 큰어머니, 작은어머

---

25) 휘 노왈 계양은 원녀를 아지 못ᄒ고 적국 어려온 줄을 몰나 이런 거죠를 ᄒ니 졍히 칙고져
ᄒ거늘 샹이 또 엇지 이런 고이흔 말을 ᄒ시ᄂ뇨(권6)/휘 묵연 냥구 왈 경이 적국의 히를
모르고 져러툿 ᄒ나 타일 쟝신궁 화를 만날 젹 짐의 마ᄅᆯ 싱각ᄒ리라(권6)

26) 이선형은 인물의 내적 성장이라는 측면에서, 진황후를 부정적인 어머니상으로 보면서
계양공주의 중재 역할에 대해서는 "이몽현과 장옥경의 혼사장애를 극복하는 중재가가
되어 지혜롭게 문제를 해결함으로써 어머니 진황후의 부정적인 이미지를 극복했다"고
진단했는데(이선형, 앞의 논문, 2010, 57쪽), 진황후의 부정적인 이미지나 어머니상은
재실 문제와 관련하여 좀 더 섬세하게 점검할 필요가 있다.

니라고 불리는 본처와 후처가 존재하는 것을 드물지 않게 찾아볼 수 있다. 이들은 엄밀히 말하면 처처가 아닌 처첩의 관계라고 할 수 있지만, 결국은 한 남성과 두 여성의 혼인 관계에 포괄된다고 할 수 있다. 현실적으로 가족 내에서 이 두 여성의 관계는 물론 주변의 인식 또한 대부분 부정적이라고 할 수 있는데, 최근 이런 관계에 대해 새롭게 조망한 영화가 개봉하여 관객의 관심을 모았다. 본처와 후처의 46년 동행을 담아낸 다큐멘터리 영화 〈춘희막이〉가 그것이다. 이 작품은 대를 잇기 위해 어쩔 수 없이 스스로 후처를 물색하여 들인 본처가, 남편이 죽은 이후에도 병이 있는 후처를 내보내지 못하고 보살피며 46년을 함께 살아온 실화를 바탕으로 하고 있다. 이 작품이 관객의 관심을 모은 것은 본처와 후처라는 다소 자극적인 관계를 다루기 때문이 아니라, 그들의 관계를 하나의 인간관계로 다루면서 그들 각자의 속내를 진실하게 담아내었고, 동시에 가족이 된다는 것의 복잡미묘함을 고민하게 해 주었기 때문이다.[27]

〈쌍천기봉〉의 계양공주와 장옥경이라는 처처 관계가 보여주는, 타자적 상황에 있는 여성 간의 연대, 서열을 초월하는 평등한 인간관계, 낯선 관계의 가족되기 여정 등도 결국 인간관계나 가족제도의 보편적인 문제를 담아내고 있으며, 그런 점에서 현대 사회 가족 관계와 특히 그 속의 여성 관련 문제에 중요한 시사를 준다고 할 수 있다.

---

27) 네이버 영화 매거진, '펀딩21과 함께 하는 두 할머니의 46년 동행 〈춘희막이〉를 소개합니다'(2015. 9. 11) 참조.

형제갈등의 비극적 가족사, 〈유연전〉의 형제

정하영

1. '유연옥사(柳淵獄事)'의 전말과 〈유연전(柳淵傳)〉

　조선 명종 12년(1557) 경상도 대구의 양반집에서 한 인물의 가출과 실종 사건이 일어났다. 산사(山寺)에서 과거 공부를 하던 맏아들이 홀연히 자취를 감추어 버린 것이다. 단순한 실종으로 처리될 수 있었던 사건이 온 나라를 뒤흔드는 엄청난 파장을 몰고 오리라고는 아무도 상상하지 못 했다. 사라진 유유를 가장한 가짜 인물이 등장하고, 그 진위를 밝히는 과정에서 국가의 공권력이 개입하면서 사건은 걷잡을 수 없이 확산되었다. '유연옥사(柳淵獄事)'로 불리는 이 사건이 일어나서 마무리되기까지에는 23년이라는 세월이 흘렀다. 사건이 진행되는 과정에서 가족들 간의 갈등과 이해관계가 얽히면서 예기치 못한 일들이 이어졌고, 여러 사람이 목숨을 잃고 가정은 파탄을 맞게 되었다.

　'유연옥사'는 크게 두 부분으로 나누어진다. 첫째 부분은 주인공 유연이 형을 죽였다는 누명을 쓰고 억울한 죽음을 당하기까지의 내용이고, 둘째 부분은 유연을 모해한 인물들의 죄상이 드러나고 억울함이 밝혀지는 내용이다. '유연옥사'에 대해서 지식인 사회에서는 지대한 관심을 보였다. 사건의 전반부에서는 동생이 재산을 노리고 형을 죽였다는 사실에 충격을 받았다. 유교 윤리를 중시하는 조선의 양반 사회에서 강상(綱常)의 죄는 용납될 수 없는 일이었기 때문이다. 사건의 후반부에서는 동생이 형을 죽인 것은 사실이 아니었음이 밝혀지고, 그가 억울한 누명을 쓰고 죽임을 당한 것은 나라의 허술한 재판의 결과임이 드러났다. 이 사실을 접한 조정 관료들은 물론이고 재야 지식인들까지 관료 사회의 해이된 기강과 허술한 일처리에 대해 심각한 자성(自省)의 목소리를 높였다.

당대 지식인들이 '유연옥사'에 대해 보여준 관심은 다양한 기록들을 통해서 나타나 있다. 『조선왕조실록』에는 '유연옥사'의 전개 과정이 비교적 상세하게 기록되어 있다. 조정 관료들은 물론이고 국왕까지도 이 문제에 깊은 관심을 보여주고 있었음을 말해 준다. 개인적 기록으로는 이항복의 『백사집(白沙集)』을 비롯하여 윤국형의 『문소만록(聞韶漫錄)』, 김시양의 『부계기문(涪溪記聞)』, 이익의 『성호사설(星湖僿說)』, 이시발의 『벽오선생유고(碧梧先生遺稿)』, 권응인의 『송계만록(松溪漫錄)』, 이덕형(李德馨)의 『한음문고(漢陰文稿)』, 고상안의 『태촌집(泰村集)』, 송시열의 『송자대전』, 이수광의 『지봉집(芝峯集)』, 권득기의 『만회집(晩晦集)』, 권필의 『석주집(石洲集)』 등에 '유연옥사'에 관한 내용이 다양한 형태로 수록되어 있다. 이들 기록은 대부분 유연의 억울한 죽음을 애도하고, 그릇된 재판을 바로잡아 신원이 이루어진 것을 다행으로 여긴다는 내용을 담고 있다. 그러나 『만회집』과 『부계기문』을 비롯한 일부 기록에서는 사건의 주모자로 밝혀져 죽음을 당한 이지의 아들이 날조된 문서를 들고 다니며 아버지의 억울함을 호소하는 내용도 있다.

이들 기록 가운데 먼저 살펴볼 것은 『조선왕조실록』의 내용이다. 『실록』에는 '옥사'에 관한 기록이 세 군데 나오는데, 첫 번째 기록은 '옥사'의 전반부에 관한 내용이고, 두 번째 기록은 '옥사'의 처리 과정을 정당화하는 내용이며, 세 번째 기록은 '옥사'의 후반부에 관한 내용이다.

첫 번째 기록은 유연에게 형을 죽인 죄인이라고 판결하여 사형에 처하고 난 뒤에 그 내력을 밝힌 것이다.

학생 유연을 처형하였다.

대구부에 살던 유유가 10여 년 전에 마음의 병을 앓아 미쳐서 떠돌아다니다가 해주 경내에 흘러들어와 머물러 살았다. 첩을 얻어 머물러 살았는데 유유라 일컫기도 하고 성명을 바꾸어 채응룡이라고도 하더니, 올봄에 첩을 데리고 서울에 왔다. 그의 매부 달성도정 이지가 소문을 듣고 불러 보았더니, 떠돌아다니면서 고달픈 나머지에 얼굴 모습은 변하였으나 말과 동작은 실지로 유유였다. 유의 아우 연은 대구 본가에 있었는데 이지가 연에게 통지하여 데리고 가게 하였다. 연이 올라와서 보고는 드디어 함께 돌아가는 중에, 맏이자리를 빼앗아 재산을 모두 차지하려는 못된 꾀를 내어 결박을 지우고 상처가 나도록 구타하고는, 그 형이 아니라고 하면서 대구부에 소송하였다. 부사 박응천은 유연의 말을 먼저 믿고는 단지 유유만을 가두었는데 유유의 아내 백씨가 그때까지 그의 집에 있었다. 서로 대면하게 하였으면 당장 분별할 수 있었으니 의심스러워서 판단하기 어려운 일이 아니었다. 나중에 유유가 병을 얻어 보방(保放)되자 연이 형을 해치는 꾀를 행하도록 하여 끝내 증거를 없애는 지경에까지 이르렀다. 형을 해쳐 인륜을 어지럽힌 자를 즉시 시원하게 다스리지 않았으므로, 온 도의 사람들은 모두 통분스럽게 여겼다. 뒤에 언관(言官)의 아룀으로 금부에 내려 추국하였는데, 이때에 이르러 연이 그 죄를 자복하였다.

– 명종 19년(1564) 3월 20일

'유연옥사'의 전반부를 요약하여 싣고 있는데, 여기에 따르면 유연은 형을 죽인 죄인임이 분명하다고 밝히고 있다. 정황 증거가 뚜렷하고 스스로 죄를 자복하였기 때문에 의심의 여지가 없다고 본 것이다. 『실록』에서는 이 기사의 뒷부분에 두 개의 사론(史論)을 싣고 있는데, 유연의 죄상을 나무라면서도 재판 과정의 문제점을 제기하고 있다.

> 강상(綱常)을 범한 큰 죄는 당연히 반복하여 상세히 물어서 흉악한 짓이 밝게 드러나 의심이 없도록 한 뒤라야 인심이 모두 쾌하게 여기는 것이다. 이지와 심융, 김백천 같은 자들의 진술에 '진짜 유유'라고는 했지만, 모두 처음에는 그의 얼굴 모습을 알아보지 못했다고 하였으니, 의심할 만한 단서가 없지 않다. 나중에 그 자취까지 없앤 뒤에는 유유의 시체를 찾지 못했는데, 매를 때리어 자복한 것만으로 갑자기 형을 해친 죄를 성안(成案)하였으므로 항간의 시비가 한결같지 않았으니, 열흘 동안이나 깊이 생각하여 중요한 죄수의 사건을 잘 판결해야 한다는 원칙에는 맞지 않는 듯싶다. － 명종 19년(1564) 3월 20일

사신(史臣)이 제기한 두 가지 의혹, '일관성없는 진술'과 '고문에 의한 자백'을 바탕으로 내린 판결은 두고두고 논란의 소지가 되었다. 계속되는 논란에도 불구하고 나라에서는 그것을 받아들이지 않고 원심을 그대로 유지·강화하는 입장을 보였다. 이것이 『실록』의 두 번째 기록이다.

> 성상(宣祖)은 형옥(刑獄)을 밝게 분변하여 매번 사람을 죽인 범인에 대하여 그 사실을 통촉하였다. 유연이 형을 죽인 일에 있어서는 대관 정엄이 의심의 여지가 있다 하였으나 … 상은 모두 명백하게 판단하고 듣지 않았으므로 사람들이 탄복하였다. － 선조 4년(1571) 10월 27일

유연의 재판이 끝난 지 7년이 지난 뒤의 기록이다. 대관(臺官)의 재심 요구는 끊이지 않고 있었으나 임금은 그것을 무시하고 지난날의 판결이 옳았다는 입장을 굽히지 않았다. 그러다가 사건 발생일로부터 16년이 지나서 이를 뒤집게 하는 사건이 일어났다. 죽었다던 유유가 살아 돌아온 것이다. 이를 계기로 지난 사건에 대한 재심 요구가 받아들여지고, 지난날의 판결이 그릇되었음이 밝혀지게 되었다. 그 결과 실록의 기록을 새롭게 수정하지 않을 수 없었다. 이것이 세 번째 기록이다.

경상도 대구에 거주하는 전 현감 유예원의 아들 유유가 지난 정사년에 광증(狂症)이 발생하여 도망해 집을 나갔는데 그 후 갑자년에 자칭 유유라는 자가 해주에 나타났다. 그의 매부 달성령 이지와 달성령의 아들 이경억 등이 사람을 시켜 그를 데리다가 달성령의 집에 머무르게 하고, 유유의 아내 백씨와 아우 유연에게 통보하여 데려가도록 했다. 유연이 즉시 올라와서 그 사람을 보니, 모습은 자기 형과 같지 않았으나, 옛날 자기 형의 집에서 있었던 일들을 꽤나 소상하게 말하고 있었다. 유연은 반신반의하면서 그를 본읍인 대구로 데리고 가서 관에 묶어 보내 그 진위를 가려 달라고 청하였다. 당시 부사 박응천이 이를 가두고 심문할 때 유유라고 하는 자가 자기 정체가 드러날 것을 두려워한 나머지 거짓으로 병을 핑계대면서 보방을 청하고는 그대로 도망하여 행방을 감추어 버렸다.

그 후 사람들 사이에 유연이 형을 죽이고 흔적을 인멸해 버렸다는 소문이 자자하게 퍼졌으므로, 이에 언관이 추국할 것을 계청하여 삼성 교좌(三省交坐)로 추국했는데, 위관 심통원은 곧장 유연이 형을 시해하였다고 의심하지도 않고 엄한 형문으로 무복(誣服)을 받아낸 뒤에 능지처사하였다.

그 뒤에 당시의 옥사에 대해 시신도 없는데 갑자기 죄를 단정한 것은 온당하지 않다고 했고, 또 유유가 아직도 살아 있다고 여겨서 간혹 사람들이 의논하므로 경연에서 계달되기까지 했으나 자세히 가려내지는 못했다. 그러다가 지난 겨울에 수찬 윤선각이 경석에서 아뢰기를, "지난 경오년·신미년 간에 장인을 따라 순안현에 갔을 때 천유용이라고 하는 자가 미친 체하면서 여러 곳에 출입하며 남의 자제를 훈도하고 있었는데 그 행동거지로 보아 미친 것 같지가 않았습니다. 그 후 경상도를 왕래하면서 유유의 옛 친구들에게 유유의 모습을 물어보니 천유용이라는 자와 너무도 같았습니다. … 이로써 볼 때 유유가 지금까지 생존해 있을 듯 하므로 유연의 죽음을 매우 원통하고 억울한 듯합니다." 하니, 상이 헌부로 하여금 사실을 조사하여 규명하게 하였다. 헌부가 즉시 평안도에 이문(移文)하여 천유용이라고 하는 자를 체포해다가 공초를 받는데 과연 유유라고 자복하였다. … 유유를 사칭했던 사람은 채응규이고 진짜 유유는 갑자년에 나타나지 않았던 사실이 모두 밝혀졌다. 의금부에 이송하여 국문하니 달성령 이지가 거짓 타인을 데려다가 유유인 것처럼 꾸며서 유연을 형을 시해한 죄에 빠지게 한 것이므로, 그 정상이 매우 흉악 간특하여 장신(杖訊)을 써서 철저히 국문하였다. 유유는 아비를 피하여 아비의 초상에도 가지 않아서 인륜을 무너뜨렸으니 곤장 일백 대에 3년 귀양보내는 것으로 시행하였고, 이지는 형장 아래서 죽었다.

— 선조 13년(1580) 윤 4월 10일

『실록』의 기록을 통해서 '유연옥사'의 전말이 대충 밝혀졌다. 이 사건의 자세한 내용을 알기 위해서는 사건의 전말을 세밀하게 기록한 자료를 보아야 하는데, 그것은 이항복의 〈유연전〉이다. 이항복의 문집인 『백사집(白沙集)』 16권에 실려 있는 이 작품은 '유연옥사'의 전말을 처음부터 끝까지 자세하게 기록한 전(傳) 양식의 한문소설이다. 저자는 이 작품을 저작하게 된 내력을 이렇게 밝히고 있다.

임진왜란 이후 재상 이원익이 금호문 밖에 집을 짓고 살았는데, 그 집이 유연의 아내 이씨의 옆집이었다. 그리하여 유연의 일을 처음부터 끝까지 다 듣고, 그 억울함을 딱하게 여기게 되었다. 그때 마침 임금의 병이 깊어 이 재상은 날마다 나와 함께 궁궐로 들어가서 지냈는데 나에게 유연의 이야기를 들려주면서,

"글을 잘하는 사람에게 부탁해서 이 사건을 기록으로 남겨 길이 사라지지 않도록 하고 싶네."

하셨다. 조회가 끝나고 이 재상은 유연의 집에서 보관하고 있던 관련 자료를 모두 가져다 놓고 나를 불러 사건의 시말을 기록해 보라고 하셨다.

"이 일이 이루어지면 유연의 지극한 원한이 풀릴 것이고, 관청의 기강도 세워질 텐데 자네가 이 일을 해 보지 않겠는가?"

– 이항복, 〈유연전〉(이하 동일)

이항복이 이 작품을 쓴 1607년은 사건이 발생한 때로부터 40여 년이 지난 뒤의 일이었다. 그때 이항복은 영의정 이원익과 함께 선조의 병수발을 들고 있었는데, 이원익에게서 유연의 이야기를 기록으로 남겨 달라는 부탁을 받게 된다. 이원익은 일찍부터 '유연옥사'에 대해서 익히 알고 있었다. 그러던 중에 마침 옥사의 당사자였던 유연의 아내 이씨가 이웃에 살고 있었던 관계로 그 사건의 내막을 더욱 자세하게 알 수 있었다. 다행히 유연의 억울함이 밝혀지기는 했지만, 나라의 허술한 일처리로 인해 희생된 생명은 되돌릴 수 없었다. 당시에 나라의 정치를 책임지고 있던 이원익은 이 사건의 처리 과정을 기록으로 남겨 다시는 같은 잘못이 되풀이되지 않도록 하고자 했다.[1] 그는 자신과 가까이 지

---

1) 송시열은 〈유연전발(柳淵傳跋)〉에서 이항복의 저작 의도가 '한 사람의 억울한 죽음을 생각해서라기보다는 천륜을 어기고 집안과 자신을 망친다는 사실을 깨우치는 데 있었다. (豈但爲一介冤死者。用意若是其勤哉。將以戒夫以人欲滅天理而喪家亡身者矣)'고 부연

내던 젊은 재사(才士) 이항복에게 이 일을 맡기기로 하고, 이씨로부터 들었던 이야기와 이씨의 집에 보관하고 있던 자료를 이항복에게 전해 주었다.[2] 이원익으로부터 자료를 넘겨받은 이항복은 '유연옥사'의 전말을 조리있게 정리하여 이원익의 기대에 부응하는 작품으로 내놓았다. 풍부한 내용과 유려한 문체로 만들어진 〈유연전〉은 '유연옥사'에 관한 여러 기록들 가운데 대표적인 것이다. 작품의 끝에 붙여 놓은 저자의 논평은 '유연옥사'의 본질과 성격을 이해하는 데 유용한 단서를 제공한다.

나는 유연의 억울함을 슬퍼하고, 그가 거짓 유유를 백씨에게 먼저 확인하게 하지 않고 미리 관청에 잡아갔던 일을 애석하게 생각했다.

이지가 끝내 진실을 고백하지 못하고 신분에 어울리지 않게 수치스러운 죽음을 맞게 된 것을 한스럽게 생각했다.

당시의 법망이 성글었음에도 불구하고 심융 하나를 제외하고 모두의 잘잘못을 가린 것은 다행스러운 일이었다.

불행 중 다행으로 수찬 윤선각과 재상 이원익 같은 분들이 시대를 앞뒤로 하여 임금님 곁에 계셔서 그 덕을 베푸는 행운이 없었다면 어찌 당시의 일을 드러내어 후세에 밝힐 수 있었겠는가?

세상에서는 유유가 도망친 것은 못된 아비를 피해서 도망간 것이라고 하는데, 자식이 아비를 버리고 도망한 것은 사람의 도리를 저버린 것이다.

유연이 죽고 나서 그 아내는 머리와 얼굴을 가리고 정성을 다해서 하늘

했다.

2) 권득기는 〈만회집〉에 수록된 '이생송원록(李生訟寃錄)'에서 유연의 아내 이씨가 언문으로 유연의 억울한 죽음에 관한 내용을 기록했는데, 이원익과 이항복은 이것을 바탕으로 〈유연전〉을 지었다고 소개한다.(淵妻李氏 以諺字抄錄淵枉死之狀. 完平鰲城兩丞相 因之以作傳.)

에 빌었는데 머리가 하얗게 셀 때까지 한결같이 했다. 그 친척들은 그녀
가 참혹한 화를 잘 대처했다고 칭송했다.

저자는 이원익이 기대한 저작 의도를 구현하면서 저자 자신의 생각
을 덧붙여 놓았는데, 유연의 지혜롭지 못한 일처리에 대한 아쉬움, 종
실 이지의 수치스러운 처신, 사건의 진실이 밝혀져 유연의 신원이 이루
어진 데 대한 만족감, 이런 일을 가능하게 한 윤선각과 이원익의 바른
자세, 유유의 우매한 행동, 유연의 아내 이씨의 지조와 지혜 등을 언급
한 것이 그것이다. 이와 함께 이항복은 작품의 끝 부분에서 자신의 장
인인 권율 장군이 만났던 유연의 모습을 생생하게 전하여 유연의 사람
됨과 〈유연전〉의 성격을 이해하는 데 유익한 자료로 제공한다.

나의 장인 권율 공이 일찍이 말씀하셨다.
"내가 젊었을 때 친척의 모임에서 유연을 자주 보았는데 키가 작고 매
섭게 생겼으며 뜻이 굳세어 의연한 태도를 보였다."

이항복이 저술한 〈유연전〉은 이원익에게 전해졌고, 이듬해인 1608
년에 최기(崔沂)를 통해서 간행되었다.
〈유연전〉은 '유연옥사'를 가장 상세하고 객관적으로 서술한 작품이
지만, 작품으로서의 한계와 문제점도 가지고 있다. 작가는 허술한 재판
으로 희생된 유연의 신원을 저술 목적으로 삼고 있었기 때문에 유연의
입장에서 사건을 바라보고 있다. 작중인물을 선인과 악인으로 구분해
놓고 유연의 반대편에 있는 인물들을 악인으로 단죄하는 입장을 보인
다. 〈유연전〉의 소재원천이 된 '유연옥사'에 대해서는 다양한 시각과
함께 여러 가지 이설(異說)이 존재하는데 이항복의 작품에는 이런 내용

들이 거의 반영되지 않았다. 이것은 작가가 이원익이 전해준 이야기와 자료에 주로 의거하여 작품을 썼기 때문이다. 〈유연전〉을 깊이있게 이해하기 위해서는 작품이 갖는 한계와 문제점을 의식하면서 문면 뒤에 가려진 내용을 읽어내는 노력이 필요하다.

2. 형제 관계의 불균형 : 형제갈등의 잠재 요인

〈유연전〉의 소재가 된 '유연옥사'는 가족 간에 일어난 갈등, 그 가운데서도 핵심이 되는 형제갈등에서 비롯되었다. 유연의 형제갈등을 이해하기 위해서는 먼저 그들의 가족 구성과 가족들 간의 인간관계를 살펴볼 필요가 있다.

유연은 대구 사람으로 아버지는 현감(縣監)을 지낸 유예원이다. 그에게는 치(治), 유(游), 연(淵)이라는 아들 셋과 딸 셋을 두었다. 아들 셋 가운데 맏이인 치는 일찍 죽어서 장성한 아들은 둘 뿐이었다. 유는 글을 잘 했으며, 연은 예법을 잘 지켜서 두 형제가 고향에서 칭송을 받았다. 유의 아내는 같은 고을 무인(武人) 백거추의 딸이고, 연의 아내는 참봉 이관의 딸이었다.

연의 누이들 가운데 맏이는 왕실의 후손인 달성령 이지에게 시집갔으나 시집간 지 4년이 지나서 죽었고, 다음 누이는 같은 고을 선비 최수인에게 시집갔으며, 누이동생은 진주 선비 하항에게 시집갔다. 유연에게는 큰아버지의 딸인 4촌 누이가 있었는데 그 남편은 현감을 지낸 심융이었다.

유연의 아버지는 전형적 유교 가문의 가부장이었다. 그는 지방 관아의 수령을 지낸 선비답게 유교적 생활 관습을 숭상하여 명분과 위계질서를 중시하는 인물이었다. 그는 당대의 선비들이 가지고 있었던 인생관과 가치관에 따라 맏아들이 과거에 올라 입신출세하고 아들을 낳아 가문을 번창시키기를 기대했다. 다행히 그는 어려서 글공부를 잘하여 아버지의 기대를 업고 일찍이 산사에 올라가 글공부를 했다. 그의 목표는 과거에 합격하여 현감을 지낸 아버지의 뒤를 이음으로써 양반 가문의 전통을 계승 발전시키는 것이었다. 그러나 유는 오래도록 과거에 오르지 못했고, 장가든 지 3년이 지나도록 아들도 낳지 못하여 아버지의 기대에 부응하지 못했다. 이에 마음이 상한 아버지는 아들을 겁박하여 내쫓아 버린다. 이것이 뒷날 '유연옥사'의 빌미가 되었다.

유의 아우인 연은 영민하고 사업 수완이 있었다.[3] 아버지를 도와 재산을 관리하고 가족을 돌보면서 실질적으로 맏아들 역할을 하고 있었다. 연의 이러한 활동은 형인 유에게 부담으로 작용하면서 보이지 않는 긴장관계를 형성하였다. 유에게 대한 아버지의 실망은 연에게 대한 편애로 나타났고, 이것이 유의 가출과 실종을 불러오는 중대한 원인으로 작용한다. 유의 가출로 장자권을 차지하게 된 연은 다소 독선적 성격 때문에 다른 가족들과 심각한 갈등을 빚고 마침내 그들의 음모에 걸려 목숨을 잃게 된다.

유와 연의 아내들은 출신 가문과 타고난 성격이 서로 대조적이었다. 유의 아내 백씨는 무인 가문의 딸로서 무인 기질을 물려받아 성격이 거칠고 저돌적인 데가 있었다. 남편과의 관계도 원만하지 못하여 평생

---

3) 이항복은 〈유연전〉에서 장인인 권율의 말을 빌려 유연이 '키가 작고 매섭게 생겼으며 뜻이 굳세어 의연한 태도를 보였다.(短小精悍 慷慨自好)'고 증언하고 있다.

남편과 남남으로 지내면서 자녀를 낳지 못했다.[4] 연의 아내 이씨는 선비 가문의 딸로서 남편에게 순종적이면서도 강한 집념을 가졌다. 남편에 대한 신뢰가 두터웠으며, 억울하게 죽은 남편의 신원을 위해 일생을 바쳤다. '유연옥사'의 발생과 수습 과정에서 이들 두 아내들은 서로 치열한 다툼을 벌이면서 중요한 역할을 하게 된다.

유연의 누이들은 출가외인의 관습에 따라 시집간 이후에는 친정과 별다른 관계를 맺지 않고 지냈다. 다만 맏누이의 남편인 이지는 왕가의 후예로서 달성령이라는 직함을 받고 처가의 재정적 지원을 받으며 처가의 일에 깊숙이 간여한다. 인격적으로나 재정적으로 열악한 처지에 있었던 이지가 예원의 맏사위가 되고 일정 재산까지 지원받게 된 것은 그가 가진 신분상의 지위 때문이었을 것이다. 그는 아내가 일찍 세상을 떠났는데도 처가의 재산에 관심을 가지고, 형제갈등을 부추겼다. 유유가 집을 나가자 가짜 유유를 내세워 '유연옥사'의 실마리를 제공한다. 유유의 아내 백씨를 조종하여 유연을 제거할 음모를 꾸미고 끝내 유연을 죽음으로 몰고 갔으나 뒷날 사실이 탄로나서 형장(刑杖) 아래 목숨을 잃는다.[5]

유연의 친형제가 아니면서 형제 못지않은 역할을 하는 또 한 명의 인물이 유연의 사촌 여동생 남편 심융이다. 그는 현감을 지낸 경력으로 처가의 재정적 도움을 받고 있으며, 처가 재산에 대한 욕심 때문에 이

---

4) 권득기의 〈이생송원록〉에 따르면 백씨는 행실이 바르지 못하여 가짜 유유인 채응규와 부정한 관계를 맺었다고 하는데(嶺南人或說蔡與白有私 以欺一時云尒), 그로 인해 유유와도 사이가 나빴던 것이 아닌가 한다.
5) 이지의 아들 이언용은 자기 아버지가 '유연옥사'의 주모자가 아닌데 억울하게 죽음을 당했다고 주장하며 아버지의 신원을 호소하고 다녔으나 관련자들은 그의 말이 사실로 인정하지 않았다.(권득기, 〈이생송원록〉)

지가 꾸민 유연 제거 음모에 적극적으로 가담한다. 그는 사실이 탄로난 이후에도 법망을 교묘히 빠져나가 아무런 처벌도 받지 않는다.

'유연옥사'는 유연의 가정에 잠재해 있던 긴장된 가족 관계가 갈등으로 이어지고 심화되면서 생겨난 결과이다. 이들 가족들 사이에는 원만하고 평화스러운 분위기보다는 긴장되고 불안한 기류가 흐르고 있었다. 아버지 유예원과 아들 유유 간의 부자갈등, 유유와 아내 백씨 간의 부부갈등은 겉으로 드러난 갈등이라면, 유유와 유연 간의 형제갈등, 유연과 형수 백씨 간의 수숙(嫂叔)갈등, 백씨와 이씨 간의 동서갈등은 잠복된 갈등이라고 할 수 있다. 여기에다 유연 집안과 재산 문제가 걸려 있는 이지와 심융이 개입하면서 형제갈등을 조장하여 극단적 방향으로 끌어갔다.

'유연옥사'는 이 모든 갈등들이 복잡하게 얽혀 일어난 것이지만, 중심을 이루는 것은 유유와 유연의 형제갈등이다. 이들 형제는 직접적으로 충돌하는 모습을 보이지는 않지만, 재능과 역할에 있어서 심한 불균형은 갈등으로 이어질 위험을 안고 있다. 이들 형제간의 불균형은 아버지의 편애와 차별대우를 불러왔고, 유유의 가출과 실종으로 이어졌으며 마침내 '옥사'를 일으키는 요인이 되었다.

3. 형의 가출과 아우의 죽음

복잡한 갈등 요인을 안고 잠복 상태에 있던 유연의 가족갈등은 시간이 지나면서 단계적으로 그 모습을 드러내기 시작한다. 그 첫 단계는 형인 유유의 가출과 실종이었다. 아버지의 명에 따라 산사에서 과거 공부를 하던 유유가 어느 날 갑자기 자취를 감추었다.

> 유는 일찍이 산에 들어가 글공부를 하다가 갑자기 사라져 집으로 돌아
> 오지 않았다. 아버지 예원과 유의 아내 백씨는 유가 미쳐서 달아났다고
> 했다. 이 말이 집 밖으로 나가니 고향 사람들은 그 아버지와 아내가 그렇
> 다고 하는지라 그대로 믿고 의심치 않았다. 다만 연만이 홀로 슬퍼하며
> 울었으나 사실을 밝힐 수가 없었다.

유유의 실종은 갑작스러운 사건이어서 주위 사람들을 놀라게 했지
만, 그것은 결코 갑자기 일어난 사건이 아니었다. 그것은 오랫동안 예
비된 일이었으며, 거기에는 말할 수 없는 까닭이 있었음이 뒷날 유연과
유유의 진술을 통해서 밝혀진다. 유연이 형을 죽인 죄로 심문을 받을
때 최후진술을 통해 형의 가출 원인을 처음으로 밝혔다.

> 심문하는 관리가 유연에게 묻기를
> "유유는 무슨 까닭으로 집을 나갔느냐?"
> 하니 연이 대답했다.
> "남들은 다들 형이 미쳐서 나갔다고 하지만, 실은 미친 것이 아닙니다.
> 집안에 말씀드리기 거북한 문제가 있어서 할 수 없이 나가게 된 것입니다."

유연은 형의 가출이 가정의 문제 때문이라고만 밝히고 더 이상 구체
적 내용은 말하지 않았다. 그러나 그것이 갑작스러운 가출도 아니고 미
쳐서 나간 것도 아니라는 사실은 밝혀진 것이다. 그 구체적 내용은 뒷날
유유의 입을 통해서 명확하게 밝혀진다. 유유가 실종된 지 20여 년이
지나 법부에 잡혀왔을 때 자신이 가출하게 된 이유를 이렇게 진술했다.

법부에서 유유에게 집을 나가게 된 연유를 물으니 이렇게 대답했다.
"제가 장가를 든 지 3년이 지나도 자식이 없자 아버님께서 집안에 복이
없다고 하시면서 부모님 곁에 머물지 말라고 꾸짖으셨습니다. 그래서 집
을 나가 돌아다니다 황해도 지방으로 가게 되었는데, 그 뒤로 소식이 끊
어져 동생이 죽은 줄도 알지 못했습니다."

유유는 스스로 집을 나간 것이 아니라 아버지의 꾸중을 듣고 쫓겨난
것이었다. 그는 자식을 낳지 못해서 쫓겨난 것이라고 했지만, 밝히지
못한 또 하나의 원인이 있었는데 그것은 과거에 오르지 못했다는 점이
었다. 그는 어려서부터 과거 공부를 했지만 여러 해가 지나도록 향시(鄕
試)에도 오르지 못하고 있었다. 영천 향시에 합격을 했지만 응시가 금지
된 다른 지역 사람이라는 이유로 합격이 취소되었다. 자기 고장인 대구
의 향시에는 합격하지 못하고 합격이 쉬운 이웃 고을에 가서 불법으로
응시한 것이다. 이것은 선비로서 수치스러운 일이었다. 이로 인해 그는
더 이상 과거에 응시할 수 없게 되었고 이것이 아버지의 심기를 불편하
게 했을 것이다. 과거에 오르지도 못하고 아들도 낳지 못하는 유유에게
서 맏아들의 역할을 기대할 수 없었다. 아들에 대한 아버지의 실망감과
분노는 마침내 아들을 집에서 내쫓기로 결정하기에 이르렀던 것이다.
유유로 하여금 가출을 결행하게 또 하나의 요인은 아내와의 불행한
결혼생활이었다. 이는 뒷날 실종되었던 유유가 다시 나타나 아내와 주
고받은 대화에서 밝혀진다.

유유가 감옥에서 풀려나오자 곧바로 백씨에게 달려가서 침을 뱉으면서,
"네가 전에는 채가놈을 나라고 하여 내 동생을 죽였는데, 뒷날에는 나
를 보고 유유가 아니라고 하지나 말아라."

하고는 옷을 떨치고 돌아보지도 않고 가버리니 백씨가 악다구니를 썼다.
"저런 게 서방이라고. 전에는 나에게 담을 수 없는 욕을 해대더니 이제
는 또 이따위 말을 하다니."

유유와 아내와의 불화는 유유가 가출하기 전부터 있었던 일이었다.
유유가 실종되었을 때도 아내 백씨는 남편을 찾을 생각을 하지 않았다.
시아버지와 함께 남편이 미쳐서 나간 것이라고 하면서 찾고자 하는 노
력을 포기했다.[6] 뒷날 가짜 유유가 나타났을 때는 그가 유유가 아닌
줄을 알면서도 유유라고 우기면서 그가 낳은 아들을 데려다가 10년 동
안이나 길렀다. 유유가 나타나서 서울에서 재판을 받고 있을 때도 백씨
는 남의 일 보듯 하고 찾아보지 않았으며, 그 뒤로 몇 해 동안 함께 살
면서도 서로 관계를 갖지 않았다. 이런 사정을 통해 볼 때 유유와 아내
는 신혼 초부터 사이가 좋지 않았으며, 그것이 아들을 낳지 못한 원인
이 되었을 것으로 짐작된다.

유유의 가출에 또 하나의 요인은 아우인 유연에 대한 열등의식과 강
박감이었다. 맏이로서의 역할을 다하지 못하는 자신과는 달리 아우인
유연은 자기 역할에 충실하여 아버지의 신임을 받고 있었다. 아버지가
유유를 내쫓기로 결심한 데는 유유의 자리를 대신할 유연이 있었기 때
문이었다. 아버지는 유연이 자신의 기대를 채워주리라 믿고 유유를 과
감하게 버렸다. 유유는 아버지가 자신을 버리고 아우에게 희망을 걸고
있음을 눈치채고 아버지의 뜻을 받아들여 스스로 자취를 감추었다. 그

---

6) 이시발의 〈벽오선생유고〉에서는 '유유가 가출한 것은 미친병(狂易疾) 때문이었으며, 조
   령을 넘어 서울을 지나 함경도로 도망을 갔는데, 집안의 종들이 뒤쫓아 갔으나 찾지 못하
   고 돌아왔다.'라고 기록되어 있다.

리하여 자연스럽게 장자권을 아우에게 넘겨주려고 했다. 이것은 유유의 결정이었지만 결코 자유의지에 의한 것이 아니었다. 아우에 대한 열등의식은 아버지에게서 받는 핍박 못지않게 크고 심각한 것이었다.

내성적이고 소극적 성격의 유유는 아버지의 압박, 아내의 냉대, 그리고 아우에 대한 열등의식으로 가출을 결행했다. 유유에게 있어 가출은 불가피한 선택이었지만, 유유 자신의 자유로운 삶을 위한 결단이기도 했다. 가출을 통해 유유는 아버지와 아내, 아우의 억압으로부터 탈출함으로써 자유를 찾고 해방감을 느낄 수 있었던 것이다. 그 자유를 마음껏 누리기 위해 그는 고향으로부터 멀리 떨어진 서북 지방을 전전하며 가족과의 관계를 완전히 끊었던 것이다.

유유의 실종 이후에 아버지는 유연에게 살림을 맡기고 재산을 물려주었다. 유연을 중심으로 하는 후계구도가 정착되어 5년이 지났을 때 아버지가 죽었고, 유연은 상주(喪主)가 되어 장례를 치르고 시묘살이를 했다. 아버지의 죽음에 분상(奔喪)하지 않은 유유는 이제 아들의 자격을 잃고 말았고, 유연은 유유가 가졌던 장자권을 확고하게 물려받게 되었다.

유연의 아버지가 죽고 나서 유연이 가장의 자리를 물려받았지만 그것은 그리 오래 가지 않았다. 1년 뒤에 '유연옥사'의 시발점이 된 가짜 유유의 출현이 있었던 것이다. 이 사건이 생겨난 씨앗은 이전부터 유연의 가정 안에서 자라나고 있었다. 유연이 형의 자리를 대신해 장자권을 행사하고 있었지만 유연의 형수 백씨는 그것을 못마땅하게 생각하고 있었다. 남편의 자리이자 자신의 자리가 될 장자권을 가로챈 시동생에 대한 미움이 날로 커져만 갔다. 백씨는 시동생에 대해 앙앙불락 그를 제거하고 장자권을 되찾을 기회를 노리고 있었다. 그러나 시아버지가 살아 있는 동안은 그 위세에 눌려 아무런 일도 할 수가 없었다. 시아버지가 세상을 떠나자 백씨의 미움은 유연에게 전이되어 구체적 행동으로 나타나기 시작했다.

유연이 가장의 자리를 물려받았다 해도 집안의 장자는 유유였고, 유유가 실종된 상태에서는 그 아내인 백씨가 집안의 어른이 되는 것이다. 강력한 후견인이었던 아버지의 죽음으로 유연이 장자권을 지탱할 수 있는 힘도 약해졌다. 이때 가장 절실한 것은 유유의 출현이었다. 유연이 나타나면 모든 것이 정리될 것으로 여기고 백씨는 남편은 찾으려고 노력했을 법도 하다. 그러나 멀리 소식을 끊어버린 유유를 찾을 수가 없었다.

이런 상황을 눈치채고 나타난 것이 이지의 가짜 유유 조작 사건이었다. 이지는 맏사위로서 처가의 상황을 잘 알고 있었다. 비록 아내가 죽고 없었지만 유씨네 맏사위로서의 지위에는 변함이 없었다. 게다가 처가의 재정적 후원을 받고 있는 이지로서는 자기가 누리고 있는 처가의 재산을 그대로 유지하기 위해 무언가 역할이 필요했다. 영리하고 일처리가 분명한 유연보다는 마음이 여리고 유약할 유유가 가장이 되면 자신의 영향력을 유지하기 수월했을 것으로 생각했다. 게다가 고립무원의 백씨를 도와서 장자권을 되찾아 주면 그 공을 인정받아 더 많은 재산을 배당받을 수도 있었을 것이다. 이런 상황에서 이지는 백씨와 명시적으로 또는 암묵적으로 어떤 거래가 있었으리라 짐작된다. 이는 그 뒤에 이들이 벌인 행각을 보면 쉽게 짐작할 수 있다. 이지의 음모에 백씨는 적극적으로 동조하고 후원하는 모습을 보였고, 때로는 백씨가 적극적으로 나서서 이지의 음모를 이용하려는 모습까지 보였다.

이지도 처음부터 가짜를 내세우려고 하지는 않았을 것이다. 가출한 유유를 찾아내어 집으로 데려와 그를 이용해보려고 했지만, 변성명하

고 숨어 지내는 유유를 찾기는 쉽지 않았던 것이다. 이에 이지는 간교
한 꾀를 내어 가짜 유유를 만드는 음모를 꾸미게 되었고, 이를 과감하
게 실행에 옮겼다. 그에게는 이런 엄청난 음모가 성공을 거두리라는 확
신이 있었다. 유연이 아무리 똑똑하다 해도 고립무원의 처지에 있었고,
자기를 도와줄 사람은 백씨 외에도 얼마든지 더 있었기 때문이다.

　이지가 유유라고 내세운 인물은 해주에 사는 채응규였다. 이지가 채
응규를 유유로 만든 과정은 응규의 첩 춘수의 최후진술에 드러나 있다.

　　제가 응규에게 시집와서 아들 둘을 낳도록 유유라는 이름은 들어본 적
　이 없었습니다. 임술년에 달성령이 종 삼이를 보내 응규를 보고는 '이 사
　람이 유유이다.' 하고, 백씨도 사람을 보내 안부를 물어 왔습니다. 계해년
　봄에 응규가 서울에 와서 석 달을 머물다가 돌아오더니 자기가 유유라고
　하기 시작했지요.
　　이해 겨울에 응규가 저와 함께 서울에 들어가면서 말하기를, '달성령이
　우리를 맞이할 걸세.'라고 했는데 서울에 이르니 달성령 부자(父子)가 자
　주 와서 안부를 묻고 선물을 보내왔습니다. 응규는 삼이와 백씨네 종 그
　리고 달성령 부자 등이 말한 내용을 외워서 백씨네 집안일을 매우 자세하
　게 알았습니다. 그 내용을 옷깃에 넣어 두었다가 때때로 꺼내 보기도 했
　지요. 달성령도 몰래 이렇게 말했습니다.
　　'네가 스스로 유유라 하고 나도 유유라 하면 누가 다른 말을 하겠느냐?
　만일 백씨가 의아하게 생각하거든 곧장 도망을 쳐라.'

　이지가 어떤 경로를 거쳐 채응규라는 인물을 찾아내어 가짜 유유로
내세우게 되었는지는 알 수가 없다.[7] 채응규는 외모나 행동이 유유와
전혀 닮지 않았다. 이것은 유연의 최후진술을 통해서 드러난 사실이다.

저는 서울로 가서 저의 형이란 사람을 찾아보았는데 형과 다르다는 증거가 세 가지 있었습니다. 저의 형은 약한 사람이라 몸이 본래 작은데 그 사람은 몸집이 컸고, 형의 얼굴은 작고 누르며 수염이 적고 듬성듬성 났는데 그 사람은 퉁퉁한 얼굴에 빛깔은 붉고 거무튀튀했으며 수염이 덥수룩하게 났습니다. 저의 형은 목소리가 여자 같은데 이 사람은 우렁찼습니다.

간교한 이지가 전혀 닮지도 않은 채응규를 유유라고 내세운 것은 이해할 수 없는 일이다.[8] 거기에는 나름대로의 까닭이 있었을 것이다. 우선 채응규가 고향인 대구로부터 멀리 떨어져 있어서 신분을 가리기에 유리했다. 가까운 지역 사람을 내세웠다가는 자칫 그를 알아보는 사람이 나타날 우려도 있었을 것이다. 또 신분상으로 볼 때 채응규는 미천한 사람이어서 이지가 이익을 미끼로 회유하기도 좋았을 것이다.

신분을 속이는 일은 중대한 범죄행위여서 함부로 할 일이 아니다. 채응규도 이 사실을 알고 처음에는 망설이고 주저하는 모습을 보였다. 자신을 찾아온 유연의 종에게 자신은 유유가 아닌데 잘못 알고 온 것이라며 돌려보내기도 했고, 대구로 따라가 자신의 정체가 들통나자 밤중에 몰래 도망치기도 했다. 그러나 이지의 끈질긴 회유에 끌려 어설픈 연기로 끝까지 유유 행세를 하다가 불행한 최후를 맞이했다.

이지는 채응규를 서울로 불러 올려 석 달 동안 집중적 훈련을 시켜

---

7) 채응규를 이지가 찾아낸 것이 아니고 이지의 친족인 이자첨이 해주를 여행하다가 만나서 이지에게 소개했다고 한다.(권득기 〈이생송원록〉)

8) 채응규를 가짜 유유로 만든 과정에 대해서는 여러 가지 이설(異說)이 있다. 채응규가 원래 대구 근방의 사람으로 이지의 집 여종과 간통하면서 유유에 관한 일을 잘 알고 있어서 가짜 유유 행세를 할 수 있었다고도 하고, 유유의 아내 백씨와도 간통을 해서 가짜 남편 행세를 하게 되었다고도 하며, 해주의 무뢰한으로서 유유에 대한 이야기를 듣고 자신이 나서서 가짜 유유 행세를 했다고도 한다.(권득기 〈이생송원록〉)

유유로 행세하도록 만들었다. 유유의 집안 사정을 세밀하게 알려주고, 그것을 적어 주어 달달 외도록 했다. 응규가 유연을 처음 만났을 때 유연의 아명(兒名)을 부르면서 어릴 적 같이 지내던 일을 이야기한 것도 이런 과정을 거쳐서 나온 행동이었다. 이 과정에서 유유의 아내 백씨가 깊숙이 개입한 정황이 드러난다. 채응규가 유유인지 진위 여부를 가리는 심문에서 두 사람만이 아는 사실을 진술하였다.

> 유유의 진위(眞僞)를 가리게 하니 … 옥중에 있으면서 진위를 밝힐 방법이 없었다. 채응규는 '내가 장가든 첫날 아내가 겹치마를 입었기에 억지로 벗기려 하자 지금 월경이 있다고 하였다. 이 일은 타인이 알 수 있는 일이 아니니 아내에게 물어보면 거짓인지 진실인지를 알 수 있을 것이다.' 하였다. … 뒤에 그 아내에게 물었더니 유의 말과 딱 맞았다.(조선왕조실록, 명종 19년 갑자(1564) 3월 20일)

신혼초야에 있었던 일은 유유와 백씨만이 아는 비밀이었는데, 채응규가 이를 증거로 진술한 것은 이 사건이 백씨의 협조 아래 이루어졌음을 말해 준다. 백씨는 이런 사실을 이지에게 전했고 이지는 가짜 유유를 조작하는데 이를 활용했던 것이다.

이지는 가짜 유유를 만드는 작업을 치밀하게 진행하면서 자기 음모에 가담할 동조자를 포섭하는 일을 진행한다. 그 대상이 된 인물은 사촌 동서 심융과 서족(庶族) 친척 김백천이었다. 심융은 처가의 재산 관계로 유연과 갈등 관계에 있었기 때문에 쉽게 유혹에 걸려들 것으로 믿었다. 그러나 처음에 그는 응규를 보고 유유임을 믿지 않았다. 너무나 다른 모습이었기 때문이다. 김백천은 애초부터 의심이 많았다. 그들의 의심을 눈치챈 이지는 의심을 풀기 위해 연극을 꾸민다.

하루는 (이지의 아들) 경억이 (채응규에게) 와서 말했습니다.

"심융과 김백천의 의심이 가라앉지 않았으니 내일 심융이 김백천과 함께 우리 집에 오거든 당신도 오시오. 식사 때 여종 흔개를 시켜 상을 들고 오게 할 터이니, 그대는 그 아이를 가리키면서 심융 등이 듣도록 '이 아이가 흔개로구먼. 전에 나를 오라비라 따르더니 나를 몰라본단 말이냐?'라고 말하면 그들이 가지고 있던 의심이 얼음 녹듯 할 것이네.

이런 연극을 통해 심융과 김백천을 자기편으로 끌어들인 이지는 유연에게 사람을 보내 응규가 형이 맞으니 데려가라고 한다. 그러나 유연은 호락호락한 인물이 아니었다. 평소 이지의 사람됨을 아는지라 이지의 말을 따르려 하지 않았다. 그는 먼저 자기 종을 보내 유유인지를 확인해 보라고 했으나 유유가 아니라는 사실을 확인하고는 그냥 돌아왔다. 그런데도 이지가 거듭 유유가 맞다고 하자 다시 종을 먼저 보내고 뒤따라가서 응규를 만났지만 유유가 아닌 것이 분명했다. 그래도 이지 일당이 계속 우기자 응규를 대구로 데리고 가서 친지들을 불러 유유인지를 확인하게 했다. 친지들과의 만남을 통해 채응규가 가짜임을 확인한 유연은 그를 대구 부사에게 고발하여 감옥에 가두게 한다.

서울에서 사실이 탄로났다는 소식을 들은 이지는 관계 요로에 손을 써서 대구부사로 하여금 응규를 병보석으로 석방하게 한다. 그리고 나서 보석으로 관노의 집에 머물던 응규 내외를 밤중에 도주하도록 한다. 이러한 정황은 응규의 첩 춘수가 밝힌 최후진술에서 드러난다.

응규가 대구로 내려간 지 오래지 않아 감옥에 잡혀갔다는 소식이 들려왔지요. 달성령이 승상 심통원에게 편지를 보내는 길에 저에게 종과 말을 보내 주어 대구부사 박응천에게 가라고 했습니다. 심융도 장악원에서 벼

슬하는 자기 친척 형에게 부탁하여 광대 하나를 보내 저를 대구까지 따라
가게 했습니다. 채응규를 감옥에서 꺼내어 박석의 집에 머물게 한 지 3일
째 되던 날 밤에 문을 두드리는 소리가 들렸습니다. 응규가 일어나 보니
누군가 편지를 가지고 들어왔습니다. 응규가 그 사람을 보고, '나도 이
러저러한 계획을 세울 테니 너도 급히 돌아가거라.' 하였습니다. 그래서
제가 어떤 사람이냐고 물으니 응규가 답하기를, '달성령 집안의 종이라
네.'라고 했습니다.

춘수가 잡히기는 했지만 미리 손을 써 놓은 이지의 계략으로 응규는
멀리 달아나 버렸다. 이것으로 사건은 일단락되는 듯했다. 그러나 뜻하
지 않은 사태가 발생한다. 유유의 아내 백씨가 나서서 유유는 가짜가
아니고 진짜였는데 동생이 관리와 짜고 몰래 빼돌려 죽였다고 감사에
게 탄원을 한 것이다.

유의 아내 백씨는 상복을 입고 밤낮으로 울면서 감사에게 호소했다.
"제 남편에게 못된 동생 연이 있는데 재물을 탐내어 진짜를 가짜라 하
여 형을 잡아 관청에 가두고, 나를 다른 데 재혼시키고 못된 짓을 꾸미려
하고 있습니다. 제 남편은 본디 미친병이 있어 가두어 두면 더욱 심해지
곤 했습니다. 다행히 좋은 부사를 만나 감옥에서 나와 병을 고치도록 했
는데 연이 간수에게 뇌물을 주고 형을 죽여 자취를 없애버렸습니다. 연의
죄를 다스리시어 저의 원통함을 풀어주시기 바랍니다."

감사는 백씨의 탄원을 받아들여 유연과 대구부사를 감옥에 가두어
두고 재판 날짜를 기다리고 있었다. 이런 상황에서 유연의 아내 이씨도
가만히 있지 않았다. 이씨는 그 동안의 사정을 감사에게 말하고 억울함
을 하소연했다. 대구부사뿐 아니라 경상감사도 이 모든 것이 이지의 음

모라는 것을 알았지만 이지가 서울 유력자를 통해서 압력을 넣는 바람에 어찌할 수가 없었다. 감사는 우회적으로 자신이 유력자의 압력을 못이겨 유연을 구속한 것임을 토로한다.

> 이번에는 연의 아내 이씨가 하소연하니 감사가 말했다.
> "도망친 자는 유가 아니고 응규이다. 도망을 쳤다는 확실한 증거가 있으니 나도 연이 억울한 것을 잘 안다. 다만 백씨가 하소연하기를 그치지 않으니 이 일을 이렇게 처리할 수밖에 없다. 물러가 기다리면 심문을 마치고 나서 바로잡아 주겠다."

감사의 약속은 지켜지지 않고 백씨의 탄원에 따라 조사가 진행되었다. 이때 백씨는 대구에서 조사를 하는 것은 불공정한 일이니 사건을 이웃 고을로 옮겨 다루기를 애걸하여 이웃 고을인 현풍으로 옮겨 조사를 받게 되었다. 현풍에서 열린 조사는 이지의 각본대로 되어 유연에게 불리하게 돌아갔다. 서울에서 내려온 간관(諫官)은 백씨의 주장을 그대로 받아들여 유연이 맏이의 자리를 빼앗고 재물을 독차지하기 위해 형을 죽인 것이 분명하다고 보고했다. 이 보고서에 따라 법부(法部)에서는 심문을 하고 재판을 진행했는데, 의정부·사헌부·의금부 세 관청의 관리들이 참여한 가운데 심통원이 책임자가 되어 사건을 심리하게 되었다. 심통원은 이미 이지의 사주를 받은 정황이 있는 인물이어서 이지의 각본대로 심리를 진행했다.

사건 당사자인 유연은 자신의 무고함을 극력 주장했지만 받아들여지지 않았다. 이지와 심융, 김백천 등이 말을 맞추어 반대되는 주장을 했기 때문이다. 이지는 미리 심융과 함께 말을 맞추어 두고, 김백천을 협박하여 자신의 입장에 동조하도록 했다.

유연이 감옥에 잡혀가니 이지와 심융이 함께 일을 꾸미고 김백천에게
몰래 묻기를,

"연이 잡혀 오면 우리도 잡혀가 국문을 당할 텐데 자네는 어떻게 말할
작정인가?"

백천이 말하기를,

"제가 보기로는 그 사람은 유가 아니었습니다."

하니, 이지 등이 말하기를,

"그렇게 말하면 자네는 연과 함께 죽임을 당하고 말 걸세."

백천이 말하기를,

"그렇다면 뭐라고 대답을 해야 할까요?"

이지 등이 달래기를,

"우리와 같이 대답하면 목숨을 부지하고 다른 걱정은 없을 것이야."

심문관은 이지 일당의 말을 받아들여 유연이 형을 죽인 것이 확실하
니 형장(刑杖)으로 다스려 사실을 확인해야 한다고 판결했다. 유연은 형
장 42대를 맞고 고통을 견디지 못하여 거짓 자백을 하고 말았다. 그
결과 유연을 사형에 처하라는 판결이 내려졌다. 유연은 최후 진술을 통
해서 자신의 결백을 주장하며, 진짜 유유가 나타날 때까지 1년만 집행
을 유예해 달라고 간청했다. 심문에 참여했던 다른 심문관들도 형을 죽
인 사건을 다루는 중대한 재판인데 그 과정이 너무 허술하다며 판결을
서두르지 말자고 했다. 그러나 주심인 심통원은 서둘러 재판을 종결했
고, 그에 따라 유연은 두 사람의 종들과 함께 사형에 처해졌다. 그때
유연의 나이 27세였다.

4. 남편의 부재(不在)와 아내들의 대리전

유연의 죽음으로 '유연옥사'의 전반부는 끝이 났다. 이지와 백씨가 꾸민 음모가 성공하여 그들이 원하는 대로 사건은 마무리되었다. 유연은 형을 죽인 무도한 죄인이 되어 사형을 받았고, 유유는 동생에게 죽임을 당하여 더 이상 세상 사람이 아닌 것으로 결론났다. 유씨 집안의 주인은 백씨가 되었고, 가짜 유유의 아들을 입양하여 가문의 후계자로 삼으려 했으며, 이지와 심융은 그에 상응하는 보상을 받아냈을 것이다. 이와 반면에 유연의 아내 이씨는 죄인의 아내라는 굴레를 쓰고 '시골에서 처참한 모습으로' 구차한 삶을 살았다. 남편의 무고함과 억울함을 알았지만 이지 일당의 치밀하고 간교한 음모에 대항할 힘이 없었고, 또 나라에서 이미 판결을 내려 실록에까지 실린 일을 뒤집을 방안도 찾을 수 없었다. 이렇게 보낸 세월이 16년이나 되었다.

모두가 '유연옥사'를 과거의 기정사실로 잊어가고 있을 때, 유연의 아내 이씨만은 이를 잊지 않고 진실을 밝히기 위해 고군분투하고 있었다. 이씨에게 힘이 되어 준 것은 유연의 임종시 당부와 조정 관료들의 관심과 문제제기였다. 유연은 대구 감옥에 갇혀 있을 때 자신이 살아나지 못할 줄 알고, 아내에게 편지를 보내 사후에 할 일을 당부했다.

> 나는 하늘과 땅 사이에 지극한 원한을 품고 감옥에 갇힌 지 몇 달이 지났소. 이제는 다시 살아날 도리가 없을 것 같아 당신에게 뒷일을 부탁하고자 하오. … 이지 등의 간교한 짓거리는 당신도 잘 알고 있을 테지요. 지금 내가 말하는 것은 조금도 틀림이 없으니 당신은 이 글을 가지고 서울로 올라가서 말할 수 없이 원통한 내 사정을 밝혀 주시오.
> 이번에 당한 재난의 근원은 뜻하지 않게 받은 재산 때문이었소. 당신은

돌아가신 아버님께서 별도로 주신 재산과 큰어머니 유씨의 문서를 관청
에 보이고 다 찢어 버리시오. 그래도 내 원통함이 밝혀지지 않으면 황천
후토와 부모님 혼령께 고하여 밝히는 수밖에 없을 것 같소. 밤마다 빌고
기도하여 하늘의 도우심으로 채응규를 잡아 지하에 있는 내 원통한 처지
를 위로해 주시오.

유연은 이지 일당의 음모로 죽음을 벗어나지 못하게 된 사정을 적어
이씨에게 맡기면서 그것을 가지고 서울로 올라가 원통한 사정을 밝혀
달라고 했다. 그는 자신이 당한 재난이 재산 다툼 때문임을 인정하고
그것을 모두 포기하도록 당부했다. 이씨는 남편의 당부에 따라 공개적
으로 재산을 포기하고 서울을 오르내리며 관계 요로에 남편의 결백을
호소하고 진실을 밝혀 달라고 탄원했다. 그러는 한편 날마다 천지신명
께 빌어서 달아난 채응규를 잡아 억울한 누명을 벗게 해 주도록 치성을
드렸다.

유연이 죽은 뒤로 부인 이씨는 처참한 모습으로 시골에서 살았다. 날마
다 날이 밝을 때쯤이면 향을 피우고 남편의 억울함을 씻어 달라고 하늘에
빌었다.

이씨의 정성이 하늘을 감동시켰는지 사건이 있은 지 16년이 되던 해
드디어 유연이 꿈에 나타나 진짜 유유의 출현을 현몽해 주었다.

하루는 꿈을 꾸니 유연이 문득 나타나 알려 주기를, "우리 형님이 오시
는데 당신도 알고 있는지요?" 하기에 이씨가 꿈을 깨어 울면서, "아아,
혼령이여. 제 소원을 들어주셨군요." 하고는 향을 피우고 하늘에 빌기를

전과 같이 했다.

현몽을 받은 다음날 저녁에 천유용이란 가명으로 숨어 지내던 유유가 법부에 잡혀왔다. 이씨는 그 소식을 듣고 곧장 법부로 나아가서 유연이 억울하게 죽은 사연을 말하고 아울러 유연의 유언을 전했다.

유유가 잡혀와 유연의 신원이 이루어지기까지에는 조정 관료들의 끊임없는 관심과 문제제기가 있었다. 유연이 죽고 나서도 나라에서는 이 사건에 대한 논란이 끊이지 않았다. 사건이 있고 나서 장령 정엄과 영의정 홍섬 등이 경연(經筵) 자리에서 유연의 억울함과 재조사의 필요성을 아뢰었으나 받아들여지지 않았다. 그로부터 16년이 지나서 수찬 윤선각이 경연 자리에서 유연의 사건을 거론하면서 그 형 유유가 평안도에 살아 있다는 증거를 제시하였다.

> 지난 경신년에 제가 평안도 순안현에 있을 때 어떤 거지를 만났는데 이름은 천유용이라 했습니다. 글을 잘한다고 소문이 나서 떠돌아다니면서 아이들에게 글을 가르쳐서 먹고 산다고 했습니다. 제가 그 사람과 같은 절에서 몇 달을 보냈는데 영남의 산천과 영남 선비의 이름을 잘 알고 있었습니다. … 이때부터 저는 평안도 사람을 만나면 언제나 천유용의 안부를 묻곤 했습니다. 제 생각으로 이 사람을 찾아 물어보면 유유가 틀림없을 것이고, 그렇게 되면 유연의 억울함을 풀어줄 수 있을 것입니다.

임금은 이 말을 듣고 법부에 명하여 유유를 잡아오게 했다. 평안도에서 잡혀온 유유는 법부에 출두하여 자신이 진짜 유유임을 밝히고, 자기가 집을 나가 객지를 떠돌게 된 내력을 소상하게 진술했다. 유유의 출현으로 이지의 음모가 드러나면서 음모에 가담했던 이지, 심융, 채응규와 그의 첩 등이 모조리 잡혀 오게 되었다. 장연에서 잡힌 채응규는 도중에 스스로 목을 찔러 죽고, 그 첩 춘수는 잡혀 와서 그간의 사정을 소상하게 증언했다. 춘수의 증언에 의해 이 사건이 처음부터 끝까지 이지의 계략에 의해 꾸며진 것임이 밝혀졌고, 여기에 백씨가 깊이 개입되었다는 정황도 드러났다.

심문을 마치고 유사(有司)가 판결하기를, 유유는 부친의 상을 당해서도 장례에 오지 않은 죄로 용강에 유배 보내고, 이지는 장형에 처하게 했는데 옥중에서 죽었다. 춘수는 교수형에 처하고, 전에 유연의 재판에 참여했던 추관과 낭관도 다시 조사하여 그에 해당하는 벌을 내리게 했다.

'유연옥사'를 꾸민 당사자의 하나인 백씨는 죄상이 밝혀졌음에도 아무런 벌도 받지 않았다. 그녀는 진짜 유유가 나타나서 옥중에 갇혀 있을 때도 고향에 머물면서 남편의 재판을 남의 일 보듯 하고 있었다. 이에 대한 비난 여론이 일자 백씨는 마지못해 서울로 올라갔으나 남편을 찾아보지도 않았다. 유유가 옥에서 풀려나와 백씨에게 달려가 지난날의 잘못을 꾸짖었으나 잘못을 뉘우치기는커녕 오히려 악다구니를 쓰면서 욕을 해 댔다. 백씨는 유유가 귀양에서 풀려난 뒤 2년이 지나서 죽기까지 유유와 함께 살면서도 서로 아무런 관계를 갖지 않았다. 유유가 죽고 나서도 백씨는 아무 일 없이 그대로 살았다. 지난 10년 동안 유유의 아들이라고 하며 데려다 기르던 채응규의 아들을 묶어 관가에 고발하는 것으로 자신의 잘못을 인정한 것이 전부였다. 유유가 나타나지 않았으면 그를 유유의 아들이라고 하여 대를 잇게 하고 자신이 유씨 집안의 주인 노릇을 했을 것이다.

'옥사'에 대한 재조사가 마무리되고 나서 유연의 아내 이씨는 고향으로 돌아가지 않고 서울 금호문 밖에 집을 얻어 살았다. 이씨는 '유연옥사'를 깔끔하게 마무리했을 뿐 아니라[9] 그에 관한 기록을 온전히 보관하였다가 이원익에게 전해주어 〈유연전〉 저작에 결정적 역할을 했다. 〈유연전〉은 이씨가 전한 이야기와 간수했던 문서를 바탕으로 이루어진 것이다. 이런 점에서 이씨는 〈유연전〉의 소재원천이며 동시에 원저자라고 할 수 있을 것이다.

'유연옥사'는 유연 형제의 불안한 형제 관계와 보이지 않는 갈등에서 촉발되었지만, 그것을 확산시키고 마무리한 것은 형제의 아내들인 백씨와 이씨였다. '유연옥사'는 이들 두 동서들이 벌이는 대리전 양상을 띤다. 전반부에서는 이지 일당의 지원과 사주를 받은 백씨가 완벽한 승리를 거두었다면, 후반부에서는 조정 관료들의 도움을 받은 이씨의 반격으로 상황은 역전되고 최종 승리는 이씨에게 돌아간다. 이런 관점에서 보면 〈유연전〉의 실질적 주인공은 유연과 유유 형제가 아니라 이들의 아내인 백씨와 이씨라고 할 수 있다. 백씨와 이씨는 각기 남편들이 저질러놓은 문제들을 떠안고 그것을 해결하기 위해 치열한 다툼을 벌였다.

〈유연전〉에서 아내들이 벌이는 쟁투는 형제갈등의 연장선에 있는 것이고 그 속편에 해당한다. 아내들은 각기 한 번의 승리와 한 번의 패배를 겪지만, 결과적으로는 모두가 처절한 패배자이고 억울한 희생자로 남는다. 개인의 삶은 망가지고 가정은 파탄나 비참한 말년을 보내야 했다.

유유의 아내 백씨는 우둔하고 간악한 짓을 저질렀지만, 무능한 남편 때문에 불행한 결혼생활을 견디어야 했다. 남편은 아버지로부터 자식

---

9) '유연이 죽고 나서 그 아내는 머리와 얼굴을 가리고 정성을 다해서 하늘에 빌었는데 머리가 하얗게 셀 때까지 한결같이 했다. 그 친척들은 그녀가 참혹한 화를 잘 대처했다고 칭송했다.'(이항복 〈유연전〉)

으로 인정받지 못하고 무책임하게 집을 나가 자취를 감추었다. 혼자 남은 백씨는 아들을 낳지 못한 죄인이 되어 시아버지의 냉대를 받아야 했다. 남편의 장자권이 시동생에게 넘어가는 것을 지켜보면서 더할 수 없는 모욕감과 울분을 느껴야 했을 것이다. 백씨의 삶은 원수 같은 남편, 남편을 내쫓은 시아버지, 남편의 장자권을 빼앗아 간 시동생에 대한 원망으로 가득 차 있었다. 시아버지가 죽은 뒤에는 이런 원망이 시동생에 대한 복수심으로 전이되었고, 오로지 복수를 위해서 이지가 꾸민 가짜 유유 음모에 적극적으로 가담하게 되었던 것이다. 유연을 죽음에 몰아넣음으로써 백씨는 시아버지와 시동생 그리고 아랫동서에 대한 원한과 울분을 해소하고자 했던 것이다. 채응규가 가짜인 줄 알면서도 그를 남편이라고 주장하고, 그의 아들을 양자로 삼아 10년 동안이나 기른 것은 남편 유유에 대한 원한의 해소였던 것이다. '옥사'에 대한 재조사를 통해 자신의 죄상이 드러났는데도 전혀 뉘우칠 줄 모르고 뻔뻔스러운 모습을 보인 것은 이런 심리 상태의 결과였을 것이다. 뒷날 모든 정황이 밝혀지면서 백씨는 비난과 조롱의 대상이 되었고 남편과도 남남으로 지내면서 치욕적 삶을 살아야 했다.

유연의 아내 이씨는 지혜로운 행동으로 남편의 억울함을 풀고 사실을 밝혔다. 남편이 살아있는 동안에는 남편의 그늘에 숨어 조용하게 지냈지만, 남편이 죽고 난 다음에는 앞에 나서서 적극적으로 신원 작업을 벌여 나간다. 시아버지가 죽고 남편마저 형장의 이슬로 사라진 이후 고립무원의 상태에 놓인 그녀는 유유의 실종 이후 백씨의 처지나 다를 바 없었다. 이때 이씨의 투쟁 대상은 맏동서 백씨였다. 백씨의 무고로 남편은 감옥에 갇히고 끝내 죽음에 이르게 되었다. 이씨는 남편을 죽음으로 몰아넣은 백씨를 상대로 힘겨운 싸움을 벌여야 했다. 남편이 백씨의 무고로 옥에 갇혔을 때는 감사에게 나아가 억울함을 호소하였고, 남편이 죽은 뒤에는 남편의 유언을 받들어 서울을 오르내리며 신원 활동에 적극 나서기도 했다. 남편의 당부를 따라 부모로부터 받은 유산을 백씨에게 넘겨주고 가난하고 비참한 생활을 감내해야 했다. '옥사'에 대한 재조사를 통해 그녀는 남편을 신원하고 자신의 꿈을 이루었지만, 그녀의 삶은 송두리째 날아가 버리고 말았다.

5. 형제 관계의 재인식 : 〈유연전〉의 문학적 성취

〈유연전〉은 입체적 이야기구조이다. 그것은 다양한 측면과 복합적 층위를 가지고 있으며, 따라서 작품을 보는 시각과 입장도 다양할 수 있다. 작가는 작중인물의 신원과 관료 사회의 자성(自省)을 저작의도로 내세웠지만, 후대 연구자들의 시각은 좀 더 심화되고 확산되어 나타났다. 작품의 사회적 배경을 주목한 경우도 있고, 작중인물의 갈등 관계를 조명하기도 했으며, 송사문제에 초점을 맞추기도 했다. 이들 모든 작업이 〈유연전〉을 이해하는 데 각기 일정 부분 기여를 하고 있다. 그러나 작품을 깊이있게 이해하기 위해서는 작품의 소재원천이 되는 가족갈등, 그 가운데서도 형제갈등의 문제에 초점을 맞추어 작품의 본질과 성격을 검토해 보는 것이 필요하다.

〈유연전〉의 소재 원천이 된 '유연옥사'는 가족갈등에서 출발하였고, 그것이 형제갈등으로 수렴되면서 복잡한 사건으로 발전한 것이다. 작품 속에서 형제간의 직접적 충돌은 보이지 않지만 사건의 밑바탕에는 형제간의 긴장 관계가 깔려 있다. 형제간의 판이한 성격과 자질은 형제

갈등의 원인(遠因)이 되었고, 형제에 대한 아버지의 편애와 차별 대우는 형제갈등을 촉발하는 계기가 되었으며, 형의 가출, 아우의 냉담한 태도, 동서간의 다툼, 재산 문제에 얽힌 친척의 개입 등은 형제갈등을 심화하여 파국으로 몰고 가는 요인이 되었다. 이렇게 볼 때 형제갈등은 〈유연전〉의 소재원천이 되었을 뿐 아니라 작품을 이끌어가는 동인(動因)이 되었음을 알 수 있다.

〈유연전〉의 문학적 성취는 '형제갈등 소재의 소설적 형상화'에 있다. 형제갈등은 일찍부터 문학에서 즐겨 다루는 소재 원천이 되어 왔다. 〈유연전〉은 형제갈등의 소재사적 맥락을 계승하면서 그것을 새로운 모습으로 형상화한 작품이다. 한국고전소설사에서 형제갈등을 소재로 다룬 작품은 적지 않다. 형제갈등을 중심 소재로 다룬 〈흥부전〉, 〈적성의전〉을 비롯하여 〈홍길동전〉, 〈창선감의록〉, 〈유효공선행록〉 등에서 형제갈등은 빠짐없이 나오는 화소(話素)이다. 〈흥부전〉에서는 재산 문제를 두고 벌어지는 형제갈등의 문제를 제기하고 있으나 소재의 진지함에 비해 오락성에 치우친 서술 방식이나 교훈성에 매몰된 결말로 인해 주제의 진지성이 크게 떨어진다. 〈적성의전〉 역시 장자권을 두고 다투는 형제갈등과 형제에 대한 부모의 편애 문제를 중점적으로 제기하고 있지만, 비현실적 삽화를 과다하게 수용하여 문학적 의의를 반감하고 있다.

〈유연전〉은 자칫 진부한 이야기로 흐를 수 있는 형제갈등의 낡은 소재를 현실과의 밀접한 관계 안에서 다룸으로써 독특하고 참신한 이야기로 만들었다. 사실을 바탕으로 하면서 객관적 서술을 통해 형제 관계의 본질을 진지하게 검토하고, 형제갈등의 근원적 문제들을 다각적으로 조망할 수 있게 해 준다. 형제갈등이 어떻게 생겨나고, 그것이 가족

갈등과 어떻게 연결되는지를 적절한 삽화들을 통해서 잘 보여주고 있다. 형제갈등의 근본 원인은 형제간의 판이한 성격과 자질에 있다는 사실을 지적하고, 아버지의 편애와 차별대우가 그것을 촉발하고 강화하는 요인임을 보여주고 있다. 형의 가출로 표출된 형제갈등이 그들의 아내들을 통해서 격화되고, 마침내 아내들의 대리전 양상을 띠는 모습을 보여준다. 여기에다 재산문제로 얽힌 사위들의 개입으로 형제갈등은 극한으로 치닫고 끝내 형제의 비극적 결말을 가져오게 된다.

〈유연전〉의 문학적 성취를 제대로 이해하기 위해서는 작가가 보여주는 작품의 문면을 존중하면서 그 뒤에 가려진 모습을 읽어내야 한다. 작가는 유연의 신원과 그릇된 재판 과정을 바로잡은 사실에 초점을 맞추고 사건을 서술하고 있다. 그리하여 유연과 그의 아내에 대한 입장은 충분히 반영하고 있지만, 그와 반대편에 서 있는 인물들의 입장은 전혀 고려하지 않고 있다. 작중인물과 사건에 대해 단순한 선악의 구분은 작품에 대한 깊이 있는 이해를 어렵게 한다. 긍정적 인물로 그려진 유연에게도 부정적 측면을 찾아볼 수 있고, 부정적 인물로 그려진 유유와 백씨에게도 인정하고 이해할 측면이 있다.

형제갈등을 유발한 책임은 유유의 가출과 그것을 악용한 백씨에게 있지만, 그들 역시 당시의 관습과 아버지의 욕망이 빚은 희생자들이다. 유유에게 부과된 '등과(登科)'와 '아들 생산'은 아버지의 희망이고 욕심이었다. 그로 인해 유유와 백씨는 아버지의 차별대우와 냉대에 시달려야 했고 장자권마저 박탈당해야 했다. 그들 부부가 화목하지 못한 것도 실상은 부모의 책임이라 할 수 있다. 당시 관습대로라면 그들은 부모의 뜻에 따라 서로 어울리지 않는 혼인을 했기 때문이다.

유연과 이씨는 성실하고 지혜로운 인물로 그려지고 있지만, 그들에게도 형제갈등을 유발하고 심화한 책임이 없지 않다. 유연은 형이 가출하여 실종되었을 때, 그것이 아버지의 핍박에 의한 것임을 알고서는 형을 찾기 위한 노력을 기울이지 않았다. 아버지가 죽은 뒤에도 형을 찾으려 하지 않고 형의 자리를 차지하고 별도의 유산까지 챙기면서 형수와 갈등을 빚었다. 가짜 유유가 나타났을 때 유연의 일처리도 미흡하고 서툴러 '옥사'로 이어지게 했다.

〈유연전〉은 형제 관계의 부정적 측면을 통해서 형제 관계의 본질을 적나라하게 드러내 보인 작품이다. '형제는 잘 두면 보배, 못 두면 원수'라는 속담에서 '못 두어 원수'가 된 사례를 보여 준 것이다. 이 작품은 부모의 편애와 차별 대우로 형제갈등이 가족갈등으로 이어지고 나아가서는 가문과 국가의 문제로까지 확산되는 모습을 보여주고 있다. 이를 통해서 형제 관계의 중요성과 형제갈등의 문제점에 대해 진지하고 심각하게 성찰할 수 있게 한다는 점에서 〈유연전〉은 반면교사의 역할을 하고 있다.

여성 교화와 소망의 양면, 〈소현성록〉의 고부

정선희

1. 17세기 소설 〈소현성록〉의 의의와 고부관계

17세기 후반에 지어졌으리라 추정되는 〈소현성록〉연작은 국문장편 고전소설 유형 중 초기 작품에 해당한다. 이 시기는 아직 남성중심적인 가부장 이데올로기가 깊이 침잠되기 전이어서 여성의 권리나 발화가 비교적 존중되었던 것을 작품을 통해서도 알 수 있다.[1] 학식과 재능이 뛰어나고 성품도 좋아 가족들의 신임을 받아 친정의 중대사를 해결하거나 갈등을 중재하는 딸, 시가에서 수난을 당하지만 끈기와 덕성으로 이겨내어 가문의 위상을 높이는 딸들이 형상화되어 있다. 또한 어떤 사안에 대해 자신의 의사를 당차게 이야기하면서 상대를 설득하거나 논리적으로 입증해가는 여성들도 있다. 어떤 여성들은 자신의 정체성이 흔들

---

1) 정선희, 「17세기 후반 국문장편소설의 딸 형상화와 의미-〈소현성록〉연작을 중심으로」, 『배달말』 45, 2009; 정선희, 「조선후기 여성들의 말과 글 그리고 자기표현-국문장편 고전소설을 중심으로」, 『한국고전여성문학연구』 27, 2013. 12. 이외에도 〈소현성록〉에 관한 연구는 많지만 참고문헌에 제시하는 것으로 대신한다.

릴 때나 고난을 당할 때에 생애를 회고하면서 자존감을 높이고 위로를
받으며 서로 위로하기도 한다. 이렇듯 이 작품은 여성의 심리와 감정을
상세하게 묘사하기도 하고 여성들끼리 담소를 나누거나 놀이를 하며
정서를 순화하기도 하며, 어려운 상황에서 글을 대신 써주어 곤경에서
빠져나올 수 있게 하기도 하는 등 비교적 여성의식이 투철한 작품이라
할 수 있다. 특히 여성이 자신의 감정이나 정서 상태를 직접 표현하는
경우가 18세기 이후의 작품인 〈완월회맹연〉이나 삼대록계 장편소설의
후편들인 〈조씨삼대록〉, 〈임씨삼대록〉 등에 비해 많다. 하지만 규방가
사 등 가사문학에서 보이는 것처럼 탄식과 불안, 비애를 노출하기보다
는 자부심을 표출하면서 스스로를 위로하는 면이 강하고, 가족들과의
대화에서는 논리적이고 냉철한 면을 보여준다는 점이 특징적이다.[2]

국문장편 고전소설은 대체로 한두 가문을 중심으로 하여 서사가 전
개되는데 등장하는 인물은 매우 많기 때문에 그들 간의 관계를 파악하
거나 갈등 양상을 파악함으로써 작품 전체의 주지나 서술자의 의식을
분석할 수 있다. 그래서 인물에 대한 연구가 다각도로 진행되기는 했지
만, 고부상(姑婦像)과 그 관계양상에 초점을 맞춘 연구는 소략하다.[3] 주

---

2) 특히 〈완월회맹연〉은 여성인물에 공감하거나 두둔하는 여성 인물이 등장하는 면, 집안의
대소사를 정밀하게 묘사한 면들이 있었지만, 여성 인물의 내면 심리나 자기 생애에 대한
회고, 다른 여성 인물과의 공감과 치유의 장면이 극히 소략하였고, 여성이 말로 다른 이를
설득하거나 서로 논쟁하는 장면은 거의 찾을 수 없었다. 여성의 생각이 간혹 언급되더라도
서술자의 서술로 이루어지는 경우가 많았고, 생애를 회고하는 경우는 태부인, 운화선의
제자 묘혜선, 척발유의 딸 보완, 소교완의 며느리 양일아 등의 경우 정도를 찾을 수 있었
다. 또 이 작품의 특성으로 등장인물의 직접 진술이 길게 확대되어 있음이 지적되었었지
만, 주로 남성 인물의 진술이 확대되어 있고 여성의 진술도 자기표현에 관한 것은 소략했
다. 다만 소교완이 자결하겠다고 하면서 쓴 긴 글 정도를 들 수 있겠지만 이는 삽입문의
성격이 짙었다. 정선희, 2013. 앞의 논문 참조.
3) 고부상이나 고부관계에 대한 관심보다는 한 여성이 혼인하여 새로 편입되는 가문에 어

된 서사가 혼인 과정, 혼인 후의 부부 갈등과 해소로 이루어져 있기에 고부상에는 주목하지 않았다. 또 이 유형 소설의 특성상 시어머니가 그 가문의 어른 역할을 하기 때문에 고부 간의 갈등이 첨예하기보다는 일방적으로 며느리가 순종해야 하는 것으로 그려지는 것이 대부분이기에 다소 싱거운 결말이 예상되기 때문이었을 것이다.

〈소현성록〉에서도 고부관계에 얽힌 사건이 부각되어 있거나 고부갈등이 심각하지는 않다. 그렇기에 이 글에서도 이에 주목하지는 않는다. 그러나 이 작품에서는 고부관계에 놓인 여성인물들을 대조적으로 비교하며 평가하거나 보여주는 장면이 종종 있으며, 다른 인물들이나 서술자의 논평을 통해 고부의 역할과 성향에 대한 포폄(褒貶)양상을 알 수 있기에 이를 고찰하고자 하는 것이다. 이를 통해 조선 후기 사회에서 바람직하다고 여기던[4] 고부의 모습, 그에 담긴 여성 교육적인 면, 현실과 소설의 동이(同異) 등에 대해 논할 수 있을 것이다.

이 작품에서 1세대인 양부인은 시어머니의 전형적인 모습을 보여주지만, 2세대인 화부인과 석부인은 며느리이면서 3세대의 시어머니이기

<hr>

편 방식으로 동화되고 배제되는지에 대해 탐구한 논문들(최수현, 「〈유씨삼대록〉 속 이민족 여성의 형상화와 그 의미」, 『한국고전연구』 25, 2012. 6; 구선정, 「공존과 일탈의 경계에 선 타자의식 고찰-〈도앵행〉과 〈취미삼선록〉에 등장하는 공주들의 시댁 생활을 중심으로」, 『한국고전연구』 26, 2012. 12.)이 있기는 하다. 하지만 이들에서는 공주 신분이거나 이민족 여성의 경우를 주로 다루었기에 보편적인 고부관계에 대한 궁금증을 풀어주기는 힘들다. 또 황미숙(「고소설에 등장하는 시부 연구」, 이화여대 석사학위논문, 2002.)은 고소설에 등장하는 시아버지들을 분류하였는데 〈소현성록〉의 시아버지 소현성을 며느리들에 대해 중립적인 태도를 보인다는 면에서 논의하였다. 소현성이 다소 애매한 입장에서 며느리를 대한 것에 비해, 시어머니 석부인은 며느리를 위로할 때나 책망할 때에 확실하게 자신의 의사와 감정을 표현하는데 이런 면에 대해서도 이 글에서 논의한다.
4) 국문장편 고전소설의 배경은 중국이지만 작품에서 다루는 인간관계와 생활의 면은 당대 조선의 현실이거나 당대인들의 욕망의 투사라는 데에는 대부분의 연구자가 동의하고 있다.

174 고전 서사문학에 나타난 가족

도 하므로 두 역할을 모두 고찰할 것이며, 3세대인 형씨, 명현공주, 임씨, 이씨 등은 며느리로서의 모습을 고찰할 것이다. 그런데 시어머니든 며느리든 단독자로서보다는 다른 가족과의 관계 속에서 비춰지는 모습, 평가되는 모습, 역할에 따른 위상 등이 중요하기에 이를 중점적으로 살피면서 여성의 어떤 자질이 포폄되는지를 먼저 논하고자 한다. 이는 주로 서술자의 논평이나 묘사로 이루어지므로 표현이나 어구 등 미시적인 부분에 주의를 기울이면서 논의를 전개하게 될 것이다.

2. 고부관계 속 여성인물 평가

사사로움(화부인)보다는 엄정함(양부인과 석부인)

이 작품에서는 여성 인물들을 품평하는 대목이 종종 나온다. 잔치 자리에서 주로 서술되는데, 거의 양부인이 제일이고 다음으로는 석부인이나 소부인이, 손자며느리 대(代)에 가면 형씨가 거론되곤 한다. 양부인은 비록 늙었지만 노쇠한 데가 없고 풍성하고 편안하며 윤택한 아름다움이 있어 무궁한 광채가 난다고 칭탄 받는다. 또 법도가 있는 것이 난새와 봉황 같고 침착하고 단정한 것이 용이 여의주를 희롱하는 것 같으며 행실의 위엄이 있으니 진실로 '여자 가운데 군왕'(4권 58쪽)5)이라 한다. 양부인은 사리분별의 밝음이 심하여 진평이나 장량이 와도 속이지 못할 것이라거나, 맹렬하며 엄정하고 현숙하다고 평가된다.

그런 시어머니와 비등할 만한 사람은 며느리 석부인밖에 없는데, 그

---

5) 작품의 권과 쪽수 표시는 이대 소장본 『소현성록』 15권 15책을 역주한 『소현성록』 1~4권 (정선희 외, 소명출판사, 2010.)으로 한다.

녀는 '엄하고 모질며 통달함이 양부인의 짝이 되니, 가히 태임(太任) 같은 시어머니에 태사(太姒) 같은 며느리'(4권 101쪽)라거나, '양태부인과 석부인이 모두 재주와 용모가 보통 사람이 아니고 위엄 있는 태도와 행실이 성스러운 여인의 틀이 있어 기뻐하고 화내며 말하고 웃는 것들을 마음대로 하지 않습니다.…(중략)…양부인과 석부인은 이른바 여자 가운데 영웅'(6권 40~41쪽)이라고 칭탄 받는다. 그래도 석부인은 자신의 생각이 확고할 때에는 남편에게도 당당하게 말하는데, 이를 두고 서술자는 '석부인이 다만 온유하고 단엄한 것이 몸에 완전하여 겉으로는 태연하지만 내심은 가을날의 서리와 같아 자연히 사람을 놀라게 하였다'(4권 16~18쪽)라고 평가한다.

이렇게 양부인과 석부인은 엄정함이 장점으로 부각되는 것에 반해, 화부인은 엄정함이 없어 사사로운 감정에 치우쳐 판단력이 흐린 면이 단점으로 부각된다.[6] 그녀는 혼인할 때부터 남편보다 못한 인물로 비교되다가 둘째 부인인 석부인이 들어오고 나서는 또 그녀와 비교되면서[7], 엄정하지 못하고 감정에 휘둘리는 여성으로 묘사된다. '성품이 가볍고 사리 분별을 못하는 부인'(2권 1쪽)이기에, 남편이 셋째 부인을 얻

---

6) 여성의 자질을 엄정함과 쉽게 풀어짐으로 나누어 평가하는 잣대는, 양부인의 두 딸 월영과 교영을 비교하는 다음의 서술에서도 단적으로 드러난다. 교영은 온아경발ᄒᆞ야 벽티춘우를 씌임 ᄀᆞᆺᄐᆞᆯ 인물이 잔졸ᄒᆞᆫ 둣ᄒᆞ나 기실은 너모 활발ᄒᆞ기 극ᄒᆞ야 쳥ᄒᆞ기의 갓갑고 셩졍이 브드러워 집심이 업ᄉ니 부인이 미양 낫비 너겨 탄식고 닐오ᄃᆡ 댱녀ᄂᆞᆫ 밧그로 화려ᄒᆞ나 기심은 빙샹 ᄀᆞᆺ고 외모ᄂᆞᆫ 유슌 활발ᄒᆞ나 그 속은 돌 ᄀᆞᆺᄐᆞ니 비록 셜봉 ᄀᆞᆺᄐᆞᆫ 잠기ᄅᆞᆯ 저히나 그 명심은 고티디 아닐 아히어니와 교영은 밧그로 녕담ᄒᆞ고 뜻이 죄ᄃᆡᆺᄒᆞ나 그 ᄆᆞ음은 붓치ᄂᆞᆫ 거믜줄 ᄀᆞᆺᄐᆞ니 내 근심ᄒᆞᄂᆞᆫ 배 소양 이문의 쳥덕을 이 아히 셔러 ᄇᆞ릴가 두려ᄒᆞ노라, 〈소현성록〉 1권 17~18쪽.
7) 화시 셩되 쵸강ᄒᆞ나 위인이 쳥개ᄒᆞ고 뜻이 놉하 ᄉ족의 ᄒᆡᆼ실이 잇고 셕시ᄂᆞᆫ 당셰예 현텰ᄒᆞᆫ 부인이라 빅ᄒᆡᆼᄉ덕의 낫브미 업ᄉ니, 〈소현성록〉 3권 9쪽.

게 되자 이를 주선한 황제가 원망스럽다고 하면서 음란한 행실을 신하에게 권하니 오래지 않아 죽을 것이라고 폭언을 하기도 한다.

　이런 비슷한 상황에서 석부인은 남편이 여씨를 새로 맞을 때에 태연한 표정으로 '여자 벗을 여럿 만나는 거다 싶어 영광스럽고 다행하게 생각하니 어찌 괴롭겠냐'(2권 81쪽)면서 남편의 길복을 하룻밤 사이에 짓는 등 의연한 모습을 보인다. 여성은 혼인을 하여 한 집안의 며느리가 되면 엄정하고 침착하고 지혜로워야 하며 투기하지 말아야 하는데 화부인은 이런 면을 갖추지 못하여 부정적으로 평가받는 것이다.

조급함(화부인)보다는 부덕과 지혜(임씨와 이씨)

　집안의 가권을 쥔 정실(正室)로 우대받는 등 무엇 하나 부러울 것 없어 보이는 화부인이지만 그녀는 성품이 조급하고 판단력이 흐린 여성, 그래서 동서지간인 석부인에게 늘 뒤지는 여성으로 평가된다. 그런데 며느리들이 들어오자 그녀들과도 대조되어 못난 시어머니인 것으로 비춰지기까지 한다. 임씨가 아들 운명과 혼인하는 날 그녀가 매우 흉한 외모를 지닌 것을 보고 눈물을 흘리며 식음을 폐한다. 아들이 신방에 들어가지 않고 외당에서 자면서 신부를 홀대하는 것을 당연시하고 박색을 아내로 들인 것을 함께 안타까워하면서 예쁜 아내를 다시 들여주리라 생각한다. 자신은 남편이 재취하는 것을 질투했으면서도 아들에게는 재취를 들여 주려 한다는 면에서 모순된 행동을 하는 것이다.

　하지만 같은 상황에서 지감(知鑑)이 있는 소승상이나 양부인은 임씨의 부덕과 지혜를 알아보고 후대하며 집안을 빛낼 사람으로 인정한다. 임씨는 시아버지와의 대화에서 남편이 법도에 맞지 않거나 위엄이 없고 신의가 없는 행실을 한다면 잘못된 점을 간하겠다고 당당하게 말하여 칭찬을 들으며 이후에는 더욱 아낌을 받는다. 또 임씨는 남편이 창기들을 데리고 노는 것에 질투하지는 않지만 창기들이 자신을 업신여기는 것은 참지 않는 엄함을 보인다. 이를 본 시고모 소부인은 "… 창녀가 비웃는 것을 여유 있게 처리하는 데에 엄격하고 바르니 이는 진실로 어질고 지혜와 덕이 뛰어난 여자이며 여자 가운데 군자"(9권 97쪽)라고 칭탄한다. 또 남편이 지방의 어사로 나갔다가 데려온 이씨를 보고는 남자가 두 번째 혼인을 하는 것은 당당한 일이니 어찌 한스러워하겠냐고 흔연스럽게 말한다. 남편의 예복까지 짓는 것을 보고는 가족들이 칭찬한다. 그녀는 부덕을 지녔고, 엄하고 지혜롭기에 바람직하다고 평가된다.

운명의 둘째 부인 이씨도 아름답고 덕성이 넘치는 여인이기는 하지만 '맑은 것이 지나치고 가냘프고 약하여 나부끼는 듯하고 …(중략)… 이씨의 인물은 냉담하고 온순하며, 형씨는 온화하고 씩씩하면서 상쾌하니, 이른바 형씨는 영웅 같고 이씨는 군자 같다'(10권 66~67쪽)고 평가된다. 그녀가 요절할 관상이기에 남편이 아닌 조모 곁에 머물게 하는데, 그러던 중에 운명은 셋째 부인 정씨를 맞게 된다. 간악한 정씨가 이씨를 모해하는 것을 모르고 화부인은 이씨를 핍박하고, 이 때문에 운명 모자는 못난 자질을 지녔음이 다시 한 번 드러나 양부인과 승상에게 크게 책망받는다. 즉 이씨는 며느리지만 착한 여성으로, 그래서 시어머니의 핍박도 무한히 참아내는 여성으로 그려지지만, 화부인은 시어머니임에도 불구하고 판단력이 흐린 여성으로 그려지고 있는 것이다. 이 고부 관계를 통해서는 화부인의 통찰력 없고 조급함이 더욱 부각된다.

교만·음란함(명현공주)보다는 신중·단정함(석부인과 형씨)

석부인과 형씨는 신중하고 단정하기에 작품 내에서 가장 바람직한 여성으로 자리매김 되고 있다. 석부인은 말할 것도 없고[8], 형씨도 위엄 있고 단정하고 엄숙하며 신중하면서도 온화한 기운을 지닌 여성이라 남편도 함부로 하지 않고 존경한다. 그래서 시부모님도 지극히 사랑하여 승상은 말끝마다 반드시 어진 며느리라고 하며 칭찬한다. 그녀는 정숙하고 우아하여 방탕한 운성의 내조를 호방하게 하는 등 성덕(盛德)을 갖추었다고 평가되지만, 젊은 나이에 액운을 겪는다. 명현공주가 운성을 선택하여 하가(下嫁)하고자 하여 본부인이었던 형씨를 친정으로 보내고 자신이 본처가 되고자 했기 때문이다.

반대로 공주는 시가(媤家)에서도 자신의 지위를 내세우며 교만하고 사치스럽기에 비판 받는 인물로 형상화되어 있다. 여성으로서 지녀야 할 온순한 덕이 없으며 가풍(家風)도 따르지 않기 때문이다. 공주는 화려하게 장식한 비단옷을 입고 시녀 백여 사람을 대동해 다니면서 부귀를 자랑하고 심지어 시할머니인 양부인과 마주하고 앉는 등 거동이 갈수록 교만해진다. 여기에 더하여 성품이 나쁜 보모 양씨가 공주를 부추겨 행실이 더욱 비웃음을 사 가족들에게서 소외되기에 이른다. 시아버

---

8) 석부인의 위엄 있는 모습은 여러 곳에서 드러나지만, 며느리가 예의에 벗어나는 행동을 했을 때에 잘못을 경계하는 면에서도 추상과 같아 비록 공주일지라도 굴복할 수밖에 없음이 잘 드러나는 대목을 들어본다.

　소부인이 쇼왈 셕시의 ᄂ즉ᄒ 셩식이 믄득 타인의 놉흔 셩의 디난다라 공쥐 아모리 셰를 씨고 우리를 멸시ᄒ나 그 싀어미 닝답ᄒ 빗츨 보고ᄂ 참싁이 이시나 셕녜ᄂ 니른 바 한고조의 댱냥 ᄀ트미라 공쥐의 우량이 한고조 ᄀ디 못ᄒ나 사름 혜디 아니키ᄂ 심히 방불ᄒ고 셕녜의 죠용ᄒ 긔샹이 ᄌ방 ᄀ튼 고로 공쥐로디 굴복ᄒ니 긔 아니 어려오냐. 〈소현성록〉 8권 53~54쪽.

지는 각별한 감정 없이 대하고 침묵하였는데, 운성이 공주를 심하게 박
대하여도 모르는 척하면서 화해하기를 권하지 않으니 공주를 더 심하
게 멸시하게 된다. 혼인한 지 석 달이 지나서야 겨우 공주와 한 방에
들어가지만 혼자 자고 나오는 등 공주가 죽을 때까지 처녀로 남게 하는
지경에 이른다.

명현공주가 이같이 예의를 모르고 사치스러우며, 남자를 먼저 선택
하는 음란한 여성[9]으로 평가되는 반면, 형씨는 맑고 깨끗하면서도 남
편을 바르게 인도할 줄 아는 여성으로 묘사된다. 자신과 이별하게 되어
슬퍼하는 남편에게 '자질구레하게 아녀자를 생각하여 초패왕이 눈물
흘렸던 것을 본받지 말고 오기가 아내를 죽였던 씩씩한 마음을 배워
영웅의 기운을 떨치라'(6권 22쪽)고 충고한다. 아울러 운성이 그녀를 걱
정하는 마음에, 이제 좋은 가문의 군자를 다시 만나 자녀 낳고 행복하
게 살라고 하자 어떻게 그런 욕된 말을 하냐면서 칼을 빼 자결하려고까
지 하는 강직함을 보인다. 또 운성이 공주를 싫어하고 자신에게만 오면
서 그녀의 흠을 말하자, '공주의 흠을 제게 말하지 마시고 저의 허물을
공주께 말하지도 마십시오. 침묵하며 말을 적게 하고 위풍을 길러 아녀
자와 함께 아녀자의 잘못을 논의하지 않아야 군자의 바른 도리입니
다.'(7권 19쪽)라고 말하기도 한다. 이처럼 형씨는 단정하고 엄숙하며 서
리와 같이 굳세기도 한 여성으로 묘사되는데, 남편이 궁궐에 잡혀가 죽
을 위기에 놓이자 팔을 베어 피를 내 혈표(血表)를 써 황제께 올려 만약
지아비를 구하지 못한다면 자신도 죽으려 한다고 하기도 하였다. 그 절

---

9) 남편 운성이 그녀를 처음부터 박대하는 가장 큰 이유는 그녀가 먼저 그를 남편감으로
   선택하여 방울을 던졌다는 것이었다. 그는 공주가 남자를 선택했다는 면에서 음란한 여성
   으로 지칭하면서 비난한다.

개에 탄복한 황제가 운성을 풀어주었고, 다른 관료들까지 그녀를 '요조
숙녀이면서도 절의를 갖춘 것이 매우 위엄 있고 호협(豪俠)했다'고 칭찬
해 마지않는다. 심지어 명현공주의 심복 양상궁같이 악한 인물도 그녀
가 사리에 맞는 말로 깨우치고 공주의 슬픔에 공감해주며 오히려 충성
스러운 사람이라고 해주자 감격하여 '여자 중에서 요순임금 같다'(7권
95~97쪽)고 감탄하면서 잘 대해주게 된다.

3. 가족관계 속 바람직한 고부상(姑婦像)

시어머니 : 엄하고 공평한 내사(內事) 총괄자

〈소현성록〉에서의 시어머니의 모습은 크게 둘로 나누어 살펴볼 수
있는데, 첫 번째가 집안의 대소사를 총괄하고 살림을 책임지는 모습이
다. 소현성의 어머니 양부인은 집안 전체를 총괄해야 하기에 대체로 엄
격한 모습을 보인다. 그래서 딸이라도 절개를 잃어 가문에 누가 되었다
면 가차 없이 죽게 하는 냉정함을 보였으며, 이에 대해 다른 가족들이
한 마디 반론을 제기하지 못할 만큼 엄하게 대처했다.10)

---

10) 좌우로 교영을 불러 당하의 꿀니고 수죄 왈 네 타향의 뎍거ᄒ나 몸을 조히 ᄒ야 도라올
거시어늘 믄득 실졀ᄒ야 죽은 아비와 사랏ᄂ는 어믜게 욕이 미츠며 조션의 불ᄒᆡᆼ을 깃치니
엇디 ᄎᆞ마 살와두리오 친가의 불쵸 녜ᅌ 구가의 더러온 겨집이 되여 텬디간 죄인이니
당〃이 죽엄죽ᄒᆞᆫ 고로 금일 ᄌᆞ모의 졍을 긋처 ᄒᆞᆫ 그릇 독쥬를 주ᄂᆞ니 쾌히 먹으라 …(중
략)… 부인의 노긔 등〃ᄒ고 ᄉᆞ긔 녈〃ᄒ야 삭풍한월 ᄀᆞᆺ트니 소ᅌᅵᆼ은 눈물이 금포의 저저
좌석의 고이ᄃᆡ 입을 닷고 ᄒᆞᆫ 소리 비ᄂᆞᆫ 말을 내디 아니니 그 쥬의를 아디 못ᄒ올너라 부인이
월영과 셕파 등을 좌우로 붓드러 드러가라 ᄒᆞ고 종시 허티 아니ᄒ고 교영을 죽이고 그
신례를 별사의 빙소ᄒᆞ니 월영과 소ᅌᅵᆼ의 셜워ᄒ믈 ᄎᆞ마 보디 못ᄒᆞᆯ너라. 〈소현성록〉 1권
39~40쪽.

그래서 그녀는 '고기 가운데 용이요, 사람 가운데 왕'이라고 일컬어
지며, '부드럽고 온화하며 어짊이 따뜻한 봄 같으면서도 자연스럽게 법
도와 위엄이 있어 가을의 서리와 겨울의 달 같으니 한 번 보면 몸이
수그러들고 서늘해진다'(4권 98쪽)고 평가된다. 그녀는 5대손을 볼 때까
지도 가권(家權)을 놓지 않는데 며느리들이 시집 올 때 가져온 재산을
모두 시어머니께 드린 다음 필요할 때나 계절이 바뀔 때에 시어머니께
받아서 쓰는[11] 것으로 되어 있다. 이 작품에서 '가권'은 여성에게서 여
성으로 이어지는 집안 내사(內事) 총괄권의 성격을 지니고 있다. 화부인
의 권세가 가장 커서 시녀들이 모두 떠받들지만, 소승상의 치가(治家)함
이 엄하기에 내당의 시녀들이 중문 밖으로 나가는 일은 없고, 양부인은
내당의 일을 총괄하지만 외당의 일은 알지 못한다고 되어 있다. 집안의
주부(主簿)인 이홍을 들인 뒤에는 그가 주로 외당의 일을 주관하였는데,
승상이 출타한 틈에 화씨가 이홍과 주도권 다툼을 하다가 그를 내친
일을 책망하던 소현성은 이 일을 마무리한 뒤에 '앞으로는 내외(內外)의
일을 통하지 않게 하였으며 …(중략)… 승상은 내당의 일을 알려하지 않
았으며 외당의 큰 일이 있으면 모친과 누이하고만 의논하여 결정하고
부인에게는 전하여 묻지 않았다'(4권 121쪽)고 하면서 내외사를 엄격히

---

11) 양부인이 오디손[딕] 보터 가스를 노티 아니 〃 화셕 두 부인이 쏘흔 녜문을 넘고디 아냐
방듕의 촌만흔 것도 ᄉ 〃 직물과 그ᄅ시 업셔 다 양부인의 드려 고듕의 녀헛다가 승상과
즈가의 쓸 고디 이시면 취품코 어더 쓰며 므롯 금슈능나를 어디도 다 고의 녀허 쓸 째
이시면 고흔 후 임의로 내야 쓰니 가듕이 다 의구흔 일노 아디 오직 ᄉ지를 머므르면
시녀라도 무상히 너기더라 이러므로 양부인이 ᄉ결노 식부와 냥녀를 불러 셕파로 ᄒ여금
고룰 열고 니파로 툐흔 능나를 골히야 내여 안젼의셔 ᄉ부인으로 ᄒ여곰 니외룰 몰나
손ᄋ들의 옷 지이 츌혀 시녀로 지으라 맛뎌 지은 후 주디 반촌 호리도 차등이 업ᄂ나
오직 윤시 친개 업고 ᄉ지 업서 웅졉ᄒ리 업ᄂ 고로 더옥 그렴ᄒ야 흔 츙식 도 〃 와 주시니
그 셩덕이 이 굿튼디라. 〈소현성록〉 4권 124~125쪽.

구분한다.

이렇게 이 집안의 가권 즉 내사 총괄권은 여성들 사이에 승계되는 것인데, 가족들은 모두 이 가권이 양부인에게서 큰며느리인 화부인으로 넘어가는 것으로 알고 있다.12) 하지만 그녀가 마흔이 넘어 가권을 넘겨받을 수 있는 나이가 되자 그녀의 자질을 시험해볼 수 있는 상황이 마련되고 자질이 떨어짐이 판별되어, 둘째 며느리인 석부인이 더 마땅하다고 여기게 된다. 최종적으로 양부인이 유언으로 가권을 넘긴 사람은 딸인 소월영이다.13) 결과적으로 가권을 계승하지는 못했지만, 화부인이 이 집안의 맏며느리로서 확실하게 인식되기는 한다. 소현성의 셋째 부인인 여부인은 그녀의 가권을 시샘하여 그녀를 모해하였으며, 양부인이나 소현성도 그녀의 자리를 인정한다. 하지만 그녀는 시어머니가 되어서도 지혜롭지 못하며, 40세 무렵 양부인과 소현성, 석부인 등이 모두 출타한 1년여를 집안 총괄자로서 역할을 했어야 했는데14), 석부인의 자녀들에게는 옷감이나 일용품을 적게 나눠주고 서모 석파에게 박하게 주는 등 공평하지 못한 모습을 보인다.

---

12) 셕쇼졔 드러오나 부인(화부인 : 필자주)이 옥 ᄀᆞ튼 이공ᄌᆞ를 셔 가권을 통집ᄒᆞ시면 어느 사름이 부인 권셰를 ᄇᆞ라리잇고, 〈소현셩록〉 2권 45쪽; 샹셰 식을 춰티 아니며 텬셩이 관후ᄒᆞ고 공졍ᄒᆞ야 화셕 이인의 은의 ᄒᆞᆫ 가지오 화시의 가권을 젼일ᄒᆞ니, 〈소현셩록〉 2권 57쪽; 녀시 ᄯᅩ 싱각ᄒᆞ되 화시를 ᄆᆞᆺ자 업시 ᄒᆞ야 그 가권을 아슬 거시라, 〈소현셩록〉 3권 36쪽.
13) 화시의 셩되 조협ᄒᆞ여 가듕 쳔여 인 샹하를 원망 업시 거ᄂᆞ리디 못ᄒᆞ리니 셕시ᄂᆞᆫ 츠례 글너디니 네 맛당이 내 듸신의 드러 ᄌᆞ손의 닷살기를 금ᄒᆞ고 거ᄂᆞ려 녯 법졔를 고티디 말나 네 죽은 후ᄂᆞᆫ 화시의 ᄂᆞ리오고, 〈소현셩록〉 15권 54쪽.
14) 화시ᄂᆞᆫ 맛당이 졔ᄌᆞ로 더브러 이에 이셔 집을 다ᄉᆞ리고 닉외를 어즈러이 말며 므ᄅᆞ 일을 내의 법졔를 고티디 말고 경의 ᄯᅳ들 니어 ᄌᆞ부를 고로〃 딕졉ᄒᆞ고 비복을 은혜로 딕졉ᄒᆞ야 내의 ᄆᆞ음을 져ᄇᆞ리디 말디어다, 〈소현셩록〉 11권 17쪽.

시어머니 : 따뜻하게 배려하는 위로자

이 작품에서 시어머니는 집안을 총괄하는 역할을 엄정하게 해야 하지만, 일상에서는 따뜻한 위로자여야 함을 보여준다. 며느리 화부인은 소현성이 재취(再娶)하는 것을 질투하여 양부인에게 질책을 받으면서 혼인날 길복(吉服)을 짓는데, 막상 혼인날이 되자 양부인은 그녀를 배려하여 감정을 참기 어려우면 방에 들어가도 된다고 숨통을 트여 준다. 이후에도 양부인은 며느리 거느리기를 공평하게 하여 비록 속으로는 석씨를 예뻐했으나 겉으로는 드러내지 않았고, 화씨가 도리에 어긋나는 경우가 있더라도 그 마음이 맑고 높아 부녀의 기품이 있고 아들들을 두었으므로 중하게 여겨 그른 일이 있어도 곧바로 말하여 고치게 하고 '사랑함을 친딸같이' 한다.

양부인은 또 석부인이 남편의 오해를 받아 친정에 쫓겨났다가 돌아왔을 때에는 자신과 아들이 오해할 수밖에 없었던 이유를 설명하는 것이 조금은 변명 같기는 하지만 지난 일을 다 잊고 즐겁게 지내자고 하면서 아들의 병간호를 부탁한다. 그러고는 석씨를 데리고 아들에게 가서 화해하라고 권한다. 나중에 화부인이 잘못하여 소현성에게 쫓겨나게 될 위기에 놓였을 때에도 딸을 시켜 잘 해결되도록 도우라고 하는 등 며느리들이 위기에 처했을 때에는 구해주거나 위로해 주는 배려심 많은 시어머니로 형상화되어 있다.

나중에 석부인이 시어머니가 되었을 때에는 그녀도 며느리의 훌륭한 위로자 역할을 하는데, 며느리 형씨가 공주의 박해를 받을 때에 그녀가 약한 자질로 괴로움을 겪으니 마음이 베이는 듯하다고 하면서 함께 슬퍼한다. 운성이 형씨만 계속 찾아가 공주의 화를 돋우고 상황이 악화되니 자결을 시도한 형씨에게 가서, 네 마음을 내가 다 알고 있으며 네가 어찌할 도리가 없음도 알고 있으니 목숨을 끊을 생각은 하지 말라고 한다. 또 공주가 형씨를 공주 궁으로 와서 살라고 했다는 말을 듣고 형씨가 걱정하자 위태로운 일은 없을 것이니 안심하고 잘 지내라고 하면서 눈물을 흘린다. 공주의 위세가 워낙 크고 황제의 명이라고 하기에 어찌할 수는 없지만 진심으로 며느리를 위로하면서 아들을 책망하기도 한다. 이렇듯 석부인은 며느리들을 대할 때에 자애롭고 인자하고 후덕하게 대하였는데 사랑하는 것을 지성으로 하여 친딸과 다름이 없게 한다. 그러나 며느리는 친자식은 아니므로 잘못이 있을 때에 곧바로 허물을 말하고 가르치지는 않는다고 하여 선을 긋기도 한다. 그렇게 하면 정이 상하여 며느리가 속으로는 어려워하면서 겉으로만 유순하기 쉽기 때문이다.[15] 딸과 며느리의 기본적인 차이를 인정하면서도 따뜻하게 대하고 잘못을 했을 때는 조언할 수도 있는 시어머니의 모습을 형상화하였다.

하지만 화부인은 시어머니로서도 석부인에 못 미친다. 성격이 매몰차서 겉으로는 친한 척하면서 안으로는 거리를 두는 것 같다고 평가되며, 마음이 넓지 못해 며느리들을 거리감 있게 대하기에 며느리들도 모시기를 좋아하지 않는다고 한다. 공경하기는 하지만 평안하지는 않는 반면, 석부인은 며느리들을 친밀하게 아껴주는 것이 딸과 같아 방으로 불러 여러 가지를 가르쳐 주기도 하고 놀기도 하니 화평하여 친모녀 같으면서도 더 정성스럽게 대하게 된다[16]고 하였다.

---

15) 하지만 소승상이 그렇게 하면 좋지 않으니 시부모가 조용히 진정을 담아 가르치면 며느리가 고칠 것이라고 조언해주니 그대로 따라 며느리들이 시부모를 두려워하면서도 정이 친부모보다 더했다고 한다. 〈소현성록〉 9권 83~85쪽.

며느리 : 극진한 정성과 순종을 보이는 봉양자

양부인에게는 며느리가 둘 있는데, 둘의 역할은 나뉘어 있다. 첫째 며느리 화부인은 손님 대접할 것을 헤아려 양부인을 모시며 서모인 석파 등과 술과 안주를 마련하는 것을 돕는다. 반면, 둘째 며느리 석부인은 손님 대접하는 것은 모르고 바느질에도 관여하지 않으며, 시어머니 양부인을 봉양하는 일을 주로 한다.(4권 125~126쪽) 양부인의 식사를 받들며 의복을 몸소 맡아 처리하여 시어머니의 신임을 받으면서 모신다. 혼인하자마자부터 양부인을 섬겼는데 마치 그림자가 응하듯 하였으며 아침저녁 식사를 직접 받들었고 방을 청소하고 이부자리를 걷고 펴는 일을 하였다. 그래서 양부인이 아들과 손자가 오랫동안 출타해 있자 쓸쓸한 마음을 달래러 강정의 정자에 가서 지내고자 할 때에도 "나의 앉고 눕는 것을 살펴 편안하게 해주는 것은 어진 석부인이요, 나의 마음을 위로해 주는 것은 딸이니 이 두 사람은 나를 따르라"(11권 17쪽)라고 하고는 그녀를 데리고 간다.

석부인의 며느리 형씨도 시부모님을 극진히 봉양하며, 석부인이 강정에 가 있을 때에는 계시모인 화부인을 공경하며 섬기면서 동서·시누

---

16) 명당 화부인이 비록 ᄉᆞ랑ᄒᆞ시나 미믈ᄒᆞ셔 외친ᄂᆡ소 ᄒᆞ시므로써 이리 외로온 쌔도 셕부모를 ᄀᆞᆺ티시면 쇼졔 엇디 가셔 뫼읍고 밤을 디닉디 못ᄒᆞ리오마ᄂᆞᆫ 감히 못ᄒᆞ시니 졀졀이 쇼져의 팔지 놉ᄉᆞᆨ 굿디 못ᄒᆞ시이다 니시 탄왈 존괴 이째 슈침ᄒᆞ실 쌔니 내 감히 가셔 놀내읍디 못ᄒᆞ미라 엇디 외친ᄂᆡ소 ᄒᆞ시리오 너는 슌셜을 경히 말나 ᄒᆞ니 원ᄂᆡ 화부인이 모든 며ᄂᆞ리를 ᄉᆞ랑ᄒᆞᄂᆞᆫ 듯ᄒᆞ나 긔량이 너르디 못ᄒᆞ므로써 심히 소듸ᄒᆞ야 일죽 눕는 자리의셔 보디 아니코 범ᄉᆞ를 티례ᄒᆞ야 딕답ᄒᆞ며 졔부의 모다 뫼시믈 슬히여 ᄒᆞ며 긔이ᄂᆞᆫ 일이 만ᄒᆞ니 졔부 다 셔의ᄒᆞ야 공경ᄒᆞ나 ᄆᆞ음이 젼"긍"ᄒᆞ야 디닉고 평안홀 적이 업고 셕부인은 모든 며ᄂᆞ리를 거ᄂᆞ리매 친익ᄒᆞ미 녀ᄋᆞ의 감티 아냐 시"로 불너 방젹도 시기고 슈션도 ᄀᆞ르치며 글도 닑혀 드르며 안젼의셔 잡계도 시겨 고화를 명ᄒᆞ야 화긔 ᄀᆞ득ᄒᆞ며 쏘흔 담쇼를 도와 이러틋 즐기딕 죠곰도 녜예 프러딘 가티 아니미 업고 졔부 두려ᄒᆞ고 졍셩되여 ᄆᆞ럿일이 친모의 디나게 혜ᄂᆞᆫ디라. 〈소현성록〉 10권 127~128쪽.

이와 우애 있게 지내니, 시서조모인 석파와 이파가 "후일 소씨 가문의 풍속을 이을 사람은 형씨"(11권 21쪽)라고 할 정도였다. 또 그녀는 화부인이 공평하지 않아 옷감과 물건들을 적게 주어도 불평하지 않고 오직 효도로 섬긴다.

이렇게 며느리의 중요한 본분 중의 하나는 효성으로 시어머니를 봉양하는 것이다. 그런데 화부인은 불손하게 대들어서 크게 신임을 잃는다. 자신의 판단력 없음을 꾸짖는 양부인에게 어머니께서 자기에게 불리한 말만 믿고 불편하게 여기는 것이라며 그러실 거면 자신은 친정으로 가겠으니 둘째인 석부인에게 대신 집안일을 시키라고 하는 등 불충한 말을 써서 보낸다. 이에 양부인은 "내가 한번 뜻을 고쳐먹으면 화씨가 비록 황후의 위엄과 세력이 있을지라도 내 며느리이니 어찌 감히 거역하느냐?"(11권 85쪽)면서 장문의 편지(11권 86~88쪽)를 쓴다. 시어머니에 대해 지레 짐작하여 원망하고 가르침을 괴로워하는 것은 옳지 않다. 네가 둘째 며느리처럼 평소에 나를 잘 모시지도 못했으면서 내가 그녀를 아껴 데리고 온 것이라고 질투하는 것이냐는 등 조목조목 잘못을 헤아리면서, 이런 식으로 집안의 법도를 어지럽힌다면 첫째부인 자리를 석부인에게 주고 집안의 큰 아들 자리도 그 아들인 운성에게 주겠다고 엄포를 놓는 것이다. 아들 운경의 간언과 시누이 소부인의 깨우침으로 겨우 반성을 한 화부인은 소부인의 도움을 받아 시어머니께 사과의 편지를 보내 용서를 받는다.

하지만 양부인은 그대로 넘어가지 않고 집으로 돌아와서 아들에게 화부인의 집안 다스림이 현명하지 않고 자기에게 불손했던 것을 은근히 돌려 말하면서, 자기에게 잘하는 둘째 며느리를 제일 우대하라고 권한다. 결국, 화부인이 어머니께 공손하지 않고 원망하는 말을 한 것을 안 승상은 그녀와 말도 주고받지 않으며 6년 동안 발길도 끊어버리는 반면, 석부인은 공경하고 후대하기를 곡진히 한다. 나중에 황제도 석부인의 작위를 높여 화부인과 같게 하였다. 이후 양부인의 권고로 승상이 화부인을 용서하고 다시 찾게 되자 화부인은 마음속으로 죄와 허물을 자책한다. 며느리가 시어머니에게 불손하게 대들었다가는 시어머니에게 책망 받는 것은 물론이고 남편에게 홀대 받게 되며, 결국에는 뉘우치고 시어머니의 덕택에 감동하게 된다는 장면을 통해 여성들에게 며느리로서의 도리17)를 실감나게 가르치고 있다.

며느리 : 투기 없는 온화함을 지닌, 아들의 아내

양부인 모녀에게 비친 며느리 석씨의 첫인상은, '광채가 영농하고 모습이 아름다워 지는 해가 약목(若木)에 걸리고 옥토끼가 오색구름에 싸여 있는 듯 황홀하게 광채가 빛나니 자세히 보지 못할 정도'(2권 31쪽)였다. 이렇게 아름답고 덕이 있어 보이는 석씨에 감탄하던 양부인은 석파가 아들 현성의 둘째 부인으로 그녀를 권하자, 첫째 부인 화씨가 이를 질투하는가 하지 않는가의 여부에 따라 혼인을 결정하겠다고 한다. 둘째 부인이 들어오는 것에 질투하지 않는 인성을 지니고 있어야 큰며느

---

17) 송시열도 『계녀서(戒女書)』에서 시부모를 극진히 섬기라고 하였다. "시부모 섬기기를 자기 부모보다 중히 할 것이니 하나하나의 행동이나 하나하나의 말이나 일을 부디 무심하게 하지 말고 극진히 섬기라. 내 부모와 같이 섬기지 않으면 시부모도 며느리를 딸 만큼 사랑하지 않을 것이다. 자기 행동은 모르고 시부모가 자기를 딸 만큼 생각하지 않으면 그런 일만 섭섭하게 여기는 어리석고 악한 부인은 싸울 때도 많고 가정의 법도가 편안하지 않아서 참혹하게 된다. 그러다가 늙은 뒤에 며느리를 얻으면 또 며느리의 흉을 보게 된다. 시부모를 박대하고 제 며느리의 흉을 보는 사람이 세상에 많으니 어찌 경계하지 않으리오? 시부모가 꾸중을 하시어도 내가 한 일이 그르기에 꾸중하신다 생각하고, 사랑하시어도 기뻐하여 더욱 조심하라." 『계녀서(戒女書)』, 앞의 책, 202쪽.

리로서 합당하다고 본 것이다. 예상대로, 태종의 친조카인 팔왕이 혼인
을 주선하자 화씨가 눈물을 흘리면서 슬퍼하고 법도에 맞지 않게 행동
하니, 이를 본 양부인은 혼인을 결정한다. 화씨가 신랑의 길복(吉服)을
짓지 못하겠다고 하자, 양부인은 화씨의 항복을 받아 투기를 제어하고
집안을 편하게 해야겠다고 마음먹고 자기 옆에 와서 옷을 지으라고 한
다. 그래서 화씨는 눈물이 솟아나지만 시어머니가 볼까 두려워 참으면
서 옷을 짓고, 혼인날에는 손수 옷을 입히기도 한다. 시어머니는 며느
리가 투기심을 버리고 남편의 혼인을 참아내게 한 것이다.

　석부인의 며느리이며 운성의 아내인 형씨는, 유순하고 편안하며 온
화한 기운이 빛나기에 시할머니가 칭찬하고 시어머니도 아끼고 존중하
는 것이 비길 데가 없다고 서술되는 여성이다. 그녀는 명현공주보다 먼
저 운성과 혼인한 정실(正室)이었음에도 불구하고 남편이 공주와 혼인
하는 것을 전혀 투기하지 않으며 오히려 그녀에게 가서 잘 지내라고
자주 권한다. 하지만 형씨만을 좋아하는 남편으로 인해 공주의 미움을
더욱 많이 받게 되어 죽음 직전까지 가는 등 온갖 수난을 당하는데 이
를 다 견디면서도 불만스러워하지 않으며, 남편이 소영을 첩으로 들일
때에도 초연하게 받아들인다.

　소현성의 여덟째아들 운명의 첫째부인인 임씨도 현숙한 여인으로 묘
사되는데 그녀도 남편이 둘째부인이나 셋째부인과 혼인할 때에 투기하
지 않는 것으로 그려진다. 따라서 이 작품에서 중요하게 부각되는 며느
리의 자질 중 하나가 투기하지 않는 것[18]임을 알 수 있는데, 이는 처첩

---

18) 송시열도 딸에게 투기하지 않아야 함을 강조하였는데, "투기라는 것은 부인의 제일가는
　악행이므로 다시 말한다. 투기를 하면 친밀하던 부부 사이라도 서로 미워하고 속이게
　되며, 질병에 관계하지 않아도 분한 마음과 나쁜 감정을 내게 되고, 시부모를 섬기는 마음

제를 용인하고 남성중심의 혼인제도와 가족제도가 강화되어 가던 당대 분위기를 반영한 것으로 보인다.

며느리 : 엄정한 가르침과 판단력을 지닌, 손자의 어머니

며느리는 시어머니에게는 손자의 어머니이므로 손자를 어떻게 훈육하는가 하는 것도 며느리를 평가하는 중요한 잣대가 된다. 이를 잘 보여주는 일화는, 화씨와 석씨의 아들들이 단선생에게 매를 맞고 왔을 때의 반응에 관한 것이다. 화부인은 둘째 아들이 매를 맞고 와서 우니, 선생을 무시하면서 아들에게 앞으로는 그에게 가서 글을 배우지 말라고 한다. 하지만 같은 상황에서 석부인은 아들을 피가 나올 정도로 때리면서 공부에 태만한 네가 잘못이지 때린 선생님을 탓할 게 없다면서 이를 안 좋게 말하는 사나운 행실을 고쳐주겠다고 꾸짖는다. 이런 상황을 들은 양부인은 화부인에게 아들의 스승을 가리는 것은 아버지가 할 일인데 어머니가 마음대로 처단하여 가서 배우지 말라고 하는 것은 잘못이며, 아이가 태만하여 꾸중들은 것에 대해 더 열심히 배우라고 하지

이 감하여지고, 자연히 사랑하는 마음이 대수롭지 않게 되며, 노비도 부질없이 때리게 되고, 가정일도 잘 다스리지 못하게 되고, 항상 좋지 않은 감정으로 말하게 되고, 낯빛을 슬프게 하거나 남을 대하기 싫어하게 되니 그런 한심한 일이 어디 있겠느냐? 투기를 하면 누구라도 그렇게 되는 것을 면하지 못하니, 가정 법도의 성패와 자손의 흥망이 오로지 거기에 달려 있다. 옛날부터 망한 집안의 일을 들으면 투기로 말미암아 그렇게 된 사람이 많다."(송시열 저, 김종권 역, 『계녀서(戒女書)』, 명문당, 1998, 209쪽.) 소혜왕후의 『내훈』에서도 투기를 금하고 있다. "여교(女敎)에 이르기를, 온갖 일이 많이들 부인으로부터 생긴다. 모질게 투기하고 독하게 성을 내면 크게는 가정을 파괴하고 작게는 자신을 망친다. …(중략)… 오직 너그러움과 인자함과 아울러 편파스러움이 없다면 덕성을 지닌 사람이라 이를 것이니, 그 가정은 마땅히 저절로 화평할 것이다." 소혜왕후 한씨 저, 김종권 역, 『내훈』 부부장(夫婦章), 명문당, 1998, 85쪽.

않고 선생을 꾸짖은 것도 잘못이라고 한다. 시어머니의 훈계에 이어 남편이 아이를 데려다가 매를 더 때리니 화씨는 남편을 원망하면서 어찌할 바를 모르다가 '석씨의 아들 가르치는 것과 자신의 아들 가르치는 것이 전혀 다름을 깨달아 그윽이 부끄러워한다.'(4권 80쪽)

이렇게 엄정한 어머니로서의 모습이 더욱 칭탄 받는 것은 양부인의 모습을 보아도 드러나는데, 그녀는 아들을 매우 엄준하게 키웠으며 손자들에게도 엄한 편이어서 방자하게 행동하지 못하게 한다. 또 타고난 성품이 다른 이들에게 존경을 불러일으키며 유화한 가운데에도 위엄이 있어 능멸하지 못하게 했고 사위들도 그녀를 높은 스승같이 두려워한다.(5권 114쪽) 운성 등 손자들이 창기들을 데리고 놀아서 아버지에게 벌을 받아 한 달여 갇혀 있자 그들을 풀어주라고 한 뒤에 손자들을 훈계하는 장면(5권 123~124쪽)에서는 모두들 모골이 송연하여 식은땀이 난다고 되어 있다. 자식이 불초하다면 어버이와 가문에 불행을 끼치므로 비록 외아들이라도 죽여야 마땅하다는 살벌한 말로 시작하여, 자신도 아들 현성을 키울 때에 그런 각오로 키웠기에 그에게서 잘못된 행실을 보지 못했다면서 너희들도 그렇게 예의를 알아 아버지에게 욕을 끼치지 말라고 한다. 이 작품에서 바람직한 어머니의 모습은 이처럼 자녀를 엄하게 교육하는 것[19]이기에 며느리를 평가할 때에도 그러한 것이다.

그러나 아들에게 엄하기만 한 것은 아니고, 아들을 위해서는 식음을

---

19) 『내훈』에서도 자녀들을 엄하게 가르쳐야 하며, 만약 아이가 바르지 않게 성장하는 것은 어머니 탓이라고 하였다. "사람에게 사랑만 있고 가르침이 없으면 자라서는 드디어 어질지 못하게 되니, 자녀들이 그 뜻대로 하지 않도록 해야 한다. 그들이 조금이라도 제 마음대로 행동한다면 급히 단속해서 그 나쁜 점을 감싸주지 말아야 하고 한 번이라도 잘못을 저지르면 급히 그런 버릇을 없애야 한다. 어린아이들이 잘못하는 일이 있는 것은 다 그 어머니가 길러 놓은 것이다." 『내훈』 모의장(母儀章), 앞의 책, 153쪽.

전폐하면서까지 남편에게 항의하는 뜻을 보이기도 하고 발끈하여 자신의 생각을 말하기도 하는 당당함을 지닌 어머니의 모습을 석부인을 통해 보여준다. 형씨에 대한 그리움으로 상사병에 걸려 죽어가는 아들 운성을 살리기 위해 남편을 설득하는 것이다.[20] 그러나 아들에게는 그의 잘못을 따끔하게 말하여 고치도록 한다. 공주가 방울을 던져 남편을 고른 것이나 네가 소영을 겁탈한 것이나 같고, 공주가 너에게 죽으라고 꾸짖은 것이나 네가 남자이면서 상사병에 걸린 것은 체모를 잃었다는 점에서 같다고 하면서, 이제 다시 형씨를 만났으니 공주에게도 잘 해야 할 텐데 그러지 않으니 통달하지 못함이 공주와 같다며 책망한다.(7권 36쪽)

4. 〈소현성록〉의 양면성 : 여성 교화와 여성의 소망

이 작품에 등장하는 며느리들은 명현공주 이외에는 거의 친가에 어떤 흠이 있지 않고[21] 가문도 괜찮은 경우이기에 자기에 대한 자부심도 있고 가문 때문에 위축되지도 않는 여성들이다. 또 시댁인 소씨 가문의

---

20) 『내훈』에서는 "남편이 잘못한 허물이 있을 때에는 자세하게 드러내어 이를 간하되 이로움과 해로운 사정을 진술하고 설득시키며, 부드러운 얼굴과 고운 말씨로 할 것이다. 이럴 때에 남편이 만약 노여워하면 그 마음이 풀려 기뻐하는 기색이 돌 때 다시 간하며, 비록 매를 맞는 일이 있더라도 어찌 감히 원한을 품으리오? 남편의 직분은 마땅히 높고 아내의 지체는 낮은 것이니, 혹 때리고 꾸짖더라도 당연한 일이거니 하고 생각해야지 어찌 감히 대답질을 하며 어찌 감히 노여워하겠는가?"라고 되어 있다. 『내훈』 부부장(夫婦章), 앞의 책, 77쪽.

21) 명현공주는 친정아버지 즉 태종이 태조의 아들 덕소에게 갈 왕위를 가로챘다는 혐의를 받고 있어서 그 도덕성 논란으로 남편 운성에게 공격을 받기도 하고 첨예하게 갈등을 빚기도 한다.

어른들은 모두 인품이 훌륭하기 때문에 며느리를 박대하지도 않기에 고부간의 '갈등'이 심하게 드러나지 않는다. 여성들의 일상이 소상하게 그려지고 각 국면마다 여성들이 느끼는 감정과 심리가 세세하게 그려지기는 하지만, 며느리들의 한탄이나 고통이 직접적으로 표현되는 부분이 거의 없는 이유이다.

하지만 이 작품에서는 바람직한 시어머니상, 며느리상을 보여주고, 같은 위치의 여성들을 비교하면서 여성을 교육하는 측면이 있었다. 즉 감정이 격해질 수밖에 없는 상황에서도 묵묵하거나 위엄을 갖추고 지혜롭게 처신해야 하며,[22] 질투가 나는 상황에서도 참고 화목하게 지내야 하며,[23] 남편이나 아들과 이별해야 하는 상황에서도 슬픔을 참으면서 시부모 봉양에 힘쓰고 가족들과 잘 지내야 하며, 집안을 총괄하는 지위에 있을 때에는 더욱 냉철하고 공평해야 함을 여러 여성 인물들을 통해 보여 주었다. 특히 투기를 금지한 것은 당대 사회가 이제 막 부권 중심적인 이데올로기가 강화되던 시기였기 때문일 것이다. 딸의 위상이 후대의 작품들에 비해 높게 나타난 것은 그 이전 시기까지의 전통을

---

22) 『내훈(內訓)』에 따르면, "정숙하고 우아하고 곧고 얌전하고, 절개를 지키고 정리 정돈을 잘하고, 몸가짐을 행하는 데 부끄러움을 가지고, 온갖 행동에 법도가 있는 것을 곧 부덕(婦德)이라고 한다. 좋은 말을 가려서 하고, 나쁜 말을 하지 않고, 때에 알맞은 말을 하여 남들이 듣기 싫어하지 않게 하는 것을 곧 부언(婦言)이라고 한다. 먼지와 때와 더러운 것을 잘 빨고 씻고, 옷과 장식을 깨끗하게 하고 목욕을 때때로 하여 몸에 때와 더러움이 없게 하는 것을 곧 부용(婦容)이라고 한다. 정성들여 길쌈을 하고, 놀고 웃고 하는 것을 좋아하지 않고, 술과 밥과 음식을 정결하고 맛있게 만들어서 손님을 잘 대접하는 것을 곧 부공(婦功)이라고 한다. 이 네 가지는 여자의 큰 덕행으로서 없어서는 안 된다."라고 되어 있다. 『내훈』 언행장(言行章), 앞의 책, 27~28쪽.

23) 부녀자에게는 칠거(七去) 곧 일곱 가지 버림을 당하는 일이 있으니, 부모에게 순종하지 않으면 버리고, 아들이 없으면 버리고, 음란하면 버리고, 질투하면 버리고, 나쁜 병이 있으면 버리고, 말이 많으면 버리고, 도둑질을 하면 버린다. 『내훈』 혼례장(婚禮章), 앞의 책, 75쪽.

반영한 것이며, 투기 금지나 호걸형 남성 인물의 폭력적 행동이나 축첩
에의 두둔은 새롭게 확립되던 풍조를 반영한 것이라 할 수 있겠다.

그러나 이렇게 여성교육의 측면이 있다고 해서 여성 억압적인 태도
만을 지닌 작품이라고 할 수는 없다. 앞에서도 살폈듯이, 늘 부정적 자
질을 지닌 것으로 평가되던 화부인의 경우에도 그녀의 억울함이나 마
음의 추이를 비교적 객관적으로 묘사해주는 부분들도 있기 때문이다.
또한 여성들 간의 연대라든지 놀이의 장이 마련되어 있기도 하다. 집안
의 분위기를 즐겁게 조성하고 의견을 전달하는 역할을 하는 시서모 석
파의 주관으로 여성들은 때때로 후원에 모여 술을 마시며 자신의 생애
를 돌아보거나 서로 위로해주기도 하고, 양부인 이하 모든 부인네들이
모여 투호놀이를 하면서 정담을 나누거나 어색할 수 있는 내용의 대화
도 부드럽게 풀어나가기도 한다.[24] 남성 가족들도 함께 모이는 자리가
간혹 만들어지는데 이때에는 대등하게 대화하면서 의견을 나눌 수 있
는 공간이 형성되며, 이를 통해 서로를 이해하게 되거나 숨겨졌던 자질
을 알아보게 되기도 한다.

이는 〈소현성록〉의 인물들이 유교적 이데올로기를 따르면서도 이를
강박적으로 따르거나 도식적으로 행하지는 않는 것[25]과도 관련이 있
다. 시댁 식구들이 며느리 화부인의 힘든 점도 알아주고, 시아버지 등

---

24) 정선희, 「장편가문소설의 놀이 문화의 양상과 기능」, 『한민족문화연구』 36, 2011.

25) 조혜란, 「소현성과 유교적 삶의 진정성」, 『고소설연구』 36, 2013. 12.(그렇기에 소현성
    은 국문장편소설의 다른 주인공들과 차별되며, 유교적 지식인의 삶이 어떠한지, 어떻게
    판단하고 고민하며 선택하며 살아나가는지에 대한 구체적인 서사를 지닌 인물이라고 평
    가했다. 필자가 보기에는 소현성뿐만 아니라 다른 인물들도 이렇게 도식화되지 않고 고민
    하고 선택하고 때로는 이중적이기까지 하는 살아있는 형상으로 제시되어 있다고 생각되
    며 이런 면이 이 작품의 가장 큰 장점이기도 하다.)

이 며느리 형씨가 남편으로 인해 곤경에 처하여 여기서 빠져 나오고자 친정에 가서 죽었다고 연극하는 것26)도 눈감아 주는 아량을 보였다. 또 운성이 형씨가 기상이 강렬하고 말이 냉담한 것을 좋아하지 않아 기를 꺾으려고 그녀를 찾지도 않고 냉대하자, "네가 모자라고 부족한 인물로 공주를 나무라던 것도 우스웠는데 어찌 형씨의 잘못을 바로잡음이 있겠느냐? …(중략)… 형씨의 사람됨이 바르고 커 마땅히 너에게 스승이 됨직하니 어리석은 뜻으로 형씨를 제어할 마음을 두지 마라."라고 꾸짖는다. 무조건 아들편만 드는 것이 아니라 공정하게 판단하는 시어머니의 모습을 보여준다.

명현공주의 경우에도 남편 운성의 잘못도 있는 것으로 시할머니와 시어머니는 인지하고 있다. 운성이 혼인을 하고도 공주 궁에 가지 않자 소승상에게 "사람이 어질더라도 박대하면 원망이 생기는데, 하물며 어질지 않은 사람이야 어떻겠느냐? 또 저 운성의 사람됨이 풍요롭지만 고집이 너무 세서 한 가지를 지키면 돌이킬 줄을 모르니, 아비인 네가 염려하여 경계해야 할 것이다."라고 한다. 그래도 운성은 뜻을 꺾지 않으면서, "공주는 시랑이의 마음을 지녔고 이리 같은 행실을 합니다. 그리고 임금과 동생을 죽이려 한 가문에서 자랐으니 제가 만약 후대하여 그 뜻이 더욱 방자해지면 반드시 저를 죽일 사람이니 처음부터 멀리하는 것이 낫습니다."라고 하고, 이에 석부인은 임금을 헐뜯지 말고 망령

---

26) 물론 이와 비슷한 화소가 나오는 〈임씨삼대록〉에서처럼 가벼운 분위기로 연출되지는 않는다. 〈임씨삼대록〉에서는 임월혜가 죽었다고 설희광에게 거짓말을 하자 그녀를 박대하던 일을 후회하기도 하고 그녀의 한을 풀어주기 위해 귀신에게 사죄하라는 말에 사죄하기도 하고 그녀를 관소저라고 속여 새로 혼인하게 하기도 하는 등 한바탕 복수극으로까지 나아간다는 면에서 소설을 통한 여성들의 위안 또는 보상의 의미로까지 읽을 수 있게 한다.

된 말을 하지 말라면서 침묵하라고 한다.(6권 35~37쪽) 공주가 혼인해
들어오자마자 운성이 이 같은 말을 하는 것은 그녀의 행실을 보기도
전에 그 아버지 즉 자신의 장인의 바르지 않았던 행동에 대한 반감으로
인해 아내를 박대하기 시작하는 것이므로, 몇몇 장편소설에서 '기회주
의적인 소인형 장인'과 주동 가문의 주인공인 사위의 갈등을 그리면서
친정의 잘못을 원죄처럼 지니고 살며 고통 받는 며느리의 한을 그린
것27)과 비슷한 면이 있다. 물론 공주는 그 인격 자체에도 결함이 있는
것으로 설정되어 있기는 하지만, 친정아버지 태종의 비윤리적인 면에
대한 남편의 반감, 자신을 음란하다고 미리 판단한 남편의 선입견, 시
댁 식구들의 방관28)과 같은 상황 때문에 더욱더 소외감을 느꼈고 그만
큼 조급해지고 나빠진 것으로 볼 수 있다. 석부인도 운성이 계속하여
공주를 매몰차게 대하자 "공주가 비록 버릇이 없다지만 네가 한쪽으로
치우쳤기 때문에 여자의 원한이 일어나 잘못된 곳에 빠진 것이다. 그러
니 어찌 대장부가 할 일이냐? 너는 마땅히 생각이 좁은 것을 자책하고
아녀자의 일생을 잘못 만들지 마라. 오늘부터 공주를 너그럽게 대하고
임금의 은혜를 생각하여라."(8권 84쪽)라고 꾸짖는다.

하지만 이렇게 시어머니가 조금은 그 입장을 이해해주었지만 남편과
다른 가족들과는 끝내 화합하지 못하고 불쌍하게 처녀로 죽어간 여성이
명현공주다. 비슷하게 부정적 자질을 지닌 여성으로 그려지던 화부인은

27) 한길연, 「소인형 장인이 등장하는 옹서대립담 연구」, 『고소설연구』 15, 2003. 참고.
〈창란호연록〉, 〈옥원재합기연〉의 경우가 그러하다.
28) 시아버지 소승상은 운성이 공주에게 소원한 것에 대해 별 말을 안 하는데다가, '공주의
흉계'라는 말을 쓰는 등 미워하는 마음을 드러낸다. 이에 대해 석부인은 자신은 공주가
밉지만 겉으로 표현한 적이 없는데 상공은 한 번도 은근한 적이 없이 다 나타내시니 운성
이 상공 때문에 더욱 공주를 박대하는 것이라고 한다. 〈소현성록〉 7권 26쪽.

시누이나 동서, 시어머니의 배려와 이해가 있었기에 나중에는 가족 속으로 들어오게 되었지만, 명현공주는 자신의 교만함과 조급함이 더해져 끝내 안착하지 못한 채 죽고 말았다. 공주는 친정아버지 태종의 부도덕성 논란, 남편을 먼저 선택했다는 음란함, 혼인과정에서의 불화 등의 면에서 화부인과는 달랐기에 더욱 배척되었던 것이다. 그래서 자기를 공감해줄 사람, 자기만 사랑해줄 남편은커녕 그 어느 누구도 그녀의 편이 되어줄 사람이 없었다. 대화다운 대화를 나눠줄 사람조차 없었기에 억울한 감정, 아쉬운 감정들을 토로할 데가 없었던 것이다. 이렇게 교화되지 못한 며느리는 특히 남편이나 시아버지와 첨예한 갈등을 보이고 가족 모두에게 은근히 소외되는 분위기 속에서 홀로 투쟁하다가 죽어갔지만, 그나마 같은 여성인 시어머니는 조금이라도 그녀의 고통을 이해해주거나 상황이 좋은 방향으로 전환되기를 도왔다는 면에서 여성 교육적인 면과 여성 이해적인 면을 모두 보여주었다고 할 수 있다.

가족 구성원 중 며느리는 그 집안에 새로 편입된 사람이기에 종종 교육과 계도의 대상이 된다. 순조롭게 교화되면 받아들여지고 교화되지 않으면 배척, 축출되는 과정을 겪는데, 혈연을 중심으로 한 가족관계의 강한 유대와 배타성 때문에 외부에서 들어온 사람은 비하하거나 소외시키는 경우가 많다. 또 예부터 "며느리는 공경과 정성을 다하여 털끝만큼이라도 시부모의 뜻에 어긋날까 두려워해야 하며, 시부모의 존귀함은 하늘과 같으니 반드시 공경하고 공손하여 자기가 어질다고 믿지 말고 혹 매질을 하고 꾸짖는 일이 있더라도 기쁘게 받아들이는 것이 곧 진실로 자기 자신을 사랑하는 일이다.…(중략)…시부모가 지시하거나 시키는 일이 있으면 분부대로 곧 실행할 것이다. 비록 매우 수

고롭고 힘이 들더라도 어찌 감히 자신의 편안만 생각하겠는가?"[29]라고 교육 받아왔다.

특히 국문장편 고전소설은 한 가문의 위상 정립과 계승에 초점을 맞춘 작품이기에 중심 가문 구성원들은 긍정적으로 형상화하고, 서사의 다양성과 재미를 위해서 부정적 인물이 필요할 때에는 주로 며느리나 사위로 설정하고는 한다. 〈소현성록〉에서도 화부인이나 여부인, 명현공주 등 며느리들, 소월영의 남편 한어사, 소수아의 남편 정화, 소수빙의 남편 김현 등 사위들이 그 경우이다. 김현처럼 사위는 괜찮지만 그 어머니와 형이 악인으로 설정되어 중심가문의 딸인 수빙을 곤경에 빠뜨리고 이를 잘 참아내는 부덕과 지혜를 보여주기도 한다.

화부인은 큰며느리이기는 하지만 투기와 사사로움 때문에 종종 책망 받고 종국에는 교화되지만 집안의 가권을 계승하지는 못한다. 이에 비해 둘째 며느리 석부인은 위엄 있으면서도 따뜻하고 공정하여 이상적인 여인으로 칭탄 받는데 며느리나 시어머니의 위상으로서도 가장 훌륭한 경우로 자리하고 있다. 그녀는 다소 강직한 성품을 지니기는 했어도 소박하고 검소하며 공손하고 담박한 삶을 지향하던 가족의 생활방식이나 예의를 준수하는 가치관 등을 잘 따랐기에 문제가 없었다. 심지어 말년에는 화부인보다 더 높은 자리에 앉게 되었으며 아들 운성은 진왕이 되어 가문을 책임지게 되었고 딸은 황후가 되는 여성으로 그려졌다.

한편, 이 작품에서 딸 월영은 가문의 중심인 소현성의 조언자이자 양부인의 대리인 정도의 큰 위상을 지니는데다 친정에서 1년 중 반 이상을 살면서 집안의 대소사를 함께하고 어려운 일을 중재하고 어머니가

---

29) 『내훈(內訓)』 효친장(孝親章), 앞의 책, 51~52쪽.

죽을 때에는 가권(家權)을 물려받기도 한다. 또 소운성의 여동생 소수빙은 시댁에서 핍박과 모해를 당하자 오빠가 친정으로 데려와 버리는데 이를 가족들이 묵인한다. 며느리는 핍박을 무한히 참아내면서 교화되어야 하는 존재였지만, 딸은 핍박한 시댁이 잘못이므로 삼종지도(三從之道)를 따르지 않아도 된다는 식의 언급까지 한다. 또 가문에 교화되지 못한 명현공주는 시집온 지 5년 만에 처녀로 죽고, 교화되기는 했지만 늘 부족한 여성으로 평가되던 화부인은 행복하지 못한 삶을 살다가 죽었다. 작품의 말미에서는 소현성과 그녀가 죽자 그녀의 두 아들이자 집안의 첫째, 둘째 아들인 운경과 운희도 곧바로 죽고, 석부인의 큰아들인 운성이 가문의 수장이 되는 것으로 되어 있다. 못난 어머니이기에 아들들도 서열과 상관없이 자질이 떨어지는 것으로 그려진 것이다.

이상에서 〈소현성록〉 연작의 여성인물에 대한 포폄 양상과 고부상, 가족관계 속에서 고부의 역할에 따른 바람직한 자질 등에 대해 논하였다. 이 소설은 조선 후기의 상층여성들이 독서했던 작품이고 가문에서 대대로 물려주던 수신서(修身書)의 역할까지 했을 정도로 교육적인 면이 강한데 그러한 면이 고부관계의 면에서도 잘 드러났다. 하지만 여성들의 생활과 심리를 이해해주는 측면이 자세하게 묘사되거나, 현실에서는 어렵겠지만 따뜻하고 친근하여 딸같이 대해주는 시어머니상을 보여주었다는 면에서 당대 여성독자들의 소망도 담아내었다고 할 수 있다. 같은 삼대록계 국문장편소설로 묶이지만 더 후대의 작품으로 추정되는 〈조씨삼대록〉, 〈임씨삼대록〉 등에서는 여성들이 자신의 상황을 운명으로 받아들이면서 초월적인 힘에 의지하여 갈등이 해결되는 양상을 보이는 것에 비해, 여성의 현실을 비교적 사실적이고도 구체적으로 보여주는 작품임도 알 수 있다.

어리석은 장인의 사위 바라기와 고집불통 사위의 장인 밀어내기, 〈완월회맹연〉의 옹서

한정미

1. 고전 서사문학 속 옹서갈등과 〈완월회맹연〉

우리 고전 서사문학 속에는 실로 다양한 형태의 가족관계가 그려지고 있다. 이러한 가족관계 형태를 좀 더 세분화해보면 부자(부녀)·모자(모녀)·고부(구부)·옹서·숙질·부부·처처·처첩·첩첩·형제·자매·남매·사돈관계 등으로 나눌 수 있다. 작품에 따라서 이들 가족관계는 어느 한 가지가 중점적으로 제시되는 경우도 있고, 몇 가지가 얽혀 복잡한 양상을 드러내기도 한다. 특히 여러 대의 가문이야기를 다룬 국문장편 고전소설[1])에서는 앞서 제시한 여러 형태의 가족관계가 한 작품 내에 고루 제시되기도 하는데, 이 중 인척으로 맺어진 가족이라는 점에서 인물 간 화합보다는 갈등의 측면에서 주로 다루어지는 것이 부부, 고

[1) 국문장편 고전소설이란 장르 명칭은 학자들에 따라 대하소설, 국문장편소설, 장편가문소설, 대장편소설 등으로 사용되곤 하는데, 필자는 작품의 표기, 시대, 분량이라는 특징을 아우르는 명칭인 국문(표기)장편(분량) 고전(시대)소설이라는 명칭을 사용하기로 한다.

부, 옹서관계이다.

그간 부부나 고부관계의 갈등 양상을 다룬 논의는 분분했으나 장인과 사위와의 갈등 관계를 다룬 옹서간의 갈등은 국문장편 고전소설을 제외한 다른 작품군에서는 찾아보기 힘든 유형2)이기에 관련 주제 하에 제출된 논의3)도 비교적 적다. 옹서간의 갈등을 다룬 이야기는 조선 후기 소설 가운데는 대하소설에서만 유일하게 발견되며, 전기소설을 비롯한 판소리계 소설이나 단편 영웅소설4) 등에서는 그 내용이 존재하지 않는다.

기존 연구에 따르면 국문장편 고전소설에서 보이는 옹서간의 갈등은 사위의 경우에는 거의 대부분 군자형 인물로 등장하기에 장인의 유형에 따라 첫째, 군자형 장인과 군자형 사위와의 갈등을 다룬 경우, 둘째, 범인형 장인과 군자형 사위와의 갈등을 다룬 경우, 셋째, 소인형 장인5)

---

2) 송성욱, 『조선시대 대하소설의 서사문법과 창작의식』, 태학사, 2003, 120쪽.

3) 양혜란, 「창란호연록에 나타난 翁-壻, 舅-婦間 갈등과 사회적 의미」, 『외대어문논총』 7, 경희대학교 외국어대학, 1995; 송성욱, 「조선시대 대하소설의 서사문법과 창작의식」, 태학사, 2003; 한길연, 「소인형 장인이 등장하는 옹서대립담 연구-여주인공의 입장을 중심으로」, 『고소설연구』 15, 한국고소설학회, 2003; 차충환, 「효의정충예행록」, 『고소설연구』 22, 한국고소설학회, 2006; 한길연, 「조선후기 대하소설의 다층적 세계」, 소명출판, 2009; 조광국, 「〈유효공선행록〉과 〈옥원전해〉의 옹서대립담 고찰」, 『고전문학연구』 36, 한국고전문학회, 2009; 서은선, 「〈완월회맹연〉에 나타난 가족갈등 양상-계후갈등과 옹서갈등을 중심으로-」, 『문명연지』 14권 2호, 한국문명학회, 2013.

4) 물론 〈소대성전〉 같은 단편 영웅소설의 작품에서 볼 수 있듯이, 남주인공과 처가 식구들과의 갈등이 나타나긴 하지만 이는 장모와 사위의 관계를 다룬 고서(姑壻)갈등일 뿐 옹서(翁婿)갈등과는 차이가 있다. 〈소대성전〉에서 장인은 지인지감(知人之鑑)에 의해 떠돌아다니던 남주인공 소대성을 사위로 맞이하나 장모는 소대성의 미천함 때문에 그를 싫어하게 된다.(한길연, 『조선후기 대하소설의 다층적 세계』, 소명출판, 2009, 92쪽 참조)

5) 소인형 장인이 등장하는 옹서갈등을 그린 작품은 〈명주기봉〉, 〈옥원재합기연〉, 〈창난호연록〉, 〈양현문직절기〉 등을 들 수 있는데, 각 작품에 대한 자세한 논의는 한길연(「소인형 장인이 등장하는 옹서대립담 연구-여주인공의 입장을 중심으로」, 『고소설연구』 15, 한국

과 군자형 사위와의 갈등을 다룬 경우 세 가지로 나눌 수 있다[6]고 했는데, 이 글에서 대상작품으로 선정한 〈완월회맹연〉에 등장하는 사위 정인광은 작품 전반적으로 평가해 볼 때, 군자형 인물과는 거리가 있다. 불의를 보면 참지 못하고, 분노가 차오르면 억누르지 못하고 표출해야 하는 성격적 특성으로 인해 포커페이스를 유지하지 못하는 인물이기 때문이다. 아울러 완강(頑剛)한 성품을 지니고 있어 한번 고집을 부리면 설령 자신에게 과오가 있다손 치더라도 돌이키는 법이 없다. 이는 자신의 감정을 있는 그대로 표출하지 않고 행동하는 것 또한 언제나 주변 사람들을 배려하는 군자형 인물과는 분명 다르다 할 수 있다. 따라서 엄밀히 따져볼 때, 사위의 성격을 염두에 둔다면 〈완월회맹연〉에서의 옹서관계는 앞서 기존 논의에서 제시한 세 가지 유형에는 속하지 않는 갈등이야기를 다룬다고 할 수 있다.

이 글의 대상작품인 〈완월회맹연〉은 180권 180책 분량의 현존 가장 긴 국문장편 고전소설이다. 일찍이 가람 이병기는 〈완월회맹연〉을 가리켜 '인간행락(人間行樂)의 총서(叢書)'라고 평가[7]한바 있는데, 말 그대

고소설학회, 2003.)의 논문을 참고하기 바란다.

6) 한길연의 논의에 따르면, 첫 번째 유형은 〈유효공선행록〉에서 정추밀(장인)과 유연(사위)의 갈등, 〈창란호연록〉의 이운(장인)과 장우(사위)의 갈등 / 두 번째 유형은 〈옥원재합기연〉과 〈옥원전해〉에서의 경태사(장인)와 이현윤(사위)의 갈등 / 세 번째 유형은 〈명주기봉〉에서의 화정윤(장인)과 현흥린(사위)의 갈등, 〈양현문직절기〉의 이임보(장인)와 양관(사위)의 갈등을 들 수 있으며, 〈완월회맹연〉의 장헌(장인)과 정인광(사위)의 갈등은 이 중 세 번째 유형인 '소인형 장인과 군자형 사위'에 속한다(한길연, 〈조선후기 대하소설의 다층적 세계〉, 소명출판, 2009, 49쪽 참조)고 보았으나 이후 한길연은 정인광에 관한 개별 논의를 펼치면서 '정인광의 성격을 군자형보다는 호걸형에 가깝다'고 기존 논의를 수정한 바 있다.(한길연, 「완월회맹연의 정인광 : 폭력적 가부장의 가면과 그 이면」, 『고소설연구』 53, 2013, 33쪽 참조.)

7) 이병기, 「조선어문학명저해제」, 『문장2호』 8, 1940, 231쪽.

로 인간이 살아가면서 경험할 수 있는 인생사의 모든 것들을 포괄적으로 보여주는 작품이라고 할 수 있겠다. 방대한 분량만큼 작품 속 다양한 인물들이 서로 얽히고설키는 관계 속에서 다채로운 모습으로 그려지고 있어 독자는 작품을 읽는 내내 흥미를 만끽할 수 있다.

〈완월회맹연〉에서 핵심적 주축이 되는 갈등담은 '정인성과 소교완 간에 이루어지는 계후갈등'과 '정인광과 장헌 사이에서 벌어지는 옹서갈등'이다.[8) 정인성과 정인광은 정삼(정한의 둘째 아들)의 쌍둥이 아들이다. 정삼의 형인 정잠에게는 딸만 둘이 있고 아들이 없었기에 정잠은 동생 정삼의 아들 중 정인성을 계후자로 정하고 양자로 들인다. 이후 정잠의 본부인인 양부인이 병들어 죽자 후처로 들어온 소교완은 아들을 낳지만 이미 계후자로 정한 정인성이 있기에 자신의 아들이 가문의 계후자가 될 수 없음을 알고, 정인성을 무단히도 괴롭히는 상황에서 계후갈등을 초래한다.

이러한 계후갈등과 맞물려 〈완월회맹연〉 속에서 주목해야 할 또 다른 갈등 양상은 장인 장헌과 사위 정인광 간에 벌어지는 옹서갈등이다. 정인광은 애초 완월대[9)에서 집안끼리 맺어진 혼약의 결과, 본의 아니게 장헌의 딸 장성완과 장래를 약속하게 된다. 이런 예비 옹서관계에서 정인광은 장인에 대한 비인간적인 면모를 경험하게 되면서 심각한 내

---

8) 이러한 논의는 이미 정병설(정병설, 『완월회맹연 연구』, 태학사, 1998.)에 의해 다루어진 바 있으며 이후 〈완월회맹연〉 내의 핵심 갈등구조를 논할 때, 이 두 가지가 〈완월회맹연〉의 주축이 되는 갈등이라는 점에는 이견이 없다.

9) 〈완월회맹연〉이라는 작품의 제목에서도 알 수 있듯이 작품 초반에 정씨 부중의 가부장인 정한의 생일잔치를 벌인 후 저녁 무렵 이 '완월대'라는 누대에 올라 여러 가문 간 어린 자녀들의 혼사를 미리 정하게 된다. 여기서 장헌은 명망 있는 정씨 부중과 사돈을 맺고 싶어서 정인광을 자신의 사위로 정한다.

적 갈등을 겪는 과정에서 장헌과의 인연을 끊으려는 결심을 한다. 이후 자신의 의지와는 상관없이 집안 어른들의 속임수에 빠져 장성완과 어쩔 수 없이 혼인을 하게 되고, 계속되는 장인 장헌의 파렴치한 행동들을 접하게 되면서 더욱 그를 혐오하게 된다. 그뿐만 아니라 장인과 장모의 몰상식한 행동으로 인해 부인 장성완과의 사이도 악화되는 상황이 벌어지면서 등장인물 간 갈등관계가 점차 심화되기도 한다. 이렇듯 〈완월회맹연〉에서는 두 개의 핵심적 갈등이 주축이 되어 여러 사건들이 복합적으로 얽히는 가운데 그와 관련된 다양한 캐릭터를 산출해내고 있다.

이 글에서는 〈완월회맹연〉에 형상화된 두 개의 핵심 갈등 중 장인 장헌과 사위 정인광의 갈등을 그린 옹서관계를 통해 고전소설 속 인척으로 맺어진 가족관계의 일면을 살펴보고자 한다. 작품 속 옹서갈등에 주목하는 이유는 이러한 갈등 양상이 매개가 되어 또 다른 갈등 상황을 유발하고 있기 때문이다. 하나의 갈등이 또 다른 갈등을 야기한다는 점에서 작품 속 서사 전개를 보다 심도 있게 이끌어가는 역할을 하고 있기에 옹서갈등은 주의 깊게 다루어볼 만한 주제[10]이다.

이 글의 대상작품은 규장각본 〈완월회맹연〉(180권 93책)을 저본으로 한 김진세 독해본 〈완월회맹연〉 12권이며, 장서각본 〈완월회맹연〉(180권 180책)은 필요한 경우 참고하는 가운데 논의를 진행한다.

---

10) 한길연, 「소인형 장인이 등장하는 옹서대립담 연구—여주인공의 입장을 중심으로」, 『고소설연구』 15, 한국고소설학회, 2003.

2. 장인 장헌과 사위 정인광의 갈등 양상

장헌은 장합과 위씨 부인의 외아들이다. 그의 부모는 고향에 기근이 닥치자 유리걸식하다가 정인광의 할아버지인 정한이 빈민구제를 위해 세운 구빈관에 의탁하여 살다가 장헌을 낳게 된다. 모친 위씨는 장헌을 낳고 21일이 채 되지 않아 산후통으로 죽고, 부친인 장합마저 홀로 아들을 키우다가 병을 앓아 세상을 떠나고 만다. 이로써 장헌은 천애의 고아 신세가 된다. 정한과 그 부인 서씨는 자기의 아들 정잠과 동년생인 장헌을 불쌍히 여겨 친자식처럼 기른다. 자라면서 장헌은 남다른 노력을 하여 서사고적에 통달했으나 부귀에 탐욕이 있었기 때문에 정한이 이를 민망히 여기곤 했다. 장헌은 14세에 태사 연침의 딸을 맞아 비범한 아들을 낳지만 소주자사의 벼슬을 맡아 부임지로 가던 도중 도적떼에게 그 아들을 빼앗긴다. 그 후 그는 첩 박씨를 들여 애추[11]라는 딸을 낳고 이어 두 아들 희린과 세린을 얻게 되는데, 여기서 낳은 딸 애추가 바로 훗날 정인광과 부부의 인연을 맺는 장성완이다. 정한의 생일잔치가 열리는 날, 완월대에서 여러 가문의 자손들이 혼약을 하는데, 이때 장헌의 딸 장성완과 정삼[12]의 아들 정인광의 혼약도 이루어진다. 이로써 정인광과 장헌은 예비 옹서관계에 놓이게 된다.

1) 혼인 전 예비 옹서관계에서의 갈등 양상

정인광과 장성완이 혼인하기 전 예비 장인과 사위 관계에서는 주로

---

11) 장성완의 아명(兒名)이다.
12) 정한과 서태부인의 둘째아들. 정잠의 남동생. 정인광의 부친.

정인광의 내적 갈등이 두드러지게 나타난다. 지금까지는 정인광이 장인 장헌에 대해 다른 이들로부터 전해들은 이야기로만 그의 인간성을 짐작하는 정도였다면 실제 기강 지방에서는 장헌의 일거수일투족을 제 3자의 입장에서 관찰하는 가운데, 그가 사사로운 이익을 탐하는 배은 망덕한 인간이며 비루한 태도로 자신의 안위만을 꾀하는 파렴치한 자였음을 직접 목도하게 된다. 예비 옹서관계에서 결코 겪지 말고 보지 말았어야 할 장인의 추태를 경험하면서 괴로워하는 정인광의 심적 갈등상태가 여실히 드러나 있다. 여기서는 기강 낙성촌에서 불미스러운 일에 연루되어 도둑으로 오해 받은 정인광이 그 지방 안찰사로 부임한 장헌과 마주치는 상황에서 벌어지는 갈등 상황과 여장(女裝)한 정인광이 부득이하게 장헌의 첩으로 들어가 벌어지는 갈등 양상을 다룬다.

● 도둑으로 몰린 정인광과 안찰사 장헌의 만남

완월대에서 맺은 정인광과 장성완의 혼약은 정씨 부중이 정치적으로 점차 열세에 처하자 간신 세력과 담합하여 자신의 사리사욕을 채우려는 예비 장인 장헌에 의해 파기될 지경에 이른다. 평소에도 권세와 이익만 쫓던 장헌은 당시 황제의 총애를 받고 있던 간신 왕진에게 밉보일까 염려되어 정씨 부중으로 통하는 협문을 아예 막아버리고 평상시에도 늘 왕래하던 정씨 부중의 대문 앞을 지나는 것조차 꺼려 길을 우회하며 다닌다.[13]

간신의 득세로 인해 정치적으로 열세에 처한 정씨 부중은 귀향하기

---

13) 태우 댱헌이 왕딘의 쯧을 일흘가 두려 션태부 문쳥공의 산고 희활지덕을 져브려 (중략) 댱헌이 젼일 됴왕모리ᄒᆞ던 협문을 막고 츌입ᄒᆞ미 졍부 문젼을 디나는 고로 회곡히 길흘 에워 단니니 그 힝셰의 니욕을 탐ᄒᆞᄂᆞᆫ 비루ᄒᆞ미 이러ᄒᆞ더라. 〈완월회맹연〉 9권.

로 결정한 후 일가를 이끌고 선산이 있는 태주로 향한다. 그러나 태주로 가는 도중 도적의 습격을 받아 일가가 흩어지게 되면서 정인성, 정인광, 정월염, 상여교 등이 실종된다. 실종된 이들 중 정인광과 정월염은 조주 계행산에서 도술을 부리는 요도들에게 붙잡혀 고생하다가 조력자에 의해 탈출하는 데 성공하나 얼마 후 또다시 도적떼의 습격을 당해 정월염은 절벽으로 투신하고, 정인광은 도적들과 맞서 싸우다 뜻밖에 운학과 경용14)을 만나 위기를 모면하게 된다.

　낭떠러지로 투신한 사촌 누나 정월염15)을 찾기 위해 정인광 일행은 사방팔방 헤매다 기강 낙성촌으로 들어가게 되는데, 여기서 억울한 누명을 쓰고 도둑으로 몰린 뒤 관아로 압송되기에 이른다. 문제는 당시 기강 지방의 안찰사로 부임해온 자가 정인광의 예비 장인인 장헌이었다는 점이다. 예비 장인이라고는 하나 완월대 맹약 이후 서로 마주칠 일이 거의 없던 터였고, 정씨 부중이 정치적 열세에 처하자 장헌이 바로 정씨 부중을 배신하고 간신들의 비호를 받으며 권세와 이익에 탐닉한다는 사실을 전해 들었기에16) 정인광은 꿈에서라도 장헌과 마주치고 싶지 않았다. 그런데 이렇듯 억울한 누명을 쓴 죄인의 입장에서 안찰사라는 지위에 있는 장헌과 마주해야 하는 상황 속에서 정인광은 참담한 심정일 수밖에 없었다.

---

14) 정씨 부중의 충성스런 하인. 실종된 아이들을 찾기 전까지 돌아오지 않겠다는 굳은 다짐을 하고 정씨 부중을 나선 후 기강 태원령 부근에서 위험에 빠진 정인광을 만나게 된 것이다.

15) 정잠의 둘째딸. 정인광의 사촌 누나. 훗날 장헌의 큰아들 장창린과 혼인하여 장헌의 맏며느리가 된다.

16) 정인광은 자신이 실종되던 날부터 지금까지의 집안 사정을 어사 장두를 통해 전해 들었기에 그러한 장헌의 파렴치한 행위를 낱낱이 알고 있었다.

포박당한 채 끌려온 정인광 일행을 본 장헌은 이들을 풀어주면 정씨 부중의 삼족을 멸하려고 계획했던 경태황제의 노여움을 사 스스로 화를 당할까 두려워 망설인다. 그렇게 여러 날을 고민하며 주저하던 장헌은 결국 운학과 경용은 잡아두고 정인광만 풀어준다. 정인광을 풀어준 후부터 계속 불안한 마음으로 노심초사하던 장헌은 문양 추관 맹추가 기강으로 내려와 경태제가 평소에도 정씨 부중을 없애기 위해 방법을 고심 중이라는 말을 전해 들으면서 혹시나 자신이 정인광을 놓아준 일을 모두 알면서 짐짓 자신을 떠보는 것인 줄로만 알고 자신이 정인광을 풀어줬다고 실토하게 된다. 이후 맹추에 의해서 정인광은 다시 투옥된다.

자신의 부모 때부터 받았던 정씨 부중의 은혜를 하루아침에 저버린 것도 모자라 완월대에서 혼약까지 맺은 예비 사위 정인광이 바로 자신의 눈앞에서 위기에 봉착했는데도 불구하고 자신의 안위만을 꾀하는 데 눈이 먼 장헌의 태도는 비루함의 극치를 보여준다.

● 여장 후 첩 노릇을 하는 정인광과 첩의 사랑을 갈구하는 장헌

기강 태원령 절벽에 투신했던 정월염은 정씨 부중의 옛 비자였던 위정에 의해 무사히 구조되어 목숨을 구하게 된다. 잠시 위정의 집에서 건강을 회복할 때까지 머물기로 한 정월염은 그 지방 매파이자 위정의 친구인 가월랑의 눈에 띄어 장헌의 첩으로 들어가는 위기에 처하게 된다. 우여곡절 끝에 최언선과 위정의 도움으로 정인광과 정월염은 한자리에서 만날 수 있게 되는데, 곧 장헌의 첩으로 들어가게 된 사촌 누나 정월염을 대신해 정인광은 여장을 한 채 장헌의 첩 노릇을 대신 하기로 결심한다.

이렇듯 정인광이 여장을 하고 장헌의 첩으로 들어가게 된 데에는 몇 가지 이유가 있다. 먼저 누나 정월염의 안위를 위해서요, 다음으로는 자신과 누나 정월염을 무사히 탈옥할 수 있게끔 도와준 위정과 최언선이 장헌으로부터 그 죗값을 받지 않게 하기 위함이다. 이러한 계획 하에 정인광은 여장을 하면서 마음을 다잡아 보지만 막상 장헌의 추한 행태를 견뎌야만 한다는 생각에 머리부터 저려오는 것은 어쩔 수 없는 일이었다.

이후 정인광은 위정과 여러 가지 계획을 세운 후 자신을 어렸을 적 부모를 잃은 고아로 설정해 부모를 찾기 전까지는 혼인의 예를 올릴 수 없다는 뜻을 굳히지만 마지못해 장헌과 대면하게 된다. 사실 장헌이 정미인[17]을 보러 온다는 소식을 듣고, 위정은 미리 장헌에게 오늘 정미인이 아프다는 핑계를 대며 나중에 만날 것을 권했는데 끝까지 그녀를 보겠다는 장헌의 고집에 그의 방문을 수락하게 된 것이다. 장헌은 위정의 집에서 정미인을 보자마자 그 빼어난 외모에 감탄한 후 동침하려 하는데, 정미인은 단호히 거부하면서 부모를 찾은 후에 혼인의 예를 치르겠다고 못 박는다. 그날 밤 장헌은 정미인을 간호하며 아름다운 여인을 첩으로 얻게 된 것에 마냥 들떠 기뻐하나 여장한 정인광은 아프지도 않은데 아픈 척 연기하며 장헌의 부담스런 간호를 받으려니 정말이지 괴로운 심경이었다.

장헌은 외직에서 근무를 하고 난 후에도 여지없이 정미인을 찾았으며 자기 집안에서 벌어지는 일들은 대소사를 불문하고 정미인에게 시시콜콜 다 털어놓으며 고민 상담까지 했다. 큰일을 결정해야 할 때에도

---

17) 여장(女裝)한 정인광을 지칭한다.

정미인에게 의견을 물었으며 그때마다 정인광은 괴로움을 감추고 상담
자 역할까지 해줘야 했다. 게다가 견딜만하면 또 다시 신체 접촉을 시
도하며 동침을 요구하는 통에 그야말로 정인광은 도를 닦는 기분으로
저 가슴속부터 치밀어 올라오는 장헌을 향한 분노를 삭여야만 했다. 정
미인은 친부모를 찾기 전까지 혼인의 예를 치를 수 없다는 점을 내세우
며 장헌의 지속적인 동침 요구를 완강하게 거절한다. 그 태도가 자못
강경하여 소심한 장헌은 정미인의 말에 순종할 수밖에 없었다. 아래 예
문을 보자.

> 공지 댱튝18)의 황홀 침혹ㅎ는 거동을 볼수록 비위 눅눅ㅎ고 분ㅎ믈 이
> 긔지 못ㅎ여 슉연이 웃는 빗출 거두며 묵연이 손을 쩨쳐 늠연이 좌를 물
> 니고 옥셩을 미토의 긔상이 더욱 한엄ㅎ여 동황이 됴흔 빗출 변ㅎ미 (중
> 략) 다시 말 븟치기 어려온딕19)

여장한 정인광은 장헌이 자신의 모습을 황홀한 듯한 표정으로 바라
보면서 신체 접촉을 시도하려 하자 정색하며 손을 빼내어 앉았던 자리
를 벗어나 매섭고 차갑게 돌변하여 그 누구도 섣불리 말을 걸지 못할
정도로 태도를 굳힌다. 그럼에도 장헌은 다음의 예문에서와 같이 흐느
적거리며 체면 따위는 안중에도 없는 듯 정미인에게 홀린 듯 다가가
앉아 뺨을 부비며 마치 투정을 부리는 어린애처럼 사랑을 갈구한다.

---

18) 장인인 '장헌'을 가리키는 표현이다. 〈완월회맹연〉에서 정인광이 장헌을 일컬을 때에는
장헌의 '장'과 짐승을 가리키는 '축생(畜生)'의 '축'을 붙여 '장축'이란 명칭으로 비하해서
부른다. 작품 속에서 장헌의 일거수일투족이 짐승만도 못하다는 의미에서 자주 쓰이는
표현이다.
19) 〈완월회맹연〉 23권.

댱공의 만심이 어린 듯 취흔 듯 은졍이 황황ᄒ며 의ᄉ 젼도ᄒ여 약ᄉ쳬
지무골ᄒ니 공주의 닝엄흔 위의를 듸흔들 엇지 건곤의 강약이 현슈홈과
존비의 닉도ᄒᄆᆯ 싱각ᄒ여 톄면을 도라보리오 년망이 공주의 겻트로 나
ᄀ어 안주며 졉ᄉ 교면 왈 우부ᄂᆫ 현경을 상봉지후로 은졍이 여련지무궁
ᄒ여 빅연 동낙이 늣거울 듯ᄒ 바의 심상의 병이 되여 착급 우민ᄒᄂᆫ 밧
주ᄂᆫ 너의 고집이 듕ᄒ고 소싱지디를 슈히 알 길히 업시니 무산의 신녀를
듸흔 양왕의 ᄯᆺ지 젼도ᄒ나 무협의 힝운이 쵸딕의 봄비를 화ᄒ미 아득ᄒ
니 쥬쥬 야야의 너의 부모 ᄎᆺ기를 특ᄒ고 가온딕 ᄉᄉ 밀은을 엇지 못ᄒ
여 믄득 긔운이 올나 두면이 통열ᄒᄆᆯ 씻ᄃᆺ지 못ᄒ고 간이 풀어져 ᄆᆷ이
ᄉ라지기의 밋거ᄂᆫ 너ᄂᆫ 엇진 인졍이완딕 나의 이ᄀᆺ튼 ᄯᆺ을 아지 못ᄒ며
갈수록 닝담ᄒ여 쇼련의 즁홈과 은의 후ᄒᄆᆯ 싱각지 아니 ᄒᄂ요[20]

장헌이 그 동안의 회포를 풀어보려고 다정한 태도로 정미인에게 가
까이 다가가지만 너무나도 냉정하게 자신을 밀어내는 정미인에게 장헌
은 서운한 감정을 느낀다. 장헌은 자신을 쌀쌀맞게 대하는 정미인에게
언제쯤 자신의 사랑을 받아줄 것인지 하소연하는 과정에서 미인을 앞
에 두고도 품지 못하는 자신의 처지를 괴로워한다. 위에 제시한 예문은
장헌이 애초 정미인을 받아들일 때부터 '친부모를 찾기 전까지는 혼인
할 수 없다'는 그녀와의 약속을 어길 수는 없고, 그렇다고 부모를 언제
쯤 꼭 찾을 수 있다는 확신 없는 기다림에 푸념을 늘어놓는 장면이다.
정미인과 함께 사랑을 나눌 그날이 언제쯤이나 될지 장헌은 첩 정미인
을 향해 활활 타오르는 사랑의 불길을 오늘도 잠재워야만 했다.
정인광은 장헌의 첩 노릇을 하게 되면서 두 가지 사건을 알게 되는

데, 이러한 사건은 이후 장인에 대한 정인광의 증오심을 더욱 증폭시키는 계기로 작용한다. 그 첫 번째는 장헌이 정인광의 약혼녀이자 자신의 딸인 장성완을 황제의 후궁으로 들여보내려고 한 사건이다.

> 만일 여아을 후궁으로 드리게 되면 긔강을 여러 달 머므디 못ᄒ여 피련 다른 딘뉴ᄉ를 보닉고 나를 녯 벼슬노 밧비 부르실 듯 ᄒ니 일이 그리 되난 지경은 마음의 슬희여도 마디 못ᄒ려니와 네 안ᄌ셔 쳘니를 사못ᄂ 디감이 잇난 듯 ᄒ니 ᄉ량ᄒ여 보라 닉 여아를 후궁으로 드려 마ᄎᄂ 늉늉혼 부귀를 누리미 되랴 공지 쳥파의 댱공의 위인이 이러툿 ᄒ믈 쳐음으로 아ᄂ 빅 아니로ᄃᆡ 그 ᄯᆞᆯ을 파라 부귀를 도모코ᄌ ᄒ미 이의 밋쳐 십셰 젼 뉴녀을 후궁으로 드리고ᄌ 규슈의 화상을 일워닉여 황친 국쳑의게 먼져 보닉여시믈 만심 히괴ᄒ고 궁흉 파측ᄒ여 원슈 갓치 ᄶᆞᆺ치며 ᄉ갈 갓치 믈니칠 의ᄉᆡ 증익쳡츌ᄒ니 비록 젼ᄌ에도 마음을 머므른 바ᄂ 업던 거시어니와 삼ᄉ 셰가지ᄂ 댱쇼졔를 통닉외ᄒ여 이졔 거의 면목을 긔록 홀만치 아ᄂ 빈니 결단코 용인 쇽녀 아닐 ᄲᅮᆫ 아니라 그 ᄲᅢ혀ᄂ 긔딜를 딤작ᄒᄂ 고로 댱공이 여ᄎ 무상ᄒ나 기녜 초녀의 고졀을 좃ᄎᆫᄌ 반다시 ᄉ디 못ᄒ리라 혜아리미 댱공이 만일 회빙ᄒ여 ᄌ긔를 ᄉ회를 숨으런다 ᄒ여도 자긔 ᄯᅳᆺ인즉 져 도젹의 ᄉ회 될 싱각이 업ᄉᆫ즉 댱공이 실약혼 ᄶᅥ를 타 댱녀를 타쳐로 보닉미 올타 ᄒ고[21]

위의 예문은 장헌이 긔강 지방 진유사로 부임해 있으면서 첩 정미인에게 자신의 딸 장성완을 황제의 후궁으로 들여보내면 부귀를 누릴 수 있을 것인지에 대해 의견을 물어보는 장면이다. 딸을 후궁으로 팔아 부귀를 도모하고자 하는 장헌의 파렴치한 태도에 정인광은 '만심 히괴ᄒ

---

21) 〈완월회맹연〉 19권.

고 궁흉 파측ᄒᆞ여' 장헌을 '원슈 갓치 쫏치며 ᄉᆞ갈 갓치 물니칠 의ᄉᆡ 증익 쳡츌ᄒᆞ'게 된다. 추세이욕을 이루려는 욕심에 딸의 화상을 외간 남자에게 보낸 장헌의 도를 넘은 행동에 경악하면서도 한편으로는 장성완의 곧은 성품과 기질을 생각하면 이러한 부친의 결단에 죽음을 각오하고서라도 절의를 지켜낼 여인이라는 점을 알기에 또한 안타까운 마음이 들기도 한다.

그러나 애초부터 장헌의 사위 따위는 되지 않으리라 다짐했던 정인광이기에 '당공이 실약ᄒᆞᆫ ᄯᆡ를 타 당녀를 타쳐로 보ᄂᆡ미 올타'하고는 약혼녀 장성완을 다른 데로 보내기 위해 장헌에게 조언 아닌 조언을 하는데, 이러한 정인광의 태도와 말투에는 미묘한 심리적 정황이 포착되기에 유심히 관찰할 필요가 있다. 아래 제시한 두 예문을 보자.

[예문1] 공ᄌᆡ 왈 쇼졔 비록 쳥한키로 낙을 ᄉᆞᆷᄂᆞᆫ다 ᄒᆞ여도 상공 ᄯᅳᆺ지 부귀를 ᄉᆞ모ᄒᆞ신즉 규녀 그 웃지 ᄒᆞ오며 혼녜ᄂᆞᆫ 상공 임의로 ᄒᆞ실 ᄇᆡ니 우ᄌᆞ를 엇거나 범ᄌᆞ를 맛거나 후궁으로 드리시거나 스ᄉᆞ로 ᄉᆞ랑ᄒᆞᄉᆞ 죠토록 ᄒᆞ실디라 쳡이 엇지 간셥ᄒᆞ리잇가 동인과 복ᄌᆞ를 모화다 ᄉᆞ회를 ᄉᆞᆷ으셔도 쳡이 귀쇼져의 젼졍을 이리 져리 못ᄒᆞ오리니 상공이 쳔륜의 ᄌᆞᄋᆡ도 범연니 ᄉᆡᆼ각ᄒᆞ여 겨시리잇가 소제 연긔 유츙ᄒᆞ나 조셩 숙미 그갓ᄐᆞ량이면 굿타여 세월을 쳔연ᄒᆞ미 브졀업ᄂᆞᆫ디라 일이 신쇽ᄒᆞ미 귀ᄒᆞ니 이제 긔강을 딘무ᄒᆞ시고 도라가셔든 즉시 혼녜를 일우쇼셔 공이 왈 ᄂᆡ 심혈을 거훌너 범ᄉᆞ를 너와 의논코ᄌᆞ ᄒᆞ거ᄂᆞᆯ 너는 모호히 ᄒᆞ여 ᄂᆡ 마암을 무류케 ᄒᆞ난뇨 하류 쳔녀라도 졀힝을 ᄌᆞᆸ고ᄌᆞ ᄒᆞ난 뉴난 ᄒᆞᆫ 몸으로ᄲᅧ 여러 지아비를 셤기미 업거날 ᄂᆡ ᄯᆞᆯ이 엇던 ᄉᆞᆼ문 귀녀라 동인과 복ᄌᆞ를 다 모화 셤기리오 말단의 혼녜를 슈히 일우라 ᄒᆞ믄 올커니와 그밧 말은 죡히 드럼ᄌᆞᆨ디 아니토다

[예문 2] 당금 부귀 인신의 극헌 주로셔난 우겸과 범단이 데일 되기를 사양치 아닐 거시니 우주를 마주 복녹이 둣텁지 아닐 니난 업거니와 뜻 갓지 못ᄒ거든 범조의게 도라가고 범지 경박ᄒ거든 쏘 다시 영준 호걸을 구ᄒ시거나 옥인 군주을 퇵ᄒ시거나 뜻디로 ᄒ실지니 쇼졔 그갓튼 작셩 기질노뼈 평싱을 엇지 졍막게 ᄒ리잇고 존 호의를 믈니치신 후 경수의 도라가시난 날이라도 옥인 가랑을 듯보아 죽소의 깃드리믈 보시거나 후궁으로 드려 무궁헌 부귀를 누려 당시 양가의 옥와를 년ᄒ여 즐기믈 효측거나 됴흘디로 ᄒ쇼셔 공이 머리를 흔드러 왈 이난 다 날을 조롱ᄒ난 말이오 진졍이 아니니 닉 어이 곳이 드러 가부를 졍ᄒ리오

위에 제시한 두 개의 예문은 장헌이 자신의 딸 장성완의 거취 문제를 첩 정미인과 의논하는 장면이다. [예문 1]과 [예문 2]에서 정인광의 심기가 자못 불편해 보인다는 인상을 받게 된다. 장헌에게 건네는 말투에서부터 그러한 점을 포착할 수 있는데, 정인광은 말끝마다 '~하거나 ~하거나'를 되풀이하면서 결론은 '좋을 대로 하셔라'이며, '이 남자를 택했다가 뜻에 차지 않거든 저 남자를 만나게 하고, 그도 또 맘에 들지 않는다면 뛰어난 호걸이나 군자를 고르시든 뜻대로 하셔라, 좋을 대로 하셔라'가 정인광이 장헌에게 건넨 조언의 전부이다. 기실 정인광은 자신의 약혼녀인 장성완을 다른 곳으로 보내기 싫은 듯한 심리적 정황을 보여준다고 할 수 있다. 왜냐하면 앞서 예문에서도 볼 수 있듯이 정인광은 이미 장성완에 대해 지조와 절개가 굳은 여인임을, 어떤 경우라 하더라도 자신의 목숨을 내놓을지언정 절개를 꺾지 않을 것임을 너무나도 잘 알고 있었기 때문이다. 그런 여인을 두고 정인광이 지금껏 장헌에게 했던 얘기는 의미 없는 말장난에 불과한 것이었다. 장헌도 이미 정인광에게 자기 딸의 곧은 성품에 대해서 충분히 알린 상태였는데도 정인광은

계속해서 어리석은 장헌조차도 용납하기 힘든 상황을 열거하며 자신의 심정과는 다른 식의 언술을 쏟아내고 있는 것이다. 이러한 성의 없는 답변에 결국 장헌은 위의 예문에서와 같이 "이는 다 나를 조롱하는 말이며 진정으로 하는 말이 아니니 내가 어찌 곧이곧대로 듣고 가부를 정하겠나?"라는 반문으로 정인광의 말을 문제 삼으며 혼란스러워한다.

　실상과 부합하지 않는, 어리석은 장헌조차 수긍할 수 없는 말들을 풀어낸 정인광의 진심은 도대체 무엇이었을까? '당공이 만일 회밍ᄒᆞ여 즈긔를 ᄉᆞ회를 슴으련다 ᄒᆞ여도 자긔 ᄯᅳᆺ인즉 져 도적의 ᄉᆞ회 될 싱각이 업슨즉 당공이 실악ᄒᆞᆫ ᄢᆡ를 다 당너믈 바쳐로 보닉미 올타'고 다짐했던 정인광의 마음이 진심이었다면 그는 어떻게든 장헌이 믿을 만한 제안을 했어야 한다. 그리고 지금껏 장헌의 첩 노릇을 하면서 최언선과 위정을 살리기 위해 갖은 말로써 장헌을 설득해왔던 정인광이라면 현 상황에서도 그럴싸한 말로 장헌을 타일러서 장성완을 다른 곳으로 보낼 수 있도록 해야만 했다. 그런데 정인광은 그러지 않았고 오히려 이치에 맞지도 않고 설득력 없는 말들로 장헌을 혼란스럽게 만들어버린다. 기실 정인광은 장성완을 다른 곳으로 보내기 싫었던 것일 수 있다. 장성완 같은 곧은 성품을 지닌 여인을 아내로 두고 싶지만 그렇다고 장헌 같은 짐승만도 못한 장인을 두고 싶지는 않았던 것이다. 이러한 두 가지 상반된 상황 속에서 정인광은 위의 예문에서와 같은 말투로 자신의 혼란스러운 심정을 드러내고 있는 것이다.

　장인에 대한 정인광의 증오를 증폭시키는 계기가 되는 두 번째 사건은 장헌이 자신의 부친과 큰아버지를 죽이려 하는 경태제에게 화상을 그려 바쳐 추포하도록 도우려 했던 일이다. 지금의 영종황제 대신 황위에 오른 경태제는 예전에 정잠으로부터 굴욕을 당했던 적이 있었기에

그 원한으로 정씨 부중 사람들에게 앙심을 품고 있었으며 시시때때로
정잠 형제를 해할 기회만 엿보고 있었다. 정씨 부중이 실세(失勢)한 후
로 종적이 묘연하여 황제의 지위에 있으면서도 그들을 추포할 수 없는
상태였는데, 이러한 상황을 잘 알고 있던 간신 김영보가 장헌에게 정씨
부중을 해칠 방안을 의논하게 되고, 이에 장헌은 자신이 정잠 형제의
얼굴을 그려 그들을 잡는 데 최선을 다할 것임을 다짐한다. 장헌은 김
영보 앞에서 그간 자신에게 은혜를 베푼 정씨 부중을 향해 '한 하늘 아
래서 같이 살 수 없는 원수'인 듯이 말하며 정잠 형제의 거처를 알지
못하므로 그 얼굴을 그려 방방곡곡 샅샅이 찾아내서 해치우는 것이 마
땅함을 일컫는다.[22]

> 김영뵈 왈 상공의 획계흠도 못ᄒ거니와 뉘 능히 정청계 곤계의 얼골을
> 그려 닐 지 이시며 텬하인이 혹 남이라도 의형 미목이 방불ᄒ 지 ᄒ나
> 둘이 아니니 진짓 정가를 줍아 히ᄒ믈 엇지 긔필ᄒ리오 당공이 쇼왈 계졍
> 의 용뫼 ᄯᅩᄒ 타인으로 더브러 갓지 아닌 곳이 만흘 ᄲᅳᆫ 아니라 십분 츌뉴
> ᄒ고 겸ᄒ여 닉 잠간 셔화의 직죄 둔치 아니 ᄒ니 그 얼골을 그려 닉미
> 슈고롭지 아닌지라 인신이 되여 ᄉ지라도 불피려든 져근 ᄉ은을 싱각ᄒ
> 여 국은을 져바리랴[23]

김영보가 경태제가 싫어하는 정잠 형제를 추포하고 싶으나 그 생김
새를 알지 못하므로 화상을 그려 바치려고 하나 그려낼 재간이 없음을

22) 평싱의 정가로 불공딕텬지쉬런 다시 말을 ᄒ여 정잠의 형뎨 결단코 죵시를 평안이 못ᄒ
  리라 ᄒ며 즈긔는 거쳐를 알 길히 업스니 다만 그 얼굴을 그려 방방곡곡이 구식ᄒ여 히ᄒ미
  맛당ᄒᄆᆯ 일코른딕 〈완월회맹연〉 24권.
23) 〈완월회맹연〉 24권.

걱정하자 장헌은 자신이 그림 하나는 잘 그려낼 수 있는 재주를 지니고 있으며 정잠 형제의 얼굴은 자신이 가장 잘 알고 있다는 말로 김영보의 마음을 안심시키는 장면이다. "신하가 되어 죽을 땅도 피하지 않아야 하거늘 작은 사사로운 은혜 때문에 나라의 큰 은혜를 저버릴 수는 없다"는 말로 이제껏 부모형제 없는 고아나 마찬가지인 자신을 길러준 정씨 부중의 은혜를 "져근 스은"이라고 칭하는 장헌의 파렴치한 모습을 엿볼 수 있는 장면이다.

장헌은 김영보와 헤어진 뒤 집으로 돌아와 바로 정잠 형제의 화상을 그리기 시작한다. 평소 같았으면 밖에서 일어난 일들을 시시콜콜 곁에 있는 첩 정미인에게 다 털어놓았을 터이나 어제 청허자 두보현과 마주친 후로는 의심스러운 마음에 첩에게 아무런 말도 걸지 않고[24] 화상 그리는 일에만 몰두한다. 곁에서 이러한 장헌의 행동을 지켜보던 정인광이 화상을 그리는 이유를 묻지만 대답 대신 남자가 하는 일에 여자가 나서서 되는 일이 없다며 잠자코 있으라고 명한 후 그리던 화상을 덮어버린 까닭에 정인광은 장헌이 그린 화상을 직접 보지는 못한다. 만약 정인광이 장헌이 그린 화상의 대상이 자신의 백부나 부친이었다는 것을 목도했다면 그 자리에서 큰 사건이 벌어지고도 남았을 것이다.

그러나 그것도 잠시, 갑작스레 들이닥친 한 노파가 실성한 듯 오열하는 가운데 자신의 뜻이 관철되지 않으면 그 자리에서 죽겠다는 강경한 태도로 장헌에게 화상을 절대 그려 바쳐서는 안 된다고 간언한다. 그

---

24) 청허자 두보현은 엄정의 제자로, 전일 정인광이 위기에 처했을 때 그를 구해준 인물이다. 이후에도 두보현은 정인광이 어려움에 처했을 때마다 나타나 그를 도와준다. 두보현은 예지력이 있는 스승 엄정의 명으로 장성완을 치료할 약재를 정인광에게 전해주러 왔다가 문 앞에서 장헌과 잠시 마주쳤는데, 장헌은 낯선 남자를 집 앞에서 마주대하자 첩 정미인을 의심하는 상황이다.

노파는 장헌의 유모 교씨였다. 갑자기 들이닥친 유모 교씨가 통곡하면서 정씨 부중의 은혜를 저버려선 안 된다고 간언한다.[25] 이에 장헌은 그간 정씨 부중이 자신을 보살펴준 것은 물론 집과 터전을 잃고 떠돌던 자기 부모까지 구빈관에 기거하며 편안히 지낼 수 있도록 배려해준 큰 은혜를 생각하며 자신이 그리던 정잠 형제의 화상을 그 자리에서 불태운다.[26]

　이러한 상황을 곁에서 지켜보던 정인광은 그제야 장헌이 화상을 그렸던 이유를 알게 되었고 그로 인해 장헌을 더욱 더 혐오하게 된다. 자신이 그토록 존경해마지않는 큰아버지 정잠과 부친의 화상을 그려 경태제에게 바쳐 추포하도록 도우려 했던 원수가 바로 자신의 예비 장인인 장헌이었다는 사실에 정인광은 그 자리에서 "만심이 경히ᄒ며 골절이 셔늘"함을 경험하게 된다. 이후 그러한 장헌의 행태를 정인광은 도저히 용납할 수 없었다.

---

25) 홀연 일기 노괴 빅두를 두리며 실셩 통곡ᄒ여 그 쇼릭 크지 아니 ᄒ나 간절이 슬허ᄒ미 셩쳘언쳔ᄒ고 누쳘어디ᄒ니 공이 불각경동ᄒ여 눈을 둘너 슬피미 이 다른 이 아니라 그 유모 교시 머리를 브딋이ᄌ며 오열 불능셩ᄒ여 션틱부노야와 셔틱부인의 늉산 틱은과 활희지덕을 일ᄏ고 당금 계졍 상공이 실시홈과 심산의 은젹홈도 디통이어늘 ᄎ마 녜부노야와 쳐ᄉ션싱의 얼골을 그려 여ᄎ여ᄎ ᄒ신다 ᄒ니 이는 빅은 망혜쓴 아니라 텬신의 진노를 만나 화앙이 필유신상ᄒ며 급우ᄌ쑌흘 바를 갓초 고훌식 〈완월회맹연〉 24권.

26) 황망이 유랑의 손을 잡고 비쳬 농낙ᄒ여 이윽이 말을 못ᄒ더니 믄득 화도를 가져 급히 쵹하의 다리여 경각의 쇼화혼 후 가슴을 어로만져 장탄 왈, 어미는 다시 니르지 말나. 닉 과연 빅은 망덕ᄒ믈 모로지 아니 ᄒ딕 졍부의 슈은홀라 잠간이나 져를 후히 흔즉 흔갓 닉 몸이 망할 쑌 아니라 문호를 보젼홀 길히 업스니 출하리 시쇽의 당흔 풍을 쏠라 졍가를 비쳑ᄒ며 권귀를 붓조ᄎ 나의 작녹을 보젼ᄒ고 계졍은 그 명이 하늘의 이시니 나의 히코자 ᄒ므로 간딕로 죽지 아일가 ᄒ여 화상을 일워 김틱감을 주며 닉 졍가로써 졀의ᄒ여 아조 셔로 보지 말고ᄌ ᄒ엿더니 어미의 말이 여ᄎ 유리ᄒ즉 엇지 화도로써 김틱감을 뵈리오. 져를 보와든 화도를 못 일우다 ᄒ리니 어미는 안심 믈녀ᄒ고 슈히 도라가 편히 쉬라. 유랑이 목젼의 화도를 쇼화ᄒ며 〈완월회맹연〉 24권.

> 댱가를 싯쳐 영영이 됴흔 안면을 셔로 보지 말 쓴 아니라 당시의 졀의
> 녈힝이 지금의 셰 번 더은 거죄 이시리라 일너도 즈긔ᄂᆞ 츠마 댱츅의 셔
> 랑이 되지 아일지라 큰 고집이 일시의 발ᄒᆞ미 구정이 가비압고 강쳘이
> 연약ᄒᆞ니 댱공으로 ᄒᆞ여금 말슴을 의진의게 빌여 계교를 냥평의게 므러
> 도 졍공ᄌᆞ를 셔랑 삼아 졍의 상슉ᄒᆞᆫ 옹셰 될 길은 업ᄉᆞᆫ지라[27]

아마 이때부터 정인광은 장헌과의 인연을 아예 끝내려 했었는지 모
른다. 자신의 원수이자 정씨 부중의 원수가 되는 장헌을 도저히 받아들
이지 못했던 것이다. 위의 예문에서도 알 수 있듯이 장씨 부중과의 인
연을 영원히 끊어 서로 마주치지 않을 것은 물론이고, 장성완이 완월대
의 혼약을 지켜 황제의 후궁으로 들어가기를 거부한 절의와 열행을 보
인 것보다 더한 열절을 보인다 할지라도 장헌의 사위가 되지는 않을
것이란 결심을 굳히게 된다. 결국 화상 사건은 장헌의 유모 교씨 덕분
에 미수에 그쳤지만 정인광은 이번 일을 통해 장헌에 대해 결코 지울
수 없는 증오심을 키우게 된다.

2) 혼인 후 옹서갈등의 양상과 또 다른 갈등의 촉발

혼인 후 옹서갈등은 정씨 부중이 정치적 세력을 회복하자 지난날 자
신의 배은망덕한 행동에 대해 용서를 구하는 장인 장헌과 그러한 장인
의 사죄를 사위 정인광이 받아주지 않고 무시하는 상황이 거듭되는 양
상으로 드러난다. 혼인 전 예비 장인과 사위의 관계에서부터 장헌이 보
여주었던 여러 가지 몰상식하고 파렴치한 모습으로 인해 정인광은 장

---

27) 〈완월회맹연〉 24권.

헌과의 인연을 아예 염두에 두지 않는다. 완월대에서 집안 어른들이 정한 혼약 또한 애초에 없었던 것으로 여기며 장헌의 딸과는 결코 혼인하지 않기로 다짐한다. 그러나 하늘이 맺어준 인연은 어쩔 수 없는 것인지 우연하게도 장성완이 죽을 위기에 처했을 때 정인광이 그녀를 구하게 되고 본인은 원하지 않았으나 집안 어른들의 결정에 속아 본의 아니게 결국 장헌의 딸 장성완을 아내로 맞이하게 된다.[28] 이로써 정인광은 장헌과 원치 않은 가족 관계를 맺게 되었고 그 갈등의 골은 점점 깊어진다.

정인광의 입장에서 생각해보면 아무리 천정배필이라 하더라도 혼인 당사자의 정체를 숨긴 채 거행된 혼인이기에 나중에 이 사실을 알고서는 분한 마음이 들고도 남았을 것이다. 자신이 그토록 혐오하는 장헌의 딸이라는 것뿐만 아니라 그녀는 오히려 여군자의 성품을 지녔기에 받아들일 수 있다손 치더라도 그 부친인 장헌과의 관계를 생각하면 정인광은 그저 집안 어른들의 결정에 따른 혼인이라 할지라도 쉽사리 수긍할 수는 없는 일이었다. 속아서 결혼한 것도 억울한데 그 배우자가 자

---

28) 평소 장성완을 사모하던 범경화가 휘하의 사람들을 부려 장성완을 납치하도록 지시하고, 영문도 모른 채 도적의 습격을 받게 된 장성완은 유모 설난, 두 시비 춘홍, 추연과 함께 위기를 모면하려다 강물에 몸을 던지는데, 이때 소수와 정인광이 우연히 장성완 일행을 물에서 건지게 된다. 소수는 장성완과 정인광이 완월대에서 혼약을 맺은바 있는 인연이며, 지금과 같이 우연한 기회에 약혼녀를 구하게 된 상황을 보며 두 사람이 천정인연임을 깨닫고는 둘을 맺어주려 한다. 정인광은 자신이 구해낸 여인이 장성완임을 모른 채 의남매를 맺으려 하지만 소수는 그녀가 자신의 사촌 연침의 딸이며 경사에서 도적의 화를 피하려다 이 지경에 이르렀다며 정인광에게 거짓말을 한다. 소수가 이렇듯 정인광에게 거짓말을 하는 이유는 정인광이 장성완의 부친인 장헌을 혐오하고 있다는 것을 알았기 때문이다. 결국 정인광은 그녀가 소수의 사촌 연소저인줄 알고 집안 어른들의 권고에 따라 혼인을 하게 되나 이후 그녀가 자신이 그토록 싫어하고 증오하는 장헌의 딸임을 알고는 경악을 금치 못한다. 〈완월회맹연〉 25권.

신이 그토록 증오하는 장헌의 딸이라는 사실, 더 나아가 그 딸과의 혼인은 곧 '장인과 사위'라는 가족 범주 내에 하나로 묶여야만 한다는 사실이 정인광에게는 받아들일 수 없는 부당한 현실이었던 것이다. 이러한 정인광의 심적 갈등과 고통은 안중에도 없이 부친인 정삼은 정인광에게 아내 장성완과 장인되는 장헌을 냉대하지 말라며 부부의 예, 장인에 대한 예를 갖추라고 강요한다. 개인의 행복에 우선하는 가부장 이데올로기의 독단적인 결정에 따른 부작용을 작품 속 정인광을 통해 여실히 보여주고 있는 것이다. 이런 상황 하에 처한 정인광의 선택지는 어떻게든 장인과 마주치지 않는 것, 아내 장성완을 멀리하는 일이었다.

실제로 작품 내에서도 정인광은 장성완과 혼인한 첫날밤, 자신의 배우자가 장헌의 딸인 것을 알고는 그녀와 함께 있는 것조차 꺼린다. 밤이 되면 일부러 명광헌[29]에서 잠을 자기도 하며 그 처 장성완을 의도적으로 피하는 일이 연일 계속된다. 또한 장인 장헌이 자신을 보러 정씨 부중에 드나드는 것이 싫어서 기꺼이 먼 지방으로 부임하기를 자원하기도 하며 그도 안 되면 먼 곳으로 여행을 떠나기도 한다. 그러나 피하면 피할수록 장헌과 원치 않은 만남은 계속 이어지고 정인광은 그런 상황을 모면하기 바쁘지만 부친인 정삼의 눈치를 살피느라 맘껏 장헌을 박대할 수도 없는 처지에 놓인다.

경태제 곁에서 권력을 쥐고 흔들던 간신 무리들이 숙청되고 영종황제가 복위한 후 정씨 부중이 다시 정치적 세력을 회복하자 장헌은 그간 정씨 일가에 행했던 자신의 행동을 걱정하는 가운데 예전에 막아놓았던 정씨 부중으로 통하는 협문을 다시 열어둔다. 이후 자신의 지난날의

---

29) 정씨 부중 남자들이 서로 모여 담소를 즐기는 공간이다.

과오를 용서해달라며 정씨 부중 사람들에게 비굴한 모습30)으로 사죄
를 거듭한다.

> 댱공이 만만 힝열ᄒ여 만구 칭ᄉᄒ고 이 밤을 각노와 년침ᄒ여 니아의
> 지닌 후 명일의 졍소져을 금거옥뉸의 ᄌᄀ 친히 호힝ᄒ여 바로 태운산
> 녯 가ᄉ로 ᄂ아와 쌜니 졍부로 무상 왕녀ᄒ던 협문을 다시 열며 형극으로
> 긴긴히 막앗던 거슬 업시 ᄒ고 졍소져을 고딕광실의 안휴ᄒ 후 쌍쌍ᄒ
> 시녀와 늉늉ᄒ 호ᄉ로 소져의 거동 딘퇴의 붓드러 힝ᄒᄆᆯ 명ᄒ며 졍부을
> 딕희엿던 ᄎ환부을 일시의 불너 소져의게 알현ᄒ라 ᄒ고 친히 쥬호을 거
> 훌너 면면이 우딕ᄒ며 잔을 쥬어 위름ᄒ 시졀의 빈 가ᄉ을 직희여 능히
> 각각 보명ᄒᄆᆯ 어더시미 텬우신조ᄒ미라 ᄒ여 소장 쳔확의 니르히 딕졉
> ᄒᄆᆯ 심상이 아니 ᄒ되 복부 장확의 무리 오히려 본쥬의 인션 고풍을 우
> 러러 보앗ᄂ지라 하쳔의 무리 만히 용쇽ᄒᄆᆯ 버셧ᄂ 고로 댱공의 졸연이
> 이ᄀᆺᄐᄆᆯ 심니의 불복ᄒ여 츄셰ᄒᄂ 픔되 남 다ᄅᄆᆯ 더러이 넉이미 잇ᄉ
> ᄂ 마디 못ᄒ여 고두 ᄉ례ᄒ니 졍소졔 존구의 실톄 손위ᄒ미 날노 ᄉ로오
> ᄆᆯ 더욱 이달니 넉이ᄂ 간ᄒ여 ᄂ으미 업슬 거시므로 기리 흠구ᄒ되31)

장헌은 연씨 부중에서 지내던 중32) 촉군 태수로부터 아들 장창린의
과거급제와 노영에서 풀려난 정잠과 조세창이 고국으로 돌아온다는 소
식을 듣고는 그간 정씨 부중에 행했던 자신의 몰지각한 행동으로 인해

---

30) 그 모습이 다소 과장되게 드러나 있어 당시 〈완월회맹연〉의 독자들에게는 작품 속 장헌
이라는 캐릭터가 등장하는 장면에서는 긴장을 늦추고 사대부가 양반들이 지켜야 할 행동
양식이 여지없이 무너지는 상황을 통해 또 다른 소설의 재미를 느꼈을 것이다.
31) 〈완월회맹연〉 33권.
32) 연씨 부중은 장헌의 본처 연부인의 친정집이다. 연부인을 집으로 데려가기 위해 손자
장현윤과 함께 연씨 부중을 방문해 지난날 자신의 과오를 사죄하며 그녀를 설득한다.

혹여 자신에게 화가 미칠까봐 여러모로 걱정하면서 속히 상경해 며느리 정월염과 정씨 부중에 사죄하기로 결심한다. 위의 예문은 경사에 도착한 장헌이 곧장 며느리가 머물고 있는 이씨 부중으로 가서 정월염에게 사죄하는 장면[33]이다. 이렇듯 장헌은 며느리를 달래어 장씨 부중으로 데려가고, 아예 인연을 끊을 것처럼 가시나무 같은 것들로 틈이 보이지 않을 정도로 막아두었던 정씨 부중으로 통하는 쪽문을 다시금 열어둔다. 아울러 며느리 정월염이 편히 지낼 수 있도록 극진히 대접할 뿐만 아니라 정씨 부중을 지키던 차환(叉鬟)들까지 불러 친히 한 사람씩 얼굴을 맞대고 수고로움을 치하하며 술까지 접대하는 등 사대부로서 체면에 맞지 않는 행동을 보인다. 이러한 시아버지의 처신을 처음부터 끝까지 지켜보던 정월염은 아무리 알아듣게 간언을 올린들 나아질 기미가 보이지 않으므로 아무런 말씀을 드리지 않았으나 추세이욕에 따라 사람의 고하를 막론하고 도가 지나칠 정도로 깍듯하게 대접하는 모습을 보면서 장씨 집안의 맏며느리로서 안쓰러운 마음을 금할 수 없었다.

이러한 장헌의 체면에 맞지 않는 과장된 행동은 위태로운 지경에 처했거나 자신이 벌인 일을 수습하기 위한 방편의 일환으로, 또는 상대방에게 잘 보이고 자신의 안전을 도모하기 위하여 행해지는 것이 대부분이다. 지금껏 자신이 저지른 잘못을 비굴한 모습을 통해 만회하려고 하는데, 그를 지켜보는 정씨 부중 식구들을 비롯한 지인들은 그의 우스꽝스럽고 도가 지나친 사죄의 행동을 보며 더욱 더 장헌에 대해 거부감을

---

33) 정월염이 잠시 머물고 있는 이씨 부중은 장창린이 자신의 친부모를 찾기 전, 이빈의 장자로 입양되어 이창린으로 자라났던 곳이기도 하다. 장헌이 둘째부인 박씨의 조카인 박교랑의 계교에 빠져 딸 장성완과 며느리 정월염을 모질게 대했었는데 이날 이씨 부중에 와서 박교랑의 죄상에 대해 자세히 듣고는 자신의 지난날 과오를 며느리 앞에서 사죄한다.

갖게 된다. 특히나 혼인으로 엮여 어쩔 수 없는 '장인과 사위'라는 가족 관계를 유지해야만 하는 정인광의 경우 그러한 장헌을 더욱 혐오하게 된다.

쳐시 니러라 댱공의 승당호믈 기다릴시 줍간 눈을 드러 졔소년을 보니 학소 등이 고싀(괴로운 빗치라)이 업스미 아니로디 오히려 부형의 고위를 공경호여 나려 마즈미 여상호디 퇴우 홀노 난함을 당호여 나릴 닷 말 닷 호여 고싀이 츌어면모호니 쳐시 미호호여 봉졍이 미미혼지라 퇴우 엄의 불예호시믈 쳥망호미 감히 통한호믈 스싴지 못호고 브득이 영지호디 그 얼골을 보미 업스니 가위 시이불견이러라 댱공이 즁계의 다다라 믄득 면관히디호고 슬힝포복호니 허다 문인과 소년 졔싱이 긔괴호믈 니긔지 못호거늘[34]

장헌은 정성염의 억울함을 신원하려던 일이 뜻대로 안 되자[35] 이 일이 행여 자신에게 화근이 될까 걱정하며 식구들이 없는 틈을 타 재빨리 협문을 통해 정씨 부중에 이른다. 위의 예문은 그 당시의 상황을 보여주고 있다. 때마침 정씨 부중에서는 정삼이 이빈과 더불어 자제들과 문인들을 모두 모아놓고 한창 학문을 강론하던 중이었다. 협문을 통해 장헌이 들어오는 것을 본 정삼은 잠시 강론을 멈추고 그가 마루에 오르기를 일어나 기다리고 있었고, 여러 소년 자제들 또한 마지못해 공경의

---

34) 〈완월회맹연〉 58권.
35) 정성염이 장세린과 화상을 주고받은 사이라는 것을 전해 들은 정염이 그 음란한 행실을 빌미로 딸을 죽이려 했다는 사실을 안 장헌은 정성염이 억울한 누명을 쓴 것임을 밝혀주기 위해 여원홍에게 가서 그 자초지종을 따지려 했다가 그만 여원홍의 술수에 말려들어 헛수고만 하고 돌아온다.

예를 갖춰 장헌을 맞이하기 위해 대청에서 내려와 있었다. 그 가운데 정인광만이 난간 앞에서 괴로운 얼굴빛으로 내려갈지 말지 고민하다가 자신의 행동을 지켜보는 부친의 표정이 심상치 않자 하는 수 없이 장헌에 대한 예를 갖춰 그를 맞이하나 쳐다보지는 않는다. 그런데 협문을 통해 정씨 부중으로 들어온 장헌이 갑자기 그 많은 사람 앞에서 갓을 벗고 허리띠를 풀어 헤친 후 무릎으로 엉금엉금 기어오는 것이었다. 이러한 장헌의 모습을 목격한 여러 문인과 소년 자제들은 그 기괴한 행태를 보며 경악을 금치 못한다. 이후 장헌은 정염에게 자신의 죄를 다스려달라며 용서를 구하고, 또다시 정삼 앞에 엎드려 장성완과 정인광 사이가 자기 부부의 잘못으로 인해 틀어졌다면서 울기까지 한다. 진심으로 사죄하는 장헌의 모습에 정삼은 그를 위로하나 사위 정인광은 부친의 강압적인 명령에 어쩔 수 없이 장인 장헌에 대한 예의를 갖춘다.

> 이에 틱우의 알픽 나아가 그 손을 줍아 왈 닉 실노 지보의게 득죄ᄒᆞᆷ미 만흔지라 도금ᄒᆞ여 후회지심이 빅복을 너흘고ᄌᆞ ᄒᆞ나 엇지 미츨소냐 연이나 셩인도 곳치믈 허ᄒᆞ시고 젼국 샹젹의도 항ᄌᆞ를 불살ᄒᆞᄂᆞ니 닉 임의 젼일 불인을 곳쳐 슬픠 비러 용납ᄒᆞ믈 구ᄒᆞᄂᆞ니 지보는 녕딕인의 관인딕도를 쓸와 밧줍고 나의 과단을 그만ᄒᆞ여 ᄉᆞᄒᆞ며 넙이 싱각ᄒᆞ여 졍의를 온젼ᄒᆞ믈 바라ᄂᆞ니 닉 감히 댱지로라 ᄒᆞ여 지보를 슈하로 보지 아닛ᄂᆞ니 오직 셰한의 졍분을 혜아릴지라 닉 이졔 지보의 알픽 졀ᄒᆞ여 고두ᄒᆞ고 ᄉᆞ죄ᄒᆞ리니 일후 포회흔 노분을 업시 ᄒᆞ믈 바라노라 언필의 졸연이 몸을 니러 공순히 졀ᄒᆞᄂᆞ지라36)

36) 〈완월회맹연〉 58권.

자신에게 예의를 차리며 호의적으로 대하는 사위 정인광을 보면서 그것이 진심인 줄 알았던 장헌은 정인광의 손을 잡고 지난날 자신이 저지른 과오를 용서하여 옹서간의 정의가 도타워지기를 바란다. 아울러 정인광을 손아랫사람으로 대우하지 않을 것이라고 말하며 머리를 조아려 사죄할 것이니 그간 자신에 대해 품었던 분노를 없애기를 바란다며 말을 마치자마자 갑자기 몸을 일으켜 공손한 태도로 사위 앞에 엎드려 절을 한다.

장인이 사위 앞에서 머리를 굽실거리며 절하는 상황을 어떻게 이해해야 할까. 장인의 극단적인 행동으로 봐야 하는가 아니면 사위의 오만불손한 태도로 인해 벌어진 문제인가. 이는 오늘날의 상황에서도 이해하기 힘들지만 당대의 시대적 배경을 고려한다면 더더욱 받아들이기 어려운 사안인 것이다. 특히 〈완월회맹연〉에서 추구하고 지향하는 유교 사상을 염두에 둔다면 삼강오륜(三綱五倫) 가운데 장유유서(長幼有序)의 유교적 질서체계가 여지없이 무너지고 있는 정황을 보여주고 있고, 또한 장인과 사위는 아버지와 아들의 관계로도 치환될 수 있기에, 장인 장헌과 사위 정인광의 관계에서 빚어지는 문제는 엄밀히 판단해보건대 강상죄(綱常罪)를 적용해볼 수 있을 정도로 그 심각성을 따져볼만한 문제인 것이다. 주지하다시피 조선 후기는 유교적 가치관을 중시하며 그에 따른 윤리적 인간형의 구현을 지향점으로 여기고 있으므로 이러한 점에 비추어볼 때 작품에 등장하는 장헌이나 정인광 같은 인물은 둘다 문제적 인간으로 치부될 수 있다. 장헌은 어른으로서 마땅한 처신을 하지 못했고, 또한 장인을 대하는 사위 정인광의 태도는 어른을 대하는 예에서 벗어나 있음을 여실히 보여주고 있기 때문이다. 정인광은 그저 장인을 대면하는 게 싫어서 기피하고 있으며 그러한 상황이 계속되면서 둘 사이의 관계는 진실보다는 거짓과 위선으로 점철될 수밖에 없는 것이다.

어리석고 눈치 없는 장헌은 자신을 대하는 사위 정인광의 태도가 마냥 본심에서 우러나온 줄만 알고 눈물을 흘리며 감동하는 모습을 보인다. 그러나 정인광의 입장은 장헌이 생각하는 바와 전혀 달랐는데, 정인광의 장인 장헌에 대한 심리적 현실은 혐오와 증오가 전부였기 때문이다.

> 시시의 졍틱우 댱공의 구구히 이걸ㅎ고 졀ㅎ여 ᄉ죄ㅎ믈 당ㅎ믹 고염ㅎ며 증분ㅎ미 더으딕 ᄌ긔 등이 긴 날의 흔갈가치 피ㅎ여 샹딕치 말믈 잘 엇지 못ㅎ고 금일 불힝이 만나 이갓ᄐ믈 보며 그 ᄯᅳᆺ을 슷치믹 과연 이 진졍이 초조ㅎ여 허물을 뉘웃츰도 잇거니와 일분 궤ᄉㅎ미 녀아의 젼졍을 도모코ᄌ 흠도 잇ᄂᆫ지라 ᄌ긔 등의 비아흠과 그 마음의 누연ㅎ미 갈ᄉ록 충가ㅎ믈 불열 통한ㅎ나 엄의를 앙탁ㅎᄂᆫ 바로 불호지싁과 능모지셜을 두지 못ㅎ여[37)

장헌이 정인광에게 애걸복걸 머리를 조아려 사죄하면 할수록 정인광은 마음속으로 장인 장헌에 대한 "고염ㅎ며 증분ㅎ미 더"하여 장헌에 대한 증오심만 키우게 된다. 그러한 장인을 대할수록 "긴 날의 흔갈가치 피ㅎ여 샹딕치 말믈 잘 엇지 못ㅎ"므로 괴로운 심정이나 부친의 뜻을 헤아리고 있는 정인광은 감히 싫어하는 기색을 보이며 함부로 욕설을 퍼부을 수 없기에 답답한 자신의 처지를 한탄하게 된다. 이러한 옹서관계의 불만족스러움은 정인광에게는 크나큰 스트레스가 되었고 부

---

37) 〈완월회맹연〉 58권.

친의 뜻을 거스를까봐 장인에게 자신의 성질을 있는 대로 보여줄 수도 없기에 이러한 정인광의 분노는 자연스레 장헌의 딸이자 자신의 처인 장성완에게로 이어져 심각한 부부갈등을 일으키기에 이른다.

이에 앞서 장헌에 대한 정인광의 태도가 불만이었던 정삼은 어떠한 일이 있더라도 장인에 대한 예를 지키라는 엄명을 내리게 되고 심지어 아들의 훈육에 매를 들어 때리기까지 하여 정인광에게 정신적, 신체적으로 고통을 겪게 한다. 이는 불편한 옹서관계에서 비롯한 부자간의 갈등으로 이어진 것이며, 더 나아가 정인광과 장성완의 부부갈등까지 야기한 것이다. 이렇듯 장인과 사위의 온전하지 못한 가족관계에서 빚어진 문제는 한 집안 내의 부자간의 갈등과 부부간의 갈등으로 확대되면서 그 갈등의 외연이 확장되고 더욱 심화되는 양상을 띤다.

3. 옹서갈등의 심화 원인

〈완월회맹연〉에서의 장헌과 정인광 간의 갈등은 우선 장인의 추세이욕에 따른 행동에 대한 사위의 거부감이 작용하는 데서 그 원인을 찾을 수 있겠으나 여기엔 보다 근본적인 문제가 작용하고 있음을 포착할 수 있다. 기존 논의에서 보이는 옹서갈등의 유형에서는 소인형 장인과 군자형 사위 간에 벌어지는 갈등을 주로 다루면서 장인의 소인적 면모와 자질로 인해 옹서 사이의 관계 정립에 있어 문제가 발생하는 것으로 보고 있다. 그런데 〈완월회맹연〉에서는 장인의 몰상식하고 파렴치한 소인적 면모에 대한 사위의 불만이 갈등을 초래한 것뿐만 아니라 여기에 사위 정인광의 태생적 성격도 한몫을 차지했고, 그로 인해 갈등의

골이 더욱 깊어질 수밖에 없었음을 또 하나의 갈등 요인으로 지적할
수 있겠다. 장인 장헌과 사위 정인광의 갈등 속에서 그 두 사람의 성격
차는 큰 비중을 차지한다.

1) 장인 장헌의 성격

장헌은 장합과 위씨 부인 사이에서 태어난 외아들이다. 장합과 위씨
는 고향에서 갖고 있던 논밭을 다 팔아먹고 여기저기 빌어먹으며 전전
하다가 정씨 부중 정한이 구빈관을 지어 빈민을 구제한다는 소문을 듣
고서 그곳에 의탁해 지낸다. 그러다 장헌을 낳게 되지만 위씨는 산후통
으로 아들을 낳은 지 21일이 채 되지 않아 세상을 떠나고 홀로 장헌을
양육하던 장합마저 병을 앓게 되면서 곧이어 죽게 된다. 일가친척 하나
없이 홀로 남겨진 장헌은 정씨 부중 정한과 서태부인에 의해 부족함
없이 길러지지만 인성적인 측면을 온전히 갖추지는 못한다.

> 장헌이 틴부와 셔부인 무이지휼을 입어 무스이 댱싱ᄒᆞ며 틴부 지셩 교
> 학ᄒᆞ니 슈고로움을 피치 아니코 스부에 가르치ᄂᆞ 딕로 날이 밝그면 어둡
> 기를 긔약ᄒᆞ고 불을 밝키면 야심토록 독셔ᄒᆞ야 타인이 십독ᄒᆞ면 헌은 빅
> 번 일고 타인이 빅번 일그면 헌은 쳔번 일그며 용둔한 거슬 크게 통ᄒᆞ며
> 상활한 문시 되여 시속 직스의 시귀를 묘시ᄒᆞ며 셔스고젹을 모를 거시
> 업셔 문필이 유여홀 분 아니라 풍신형뫼 화려ᄒᆞ여 슴츈 유화 ᄀᆞᆺᄒᆞ니 틴부
> 각별 스랑ᄒᆞ여 슉셩ᄒᆞᄆᆯ 깃거ᄒᆞᄃᆡ 다만 이빈 등과 인물이 닉도ᄒᆞ여 둥우
> 소쥬ᄒᆞ고 졍슉히 인도홀진딕 현인댱뷔 될 거시오 그럿치 못홀진딕 망측
> 회괴ᄒᆞ여 허랑무신키에 갓가오니 틴뷔 미양 졍딕졀딕ᄒᆞ기로 경계ᄒᆞᄃᆡ 맛
> 참늬 엄즁치 못ᄒᆞ고 부귀에 탐욕이 잇스니 틴뷔 더욱 민망이 녁이드라[38]

장헌은 다른 이들에 비해 자신이 부족하다는 점을 진작 깨닫고 있었다. 그랬기에 정한의 가르침에 순종하여 날이 밝으면 어두울 때까지 공부하고, 날이 어두워지면 불을 밝혀 한밤중이 되도록 책을 읽으면서 다른 사람들이 공부하는 것에 열 배 이상의 노력을 한다. 그렇게 하여 서사고적에 통달할 정도의 문식을 갖추게 되었고, 외모 또한 화려하여 부족함이 없었다. 이렇듯 남들보다 부족한 지식은 밤낮으로 노력하여 채울 수 있었으나 정한의 여러 제자들과 비교해볼 때 장헌은 지속적인 계도(啓導)를 통해 바른 길로 인도하지 않으면 해괴망측하고 허황된 말들과 착실하지 못한 행실로 인해 다른 사람들로부터 신뢰를 얻지 못하게 될 가능성이 높았기에 태부 정한이 매사에 의지와 언행이 올바르고 정직하기를 바라며 장헌을 단속시켰다. 그럼에도 장헌은 늘 엄중하지 못하고 부귀에 탐욕적인 모습을 보여 정한의 걱정거리가 되었다.

> 신아를 보ᄂᆞ 니마다 칭찬ᄒᆞ여 속이 아니라 ᄒᆞ니 헌이 더욱 즐겨 아ᄒᆡ를 ᄌᆞ셔이 술피건ᄃᆡ 좌슈 장심에 쳔승 두 ᄌᆞ 잇고 우슈 장심의 신군 두 ᄌᆞ 언연이 금을 일윗시니 헌이 이를 보ᄆᆡ 목젼의 텬승 위예 큰 아달을 둠 갓치 요두 양비ᄒᆞ며 불승쾌열ᄒᆞ니 연시 그 위인을 젹게 넉여 침묵 졍ᄃᆡᄒᆞ믈 간ᄒᆞ더라39)

이러한 장헌의 모습은 작품 초반부터 엿볼 수 있는데, 위의 예문은 장헌이 연침의 딸 연씨를 처음 아내로 맞이해 얻은 아들을 보면서 기뻐하는 장면이다. 연부인과 혼인 후 낳은 첫아들인데다 아이의 왼쪽 손바

---

38) 〈완월회맹연〉 1권.
39) 〈완월회맹연〉 1권.

닥에 '천승(千乘)' 두 글자가 있고 오른손 바닥에 '신군(臣君)' 두 글자가
손금으로 새겨져 있음을 보고는 장헌이 흥분하며 바로 눈앞에 제후의
위의를 지닌 아들을 둔 것 같이 고개를 흔들며 소매를 걷고는 좋아서
어쩔 줄 몰라 하며 호들갑을 떨자 연부인이 그 사람됨을 모자라게 여겨
자중하기를 타이르는 장면이다.

그나마 이렇듯 연부인이 곁에 있을 때에는 장헌의 경망스런 행동에
대해 주의를 주었기에 인간다운 모습을 갖추고 지내었으나 박씨를 들
인 후 그녀의 미모에 홀린 장헌은 연부인을 멀리하게 되고, 더구나 혼
인 후 낳은 첫아들을 소주자사로 부임하던 도중에 도적 무리에게 빼앗
긴 후부터 연부인이 병들어 눕자 자연스레 그녀와 소원해지게 되었다.
자식을 잃은 장헌을 곁에서 위로하던 박씨는 본처 연부인의 자리를 차
지하기 위해 장헌의 곁에서 잠시도 떨어지지 않았으며 장헌 또한 박씨
에게 빠져 연부인을 돌아보지 않는다. 이후 박씨와의 사이에서 장헌은
딸 장성완을 낳고 그 다음해에 연이어 희린과 세린의 두 아들을 얻고는
박씨에게 완전히 매료된 채 연부인을 찾지 않게 된다.

장헌은 누군가가 옆에서 "졍슉히 인도훌진디 현인댱뷔 될 거시오 그
렷치 못홀진디 망측회괴ᄒ여 허랑무신키에 갓가"운 사람이 될 가능성
이 있는 인물이다. 그렇기에 연부인 같은 어진 아내를 곁에 두어야지만
"어질고 총명한 장부"가 될 수 있는 것이다. 그러나 어리석게도 장헌은
자신의 앞날을 멀리 내다보지 못한 채 현재 자신의 곁에서 자기를 위로
하는 어여쁜 미모의 둘째부인 박씨40)에게 푹 빠져든다. 장헌이 그 자

---

40) 원문에는 '재취(再娶)'라고 되어 있기에 이 글에서도 부득이 '둘째부인'으로 표기하였으
    나 작품 내에서 박씨는 '첩'의 위치에 있다. 연부인과의 관계가 소원해지고 이후 박씨에게
    서 세 명의 자녀를 낳은 장헌이 태부 정한에게 박씨가 낳은 아들로 계후를 삼겠다는 말씀

색(姿色)에 지나칠 정도로 매료돼 잠시도 박씨의 곁을 떠나려 하지 않는 모습을 보이고 있는데, 그도 그럴 것이 작품 내에서 박씨는 "침어낙안지틱(沈魚落雁之態)요 폐월슈화지용(閉月羞花之容)41)"의 뛰어난 미인으로 묘사되고 있기 때문이다.

〈완월회맹연〉에 등장하는 남성인물들 가운데 유독 장헌은 여성의 외모를 중시하는 인물로 그려진다. 작품 내에서 본처 연부인의 외모에 대한 정보를 찾아보기 힘든 것과 달리 박씨의 미모를 언급하면서 그 성품을 강조한 것으로 보아 장헌이 여색을 밝히는 태도에 대한 서술자의 시각이 다소 부정적으로 드러나 있음을 알 수 있는데, 실제로 장헌은 기강 지방에 진유사로 부임해 있을 때에도 축첩(蓄妾)하기 위해 매파(媒婆)를 이용42)하는가 하면 자신의 며느리 주성혜43)의 용모와 기질이 대장부와 같고 투박한 까닭에 별로 좋아하지 않는다.

이렇듯 여색을 밝히는 장헌이었기에 불행하게도 아름다운 외모와 달리 당대의 규중 여인으로서의 다소곳함과는 거리가 멀었던 박씨를 아

을 드리자 다음과 같은 이유로 정한이 불가함을 알리는 데서 그러한 점을 알 수 있다. "퇴부 졍싴 왈 시하언야오 일쳐 이쳡은 잇거니와 두 안히란 말은 네 밧기니 하물며 조강과 부빈이 존비 현격ᄒ고 연시 이후 슈십 년을 기다려 다시 싱산치 못ᄒ고 일흔 아들을 츷지 못ᄒ거든 마지 못ᄒ여 박시에 아ᄌ로 올녀 종장을 졍ᄒ딕 표문을 연가로 졍ᄒ여 박시에 ᄎᄌ로 엇기를 가작이 못ᄒ게 ᄒ며 가법을 엄히 못ᄒ리니 아직 경셜치 말ᄂ 헌이 다시 고치 못ᄒ고 유유히 퇴러라"〈완월회맹연〉 1권.

41) 침어낙안(沈魚落雁)은 〈장자〉 '제물론(齊物論)'에 나오는 말로, 미인을 보고 물 위에서 놀던 물고기가 부끄러워서 물속 깊이 숨고, 하늘 높이 날던 기러기가 부끄러워서 땅으로 떨어졌다는 뜻으로, 아름다운 여인의 모습을 이르는 말. 폐월수화(閉月羞花)는 달도 숨고 꽃도 부끄러워한다는 뜻으로, 여인의 얼굴과 맵시가 매우 아름다움을 비유적으로 이르는 말. 〈완월회맹연〉 1권.

42) 기강지방에서 가월랑이란 매파를 통해 첩을 구하다가 본의 아니게 사위 정인광을 첩으로 두는 어이없는 결과까지 낳게 되는 상황을 예로 들 수 있다.

43) 주양의 둘째말로 유부인의 소생. 장헌의 아들 장희린과 혼인한다.

내로 두게 된다. 박씨는 대인관계에 있어서 자신의 감정을 있는 그대로
표출하는 가운데 혹 자신의 뜻에 맞지 않으면 소리를 지르며 발악하는
것은 기본이요, 서슴지 않고 손이 먼저 올라가는 그런 막무가내인 인물
로 그려진다. 장헌은 박씨의 외모에만 현혹된 채 그 내면적 성향을 진
작 파악하지 못했기에 그녀를 부인으로 받아들인다. 장헌의 둘째부인
이 된 박씨는 아직은 본처 자리를 차지하고 있는 연부인을 내쫓기 위해
자신의 본래 성향을 철저히 감춘 채 장헌과 연부인 곁에서 남편의 사랑
을 독차지하기 위해 노력을 기울인다.

> 언파의 긔운이 엄이훌 듯ᄒ니 박시 굿ᄒ여 참담치 아니ᄂ 것ᄎ로 셜워
> ᄒ는 체ᄒ여 일변 연부인을 위로ᄒ고 ᄌᄉ를 구호ᄒ니 헌이 실노 슬고져
> ᄯᆺ지 업스나 박시에 위로ᄒᄂ 말이 빗ᄂᆯ믈 보고 위회ᄒ여 슐올 마시고
> 춤통ᄒ 마음을 억제ᄒ여 연부인을 위로ᄒ며 일변 항쥐ᄌᄉ의게 통ᄒ여
> 도적을 구식ᄒ여 유ᄌ에 싱을 알아 달ᄂ ᄒ여 부득이 소쥬 임소로 나아
> 갈시 연부인은 쥬야 통도 비읍ᄒ여 식음을 믈니치고 만ᄉ를 아른 체 ᄒ미
> 업ᄉ니 박시 더욱 혼혼ᄒ여 가지록 마음을 맛치고 춍을 낫고니 ᄌ시 이듕
> ᄒ미 날노 더으고 시로 식로와 슈유불니ᄒ니[44]

위의 장면은 소주자사로 부임 도중 아들을 도적떼에게 빼앗긴 뒤 참
담한 심정으로 괴로워하는 장헌과 연부인을 위로하는 박씨의 모습을
보여주고 있다. 이는 비록 진심에서 우러나온 행동은 아니지만 기존 논
의에서 박씨를 '발산형 여성인물'[45]로 분류하는 가운데 자신의 감정에

---

44) 〈완월회맹연〉 1권.
45) 박씨의 감정 표출 양상에 대한 자세한 분석은 다음 논의를 참조하기 바란다. 한길연,
「대하소설의 발산형 여성인물 연구-〈완월회맹연〉의 박씨를 중심으로-」, 『한국고전여성

솔직하면서 다른 사람의 눈치를 살피지 않고 거리낌 없이 행동하는 여성으로만 의미를 부여한 것[46]과 비교해보면 박씨의 또 다른 면모를 엿볼 수 있기에 주목할 만하다. 장헌의 둘째부인이 되긴 하였지만 본처인 연부인이 엄연히 자리하고 있는 상황에서 자신은 늘 뒷자리에 서야 했던 박씨는 일단 장헌의 마음을 빼앗기 위해 위의 장면에서와 같이 한동안 거짓 연기를 펼쳐야만 했다. 가뜩이나 여색에 탐닉하는 장헌인데 미모까지 겸비한 박씨가 아들 잃은 자신의 슬픔을 위로해주며 함께 아파하는 모습을 보니 자연스레 애정이 깃들게 되었고 점차 박씨에게로 마음을 기울이지 않을 수 없었을 것이다. 그러나 이는 장헌이 지인지감(知人之鑑)이 없는 것뿐만 아니라 자기에게 필요한 사람인지 아닌지를 판단할 줄 모르고 또 감언이설에 속아 넘어가기도 잘하는 인물임을 여실히 증명해주는 결과이다.

앞서 살펴보았듯이 장헌은 작품 속에서 권력자에게 아첨하며 수단과 방법을 가리지 않고 부귀를 탐하는 추세이욕형 인물로 그려진다. 기존 논의에서는 장헌을 소인형으로 다루고 있는데 전형적인 소인형 인물의 특징을 장헌은 모두 갖추고 있다.[47] 소심한 성격에 우유부단함까지 두루 갖춘 전형적인 소인형 장인이 바로 장헌인 것이다. 겁도 많고 귀도 얇고 약자에겐 강하고 강자한테는 약한 모습을 보인다. 그렇다고 잔악

문학연구』 32, 한국고전여성문학회, 2016.

46) 이러한 박씨의 모습은 작품 초반에서는 찾아볼 수 없다. 장씨 부중에서의 자신의 위치가 확고해지지 않았기에 본래 자신의 심성을 숨긴 채 주변 사람들의 기분을 헤아려 행동하고 있으나 장헌의 마음을 얻고 또 세 자녀를 둔 이후부터는 기존 논의(한길연, 위의 논문)에서 언급했듯이 자신의 감정 그대로 말하고 행동하는 '발산형 인물'에 가까운 모습을 보이고 있음을 알 수 있다.

47) 정병설, 『〈완월회맹연〉 연구』, 태학사, 1998.

무도하거나 냉혈한 악인으로 평가하기에도 모호한 면이 있다. 상대방에게 모질게 대했다가도 그러한 자신의 행동에 대해 깊이 생각하며 곱씹고는 이내 후회하거나 자신이 벌인 일로 인해 차후에 발생하게 될 상황을 미리부터 걱정하는 모습을 종종 보이기 때문이다. 그러한 장헌의 면모는 작품 곳곳에서 발견된다.

> 공(장헌)이 또혼 유랑의 위인이 강직후믈 괴로이 넉여 의식을 후히 줄지언졍 갓가이 불너 두고주 아니후고 주긔 힝亽를 또혼 알게 아니후더니 화상지亽를 발셔 아라 이러툿 간후믈 당후미 불힝후믈 이긔지 못후며 그후는 말마다 심시 요동후여 졀졀 비비후고 참연 쳬루후믈 씌닷지 못후니 본심이 악착히 亽오납지 못혼지라 졍틱부의 젼일 은덕이 여텬약히후믈 어이 모로리오.[48]

이 장면은 장헌이 태감 김영보에게 정잠 형제를 추포할 수 있도록 그들의 화상을 그려 바치겠다며 호언장담하고 집으로 돌아온 후 화상 그리기에 몰두하던 중 갑작스레 들이닥친 유모 교씨가 지난날 정씨 부중이 베푼 은덕을 생각해서라도 화상을 그려 바쳐서는 안 된다고 울며불며 하소연하듯 간언하자 그 애절한 유모의 형상을 보고 눈물을 흘리며 자신의 행동을 되돌아보는 장면이다. 실제로 장헌은 이렇듯 유모 교씨의 간언을 듣고 갓난아기 때부터 부모 잃은 자신을 지금껏 키워주고 보살펴준 정씨 부중의 은혜를 떠올리며 그리던 화상을 그 자리에서 전부 불살라버린 후 유모 교씨를 안심시킨다.

이처럼 장헌은 권력자에게 아첨하고 부귀를 추구하는 세속적인 인물

48) 〈완월회맹연〉 24권.

이기는 하지만 그렇다고 뼛속까지 악인은 아니다. 소인의 면모를 두루 갖춘 인물이긴 하나 타고난 본성이 끔찍스러울 정도로 잔인한 인물은 아닌 것이다. 작품 내에서 볼 수 있는 장헌의 모습은 어떤 일을 행함에 앞서 굳은 결심을 하고 실행에 옮겼다가도 곧이어 자신의 행동에 대해 후회하거나 주변 사람들의 말에 좌지우지되는 경우가 비일비재하다.

2) 사위 정인광의 성격

정씨 부중 정삼의 쌍둥이 아들로 태어난 정인광은 형 정인성과 비교했을 때, 참을성 없이 분노를 쉽게 표출하는 인물이다. 또한 불의를 보면 참지 못하는 성격이며 말로 상대를 타이르기보다는 행동으로 먼저 제압하는 모습을 보여준다. 그 성격적 특성상 옳지 못한 일을 눈감아주거나 의롭지 못한 이를 용납하는 것은 있을 수 없는 일인 것이다. 오로지 그의 성질을 제어할 수 있는 것은 부친을 비롯한 집안 어른들뿐이다. 정인광은 효심이 뛰어나며 가문의 법도에 따라 예의범절을 굳게 지키는 까닭에 집안 어른들의 뜻을 거스르는 행동은 하지 않으려 노력한다.

이러한 정인광의 노력은 장헌을 대할 때에도 예외 없이 이루어져야 했는데, 지금까지 보아온 장인의 행태를 통해 갖게 된 분노와 증오심을 억누르며 어른으로서 대우해야만 하는 정인광의 심적 고통은 이루 말할 수가 없을 정도였다. 정인광은 불의를 보면 참지 못하고, 분노가 차오르면 표출해야 하는 성격으로 인해 포커페이스를 유지하지 못하는 인물이었기 때문이다. 그러나 집안 어른들이 장헌을 가족처럼 대하고 있고, 또 장인에 대한 예를 정중히 갖추라는 부친의 당부가 있는 상황에서 정인광이 자신의 심적 상태를 상대인 장인을 향해 고스란히 표출

할 수는 없는 노릇이었다. 그렇기에 정인광은 되도록 장인과 마주치지 않으려 안간힘을 썼고 보지 않으려고 피해 다니는 노력을 기울인다.

> 듁쳥이 비록 효슌ᄒ나 고집이 심ᄒ고 본셩이 틱강ᄒ니 그 마음의 실노 원치 아니ᄒᄂ 바를 핍박ᄒ여 위엄으로 식이민 도로혀 죵용치 못ᄒ여49)

정인광이 부모님의 말씀을 순순히 따르는 효성스런 아들이긴 하나 그 또한 인간인지라 타고난 천성을 억누른다 한들 거기엔 한계가 따르기 마련이다. 정인광은 고집이 세고 본성이 매우 강한 까닭에 자신이 원치 않는 것은 그 어떤 핍박 하에서라도 따르지 않는 성품을 지니고 있다. 이러한 정인광의 강한 성격은 작품 곳곳에서 찾아볼 수 있는데, 특히 자신이 그토록 증오하는 장인 장헌을 대할 때마다 부친 정삼이 강경한 태도로 장인에 대한 예를 갖추라는 엄명을 내리는 상황에서 주로 발견된다.

또한 첩을 들였다는 이유로 장모 박씨가 정씨 부중에 난입하여 한바탕 욕설을 퍼붓는 사건이 발생하자 정인광은 이를 빌미로 처 장성완에게 자결을 강요하는 폭력적 가부장의 모습50)을 보인다. 이러한 사건을 알게 된 서태부인은 정삼에게 정인광을 훈계하라는 의미로 매를 때려 다스리라 명하고 이에 따라 정인광은 부친 정삼에게 40여 장의 매를 맞고 혼절하기에 이른다. 그럼에도 불구하고 정인광은 장성완을 원수

---

49) 〈완월회맹연〉 61권.
50) 정인광의 폭력적 가부장의 모습은 다음의 논문에서 자세히 다루었으니 참조하기 바란다. 한길연, 「〈완월회맹연〉의 정인광 : 폭력적 가부장의 '가면'과 그 '이면'」, 『고소설연구』 35, 한국고소설학회, 2013.

의 딸이라며 자결할 것을 종용하였고, 모친 화부인의 설득에도 장성완
에 대한 자신의 굳은 결심을 바꾸려 하지 않는다.

> 쳐서 날호여 갈오ᄃᆡ 디즈ᄂᆞᆫ 막여부라 ᄒᆞ엿시ᄃᆡ 우형은 혼용ᄒᆞ여 닌광
> 의 악ᄉᆞᆨ 흉호 갓ᄐᆞᆯ 오히려 아디 못ᄒᆞ고 향즈의 요란ᄒᆞᄆᆞᆯ 그친 후로ᄂᆞᆫ
> 포회한 노분이 치 업디 아니믈 딤쟉ᄒᆞ여 져를 ᄃᆡᄒᆞ면 슌슌니 경계ᄒᆞ며
> 민냥 관ᄃᆡ 화홍ᄒᆞᄆᆞᆯ 이르니 제 ᄯᅩᄒᆞᆫ 아비의 말을 유년니 좃츨 ᄃᆞᆺ ᄒᆞ여
> 흉포ᄒᆞᆫ 심디를 ᄂᆞ호디 아니니 ᄂᆡ 뼈 싱각ᄒᆞᄃᆡ 취모의 실언을 안히의게
> 탓ᄒᆞ여 부뷔 화ᄒᆞ미 더딜가 념녀ᄒᆞ나 아비 되여 셰쇄디시 아른 체 ᄒᆞ미
> 괴로와 말을 안닐 ᄯᆞᆫ이오 그ᄃᆡ도록 인졍 밧긔 잇시믄 ᄯᆡ닷디 못ᄒᆞ엿더니
> 져 흉심이 날노 극악하여 아부를 죽이고 굿치려 할던ᄃᆡ 아뷔 위딜 가온ᄃᆡ
> 엇디 능히 보명ᄒᆞ미 되리오 가히 방ᄒᆞ치 못ᄒᆞ리로다[51]

위의 예문은 정삼이 아버지로서 이제까지 아들 정인광의 성정을 제
대로 파악하지 못하고 있음을 자책하는 가운데, 정인광이 안사돈이 망
발한 사건을 아내 탓으로 돌려 부부사이가 소원해질까 염려는 했으나
아내에게 자결을 강요할 정도로 극심하고 잔인한 행동을 할 줄은 생각
지도 못했다며 정겸과 정염 앞에서 토로하는 대목이다. 이렇듯 정삼은
아들 정인광의 거칠고 포악한 성정에 대해 늘 걱정하곤 했다. 이러한
정인광의 성격은 어린 시절부터 드러났는데, 예전 도적 떼를 만났을 때
정인광은 직접 적들을 상대하여 칼로 죽이기까지 했다. 곁에서 이러한
정인광을 지켜보던 숙부 정겸과 정염이 조카 정인광의 용감한 모습에
감탄하자 부친인 정삼은 정인광이 어린 나이에 많은 인명을 살상하는

---

51) 〈완월회맹연〉 44권.

행동이 악을 쌓는 일이라며 경계하곤 했다.52)

사위 정인광은 작품 전반적으로 평가해 볼 때, 분명 군자형 인물과는 거리가 있다. 완고하고 강한 성격을 지닌 까닭에 한번 고집을 부리면 돌이키는 법이 없으며 자신이 주장하는 바나 굳게 세운 신념을 쉽사리 바꾸지도 않는다. 그러한 성격이기에 장헌과 같은 이를 자신의 장인으로 받아들이기는 쉬운 일은 아니었을 것이며 그와 가족으로 엮이는 게 싫어 그의 딸 장성완과의 인연도 끊으려 했었던 것이다.

4. 옹서갈등의 해결 국면 : 개과하여 거듭난 장인

옹서 간 갈등의 해결은 죽음의 문턱까지 갔다가 다시 살게 된 장헌이 그 동안 자신의 삶을 반성하고 개과하는 데서 비롯된다. 이 장에서는 중병에 걸린 장헌과 그를 치료하게 된 사위 정인광, 사경을 헤매는 동안 꿈속에서 만난 부친이 참회하며 때리는 훈계의 매질, 꿈에서 깬 장헌이 개과(改過)하여 성인군자(聖人君子)에 가까운 모습으로 환골탈태하는 과정을 다룬다.

1) 장인 장헌의 병 악화와 사위 정인광의 치료

장헌과 정인광은 옹서 관계로 엮인 한 가족이지만 장헌의 소인적 면모 때문에 사위 정인광은 늘 장헌을 피해 다니거나 겉으로는 공경하는 척 연기를 하면서 속으로는 그를 싫어하는 표리부동한 태도를 견지해

---

52) 〈완월회맹연〉 31권.

야만 했다. 거기에 더해 부인 장성완과의 불화도 결국 그 원인은 장헌과 장모 박씨로부터 비롯되었던 점을 통해 볼 때, 옹서 간의 불안한 긴장관계는 또 다른 가족 갈등을 야기할 수도 있는 것임을 앞서의 논의를 통해 살펴보았다. 이렇듯 끝나지 않을 것만 같았던 옹서 간의 갈등은 장헌이 중병(重病)에 걸려 사경을 헤매는 상황에서 사위 정인광이 전심을 다해 치료하는 과정을 통해 해결의 실마리를 보여주고 있다.

장헌은 장씨 부중에 원한을 품고 죽은 며느리 여씨53)의 원귀가 씐 탓에 병을 얻게 되는데, 죽은 여씨의 원혼은 장헌을 원망하면서 그의 오장육부를 칼로 쑤시면서 온몸을 훑고 돌아다닌다. 그로 인해 장헌은 극심한 고통 속에서 사경을 헤매게 되는데 장희린54)을 비롯한 장씨 부중 사람들은 환자의 상태가 더 나빠지기 전에 정잠 형제를 불러 도움을 요청하게 되고 장헌의 환부를 유심히 살피던 정잠은 그 몸에 요사스런 악귀가 들어가 있음을 알고 악귀를 내쫓기 위해 조치를 취하나 완치시키지는 않는다.

그 동안 오랑캐 나라를 전전하며 국사로 바빴던 정인광이 집으로 돌아오자 부친 정삼은 장헌의 병세가 위중함을 알리고 속히 장씨 부중에

---

53) 추밀사 여원홍의 딸. 장헌이 아들 장세린의 배우자로 정해 혼인시켰으나 여씨의 추악한 외모와 포악스런 성품으로 인해 혼인한 첫날부터 장세린에게 소박을 당한다. 이후 장세린이 첩으로 정성염을 들이자 남편 및 장씨 부중에 악감정을 품고 발악하다가 감금되기까지 한다. 감금된 곳에서 지붕을 뚫고 뛰어내리다가 낙상을 당해 심각한 지경에 이르고 결국 친정으로 간 며칠 만에 목숨을 잃는다. 그렇게 죽은 뒤 원한을 품은 귀신이 되어 장씨 부중 사람들을 무단히 괴롭히게 된다.

54) 장헌의 둘째아들. 현재 첫째아들인 장창린은 고인(故人)이 된 제수(弟嫂) 여씨의 장례를 치르기 위해 집을 떠난 상태이고, 셋째아들인 장세린은 여원홍이 황제에게 올린 탄원서 때문에 유배형에 처해졌기에 장씨 부중에는 둘째아들인 장희린만 남아 부모님을 모시고 있는 상황이었다. 그런 와중에 장헌이 죽을 위기에 처하게 되었고 당황한 장희린은 어찌할 줄 모르고 정씨 부중에 도움을 요청한다.

가서 장인어른을 뵐 것을 명한다. 그러나 정인광은 경사로 돌아온 후 임금이 하사한 술을 마신 탓에 내일 장인어른을 찾아뵙겠다고 부친께 말씀드린다. 곁에서 정잠도 내일 날이 밝으면 찾아뵙는 것이 괜찮겠다고 하자 정삼은 더 이상 정인광을 종용하지 않는다.

이튿날 다급히 장씨 부중 시비가 와서 장헌의 숨이 멈췄다고 전했고, 정잠은 정인광에게 장씨 부중에 가서 장헌을 살펴보라고 명한다. 이 과정에서 숙부 정염이 정인광에게 농담조로 말을 건네며 시간을 지체하자 정잠은 다음과 같이 정염을 나무란다.

> 우형이 비록 의긔 업고 직조롭지 못ᄒ나 엇지 풍수 접귀를 들니인 병을 당당 군직 졍명지긔로 물니치지 못ᄒ리오마ᄂᆞᆫ 신술을 광ᄋᆞ의게 ᄉᆞ양ᄒᆞᆫ 구싱ᄒᆞᆫ 은혜ᄅᆞᆯ 광ᄋᆞ의게 밀위고 져의 옹셔 화목ᄒᆞ여 후빅의 밋친 한을 풀고 여빅의 광ᄋᆞ 미안ᄒᆞᄂᆞᆫ 뜻을 희셕과져 ᄒᆞ나 ᄒᆞᆫ 병이 광ᄋᆞᄅᆞᆯ 시겨 직조ᄅᆞᆯ 펼 ᄡᅵ여ᄂᆞᆯ 엇지 브졀업ᄉᆞᆫ 희희로 가ᄂᆞᆫ 길흘 막ᄂᆞ뇨[55]

위의 예문은 며칠 전 장헌의 병세가 위독해지자 정잠 형제가 장씨 부중을 방문해 장헌을 살폈던 과정에서 그 당시 자신이 거뜬히 장헌을 치료할 수 있었음에도 이렇듯 지금 이 시점에 굳이 정인광을 보내 장헌을 다시 살펴보게 하는 이유를 밝히는 장면이다. 실제로 정잠은 장헌을 다시 살리는 공을 정인광에게 돌려 장인과 사위 간의 화목을 도모하여 그간 사위의 애틋한 정을 그리워했던 장헌의 한을 풀게 하고, 또 정삼과 정인광 부자간의 사이를 회복시키기 위한 자신의 배려였음을 정염에게 이해시킨다. 귀신들린 장헌의 병은 정잠과 같은 군자의 정명지기

---

55) 〈완월회맹연〉 171권.

를 통해 얼마든지 완치시킬 수 있었음에도 옹서 간에 서로 맺혔던 바를 풀 수 있는 기회를 마련하고자 했던 정잠의 계획이 있었던 것이다. 그러한 백부의 말씀을 듣고 감동한 정인광은 장헌의 병세를 살펴보기 위해 장씨 부중에 간다.

정인광은 참담한 분위기의 장씨 부중을 보면서 장헌과의 영결을 준비해야 하는 상황임을 직감한다. 장희린은 부친 장헌 앞에서 오열하다가 실신하는 지경에 이르렀고, 연씨 및 박씨 부중에는 이미 장헌이 운명한 것으로 기별을 넣어 일가친척들이 모두 장씨 부중으로 모인 상태였다. 그 가운데 모여 있던 사람들 중 어의(御醫) 오준은 제일(第一)가는 명의(名醫)인데, 그가 장헌은 이제 가망이 없으니 발상(發喪)해야 한다고 했으나 정인광은 마지막으로 장인을 영결하기 위해 장헌이 누워 있는 방에 들어가 그 시신을 덮고 있는 천을 걷어 올린다. 정인광은 장헌의 좌우 손목의 맥을 짚어본 후 가슴에 손을 넣어 만져보며 장헌의 명이 아직 끊어지지 않았음을 알게 된다. 이어 속히 연침과 장희린에게 이 사실을 알린 후 오준과 의논하여 침을 놓으며 "평싱 신술을 다"하여 장인을 살리기 위해 백방으로 애를 쓴다.[56]

2) 장헌의 꿈속 부친과의 해후와 부친의 장헌에 대한 매질

장씨 부중에서는 의식을 잃은 채 누워 있는 장헌을 소생시키기 위해 정인광과 장희린을 비롯한 온 집안 식구들이 노력을 기울인다. 이때 장헌은 의식불명의 상태에서 꿈을 꾸는데 꿈속에서 자신의 부친 장합을

---

56) 이 과정에서 정인광은 예전 모친 화부인이 위독했을 때, 아내 장성완이 모친을 위해 하늘에 기도했던 것을 떠올리며 정성을 다해 장헌을 돌본다.

만난다. 장합은 아들 장헌에게 지금까지 저지른 불인패행과 배은망덕한 죄를 일일이 언급하는 가운데, 여씨의 원귀가 그 맺힌 한을 풀 곳이 없어 명부(冥府)에 호소하였기에 너의 목숨을 끊고 넋을 풍도성(酆都城)에 가둬 그 죄를 다스리려 했으나 효부 정월염의 간절한 기도가 하늘을 꿰뚫었기에 천지신명이 그 지성에 감동하여 너의 남은 생애를 편안케 한다는 말을 전한다. 또한 너의 운수가 불길한 때를 만나 여씨 귀신에 씐 채 고통을 겪게 되었으나 사위 정인광이 정명지기와 의기현심으로 너를 구호하여 이후부터 쾌차할 것이니 지금껏 살아오면서 저지른 패악한 죄를 회개하고 앞으로는 마음을 고치고 덕을 닦으며 남은 생애를 평안히 누리기를 원한다는 말을 남긴다. 말을 마친 장합은 귀졸(鬼卒)을 명하여 장헌을 결박한 후 장벌(杖罰)을 내린 뒤 은하수에 밀어버린다.

그 순간 정신이 든 장헌은 곁에서 자신을 간호하던 정인광을 보고 부끄러운 마음에 얼굴을 가리며 눈물을 흘린다. 장희린과 연침이 위로하자 장헌은 자신의 지난 과오를 반성하며 하늘에 올라가 아버지 장합을 만난 사연을 이야기한다.

이렇듯 장헌이 꿈속에서 자신의 부친 장합을 만나고 벌을 받는 동안 장헌의 큰아들 장창린 또한 같은 꿈을 꾸게 된다. 장창린은 제수(弟嫂) 여씨의 장례를 마치고 그녀의 위패를 싣고 집으로 돌아오던 중 양주 객점에서 하룻밤을 지내게 된다. 꿈속에서 갈건야복을 입은 어떤 장자(長者)가 결박한 남자를 수죄하고 있었는데, 자세히 보니 장자 앞에 꿇어앉은 자는 바로 자신의 부친 장헌이었다. 장자가 부친 장헌을 향해 사정없이 매질하는 광경을 목격한 장창린은 너무나도 놀라 정신 나간 사람마냥 다급히 자신의 몸을 던져 부친을 감싸 안은 채 대신 매 맞기를 청하나 문밖으로 내쳐진다. 이윽고 열린 문 안으로 들어간 장창린은 부친 장헌의 시신을 목도하고는 하늘을 우러러 통곡하며 장자를 향해 복수를 하려는데, 그 장자가 눈물을 흘리며 자신이 할아버지인 장합이라는 것과 아들 장헌의 죄를 다스린 사정을 밝힌다. 이후 장합이 맑은 차를 시신의 입에 넣자 곧 되살아난 장헌은 부친을 향해 머리를 조아리고 눈물을 흘리며 사죄한다. 장합은 아들 장헌에게 개과천선할 것을 당부한 뒤 손자 장창린을 어루만지고는 학을 타고 유유히 사라졌다.

꿈에서 깬 장창린이 부친에게 변고가 생긴 것으로 알고 다급히 집에 돌아오자 장헌은 장창린을 보고 기뻐하며 빨리 돌아온 이유를 묻는다. 장창린은 말투며 행동이 예전과 확연히 달라진 장헌의 모습에 놀라며 급히 돌아온 사연을 고하자 이를 들은 장헌은 자신의 과오를 뉘우치며 자책한다.

사경을 헤매던 장헌이 깨어나자 집으로 돌아가려던 정인광은 연침의 청으로 장헌의 맥을 다시 한 번 살피고는 장독이 퍼졌음을 알아낸다. 장헌의 몸을 살펴보던 정인광은 장벌로 인해 매 맞은 "둔육이 허여져 흰 쎄 소소ᄒ고 적혈이 님니ᄒ여 의금의 잠"[57]겼을 정도로 살이 패이고 피가 흐르는 것을 보고 놀란다. 장인을 간호한 뒤 집으로 돌아온 정인광은 가족들에게 장헌이 소생했음을 알린다.

3) 장인 장헌의 개과천선과 사위 정인광과의 화해

장씨 부중을 방문한 정잠 형제가 장헌을 문병하자 이들을 본 장헌은 머리를 조아리며 그간 자신이 저지른 잘못에 대해 용서를 구한다. 점차

---

57) 〈완월회맹연〉 172권.

병환은 차도를 보이고 있었으나 몸이 나아져 정신이 들수록 장헌은 지난 날 자신이 행했던 죄상을 떠올리며 참회의 시간 속에서 홀로 괴로워하며 지냈는데, 부모의 위패 앞에서 무릎을 꿇고 눈물을 흘리며 사흘 동안 물 한모금도 마시지 않으며 반성하기도 한다. 때마침 장씨 부중을 방문한 정인광이 장인을 뵙고 환후의 차도를 살피려는데, 장헌이 침상에서 내려와 지난날 자신의 과오를 진심으로 사죄하자 장인을 만류한다.

> 녜뷔 당공의 형상 업슨 거조와 체업슨 모양을 보고 금일 식로이 경괴홀 빈 아니나 시금은 전일과 ᄀᆞ지 아냐 전후의 다른 ᄉᆞ름이 되어 말슴이 ᄎᆞ 셰 잇고 동지 유례ᄒᆞ니58)

예전에도 이렇듯 손아랫사람인 자기에게 합당치 않은 태도로 절하며 용서를 구한 적이 있었으나 지금은 예전과 같지 않았다. 장헌의 현재 모습은 전혀 다른 사람으로 변화되어 하는 말에 두서가 있고 행동거지 또한 예를 갖춰 지난날 자신이 알던 장인의 모습과는 달랐다. 그랬기에 정인광 또한 그러한 장헌의 진심을 받아들이게 되었고 그 동안 장인에 대해 갖고 있던 증오심과 분노의 감정을 해소한다. 죽을 고비를 넘긴 후 회생하게 된 장헌은 이제 남은 인생을 덕을 닦으며 살기로 다짐한다.

> 상셔의 슬허ᄒᆞᄂᆞ 거동을 보민 집슈 이련 왈 네 아비 힝지 극악 궁흉ᄒᆞ 여 내 ᄋᆞ히로 ᄒᆞ여곰 여ᄎᆞ 간담을 초젼ᄒᆞ니 도시 나의 죄로다 드드여 셩 음이 나죽ᄒᆞ여 ᄌᆞ가의 젼젼힝악을 일ᄉᆞ를 은휘치 아냐 낫낫치 니ᄅᆞ고 모 일 몽ᄉᆞ와 슈장ᄒᆞ여 창독이 대단ᄒᆞ민 지금 위돈ᄒᆞ여 움죽이지 못흠과 몽

---

58) 〈완월회맹연〉 172권.

스롤 드드여 춘몽이 의희흔 듯 흐믈 셜파흐니 말숨이 표리흐미 완연이 군즈지언이라 상셰 부지쳥교의 놀나오미 하늘 굿고 깃브미 바다 굿트니 놀나오믄 그 슈장흔 바롤 지금의 당흔 듯 경악흐니 흐르는 누슈롤 금치 못흐고 쏘흔 깃브믄 부공의 무식 불의흐미 변환흐여 쳬위의 존즁흐미 완연이 셩인군즈의 쳬롤 일윗는지라59)

위의 예문은 여씨의 장례 절차를 마친 후 양주 객점에서 이상한 꿈을 꾼 후로 부친에게 무슨 일이 생긴 것은 아닌지 걱정되는 마음에 속히 집으로 돌아온 큰아들 장창린이 아버지의 모습을 보고 그간 자신이 겪은 일을 이야기하자 장헌이 아들 장창린에게 자신의 전후사를 전하는 장면이다. 여기서 확인할 수 있는 사실은 장헌이 이전과는 전혀 다른 사람으로 변화했다는 점이다. 부친을 존경하지만 그간 상식에 벗어난 말투와 행동거지를 보여준 아버지의 모습은 자식된 도리로서 감당해야 하는 무거운 짐이었던 것이다. 그랬던 부친이 이렇듯 하는 말씀마다 군자의 말투요, 의롭지 못했던 모습에서 완연한 성인군자의 면모를 보여주고 있는 것이다.

어떠한 계기를 통해 일순간에 한 인간이 환골탈태 한다는 게 실제로 가능한 것일지는 의문이다. 〈완월회맹연〉에서의 장헌이 그런 경우에 속하는데, 작품 초반부터 추세이욕에 눈이 멀어 물불 가리지 않고 불의한 행사를 도맡아 하고 그것도 모자라 자신에게 은혜를 베푼 사람들에게까지 배은망덕한 행위로 보답한 장헌의 그간 행적을 살펴보면 위의 예문에서와 같이 "완연한 성인군자의 모습"을 이루는 게 과연 가능한 것인지, 당대 이 작품의 독자들은 과연 이러한 내용을 어떻게 받아들였

59) 〈완월회맹연〉 172권.

을지 궁금하기도 하다.

작품 속 기나긴 옹서 간의 갈등은 장인 장헌이 진심어린 개과와 더불어 성인군자다운 모습으로 거듭난 데서 그 해결점을 찾을 수 있었다. 〈완월회맹연〉에서 벌어지는 여러 가지 갈등의 양상 가운데 '장헌'이라는 한 인물로 인해 빚어진 가족 간의 다툼과 분쟁은 큰 비중을 차지한다. 사위 정인광과의 옹서갈등을 비롯해 장성완과의 부녀갈등, 정인광과 딸 장성완의 부부갈등, 정삼과 정인광의 부자갈등뿐만 아니라 박씨에게 빠져 본처 연부인을 내쫓은 사건, 아들 장세린의 혼사문제를 경솔하게 결정함으로 인해 벌어진 여원홍과의 갈등에 더해 며느리 여씨를 죽음으로까지 몰고 간 사건까지 종합해본다면 장헌은 그야말로 〈완월회맹연〉의 문제적 인물로 꼽힐 수 있는 다양한 증거를 작품 곳곳에 벌여놓고 있음을 알 수 있다.

고전소설에 나타난 며느리의 여행과 친정, 〈양씨전〉의 친정

박혜인

1. 유교적 윤리 소설 〈양씨전〉

〈양씨전〉은 19~20세기 초, 여성층 사이에서 주로 향유되었던 한글 필사본으로,[1] 효열부 양씨의 일대기를 보여줌으로써 독자를 권계(勸誡) 하는 일종의 윤리소설이라 할 수 있다.[2] 〈양씨전〉의 내용은 효열부 양

---

[1] 〈양씨전〉은 정확한 연대와 작가는 미상이나, 이본 중 하나인 「남씨층효녹」의 연대(1911) 와, 〈양씨전〉이 보이는 내용·장르의 혼종 양상, 〈백운전〉, 〈주유옥전〉과의 내용적 유사성 등을 미루어 볼 때, 19~20세기 초 고소설로 추정할 수 있다. 현재 발견한 〈양씨전〉의 이본은 약 10종으로, 모두 한글필사본이다. 이본 목록은 다음과 같다.

　이 중에서 가장 선본(善本)은 박순호 소장의 「양씨젼이라」이며, 충효 계열 이본 중에서 는 「양씨충효젼 권지단」이 제일 상태가 양호하다. 한편, 전북대 소장본 「양씨젼 단」은 필자의 「〈양씨전〉 연구」(『이화어문논집』 36, 이화어문학회, 2015)에서의 이본 정리 이후 발견하여 추가한 이본이다. 「양씨젼 단」은 1권 1책의 한글필사본으로, 46쪽 12행 37자의 분량이다. 책의 상태는 낙장이나 자구의 누락·생략이 없다. 내용상으로 '효열'계열에 분류 된다. 목록 중 위의 두 이본 외에는 모두 제명이 충효, 혹은 효열록이라고 되어있지만 선행 연구, 자료에서도 이들을 〈양씨전〉이라 통칭하고 있다. 이 글에서도 충효와 효열 어느 한 쪽만을 대표 제명으로 선택하기가 어렵고, 현재 선본으로 삼는 이본의 제명이 「양씨젼이라」임을 고려하여 〈양씨전〉으로 통칭하기로 한다.

[2] 〈양씨전〉은 열녀전 계열이나 장회체 소설, 영웅소설로서의 면모를 동시에 보이고 있는

씨가 사해를 건너 시모의 약을 구하고, 아들 남용성을 낳아 가문과 나라를 다시 일으키게 한다는 것으로, 구약여행, 군담을 비롯한 전대 소설 속 여러 모티프의 차용을 통해 유교적 이상향으로서의 며느리의 모습을 드러내고 있다.[3] 〈양씨전〉의 서사를 정리해본다면 다음과 같이 구성되어 있음을 알 수 있다.

1) 남전과 양씨가 결혼하다.
2) 결연담 : 남전이 과거에 급제하고 정낭자와 인연을 맺다.
3) 보은담 : 양씨가 운게를 출생하며, 거북을 살려주다.
4) 열행담 : 남전이 득병하나 양씨의 희생으로 살아나다.
5) 탐색담 : 남전이 볼모로 잡혀가고 심부인이 득병하자, 양씨가 구약여행을 떠나다.
6) 탐색담 : 양씨가 강길의 겁박을 피해 투강하고, 용녀의 구출을 받다.
7) 탐색담 : 양씨의 서해 용녀의 인도 하에 사해를 유람하다.
8) 탐색담 : 양씨가 봉래산에 당도하여 부모와 만나고, 용성을 출생하다.
9) 탐색담 : 양씨가 약을 가지고 귀환하여 시모를 살리다.

소설이기도 하다. 하지만 거의 모든 서사가 '효열부'로서의 그녀의 행적을 소개하는 것에 사용되면서 며느리의 효열을 강조하고 있다. 또한 서술자 및 필사자가 양씨의 아버지 양처사("여ᄌᄂ 출가외인이라 흔번 가면 시모을 효도로 ᄒᄂ ᄌᄂ 싱각ᄒ여 ᄂ코 기를 공을 갑는 비요")나 용왕("금세 부인들도 효열을 효칙ᄒ면 ᄂ몸의 칭춘은 고사ᄒ고 ᄌ손의 음덕이 도라오ᄂᄂ니")의 입을 빌어 직접적으로 효열을 권계하는 모습이 나오는데, 이처럼 주인공의 성격이나 사건의 전개, 그 외의 서술자 및 필사자의 개입 또한 모두 당대의 유교적 윤리(효, 열)를 강조한다는 점에서 '윤리소설'이라 지칭할 수 있겠다.

3) "「양씨전」은 당대 향유되고 있던 많은 작품의 영향을 받아 그로써 서사를 이룬 소설로, 작품 속에서 등장하는 여러 모티프를 정리해보면 1)적강서사, 2)결연담, 3)열녀전, 4)구약여행·수난담, 5)혼사장애, 6)군담, 7)보은담 등을 들 수 있다." 박혜인(2015), 같은 글, 196~197쪽.

10) 군담 : 유봉이 반역하고, 양씨 모녀가 유봉의 혼담을 거절하여 옥
　　에 갇히다.
11) 군담 : 남용성이 하산하고 무기와 장수를 얻다.
12) 군담 : 용성이 연나라를 이기고, 태자와 남전을 구출하다.
13) 군담 : 남용성이 유봉을 격퇴하고, 양씨 모녀를 구출하다.
14) 남씨 가문이 영화를 누리다.

　이를 보면 〈양씨전〉은 양씨의 보은, 열행담에서 시작하여 탐색담으
로 이어지고 이후 그 아들 남용성의 군담으로 끝나는 구조를 가지고
있는데, 그중에서도 중반부 5)에서 9)로 이어지는 탐색담은 분량에서뿐
아니라 그 기능에 있어서도 〈양씨전〉의 중심 모티프라 할 수 있다. 작
품 속에서 양씨의 구약여행은 앞선 열행담의 발전된 형태이자 군담의
중심인물인 남용성의 출생 배경이 되어, 전반부의 열행담과 후반부의
군담을 이어준다.[4] 무엇보다도 구약여행은 주인공 양씨의 '효열부'로
서의 모습을 공고히 한다는 점에서 작품이 내세우고 있는 유교주의적
윤리관을 가장 크게 드러낸 부분이라 할 수 있다.
　구약여행은 〈바리데기〉와 같은 서사무가에서 비롯된 탐색모티프로,
보통 주인공의 선약(仙藥) 탐색 과정에서의 고난이 주 내용이다. 주인공
은 구약여행을 통해 자신의 영웅성을 인정받고, 동시에 자신이 내세우
는 가치에 대한 당위성을 보장받는다.[5] 이러한 점은 〈바리데기〉뿐 아

---

4) 앞의 글, 193쪽 참고.
5) "탐색 모티프는 주로 '주인공 신격이 죽어가는 혹은 죽은 자를 살리고 병든 자를 치료할
　수 있는, 생명수, 꽃 등을 구하기 위하여 서천꽃밭이나 서역국으로 가는 도중에 수많은
　고난을 겪는다'는 내용으로 되어 있다. '생명수 탐색' 내지는 '구약모티프'로도 불리거니
　와, 이는 해당 신격의 고난과 영웅적 행적을 드러냄으로써 그의 영웅됨과 함께 신직 획득
　의 당위성을 보장하는 장치가 되기도 한다" 이지영, 「무속신화에 나타난 구약 모티프의

니라 구약여행의 모티프를 가진 〈숙향전〉, 〈적성의전〉과 같은 고소설
에서도 마찬가지다. 〈숙향전〉의 이선, 〈적성의전〉의 성의가 떠나는 여
행은 구약(救藥)이라는 목적과 그에 따른 고난을 전제하는 한편, 그들이
내세우는 충, 효를 극명하게 보여준다. 〈양씨전〉은 기본적으로 〈숙향
전〉 속 이선의 구약여행을 차용하면서 '왕을 위한 신하의 구약여행'을
'시모를 위한 며느리의 구약여행'으로 변용하였다. 여행의 수행 자체만
으로도 효, 열의 가치를 강조하는 전형적인 탐색모티프의 모습을 가지
고 있는 것이다.

　그런데 〈양씨전〉에서 구약여행이 전개되는 실상을 살펴보면 구약과
정에서의 고난보다는 사해(四海)의 경관을 감상하는 모습에 더 초점을
맞추고 있다는 것을 알 수 있다. 즉 통과 제의적 여성수난담이라기보다
는 일종의 유람으로서의 성격이 두드러진다는 것이다. 이는 '시모를 위
한 효열부의 구약여행'이라는 명분과는 다른, 양씨의 여행이 가진 이면
적 성격과 관련이 있다. 이 글에서는 이에 주목하여 〈양씨전〉 속 구약
여행에 대해 살펴보고, 이를 바탕으로 유교적 윤리소설인 〈양씨전〉 속
에서 여행에 대한 당시 여성들의 인식과 태도가 어떻게 반영되었는지
에 대해 고찰하려 한다. 이를 위해 이 글에서는 기본적으로 선본(善本)
인 '효열' 계열의 「양씨전이라」를 대상으로 논의하되, 필요에 따라 구
약여행 및 봉래산 관련 서사가 좀 더 상세히 나와 있는 '충효' 계열의
이본 「양씨츙효젼 권지단」 또한 함께 다룰 것이다.

　서사화 양상과 그 의미」, 『口碑文學硏究』 21, 한국구비문학회, 2005, 2~3쪽.

2. 〈양씨전〉 속 여성 여행담 분석

1) 여행 전 고난을 통한 명분 확립

〈양씨전〉의 구약여행은 표면상으로는 다른 고설 속 구약여행과 같이 여행 과정 속 고난을 전제하고 있다. 양씨의 구약여행은 '임신한 인간 여성'이라는 악조건에서 시작되었기에 여행 중의 고난 또한 '강길의 겁 박 시도'와 '북해 수족들의 공격'처럼 양씨의 처지와 관련하여 나타난 다. 여행 중의 고난은 결과적으로 그것을 극복하고 약을 구해오는 탐색 자 양씨의 효성을 부각시킨다. 하지만 양씨의 구약여행 중에서 등장하 는 고난의 실상을 보면 갈등 상황이 지속되지 않은 채 단순한 해프닝으 로 끝나는 점을 알 수 있다.

(1) 빌기을 두흐고 노쥬 서로 손을 줍고 강슈에 쒸여드니 급한 물결에 간듸 업스니 가련코 슬푸지 안이흐리요. 강길리 그 거동을 보고 쟈튼 왈 닉 무승흐여 무죄흔 부인을 곤케 흐미 환을 피흐여 수중 고혼이 되니 엇 지 불승코 가련치 안이 흐리요. 타일에 앙휘 늬게 미치리르 흐고 도르가 더르.[6]

(2) 잇씨 용여은 북히에 드러가 부왕에 공문과 동히 남히 왕에 번접 문 서을 올이고 번접흐기을 청흐니 북히 왕이 슘히 왕의 문서을 보고 딕경흐 여 이로듸 나는 너의 모양이 □□□ 주어 오는 줄 모로고 야광주을 아스 라고 수족 등을 보늬쩌니 필연 급한 환이 그 부늬게 밋치리도다. 즉시 공 문을 번접흐여 도라가기을 직촉흐거날 용여 하직흐고 급피 빅을 츠자ㄱ 이라. 년두귀면지졸이 장난흐여 부인을 곤케 흐거날 급피 션즁에 올나 안

6) 「양씨전이라」(월촌문헌연구소, 『한글필사본 고소설자료총서: 원광대학교 박순호교수 소장본』 29, 昨晟社, 1986, 영인), 105~106쪽.

지며 수족을 호령 왈 ㄴ난 셔히 용녀라. 북히 왕의 공문을 션두에 다니 그 수족 등이 왕에 공문을 보고 일시에 물너 가더라.[7]

여행 초반에 등장해 그녀를 겁박하려 한 '악인' 강길은, 양부인의 투강 사실을 목격하자마자 곧바로 뉘우치고, 강길로 인한 고난은 더는 진행되지 않은 채 끊나버린다. 이후 강길은 다시 등장하지 않는데, 이는 서사 속에서 등장하는 다른 악인인 유봉이 남전을 볼모로 가게하고 나중에 반역으로 황제가 되어 혼사문제로 양부인과 운게를 핍박하는 등 갈등 상황을 이어가는 것과 차이가 있다.[8] 강길의 겁박 시도 사건은 단지 양씨가 용왕이 있는 초월 세계에 들어갈 수 있게 하는 다리 역할을 수행한 뒤 바로 마무리되며,[9] 충효 계열의 이본에서는 이 부분이 더 소략하게 되어, 강길의 납치 부분이 대폭 생략된 채 양씨가 도망가는 중에 바로 투강하는 것으로 나온다.[10] 이러한 점은 강길에 대한 겁

---

7) 「양씨전이라」(앞의 책), 126~128쪽.

8) 강길은 이후 양씨의 아들 남용성의 활약으로 남전이 돌아오고 유봉이 징치되는 와중에서도 그 징치의 대상으로조차 나오지 않는다. 이는 양씨의 투강 사실을 목격하고 "타일에 앙휘 늬게 미치리굳"고 한 그 자신의 언급과는 모순되는 결과이다. 이는 강길 관련 서사의 비중이 그만큼 작품 전체에서 극소했음을 보여주는 것이다.

9) 강길의 겁박은 양부인으로 하여금 스스로 강에 빠지도록 만드는데, 고소설에서 강·산의 배경 제시는 초월적 존재로 인한 구원으로 이어지는 경우가 많다. 이를 볼 때 모욕을 피해 투강한다는 설정 또한 양씨로 하여금 초월세계인 용궁 및 사해바다로 가게 하는 매개체로 볼 수 있다. 강·산과 초월적 존재·세계와의 관계에 대한 해석은 다음을 따랐다. "고소설에서 강·산과 초월적 존재가 결합되어 나타나는 양상은 아주 다양하다. 그중에서도 가장 큰 비중을 차지하는 것은 주인공이 위기에 처했을 때 그 주인공을 구원하는 장면이다. 이러한 구원의 과정에서 주인공의 비범성과 고귀한 성격, 혹은 작가가 추구하는 이념적인 성격이 자연스럽게 부각된다." 김용기, 「강·산의 초월적 성격과 문학적 대중성」, 『語文論集』 46, 중앙어문학회, 2011, 16쪽.

10) "말을 치못ㅎ야 화광이 충쳔ㅎ며 무슈흔 도적이 벌쩌갓지 오거늘 부닌이 황황급급ㅎ난향이 손을 잡□ 슈신으의겨 고왈 무죄흔 양씨난 도적의 환을 피치 못ㅎ여 이 못에 싸지오

박 내용이 〈양씨전〉의 전체 서사 속에서 중요한 위치를 차지하고 있지 않다는 점을 보여준다.

북해 수족들의 공격은 더욱 허무하게 해결된다. 양부인 일행을 '도둑으로 오해'하여 시작된 수족들의 공격은 용녀가 돌아와 북해 용왕의 공문을 보이자 바로 해결된다. 그 외의 동해, 남해 등은 형식적 공문 접수 내용만이 있을 뿐 어떠한 거리낌도 없이 무사통과 된다. 〈숙향전〉 속 이계여행에서는 공문의 접수 과정 중 옥에 갇히거나 여러 선관들의 괴롭힘을 당하는 등의 고초가 비교적 상세히 나온다는 점과 비교할 때, 〈양씨전〉의 사해여행은 그 고난의 강도가 크지 않고 분량도 매우 적다. 이는 〈양씨전〉 속 북해 수족의 작란이 사해의 위험성을 드러내기 위한 최소한의 장치로만 존재할 뿐, 서사 속에서 그 이상의 역할을 수행하지는 않기 때문이다. 이처럼 양씨의 구약여행 중에서 나타나는 두 고난은 단지 형식적 장치로, 〈양씨전〉의 구약여행이 가진 본질적 성격이 '고난의 극복'이 아닌 다른 것에 있음을 시사한다. 오히려 주인공 양씨가 이겨내야 했던 진정한 고난은 구약여행의 과정보다는 구약여행을 떠나기까지의 서사에서 여러 차례 등장하고 있음을 확인할 수 있다.

● **여행의 동인으로서의 고난**

당대 사회에서는 '집 문 밖에 나가지 않는 것'이 규방여성으로서의 도리였다. 그러기 때문에 여성의 여행은 정숙하지 못한, 부도(婦道)에 어긋난 행동으로 여겨졌다.[11] 그런데 〈양씨전〉에서는 '유교적 가치관

□ 가련흔 닌싱을 싱각흐와 셔흔 티로 닌도흐쇼셔 빌기을 드하고 노쥬 셔로 붓들고 강물의 쒸어든니"「양씨츙효젼 권지단」(월촌문헌연구소, 『한글필사본 고소설자료총서: 이본류』 74, 昨晨社, 1986. 영인), 448~449쪽.

아래서 이상화된 여성'인 양씨가 동시에 '여성 여행의 주체'로 나타나게
된다. 이러한 모순적 설정을 합리화하기 위해 서사 속에서는 양씨가 여
행을 결정할 수밖에 없는 상황이 등장한다. 그것은 구약여행이 시작되
기 직전에 연이어 발생한 두 가지 커다란 고난, 즉 남편 남전과의 이별
과 시모 심씨의 득병이다. '집안의 유일한 남성 인물 부재' 그리고 '가문
의 위기'라는 두 가지 상황으로 인해 여성인물인 양씨가 유일한 해결자
로서 나서게 된 것이다. 이로써 양씨는 시모를 구하기 위해 '여성임에
도 불구하고' 집 밖으로 나설 수밖에 없었다.[12]

> 첩이 비록 계집이오느 혼 번 가 션약을 어더 모친에 병환에 스게 흘리
> 다. 심부인니 놀느 답 왈 네 소성은 늬 임에 알건마는 연연 약질이 엇지
> 산을 너머가며 물을 허여 가리요 쏘흔 임슌월리 불원ᄒᆞ여시이 허망흔 말
> 드시 말고 복중에 끼친 아희는 늠ᄌᆞᆫ을 느ᄒ 우리 후ᄉᆞᆫ 잇게 ᄒᆞᆯ. 만일
> 헛된 말 드시 ᄒ면 자슈ᄒ여 주그리ᄅᆞ. ᄒ시거늘, 양부인니 모친에 과도흔
> 쓰 슬 으ᄂᆞᆫ고로 드시 말ᄒ지 으니ᄒ고 밧그로 느와 경낭과 운게을 불너
> 이로ᄃᆡ, 모친 병환을 알지라 가군이 아니 게시고 우리 ᄲᅮᆫ니라. 모친니 불
> 힝ᄒᆞ여 세숭을 바리시면 우리는 눌노 더부러 의지ᄒᆞ며 가군이 오신 후에
> 무슴 면목으로 ᄃᆡ면 ᄒ리요. 늬 셕 둘 위ᄒᆞᆫᄒ고 ᄃᆞ녀올 거시이[13]

---

11) "'부인은 형제를 볼 적에도 문지방을 넘지 않는 것이 예(禮)다.' 이 말은 조선시대 규방의
여성 곧 사족의 부녀에 대한 규범을 상징적으로 보여준다. 문지방은 다시 뜰에 나가지
않는 것, 중문을 나서지 않는 것으로 확장된다. '〈예(禮)〉에, 부인은 낮에 뜰에서 놀지
아니하고, 이유 없이 중문에 나오지 아니하는 것이라고 했으니 이는 부도(婦道)에 맞게
말이나 행동을 조심해야 하기 때문입니다' 조선시대의 이른바 '부인'인 여성들이 부인다우
려면 낮에 뜰에서 놀지 않고, 도 이유 없이 중문 밖을 나서지 않아야 했다." 정지영, 「조선
시대 부녀의 노출과 외출: 규제와 틈새」, 『여성과 역사』 2, 한국여성사학회, 2005,
149~150쪽.
12) 박혜인(2015), 같은 글, 194쪽 참고.

본문에서 심부인은 선뜻 약을 구하러 떠나고자 하는 양씨를 말리면서 그녀에게 우선 후사를 낳는 일에나 책임을 다하라고 꾸짖는다. 가장도 없는 집안에서는 후사를 낳아 가문의 대를 보전하는 것이 가장 중요하기 때문이다. 심부인은 며느리에게 약을 구하러 간다는 말을 다시 하면 자결하겠다는 반응으로 자기 뜻을 분명히 나타낸다. 그러나 양씨는 시모에게 순종하기보다는 오히려 말없이 떠나는 쪽을 택한다. 이러한 행동 자체만으로는 시모의 명에 불순종하고, 후사 보호라는 며느리의 기본적 책임을 저버리는 것으로도 보일 수 있다. 그럼에도 양씨가 거리낌 없이 떠날 수 있었던 것은, '시모에 대한 효'라는 명분 아래에서는 양씨의 여행이 '후사 보호'보다도 더욱 중요하게 여겨질 수 있었기 때문이다. 다시 말해 '시모의 득병'이라는 상황이 여성인 양씨의 여행이 당위성을 인정받을 수 있게 한 직접적 요인이 된 것이다.

● 여행자의 위치를 증명해주는 고난

두 번째로 〈양씨전〉의 구약여행이 가지고 있는 특징은 여행 이전에 이미 양씨가 효열부로서 인정받고 있었다는 점이다. 앞서 제시된 본문을 보면 심부인이 양씨의 여행을 강하게 말릴 때도 '네 소성(효성)은 닉임에 알건마는[14]'이라며, 그녀의 결심이 효의 발로임을 확신하고 있다. 이는 양씨가 그 전부터 자신의 효열을 여러 차례 증명해왔기 때문이다.

여행담이 시작되기 전인 〈양씨전〉 전반부를 보면 양씨의 행적을 중심으로 이루어져 있음을 알 수 있다. 여행자로서의 양씨가 어떠한 인물

---

13) 「양씨전이라」(월촌문헌연구소, 1986, 같은 책), 87~89쪽.
14) 「양씨전이라」(앞의 책), 88쪽.

인지에 대해 소개하고 있는 것이다. 작품 전반부에서 구약 여행 외에 양씨와 관련된 행적은 다음과 같다.

> 1) 빈가(貧家)의 며느리로 들어감, 양씨의 출생담.
> 2) 운계를 낳음, 산후통 약으로 온 거북을 살림.
> 3) 남편의 득병, 자신의 살을 먹여 남편을 살림.

양씨는 가난한 집안의 며느리로 들어와서, 산후통에 시달리면서도 거북을 살리고, 남편의 병을 고치기 위해 자신의 살을 자르는 희생을 감수한다. 이러한 행적은 양씨 개인의 삶만을 보았을 때는 '고난'의 성격이 강하다. 하지만 양씨는 그러한 고난을 기꺼이 감수함으로써, '범인과는 다른' '이상적인 효열부'로서의 위치를 공고히 하게 된다.

먼저 양씨는 남다른 출생과 선견지명을 통해 그 비범함을 드러낸다. 〈양씨전〉 서사를 보면, 두 이본 계열 모두 양씨의 혼인 서사에 이어서 양씨의 신이한 출생담을 통해 그녀가 적강선녀임을 알리고 있다. 이러한 신이한 출생담은 고소설 속에서 그 인물의 비범함을 증명해주는 도구로 많이 등장하는데, 여기에서도 양씨의 비범함을 일찌감치 드러내는 장치로 쓰이고 있다. 그에 반해 양씨의 남편 남전의 출생담은 효열 계열의 이본에서는 등장하지 않는다.[15] 오히려 공통적으로 소개되는 부분은 홀어머니와 외삼촌의 집에 의탁한 가난한 집안의 소년이라는

---

15) 이러한 출생담이 충효·효열 계열의 이본 모두 공통적으로 언급되고 있는 것은, 그만큼 작품 속에서 양씨의 비범함이 강조되고 있다는 점으로 해석할 수 있다. 한편 '하늘에 죄를 지은 선관이 하강한다'는 남전의 출생담은, 두 이본 모두에 나타나는 양씨의 출생담과 달리 효열 계열의 이본에서는 등장하지 않는다.

점이다. 이는 서사 속에서 그가 비범한 인물이라기보다는 오히려 그러한 인물의 '수혜자'로서 나타날 것이라는 점을 보여준다. 이러한 대비는 양씨가 빈한한 집안에 온 고마운 며느리라는 설정에서 더욱 강조되는데, 이를 통해 양씨의 존재가 서술자의 말대로 남씨 일가의 '복록(福祿)'임을 보여준다.

출생에서부터 드러나는 양씨의 비범함은 이후의 행적에서 계속 이어진다. 양씨는 딸 운게를 낳은 뒤 병을 얻어 쓰러지는데, 이때 남전이 약으로 쓸 거북을 구해오자 용궁의 물건이라 먹을 수 없다며 거북을 살려준다. 〈숙향전〉에서는 거북의 목숨을 살려준 인물이 숙향의 아버지였는데, 〈양씨전〉에 가서는 양씨 스스로가 보은담의 주체가 된 것이다. 더구나 거북의 생명을 구한 양씨의 선택은 자신의 회복을 뒤로 한 희생을 전제로 했다는 점에서 더욱 부각된다. 이는 물론 앞날을 예측한 의도적 행동은 아니었지만, 결과적으로 양씨의 선행은 이후의 구약여행에서뿐만 아니라 및 그 아들 용성의 활약에서도 서해 용왕의 도움을 받을 수 있게 하는 원인이 된다.[16]

그중에서도 양씨의 비범함이 가장 잘 드러난 부분은 남편인 남전을 살린 부분이다. 이 과정에서 그녀는 범인을 뛰어넘는 정성을 통해 결국 하늘의 뜻을 움직이게 된다.

이통을 마지 아니ᄒ되 회싱홀 긔약이 업거늘 양 부인니 망극절통ᄒ여

---

[16] 그 외에도 양씨의 비범함이 드러나는 부분은 남전이 과거를 볼 때의 장면이다. 서사 전반부에서 보면 남전이 천하에 이름을 알리기를 원하며 과거를 보려 하자, 양씨는 '조정에 간신이 많고 충직한 사람을 알지 못한다'는 사정을 들어 남전을 만류하는 모습을 보인다. 이후 남전이 관직에 등용된 후 간신 유봉의 간계로 연나라의 볼모로 잡혀가게 되는 점에서 양씨의 예측이 맞았음을 알게 된다.

일쳑 검을 손에 들고 박그로 ᄂ가더니 우편 ᄌ락을 칼로 자르고 슬을 베여ᄂᆡ여 솥에 넉코 물을 부어 급피 ᄃ리며 질음을 좌철의 붓고 그 밋틱 빅단 불을 노화 지름을 술을 펴에 우편 손을 넉코 〈중략〉 옥황이 칭츤ᄒ시고 남견의 명을 구ᄒ라 ᄒ시이라. 잇쩌 할님니 양씨에 살 고흔 물과 손가락 ᄃ린 기름을 먹고 인ᄒ여 회싱ᄒ거ᄂᆞᆯ 가즁 승ᄒ 뒤희ᄒ여 양씨에게 치ᄒ 분분ᄒ더라. 〈중략〉 쳔ᄌ 이 말숨을 드르시고 즉시 빅관을 입시ᄒᆞᆫ 후에 ᄂᆞᆸ젼 부인 양씨에 여여ᄒ을 셜화ᄒ시니 만조 빅관이 니 말을 듯고 츙츤ᄒ여 왈 홀님을 도ᄅᆞ보와 ᄒ례 분분ᄒ더라 쳔ᄌ 직시 ᄂᆞᆸ젼에 벼슬을 도도와 이부승셔을 제슈ᄒ시고 양부인을 졍열부인을 봉ᄒ신 후에 예관을 졍ᄒ여 직쳡을 슈ᄌ 송흑동으로 보ᄂᆡ이라.17)

손가락을 자르고 살을 베어 죽어가는 남편을 먹이는 행동은 주로 열녀전에서 등장하는 장면으로,18) 보통 사람이 쉽게 따라하지 못할 지극한 정성을 표현한 것이다. 양씨의 행동은 하늘의 옥황상제의 칭찬을 받아 남편의 목숨을 구하는 '기적'을 만들어낸다. 양씨는 스스로 자신의 살을 자르는 등의 희생을 통해서 여행 이전에 이미 천상과 지상 모두에서 자신의 이름을 드러내게 된다.

이처럼 작품 전반부의 행적을 통해 드러나는 양씨의 비범함은 '효열부'로서의 성격을 전제한다. 양씨는 〈양씨전〉의 주인공임에도 불구하고, 남전의 혼사담에서야 그녀의 이야기가 시작된다.19) 이는 양씨가 독

---

17) 「양씨젼이라」(같은 책), 51~60쪽.
18) "이러한 극단적인 방식은 당시 열녀전의 많은 일화에서도 곧잘 등장하곤 하는데, 그중 「열부 상산 박씨전」에서는 아내가 병든 남편의 회복을 위해 오른쪽 허벅지 살을 베어 먹이고, 손가락을 잘라 피를 입에 흘려 넣기도 한다. 이처럼 열녀전에서 자신의 신체를 훼손하는 대목이 등장하는 이유는, 해당 부녀자에 대한 열행·효행을 좀 더 극단적으로 강조하기 위해서이다." 박혜인(2015), 같은 글, 197~198쪽.

립된 인물이 아니라 기본적으로 '아내·며느리'라는 역할이 전제된 인물이기 때문이다. 그래서 〈양씨전〉 전반부에서 등장하는 신이한 출생담이나 범인과 다른 행적 또한 궁극적으로는 유교적으로 '이상적인' 아내·며느리로서의 모습을 드러내는 장치로 기능한다. 처음 등장 때부터 "효힝이 주졍20)"하다고 소개되어지는 양씨는 그녀의 비범한 희생과 정성을 통해 결국 효열부로 칭송받는다. 무엇보다도 남전을 살리는 과정에서 보여준 양씨의 비범한 정성과 기적은 남편이 이부상서가 되고 자신이 정열부인이 되는 등 국가에서까지 그녀의 효를 공인하게 한다. 이처럼 서사 전반부 속 양씨의 반복된 행적은 그녀로 하여금 대외적으로 '효열부'로서 인정받게 함으로써, 이후의 구약여행 또한 '지극한 효열의 극대화'로 인식시킨다.

2) 여행 속 유람 및 귀녕(歸寧)의 양상

● 구약여행의 유람적 성격

〈양씨전〉 전반부 서사에서의 행적 덕분에, 양씨의 구약여행은 시작도 전에 이미 양씨가 가진 효열의 발로라는 점이 공인되어 있었다. 작품 내외적으로 양씨의 구약여행이 가진 의미에 대한 믿음이 공고화된 상태였기 때문에, 그녀의 여행 또한 '여성의 여행'이지만 당대의 유교적 시각 속에서도 용인될 수 있었던 것이다. 그러나 앞서 언급했듯이 그녀의 여행 중 고난은 '극복'의 과정 없이 일시적인 해프닝으로 끝나

---

19) 서두에 이어 "슈쥬 짜에 흔 사람이 닛시되 셩은 남이요 명은 젼이라."라는 구절부터 본격적으로 시작되는 〈양씨전〉 서사는 남전의 혼사 부분에 와서야 양씨를 등장시킨다.
20) 「양씨젼이라」(월촌문헌연구소, 1986, 같은 책), 5쪽.

며, 유람으로서의 성격이 더욱 강하다. 양씨의 구약여행 과정을 자세히
보면 그 다음과 같음을 알 수 있다.

1) 다른 동네 : 강길의 겁박 시도, 투강
2) 서해 : 용궁 보은연, 표주·야광주를 받음, 용녀의 동행 시작
3) 동해 : 황릉묘 구경
4) 북해 : 수족의 공격, 채석강·백영대 구경
5) 남해 : 적벽강·동작대·소상팔경 구경
6) 삼신산1 : 선녀(선동)의 동행, 방장산·영주산 구경
7) 삼신산2 : 봉래산 도착, 양처사 부부 상봉, 용성 출생, 선약 획득
8) 돌아오는 길의 바다 : 회사정·철해수 완경[21]
9) 서해 : 계란주 획득

  양씨가 강길의 겁박을 피해 투강하면서부터 양씨를 둘러싼 세계가
수중세계로 바뀌고, 거기서부터 본격적인 사해여행이 이어진다. 그 시
작인 2)서해 용궁에서의 내용을 보면 양씨가 사해 여행을 앞두고 서해
용왕의 도움을 받아 조력자 용녀와 여러 조력물들을 얻는 장면이 나오
는데, 출발 전에 꾸려진 형태만으로도 이미 일종의 유람단(遊覽團)으로
서의 모습이 드러난다. 조선시대 유람 과정을 보면 출발 전에 길 안내
자와 운송수단 등을 준비하는데,[22] 이는 보통 길을 아는 안내자를 앞세

---

21) 8)은 효열 계열의 이본에서만 등장한다.
22) "유생이나 관원들의 장거리 유람을 위해서는 출발 전에 여러 가지 여행준비와 함께 유람
    중의 이동수단과 숙박 장소 때로는 길 안내자를 필요로 하였다 김창협(金昌協)의 동생인
    김창흡(金昌翕)과 같이 말을 타고 홀로 금강산을 여행한 경우도 있었지만 이는 특이한
    예에 속하고 유람에 나설 때는 뜻이 맞는 벗이나 친지들을 동반하는 경우가 대부분이었다.
    그리고 수발을 들어줄 수행원을 필요로 하였다. 말을 몰거나 가마 메는 사람 길을 안내하

우고[23] 직접 걷기보다는 주로 가마나 말을 이용해서 다녔던[24] 당시 사
대부들의 유람 성향과 관련이 있다. 안내자와 운송수단의 준비는 유람
자로 하여금 길 찾는 수고나 걷는 피로를 줄이고, 산수 감상만을 가능
하게 하기 위한 방법이었다. 〈양씨전〉의 구약여행에서도 출발에 앞서
안내자와 운송수단이 준비되는 모습이 나타난다.

> 수일 후에 용왕이 용여을 불너 공문을 주며 왈 이 공문을 가지고 가다
> 가 급한 환이 잇거든 이 공문을 부치면 무수홀 거시니 급피 힝즁을 츠려
> 주시며 쏘 야광주을 주며 이로딩 이 구슬은 밤의 보는 구슬이라. 일 표주
> 을 주시며 용여다려 양 부인이 봉녀산의 가신 후의 즈연 거처하실 거시니
> 너는 표주 가지고 물가의 머무다가 모시고 도라오라 ᄒᆞ거늘 용여 부왕의
> 명을 바다 양광주와 표주을 가디고 발힝홀시 용왕이 물가의 ᄂᆞ와 젼송
> ᄒᆞ시더라.[25]

는 사람, 음식물이나 필요한 물건을 나르는 짐꾼 등이다." 김상현, 「遊山記로 본 朝鮮時代
僧侶와 寺刹」, 동국대학교 석사학위논문, 2003, 4~5쪽.

23) "사족 유람객들은 사찰을 산수 유람의 거점으로 이용하였을 뿐 아니라 승려들을 유람을
위한 노동력으로 활용하였다. 그 대표적인 것이 지로승의 경우이다. 지로승은 산길을 인
도하고 명승을 설명하는 역할을 맡은 승려를 말한다. 지로승은 유람자들을 산중 곳곳의
명소로 안내하였다. 산길 안내는 금강산과 같은 볼거리가 많은 탐승지에서는 필수적이었
다. 유람자들은 이들 승려에게서 길안내를 받고 그들로부터 얻은 정보를 토대로 자신들이
목격한 곳의 지명과 유래 등을 유산기에 기록할 수 있었다." 이경순, 「조선후기 사족(士族)
의 산수 유람기에 나타난 승려동원과 불교전승비판」, 『한국사상사학』 45, 한국사상사학
회, 2013, 380쪽.

24) "사대부들은 산중에서는 말에서 내려 가마를 타고 유람하였다. 종복이 메는 가마를 타고
다니다가도 산중에서는 산길에 익숙한 승려들의 가마에 옮겨 타서 유람하였다. 이때 이용
되는 가마는 藍輿, 肩輿, 筍輿, 竹輿 등으로 불렸다." 이상균, 「조선시대 사대부 유람의
관행 연구」, 『역사민속학』 38, 한국역사민속학회, 2012, 99쪽.

25) 「양씨전이라」(월촌문헌연구소, 1986, 같은 책), 114~115쪽.

양씨는 본격적인 여행에 앞서 서해 용왕에게 중요한 안내자 및 조력물, 그리고 탈 것을 얻게 된다. 여행의 안내자가 되는 용녀는 이전 양씨가 자신을 구해준 은혜에 보답하기 위해 합류한 인물로 삼신산에 도착하기 전까지 양씨 일행을 인도해주는 역할을 수행한다.[26] 그녀는 사해를 지날 수 있는 허가 공문을 처리하는 등의 행정적 도움뿐 아니라 사해의 여러 명승지에 대한 적극적 설명을 통해 양씨의 산수 감상을 돕는다. 이러한 용녀의 모습은 마치 사대부가의 산수 유람에서 그들의 길잡이가 되었던 승려들을 연상시킨다. 조선시대 사대부가의 유람과 관련한 논의에 따르면 "승려들은 유람 오는 사대부들의 숙식을 제공하고 수발을 드는 등의 사역을 해야 했다. 또한 산중의 길을 가장 잘 알고 있어 유람 길잡이는 승려들이 도맡았으며, 유람객들이 타고 다니는 가마를 매야 했다.[27]" 그런데 〈양씨전〉에서는 그 당시 승려가 수행했던 대부분의 역할, 즉 안내 및 운송수단의 제공을 용녀를 비롯한 서해 용왕 쪽에서 맡아 하고 있다. 이러한 여행 전 조력자·조력물들은 결과적으로 구약여행 속 양씨 일행의 수월한 유람활동의 밑받침이 된다.

3)동해 여행에서부터 8)돌아오는 길까지의 구약여행은 한마디로 '사해를 건너고 삼신산을 넘어' 선약을 구하는 내용으로 이루어져 있다. 하지만 정작 사해 여행 동안 양씨가 보게 되는 장소는 소상강, 동정호, 황릉묘와 같이 실존하는 중국의 지명들이다. 이곳들은 학식이 깊지 않은 이들도 알 만한, 역사·문학적으로 중요한 행적의 배경이 된 장소들로[28], 여러 소설뿐 아니라 시조 등에서도 심심치 않게 등장할 정도로

---

26) 사해에서는 용녀, 삼신산에서는 선동(이본에 따라 선녀)의 인도를 받아 길을 떠나게 된다.

27) 이상균(2012), 같은 글, 99쪽.

당대 조선 사람들이 꼭 한번 가보고 싶어 하던 중국의 명승지이기도
하다.29)

　〈양씨전〉의 구약여행이 가지고 있는 유람적 성격은 이점은 구약여행
이 등장하는 다른 소설, 특히 〈숙향전〉과의 비교에서 더욱 두드러진다.
양씨의 구약여행은 기본적으로 〈숙향전〉의 내용을 수용하였기에, 이전
에 은혜를 베푼 거북이 용왕의 자식이고 그가 주인공의 안내자가 되어
구약여행을 함께한다는 설정 자체가 이선의 구약여행과 흡사하다.30)
그러면서도 〈양씨전〉의 구약여행은 공간적 배경에 있어서는 차이를 보
이는데, 〈숙향전〉에서 이선이 지나는 용궁세계와 12국 등이 말 그대로
이계로서 드러나는 반면, 〈양씨전〉에서의 사해 바다는 그러한 속성이
드러나지 않은 채 단지 중국의 명승지가 존재하는 지리적 매개체로만
작용하고 있다. 이처럼 이계라 할 수 있는 사해 바다 안에 굳이 실존하
는 중국의 명승지들을 삽입한 것은 양씨에게 있어서 사해가 환상적 체
험보다는 일종의 유람이 가능한 장소로 존재해야 했기 때문이다. 사해
여행에서 보이는 유람적 성격은 여행 속 서사 중 가장 많은 분량을 차
지하고 있는 황릉묘 부분을 살펴볼 때 더욱 잘 알 수 있다.

---

28) 서신혜, 「〈만하몽유록〉에서 작시와 유람의 기능」, 『어문논총』 41, 한국문학언어학회,
　　2004, 293~294쪽 참고.
29) "선인들의 고사나 인명뿐 아니라 중국의 자연문물에도 심취해 있음을 볼 수 있다. 예를
　　들면, 도연명의 「桃花源記」로 말미암아, 자연풍경이 아름다운 '武陵桃源'은 일약 세상에
　　유명해, 선경낙원과 같이 세상 사람들이 동경하는 대상물이 되고 가고 싶어 하는 목적지가
　　되었다. 그 외에도 동정호, 소상강, 악양루, 태산과 같은 중국의 많은 명승지가 사람들의
　　머릿속에 뿌리박혀 있다." 허현희, 「고시조에 나타난 중국 관련 이미지 연구」, 숭실대학교
　　대학원 석사학위논문, 2008, 30쪽.
30) 박혜인(2015), 같은 글, 198쪽 참고.

용여왈 부인이 젼일에 황릉묘을 보와 게신잇가 부인이 되왈 남에 젼ᄒ는 말은 드러시되 보지 못ᄒ엿ᄂ니다. 용여 ᄒᆫ 고되 그 부인과 함기 황릉묘을 차ᄌ가니 야싴이 삼경이라. 명월은 조요ᄒᆫ되 강쳔은 일싴이라 강녁에 원싱이 쉬파람ᄒ고 죽님이 두견이 슬피우니 부인 비회을 이기지 못ᄒ여 쳬읍 낭누ᄒ니 용여 위로왈 ᄃᆞ 쳔수라. 과도히 슬허 말ᄅᆞ소서. 〈즁략〉 손을 인ᄒ고 묘각의 드러가니 젼승에 두 부인이 주즁ᄒ고 좌우에 여러 부인이 열좌ᄒ여거늘 부인이 용여ᄃᆞ려 문 왈 져 주즁ᄒᆫ 주 부인은 뉘라ᄒ시난잇가. 용여 답 왈 져 두 부인은 요임금의 ᄯᆞᆯ이요. 순에 안히ᄅᆞ. 〈즁략〉 후세 인싱드리 이로기을 소상강 반쥭이라 ᄒᆞᄂ니다. 양부인이 이 말을 듯고 슬푼 마암이 졀노 소ᄉᆞᄂᆞ 비회을 이기지 못ᄒᆞᆯ지ᄅᆞ. 용여 빈을 위로 왈 가실 길이 밧부ᄂᆞ니 ᄒᆞ직을 알외소서 ᄒᆞ거날 양 부인이 우름을 긋치고 ᄒᆞ직 비례 후의[31]

황릉묘는 양씨가 서해 용궁에서 나와 본격적인 사해 여행을 하면서 들리는 곳으로, 배 위에서의 짧은 구경으로 끝나는 다른 명승지와는 달리 '잠시 내려서' 본격적으로 구경하는 모습이 나오는 등 그 적극적인 완경의 태도가 드러난다. 이는 이곳이 당대 가장 이상적인 여성들로 추앙받던 이비의 사당이라는 점과 무관하지 않다.[32] 이비는 고소설 속에서 자주 등장하는 존재로 〈여와전〉이나 〈황릉몽환기〉와 같이 전체적으

31) 「양씨전이라」(월촌문헌연구소, 1986, 같은 책), 117~121쪽.
32) "황릉묘는 상수의 신인 이비의 실존하는 사당이었다. 처음으로 발생한 서사는 황릉묘 근처를 지나던 남성이 꿈속에 황릉묘에 가서 이비와 이비가 거느린 여성들을 만난다는 부분이 전기적인 것이었다. 이 에피소드가 우리나라 고전소설로 옮겨오면서 주인공이 여성으로 바뀌고 황릉묘 근처에서 위기에 처한 여성을 이비가 일시적으로 구원하는 이야기로 만들어졌으며, 남정기에 이르러 황릉묘는 역대 현부열녀의 사후세계라는 공간적 정체성을 획득하였다" 지연숙, 「고전소설 공간의 상호텍스트성-황릉묘를 중심으로」, 『한국학연구』 36, 고려대학교 한국학연구소, 2011, 147쪽.

로 서사가 수용되는 경우 외에도 〈사씨남정기〉, 〈장백전〉, 〈백학선전〉
과 〈화씨충효록〉, 〈성현공숙렬기〉, 〈현씨양웅쌍린기〉와 같은 국문장
편소설에서처럼 주로 꿈속에서 나타나거나 〈사씨남정기〉나 〈심청전〉
에서처럼 천상계나 관련한 장소에 직접 강림하여 작중 인물과 소통하
는 모습을 보인다.[33] 그런데 〈양씨전〉에서는 이비나 황릉묘에 대한 적
극적 서술에도 불구하고 양씨와 용녀의 완경 행위만으로 끝날 뿐 꿈이
나 환상을 통해 이비를 만난다는 서술로는 이어지지 않는다. 이러한 점
은 황릉묘를 비롯한 사해의 명승지들이 사해 여행 속에서 등장한 이유
가 구약여행이 가진 유람으로서의 성격을 드러내는 데에 있었음을 보
여준다.

   황릉묘에 대한 서술은 크게 1)황릉묘 주변 경관 및 황릉묘 내부 모습
묘사 2)황릉묘의 역사적 사건에 대한 용녀의 설명 3)황릉묘 감상에 따
른 양부인의 소회 표출 등으로 구체적인 유람 과정을 보여준다. 이는
역사와 관련한 여러 유적들을 찾아 "선대의 인물이나 역사적 사건"을
회고하던 당대 사대부들의 유람 과정과도 비슷하다.[34] 황릉묘에서 보
이는 명승지에 대한 설명과 감상의 모습은 그 외에 짧게 서술되어 있는

---

33) 김문희, 고전소설에 나타난 이비고사(二妃故事)의 변용과 의미, 『한국고전여성문학연
   구』 28, 한국고전여성문학회, 2014. 참고
34) "사대부들의 유람지는 주로 금강산·묘향산·소백산·지이산·청량산·한라산 등 국내의
   명산을 중심으로 이루어졌고, 그 밖에 고려의 수도였던 개성을 많이 유람하였다. 이 산들
   도처에는 불교적 사건들과 연관된 수많은 사찰과 역사유적이 남아 있었다. 사대부들은
   이곳을 유람하면서 선대의 인물이나 역사적 사건을 회고하고 있다. 하면서 경승과 함께
   그 속에 내포된 역사현장을 답사하고 재음미하였다. 또한 앞서 다녀간 명현들의 자취를
   답습하기도 한다. 사대부들의 유람은 목적에 따라 형태가 다양하게 나타나기도 하지만
   역사현장을 돌아보고, 명현의 자취를 답험하는 계기로 삼았다." 이상균, 조선시대 사대부
   의 유람 양상. 『정신문화연구』 34, 한국학중앙연구원, 2011, 49~50쪽.

다른 장소에 대한 묘사에서도 나타난다.

> (1) 운무 중의 흔 집이 소스거늘 무른되 용여 답왈 한무적 빅영대라.
> 부인이 환겁 소왈 만승 천즈도 죽어지면 허스로되, 저 집을 지을 되예 텽
> 츅 중의 석글 줄을 엇디 알니요. 히 슬피우니 인싱이야 의논ㅎ여 무엇ㅎ
> 리요.35)
>
> (2) 빅을 씌여 적벽강으로 느려가며 이로되 이고슨 적병강이라. 옛 소
> 즈첨 노든 다리라, 우리도 기리 밧부지 아니하면 잠간 완경하고 가련마난
> 역녀 건곤으로 지니가이 헛부도다 자탄을 마지 아니ㅎ더라.36)

사해 여행은 대부분 본문과 같이 해당 명승지의 모습과 그에 관한
짧은 대화로 이루어진다. 용녀는 자신들이 지나가는 여러 명승지들에
대한 이름과 유래를 짧게나마 설명하고 양씨는 그에 대해 추가로 질문
을 하거나 개인적 감상을 표하기도 한다. 그녀는 역사 영웅들의 사적을
보며 '만승 천즈도 죽어지면 허스로되, 저 집을 지을 되예 텽축 중의
석글 줄을 엇디 알니요'라며 그 허무함을 평하기도 하고, 그 슬픔에 동
화되어 함께 울기도 한다. 그러면서도 가끔 구약(救藥)이라는 목적 때문
에 그곳을 좀 더 완경하지 못하는 것에 대한 아쉬움도 내비치고 있다.
이는 당시 명승지에서 시를 짓고 독서와 토론을 즐기던 사대부들의 유
람 생활을 일견 따라한 듯하다.37) 여기서 양씨는 〈만하몽유록〉38)처럼

---

35) 「양씨전이라」(월촌문헌연구소, 1986, 같은 책), 123~124쪽.
36) 「양씨전이라」(앞의 책), 128~129쪽.
37) "대부분의 사대부들은 여행 중에 시 쓰기를 중요하게 여겼으며, 특히 유람 중의 좋은
　　여가수단으로 간주하였다. 조선시대 사대부들은 유람 중에 독서와 함께 토론을 즐겼다.
　　토론은 주로 저녁에 숙소에서 동행한 친지들과 이루어졌으나, 길을 가는 중간이나 잠시
　　휴식 중에 토론을 벌이기도 하였다."(정치영, 조선시대 사대부들의 유람 중의 활동, 『역사

명승지에 따라 시를 짓는 모습까지 보이지는 않지만 짧으나마 명승지
에 대한 각자의 소회를 밝히고 나누는 전형적인 유람객의 모습을 보여
주고 있다. 또한 구약여행 내내 명승지에 대한 대화가 꾸준히 이어지고
있다는 점에서 의미가 있다.[39] 〈양씨전〉의 독자들은 양씨와 용녀가 나
누는 여행 중 대화들을 함께 따라가면서 선약의 획득보다는 노정에 등
장하는 사적들과 그에 대한 주인공의 심경에 더 관심을 기울이게 된다.

이와 동시에 양씨 일행은 '유람'에 대한 조심스러운 태도도 함께 보여
주고 있다. 그들은 자신들의 눈앞에서 지나치는 명승지들에 대한 감상
에는 적극적이지만, 황릉묘를 제외하고는 배에서 내려 본격적으로 그
곳의 경관을 즐기고자 하지 않는다. 각 명승지에 대한 그들의 대화는
짧은 한두 마디의 대화로 마무리되며, 해당 명승지에 대한 소회를 밝히
는 중에서도 '가는 길이 바쁘기 때문에 잠깐 보고 간다'는 언술로 노중
에서의 '우연한' 완경임을 끊임없이 상기시키고 있다. 그들의 여행이
유람적인 성격을 띠고 있지만 기본적인 목적은 '유람'이 아니라 '구약'
이라는 점을 의식하고 있기 때문에 배 위에서 잠깐씩 구경하는 형태로

민속학』 42, 역사민속학회, 2013, 45쪽.) "이와 같은 동행한 친지들과의 토론 외에도 승려
와의 토론이 잦았다. 사대부들은 산을 유람할 때 대부분 절에서 숙박하였고, 승려들의
안내와 도움을 받았기 때문에 승려들과 자연스럽게 만나고 토론할 기회가 많았다."(앞의
글, 47쪽.)

38) "몽유자의 천하 유람을 그리고 있는 〈만하몽유록〉에서는 육지나 물가의 어느 한 부분뿐
만 아니라 여러 곳을 돌아본다. 이곳들은 역사적으로 큰 의의가 있었거나 유명한 문학작품
의 배경이 된 지역이다. 일부러 그런 곳들을 돌아보면서 각각의 역사적 사실을 되뇌며
그때의 감정을 살펴 시를 짓는다." 서신혜(2004), 같은 글, 281쪽.

39) 구약여행 중 지난 명승지의 '이름'만을 나열하고 끝나는 〈진길충효록〉의 서술과 다른
점이기도 하다. "하직ᄒᆞ고 질을 떠나갈식 으초을 지너여 채석강을 지너여 소상강을 지너간
이 무산시비봉을너머 동정강 칠빅이을 건네고 한산사 고소딕을 지너여 츅윤산을 너머
한고딕 이르이" 「진길충효록」(월촌문헌연구소, 『한글필사본 고소설자료총서: 원광대학
교 박순호교수 소장본』 45, 昨晟社, 1986. 영인), 75쪽.

이루어지게 된 것이다. 〈양씨전〉의 사해여행은 실존하는 완경지, 유람을 가능케 하는 안내자와 운송수단을 설정해두면서도 실제적인 완경에 있어서는 소극적인 모습을 보이고 있다. 다만 황릉묘만은 '효열부 양씨'의 모습을 강조할 수 있는 장치가 되기에, 다른 명승지와 달리 비교적 적극적인 완경 태도가 서술될 수 있었다.

● 구약여행의 목적지 친정

〈양씨전〉의 구약여행에서의 최종 목적지는 선약이 있는 봉래산이다.[40] "봉래산은 중국 전설상의 산으로, 『사기』의 「봉선서(封禪書)」에 따르면, 영주산(瀛州山), 방장산(方丈山)과 더불어 발해 해상에 있었다고 전하며, 세 산을 함께 삼신산으로 부르는데, 그곳에 선인이 살며 불사의 영약(靈藥)이 있다고 한다."[41] 이러한 이유로 봉래산은 〈양씨전〉 뿐 아니라 〈숙향전〉, 〈진길충효록〉 등의 구약여행에서도 목적지로 언급되곤 했다. 그런데 〈양씨전〉 속 봉래산은 단순히 선약이 있는 '이계의 장소'뿐만 아니라 '양씨'의 부모가 살고 있는 '친정'으로도 존재한다. 본래 양씨의 친정집은 봉래산이 아닌 청학동이지만, 봉래산 선관·선녀 출신인 그녀의 부모가 봉래산으로 돌아가면서 자연히 그녀의 친정이 되었다. 결과적으로 시모를 구할 수 있는 선약의 소재지가 곧 양씨의 친정인 셈이다.[42]

---

40) 정확히 시모인 심씨를 살리는 두 약이 있는 봉래산과 서해 용궁 모두를 그 목적지라고 두어야겠지만, 그중 서해 용궁은 본격적인 구약여행을 출발하는 공간으로 미리 등장한다. 그러므로 양씨가 바다를 건너고 산을 넘어 가는 최종 목적지는 봉래산이 된다.

41) 허현희(2008), 같은 글, 33쪽.

42) 양씨가 마지막에 선약을 얻는 곳이 결국 친정이라는 설정은 아버지 양처사가 양부인을 찾아와 했던 말에서 이미 예측할 수 있다. 그는 남전이 포로로 간 뒤 양부인을 찾아가

선계의 공간인 봉래산이 양씨의 친정이라는 설정은 양처사 및 양씨의 집안 자체에 대한 일관적인 묘사와도 관련이 있다. 일례로 양처사 내외가 있는 봉래산 집의 정경을 묘사한 장면은 서사 초반에 남전이 혼인을 위해 갔던 청학동 집의 분위기와 유사하다.

(1) 점점 들어가니 흔 동혹이 명낭ᄒ여시니 진짓 션경이라, 인ᄒ여 드러가 셩예ᄒ고 당샹의 올은 후의 그 집을 살펴보이 슈간 초옥은 운무 중의 지여스니 졍사흔 거동은 진셰와 달으더라.43)

(2) 비록 초옥이나 쇄쇄ᄒ미 진이 중의 인난 집과 다르더라. 그 집에 다다르니 한 빅발 노인이 죽장을 집고 부인을 인도ᄒ여 뇌당에 드러가니 층층화게의 빅화 만발한 딕 강슈난 잔잔ᄒ여 빅게을 연ᄒ엿더라.44)

본문 (1)은 인간세계에 있는 청학동, (2)는 선계인 봉래산의 집이지만 이 두 장소에 대한 묘사는 흡사하다. 〈양씨전〉에서의 친정 관련 서사를 보면 두 이본 모두 공통적으로 속세의 집과는 다른 이상적인 공간으로 설정되어 있다. 이는 〈양씨전〉이 단지 봉래산만이 아니라 양씨의 친정 자체를 이상적인 존재로 설정하고 있기 때문이다.45)

위로하면서 "우리 부처은 봉뇌순 선관 선녀로셔 인간에 연분이 잇기로 줌시 웅거ᄒ엿더니 지금은 고향으로 도라가니 너은 우리을 싱각 말고 잘 지뉘되 일후에 너에 시모의 병이 중ᄒ거든 봉뇌순을 ᄎ즈오라."라는 말로 미래의 일을 이미 언급했던 것이다.

43) 「양씨전이라」(월촌문헌연구소, 1986, 같은 책), 11쪽.
44) 「양씨전이라」(앞의 책), 138~139쪽.
45) 이러한 점은 양씨의 아버지 양처사에 대한 묘사에서도 마찬가지이다. 그는 '봉뇌순 선관' 으로서 잠시 인간에 웅거하였던 인물로, 양씨가 무슨 일에 처할 때마다 유교적 윤리 하에서 교훈하거나, 현몽하여 위험을 경고하기도 하고, 이후 양씨의 아들 용성의 교육을 도맡기도 한다. 〈양씨전〉에서 그의 모습은 앞서 양씨가 이상적인 출천지효부로 나타나는 것같이, 속세를 초월한 이상적 인간상으로 그려지고 있다.

한편 봉래산이 단지 약을 가지고 있는 '선계'일 뿐 아니라 양씨의 친정이라는 점이 함께 설정되면서, 그에 대한 서술도 기존의 다른 구약여행 속 목적지와 차이를 보인다. 특히 양씨와 친정 가족들의 만남과 이별이 비중 있게 그려지고 있다.

> 1) 효열 계열 : 부인이 노인을 향ㅎ여 직비한 되 션관이 부인의 손을 잡고 체읍 왈 이별 삼 연의 한 순 서간이 업스니 그 청성을 가히 알이로 듸. 인자 졍니에 엇지 아연치 안이하리요. 나난 쳥학동 양처사라 한듸 보인이 크게 놀눠여 그제야 부친인 줄 알고 다시 절ㅎ고 통곡ㅎ며 양부인이 모 부인을 붓들고 익통ㅎ니 산천이 슬픈 비슬 머금고 구름이 수심ㅎ여 머무난 닷 ㅎ더르46)
>
> 2) 충효 계열: 부인이 그 부친 젼의 문안ㅎ되 션관이 부닌의 손을 잡고 왈, 이별ㅎ 졔 오린지라 부즈의 졍이 이연치 아니ㅎ리요. ㅎ시고 낙누ㅎ시거늘 부닌이 일셩통곡ㅎ니 쪼 모부닌이 마조나와 양씨의 목을 안고 기졀ㅎ시거늘 부닌이 모친을 보고 익통ㅎ오니 산쳔초목도 스려ㅎ고 구름도 슈심을 머굼은 듯ㅎ더라.47)

양씨에게 봉래산 신선은 곧 오랫동안 헤어진 부모님을 의미한다. 그래서 〈양씨전〉에서 보이는 봉래산 신선과의 만남은 신비스러운 분위기가 아닌, 슬프고 애틋한 분위기에서 이루어진다. 특히 2)충효 계열에서는 버선발로 뛰어와 양씨의 목을 안고 기절하는 처사부인의 모습이 추가됨으로서 봉래산 신선보다는 친정으로 돌아온 딸을 반기는 인간적인 부모님의 면모를 강조하고 있다.

---

46)「양씨전이라」(월촌문헌연구소, 1986, 같은 책), 139~140쪽.
47)「양씨츄효뎐 권지단」(같은 책), 460쪽.

친정 가족을 만난 양씨는 봉래산에 온 목적인 선약에 대해 한 마디도 언급하지 않는다. 봉래산 신선을 만난 다음 장면도 '선약을 받아 돌아 갔다'가 아닌, '어머니를 모시고 세월을 보냈다'라고 서술된다. 양씨는 아버지 양처사가 그녀를 돌려보내기 전까지 약 반년간이나 봉래산에서 지낸다. 양씨는 구약여행의 최종 목적지인 봉래산에 왔지만 정작 약을 구하지 않은 채 그 부모와 머물러 있는 것이다. 이러한 양씨의 행동은 해산달이 가까운 임산부로서는 당연할 수도 있겠지만, 이미 '임신한 몸 을 이끌고 시모를 위해 구약여행을 자처'했던 양씨의 인물됨을 생각했 을 때 매우 이질적이다. 그 사이 병세가 악화된 심부인은 양씨의 도착 삼일 전에 죽는데, "너는 온지 임의 반연이라. 이곳 습식이 인간 습일이 라."[48]이라는 양처사의 말을 보면 양씨의 귀환이 지체된 것이 시모의 죽음을 막지 못한 원인이었음을 알 수 있다. 시모의 급박한 병세에도 서두르지 않았던 양씨의 모습은 서사 전반에서 보이는 '효열부' 양씨의 모습과는 차이를 보인다.

양씨의 이러한 모습은 선약을 받고 봉래산의 선약을 받고 하산하는 장면에서도 크게 드러난다. 특히 충효 계열의 소설에서는 서로간의 이별 을 앞둔 양씨와 그녀의 부모님의 절절한 슬픔이 그대로 표현되고 있다.

> 충효 계열 : 인ㅎ야 눈물을 머금고 부모 젼으 ㅎ즉흔디 쳐스 부쳐의
> 졍을 이기지 못ㅎ야 손을 잡으니고 낙누 왈, 도시 쳔슈라 안심ㅎ고 도라
> 가라. ㅎ신디 양부닝이 부친의 목을 안고 실셩통곡ㅎ거늘 부닝이 눈물을
> 근치고 왈, 너의 시모임 젼의 효셩이 지극ㅎ여 이이 와 약을 엇고 우리을

---

48) 「양씨전이라」(월촌문헌연구소, 1986, 같은 책), 552쪽.

다시 싱면ᄒ니 ᄒ나님미 닌도ᄒ시미라. 너은 실푼 핏이 업시 도라가라. 네 부모의 마음도 온젼치 못ᄒᄃᆡ 져ᄃᆡ도록 슬어ᄒ난야. ᄒ신ᄃᆡ 양부닌이 모친님 과도ᄒ신 뜻을 알고 즉시 우름을 구치고 복지비별ᄒ여 부모임은 만셰무양ᄒ옵소셔ᄒ고 즉일이 쩌나49)

본문을 보면 양처사가 양씨의 손을 잡고 눈물을 흘리거나 양부인이 아버지의 목을 안고 실성통곡하는 등의 모습이 나온다. 특히 양씨는 이별의 슬픔을 억제하지 못하여 어머니께 '네 부모의 마음도 온젼치 못ᄒᄃᆡ 져ᄃᆡ도록 슬어ᄒ난야'라는 꾸짖음을 받을 정도였다. 이는 작품 내내 '이상적인 효열부'로서만 나타났던 양씨의 인간적인 성격을 드러내는 장면으로, 독자로 하여금 양씨를 봉래산의 선관으로부터 선약을 받아 오는 효열부로서가 아니라 친정 부모님과의 기약 없는 이별을 앞둔 부녀자로서 보게 한다. 사실 이때는 마침내 양씨가 봉래산에서 선약을 얻어 가지고 오는, 탐색담에서는 가장 득의(得意)한 순간이다. 그럼에도 불구하고 봉래산 하산 장면은 이별에 따른 슬픈 분위기가 선약의 획득이라는 성취조차 잊게 할 정도로 압두하고 있다. 이처럼 봉래산 속에서의 양씨의 태도와 그녀를 둘러싼 작품의 정서는 양씨의 구약여행의 궁극적인 목표를 선약 찾기가 아니라 귀녕으로 보게 만든다. 결국 시작 전 '효열부로서의 탐색담'이라는 명분이 강하게 과시되던 양씨의 구약여행은 봉래산에서의 서사를 통해 '친정에 대한 여행담'으로 마무리되고 있는 것이다.

---

49) 「양씨츄효젼 권지단」(월촌문헌연구소, 1986, 같은 책), 463쪽.

3. 〈양씨전〉 속 여성 여행의 의미

1) 유람에 대한 욕구

〈양씨전〉 속 양씨의 구약여행은 기본적으로 당대의 유람·와유 문화의 영향을 받은 것으로 보인다. 조선 후기 유행하던 산수 유람 문화로 인해, 당대 사람들의 관심은 금강산과 같은 한국의 산수 지리뿐 아니라 책으로만 접했던 중국의 명승지에까지 확대되었다.[50] 하지만 그 당시 처지에서 산수 유람은 가고 싶다고 쉽게 갈 수 있는 것이 아니었다. 수많은 재정과 인원이 필요했으며, 때로는 목숨을 걸어야 하는 경우도 있었다. 그래서 많은 이들은 산수화나 산수기, 여행 판놀이 등을 통해 가보지 못한 명승지에 대해 와유(臥遊)하곤 했으며[51], 산천을 직접 유람한

---

50) "김창협 집안은 조선 산수 및 승경은 물론 중국 산수의 장단점을 거론하는 데까지 이르렀다. 김창업은 1712년 김창집이 정사로 연경에 갈 때, 57세 나이에 군관으로 함께 참여하였는데, 이는 중국산수 유람에 대한 그의 절실한 바람을 반영한 것이었다. 한편 평생 동안 중국 땅을 밟지 못했던 김창흡(1653~1722)은 62세에 백두산에 올라 중원을 내려다보는 상상을 하면서 끝내 중국의 산천을 돌아보지 못한 아쉬움을 토로하기도 하였다." 정은주, 「조선후기 중국산수판화의 성행과 오악도」, 『고문화』 71, 한국대학박물관협회, 2008, 51~52쪽.

51) "아! 늙음과 병이 함께 이르러 아마도 명산을 두루 유람하기 어려울 듯하구나. 오직 마땅히 마음을 맑게 하여 도를 보며 누워서 이를 유람해야겠구나(噫 老病俱至名山恐難遍遊 唯當澄懷觀道 臥以遊之) 위의 구절은 당나라 張彦遠의 歷代名畫記 (권 6, 宋宗炳 편)에 나오는데, 종병이 병 때문에 衡山에서 江陵으로 돌아온 후 탄식하는 대목이다. 늙음과 병으로 인해 문 밖으로 나가지 못하고, 부득이 누워 산수화를 바라보며 산수 유람을 간접 체험한다는 臥遊는 산수화 감상의 대명사가 되었다(葛路, 1990:100~108). 이후 와유는 중국과 조선의 산수화론에 거듭 언급되면서 산수화의 제목이 되기도 하고, 臥遊錄이라 하여 산수 기행문을 모아 엮은 책의 제목으로도 쓰였다." 육재용, 「朝鮮時代 士大夫들의 餘暇文化에 나타난 觀光現象 研究 – '遊覽'과 '臥遊'를 中心으로」, 경기대학교 관광전문대학원 석사학위논문, 2008, 73쪽.
"와유문화의 하나인 여행 판놀이는 「남승도」와 「상영도」로 대표된다. 「남승도」는 '명승지를 유람하는 도표'라는 의미를 지닌 판놀이(Board Game)이다 각 칸에 명승고적지의 이름을 기입한다. 「청구남승도(青丘覽勝圖)」·「조선남승도(朝鮮覽勝圖)」·「조선유람도(朝

이들도 자신이 다녀온 곳에 대해 직접 기록하여 훗날 와유의 자료로 삼기도 했다.[52] 이는 당대 사람들이 글로써 익히 알고 있는 중국의 명승지에 대해서도 마찬가지였다. 특히 중국은 대부분의 사람들에게 동경의 장소이기는 했으나 보통 유람이 가능한 장소는 아니었기에[53], 와유의 대상으로 삼은 경우가 많았다.[54]

이러한 조선 후기의 유람·와유 문화는 남성뿐 아니라 여성에게까지도 확대되었다. 기생 금원의 금강산행이나 제주 여성 김만덕의 금강산·대궐 유람은 당대 여성이 가진 '유람'에 대한 욕구의 실현을 보여주는 사례라 할 수 있다. 그러나 대부분은 연행록 등을 통한 와유를 즐겼다.

鮮遊覽圖)」·「남승도(覽勝圖)놀이판」은 조선을, 「천하남승도(天下覽勝圖)」·「명승유람도(名勝遊覽圖)」·「육선회남승도(六仙會覽勝圖)」는 중국을, 온양민속박물관의 「세계유람도(世界遊覽圖)」는 전 세계를 대상으로 하고있어 남승도의 대상이 되는 여행 목적지의 다양성을 보여준다." 유현주, 조선시대 여행 판놀이를 통해 본 문학과 놀이, 『한국고전연구』 31, 한국고전연구학회, 2015, 154쪽.

52) "산수 유람은 가짜 산이나 그림으로 대신할 수 없다. 그렇다고 늘 산과 물을 마주할 수 있는 것도 아니다. 이 때문에 자신이 직접 유람한 산수를 글로 남겨 훗날 와유의 자료로 삼고자 하였다. 일찍이 李叡報가 〈南行月 日記〉에서 젊어서 사방을 유람하는 것은 노년을 위함이라 하고, 평소 유람한 곳은 바로 시로 적어내고 그렇지 못할 때는 방언과 속어를 섞어 간단히 기록해 둔다고 하였으니, 비록 와유라는 용어는 쓰지 않았지만 이마 오랜 시기부터 자신이 지은 글을 훗날 와유의 자료로 삼았다는 사실을 확인할 수 있다." 이종묵, 「조선시대 臥遊 文化 硏究」, 『진단학보』 98, 진단학회, 2004, 95~96쪽.

53) 장강 중심의 강남은 "조선의 문인들에게는 가보고 싶지만 가볼 수 없는 이국정서가 충만한 낭만적 상상력을 자극하는 이상의 땅이었고, 「소상팔경도(瀟湘八景圖)」나 「서호도(西湖圖)」등, 그림이나 중국 문인들의 시문을 통해 접할 수 있었던, 가볼 수 없는 곳이기에 더욱 선망과 동경의 대상"이 된 곳이다. 박계옥, 한국 사씨남정기에서의 중국 강남 이미지 연구, 『고전과 해석』 15, 고전문학한문학 연구학회, 2013, 61쪽.

54) "중국의 명승지를 대상으로 하는 「남승도」는 현실적용이라는 실질적인 목적보다 중국의 명소와 이에 얽힌 역사와 이야기에 대한 이해를 통한 세계관의 확장이 더 큰 목적이라 여겨진다 당시 가장 수준 높은 학문과 문물, 문화의 원천이라 여겼던 중국에 대한 동경과 중국에 대한 기본적인 교양 축적이 중국 명승지를 활용한 「남승도」의 목적이었을 것이다." 유현주(2015), 같은 글, 156쪽.

연구에 따르면 홍대용은 어머니 청풍 김씨를 비롯한 가문 여성에게 자신의 여행 체험을 전달하기 위해 국문 연행록인 〈을병연행록〉을 지으며,[55] 〈상봉록(桑蓬錄)〉의 작자 강호부가 자신의 연행록을 한글로 번역한 이유도 어머니의 와유 때문이었다.[56] 연구자는 그 외에도 유만주가 쓴 《흠영》과 왕실 도서 서고인 대축관(大畜關)의 서목에서 〈상봉록〉, 〈을병연행록〉, 〈승사록〉의 한글 번역본을 비롯하여 〈연휘(燕彙)〉, 〈가재연행록(稼齋燕行錄)〉 등이 기록되어 있음을 근거로 당대의 여성들이 "한글로 쓰인 해외여행 기록들을 즐겨 읽었으며, 주요 한문 연행록들 또한 섭렵했음"을 주장했다.[57] 이러한 기록은 더불어 당대 여성의 유람 욕구 대상이 중국의 명승지에까지 확대되었음을 의미하기도 한다.

고소설의 경우에서도 남성인물을 중심으로 한 유람담이 종종 등장함은 물론이고,[58] 〈옥린몽〉 속에서는 유람에 대한 여성인물의 희구가 엿보이기도 한다.[59] 그중에서도 중국 지리지를 수용해 여성의 산수 유람

---

55) 채송화, 「을병연행록 연구 - 여성 독자와 관련하여」, 서울대학교 대학원 석사학위논문, 2013, 35~41쪽 참고.

56) 앞의 글, 52쪽 참고.

57) 앞의 글, 36~37쪽.

58) 또한 여성 중심으로 향유되었던 여러 국문장편소설 내에서도 비록 남성인물이 주체라고는 하지만 종종 유람담이 삽입되어있는데 이는 유람에 대한 여성 향유자들의 관심을 염두에 둔 것으로 보인다.

59) "남복을 하고 떠난 유혜란은 객점에서 학립원이 멀지 않다는 것을 듣고 이를 찾아간다. 학렴원으로가는길에전개되는경치는그저좋은 집안에서 나서 자라 언덕 하나 물 하나도 보지 못했던 유혜란의 눈에 그지 없이 아름답게 보인다 유혜란은 이를 보고는 기분이 상쾌해져서 문득 속세를 떠날 생각까지 품게 된다. 또 장소애의 양부인 왕공이 산음의 지현으로 복직되어 가서 현묘관 부근의 정치가 아름답다고 부인에게 말하자 부인이 "상공께서는 늘 산음의 아름다움에 대해 말씀하시지만 저는 여자의 몸으로 집안에서 시간을 보내야 하니 집에 있을때나 다름이 없습니다"라고 하며 현묘관을 다녀오고 싶다고 정하여 허락을 받는다. 이는 규방에만 있어야 하는 상층가문 여성들이 규방을 벗어나고 넓은 세상을 보고 싶은 열망을 표출한 것으로 보인다. 김경미, 〈玉麟夢〉의 주제와 의미, 『한국

을 자세히 서술한 〈삼강명행록〉이나 〈명행정의록〉과 같은 국문장편소설은 이러한 여성의 와유문화가 구체적으로 형상화되는 정도까지 이르렀다는 것을 보여준다.[60] 〈양씨전〉의 서술 또한 이 같은 유람 문화의 분위기를 자연스레 반영했을 것이다. 다만 앞서의 소설들과 달리 〈양씨전〉에서의 유람 과정이 비교적 소략한 이유로 〈양씨전〉의 작자층이 국문장편소설(록계 소설)의 작자층에 비해 산수 유람에 대한 배경 지식이 부족한 여성인 점도 들 수 있다. 유람에 대한 지식적 한계가 여성 여행에 대한 작품 내의 자기검열적 태도와 어우러져 유람에 대한 욕구를 드러내지만 그것을 적극적으로 묘사하는 데까지는 나아가지 못한 것이다.

또한 여성의 와유문화는 남성에 비해 '유람'의 기회조차 없는 처지에서 촉발된 것이 많기 때문에[61] 여성의 시각에서 그려지는 유람지의 모습은 현실과 상상의 이미지가 뒤섞여 있을 때가 많았다. 그 일례로 신부용의 〈몽유금강산(夢遊金剛山)〉이나 서영수합의 〈제산수도(題山水圖)〉 같은 시는 꿈 속에서의 금강산 여행이나 그림 속의 여행을 그린 작품으로 유람에 대한 직접적 체험보다는 그에 대한 환상적 이미지가 바탕이 된 것이다.[62] 〈양씨전〉에서 유람의 대상이 되는 중국의 명승지들도 사해 바다라는 상상적인 공간과 공존하고 있는데, 이는 중국의 명승지에

고전연구』 2, 한국고전연구학회, 1996, 172쪽.

60) "조선 후기 산수 유람의 유행은 국내를 넘어 중국 천하에 대한 관심으로 확대되었고 그 결과 산수기와 산수화를 족출을 가져왔다. 이런 산수기나 산수화는 또 하나의 산수 유람문화로 와유문화의 유행을 동반했는데, 「삼강」이 작품 중에 중국 천하를 아우르는 지리지『海內奇觀』 대부분을 번역 수용한 것은 바로 소설을 통한 와유문화의 체험을 의도한 것으로 보인다." 서정민, 「〈삼강명행록〉의 창작 방식과 그 의미」, 『국제어문』 35, 국제어문학회, 2005, 91쪽.

61) 이에 대해서는 이후 '3.3. 여성 여행의 한계'에서 더 자세히 언급할 것이다.

62) 이혜순 외, 『한국 고전 여성 작가 연구』, 태학사, 1999, 244쪽 참고.

대한 여성 향유층의 유람욕을 이계로의 구약여행이라는 틀을 빌려 드러
낸 것이다.

2) 친정에 대한 그리움

중국 유람에 대한 상상을 바탕으로 전개되는 〈양씨전〉의 사해 유람
은 결국 목적지인 봉래산, 즉 친정에 당도하는 것으로 마무리 된다. 이
는 집 밖으로 나서는 유일한 여행이 곧 시집과 귀녕(歸寧)이었던 당대
양반집 여성들의 삶[63]과 관련이 있다. 당대 여성들은 혼인과 동시에
본래 살던 친정집과 떨어져 살아야 했다. 그렇기에 그들이 가장 바라는
여행지는 친정이 될 수밖에 없었다.

귀녕에 대한 욕구는 곧 친정 식구에 대한 그리움으로 해석될 수 있는
데, 규방가사의 탄식가류 중 가장 보편적인 탄식 유형이 '혼인으로 인
한 친정 가족과의 이별'[64]이라는 점만 보더라도 당대 여성들의 친정
가족에 대한 그리움이 어떠했을지 알 수 있다. 〈양씨전〉 속 봉래산 부
분에서 친정부모와의 상봉과 이별 장면이 비중 있게 나오는 것도 이에
따른 것이다. 특히 주목할 점은 시모의 병환이 급박함에도 바로 약을
구하지 않고 반년 간이나 친정 부모와 함께 지내는 양씨의 행동이다.
이는 시부모에 대한 효를 친정 부모에 대한 효보다도 우선시하는 당대
의 사고관념에서 보았을 때 '효열부'의 행동으로는 볼 수 없다. 그럼에
도 그와 같이 서사가 진행된 이유는 당대 여성들의 귀녕에 대한 욕구가
양씨의 봉래산 생활에 투영되었기 때문이다.

---

63) 앞의 책, 385쪽 참고.
64) 앞의 책, 334~335쪽 참고.

봉래산에서 그녀가 한 일은 아들 용성을 낳은 일 외에는 없다. 이런 '아무 일 없는' 양씨의 삶은 손가락을 자르는 등의 희생으로 남편을 살리고, 시냇물에서 고기 잡고 산에서 나물 캐어 시부모를 봉양하던[65] 시가에서의 삶과는 차이를 보인다. 이는 친정에 대한 당대 여성들의 시각과 무관하지 않다. 연구자는 탄식가류에서 시가에서의 고된 노동을 하소연하는 대목이 흔하게 나타나고 있으며, 친정과 관련하여 "삼개월은 잠을 자고 삼개월은 노라보자"(애향곡), "조흔 거시 친정이라/ 일연이연 이슬동안 놀디로 노라보식"(동뎌미 유희가) "셕다른 줌을 주고 셕다른 노라보식"(정부인 자탄가) 등의 구절이 거의 관용구처럼 사용되고 있음을 지적하면서, 당대 여성들에게 친정은 '놀고 잘 수 있는 곳', 즉 휴식의 공간으로 인식되고 있음을 밝혔다.[66] 〈양씨전〉은 유교적 이상을 내면화한 여성 양씨를 내세운 윤리소설이지만, 정작 구약여행의 목적지인 봉래산에서 양씨의 모습은 당대 여성들의 원하던 친정에서의 삶을 반영하고 있는 것이다.

한편 여성이 가지는 친정에 대한 그리움은 친정을 이상적인 공간으로 미화시킨다. 구약여행의 목적지이자 양씨의 친정이 되는 봉래산은 사람들에게 이상향이다. 이는 당대 여성들의 인식 속에 있는 친정, "가고 싶지만 쉽게 가지 못하는"[67] 이상적인 공간으로서의 이미지와 흡사

---

65) "이후로 가세 점점 적픠 후미 모친 봉양이 눈쳐 후여 양 부인은 시닉물에 고기를 잡고 졍능은 슌즁에 드러 슌치을 기여 모 부인을 봉양 후니 두 부인에 소성은 눔이 본밧기 어렵더라." 「양씨전이라」(월촌문헌연구소, 1986, 같은 책), 76쪽.

66) 이혜순 외(1999), 같은 책, 339~340쪽 참고.

67) 앞의 책, 341쪽.
  "'친정'은 단순히 물리적 공간이 아니라 흡사 도달할 수 없는 '꿈'의 집결지와도 같은 공간이다. 친정은 그들을 과중한 노동에서 해방시키며, 공연한 눈치 보기와 침묵의 순종에서 벗어나 자유로운 발언을 살 수 있게 하며, 평가 대신 친교와 사랑을 나눌 수 있게

하다. 이는 시가에 대한 시각과도 상관이 있다. 〈양씨전〉에서의 시가는 일찍이 가장을 잃고 삼촌 댁에 더부살이하다가, 장가를 들 돈이 없어 패물로 옥반지 한 쌍만을 냈던 집안이었다. 게다가 이후 남편 남전의 득병과 볼모행, 시모인 심부인의 득병이라는 다사다난한 일들이 계속되는 곳이기도 했다. 〈양씨전〉에서 드러나는 시가의 궁핍함과 어려움은 청학동이나 봉래산처럼 속세를 초월한 이상세계로 그려지는 친정과 대조된다. 그러기에 친정에서 정신이 쇄락(灑落)하여 고목(古木)이 봄을 맞아 소생한 것 같던[68] 양씨가 시댁으로 다시 귀환할 때는 다시 비참한 심사가 되어 자신의 신세를 한탄하게 되는[69] 것이다. 이처럼 〈양씨전〉에서 보여준 친정에 대한 그리움과 환상의 이면에는 현실적으로 어렵고 비루한 시가에 대한 당대 며느리의 인식이 드러나 있다고 볼 수 있다.[70] 〈양씨전〉은 이처럼 친정과 시댁에서의 대비되는 분위기를 통해

하는, 그러나 쉽게 갈 수 없기에 더욱 그리운 정신적 이상향인 셈이다."(앞의 책, 341쪽).

68) "시비을 명ᄒ여 차을 주거늘 부인이 차을 마시니 정신이 쇄락ᄒ여 고목이 싱츈흔 닷ᄒ더라. 이후로난 모 부인으로 더불어 세월을 보ᄂ니라"「양씨전이라」(월촌문헌연구소, 1986, 같은 책), 141쪽.

69) "부인이 용여을 이별ᄒ고 난영을 다리고 수리을 ᄒᆼᄒᄆᆡ 임에 고향을 남ᄒᆼ엿난지ᄅ. 도로혀 반가온 마음은 저저지고 비창한 심ᄉ 졀노 소ᄉᄂᆡ이 소리 나난 쥴 모로고 통곡 왈 나난 물을 건네고 산을 ᄎᄌ가 약을 어더 오거니와 가군은 한 번 가신 홍 이 아니 돈절ᄒ니 이 아니 답답ᄒ고 망극흔가. 모친에 병환이 둉ᄒ건마난 뉘라 소식을 젼ᄒ여 알손가, 대셩 통곡하니 그 소리 운소의 사못찬더라."「양씨전이라」(앞의 책), 156~157쪽.

70) 〈양씨전〉에서 드러나는 친정과 시가에 대한 상반된 시각은 계녀가의 일종인 〈복선화음가〉에서도 찾을 수 있다. 연구자에 따르면 〈복선화음가〉는 치산으로 궁핍해진 시가를 일으킨다는 내용으로 작가는 양씨처럼 유교적 여성 윤리를 스스로 내면화 하고 있던 인물이다. 하지만 그 서술의 이면에는 '유복한 친정과 대조되는 누추한 이미지의 시가', '주인공의 능동성과 대조되는 수동적(무능력한) 시댁 사람들'의 이미지가 등장한다. (이혜순 외(1999), 같은 책, 327~328쪽 참고) 이에 따라 연구자는 "〈복선화음가〉가 수많은 이본이 남아있을만큼 인기를 끌었던 것을 감안하면, 현실의 시가 식구에 대한 주인공의 회의는 특수한 것이기보다 당대 여성들이 공유하고 있던 회의였을 가능성이 높다.(앞의 책, 330

부녀자들의 친정과 시대에 대한 태도를 반영하고 있는 것이다.

3) 여성 여행의 한계

〈양씨전〉은 양씨의 여행을 통해 여성의 유람과 귀녕에 대한 욕구를 드러내고 있다는 점에서 의미가 있다. 하지만 작품에서는 여성의 여행을 다루는 만큼 그에 따른 조심스러움도 함께 드러난다. 중국의 명승지를 향한 양씨 일행의 유람 활동은 매번 구약여행 중이라는 상황 아래 자제된다. 양씨의 친정인 봉내산에서도 양처사는 결국 '시모의 병환'을 언급하며 양씨에게 돌아갈 것을 촉구한다. 양씨의 여행에서는 유람·귀녕의 모습이 곳곳에 드러나지만, 의식적으로 시모를 위한 '구약여행'임을 내세우고 있는 것이다.

이는 여성의 외출에 대한 당대의 시각과 무관하지 않다. 조선시대에서 외부 활동이 가능한 존재는 남성이었다. 양반집 여성은 유람뿐 아니라 집 밖으로의 외출 자체가 쉽지 않았다. 앞서 언급되었던 금원의 금강산행이나 제주 김만덕의 금강산·대궐 유람은 매우 예외적인 경우였으며, 귀녕 또한 출가외인이라는 인식 때문에 되도록 안가는 것이 부덕으로 여겨졌다. 이러한 사회적 분위기 속에서 부녀자가 혼자 길을 나서는 것은 쉽지 않았으며 그에 대한 시선도 부정적이었다. 이는 고소설에서 여성의 외출을 다룰 때도 드러난다. 고소설 속에서 남성이 유람하는 내용은 간간이 나오지만 여성이 여행하는 경우는 거의 없다. 여자가 집 밖으로 나가는 경우는 유람이 아닌 외부의 수난으로 인한 도피가 대부

쪽)"고 보았다

분이다. 여성의 외출 등을 다룬 고소설에서도 전쟁이나 갑작스러운 집 안의 환란과 같이 '불가피한 상황'으로 이를 정당화시키는 것을 알 수 있다. 드물게 여성의 친하 주유를 다룬 소설인 〈삼강명행록〉 또한 결국 엔 유교적 윤리를 내세워 여성의 와유를 합리화해야 했다.[71] 〈양씨전〉 에서도 여성이 집 밖 외출을 강행하는 것에 대한 합리화가 필요했으며, 양씨의 여행은 '효열부의 구약여행'이라는 명분 아래 이루어지게 된다.

위의 명분을 공고히 하기위해 양씨는 구약여행에 앞서 효열부로서의 자신을 증명하게 된다. 그녀는 가난한 집안에 시집와 집안을 일으키는 것에서 그치지 않고, 살을 베어 남편을 살리는 등의 희생을 통해 자신 의 효열을 증명한다. 게다가 여행의 과정 중에서도 며느리로서의 주어 진 두 가지 큰 역할을 수행해야 했는데, 그것은 구약여행의 목적인 '선 약을 구해 시모를 살리는 일'과 '아들을 낳아 대를 잇는 일'이었다. 이 두 가지 일이 완수된 뒤에야 그녀의 여행은 서사 속에서 인정받을 수 있었다. 여행의 전·중반부에서 보여지는 양씨의 비범한 행적들은, 그 정도의 희생이 선행되어야 여성인 그녀의 외출을 허락받을 수 있었다 는 것을 의미한 것이다. 이러한 모습은 당시 서사민요 중 〈친정부음 노 래〉 중에서도 비슷하게 나타난다.

---

71) 서정민, 「〈삼강명행록〉을 통해 본 여성의 성장」, 『한국고전여성문학연구』 14, 한국고전 여성문학회, 2007, 372쪽 참고.
　더불어 서정민은 "19세기까지만 하여도 여성의 외유가 일반적이지 않았던 당대 현실적 조건을 고려할 때 소설 작품 속에서 형상화하고자 하는 여성의 천하주유를 해명할 동기를 설정하는 것은 그리 쉬운 일이 아니었을 것임을 짐작할 수 있다. 이에 「삼강명행록」의 작가는 임금에게 절의를 지키는 신하로서 정흡을, 부모에게 지효를 다하는 아들로서 정철 을, 그리고 부부간의 의리를 지키는 아내로서 사씨를 각각 삼강을 구현하는 인물로 설정함 으로써 표면적으로 사씨의 천하주유를 이러한 유교적 이념의 그늘 안에 자리지우고 있다. (앞의 글, 371~372쪽.)"이라 설명했다.

씨금씨금 씨아바씨 부모죽은 부고왔소
에라요거 물러서라 매던밭을 매라하되
씨금씨금 씨어마씨 부모죽은 부고왔소
어라요년 물러서라 보리방아 찧어놓고 가라하데
씨금씨금 씨누님아 부모죽은 부고왔소
에라요거 물러서라 불여놓고 가라하데
동동동동 동시님아 부모죽은 부고왔소
인제이때 안갔더나 어서배삐 길가거라[72]

본문에서처럼 당대 여성에게 귀녕은 '친정 엄마의 죽음'이라는 명분
이 있더라도 밭을 매고, 보리 방아를 찧어놓고, 불을 붙여 놓는 등의
일을 마쳐야만 겨우 가능한 일이었다. 여행 또한 마찬가지였다. 당대
여성에게서 유람 자체를 목적으로 한 여행이란 현실적으로 불가능한
일이었고, 양반 부녀자의 경우에는 여행을 간다 해도 가문 간의 직임에
의한 것이나 가족의 부음 등 부수적인 활동에 불과했다.[73] 그래서 여행
에 대한 욕구를 드러내는 경우에도 그에 따른 사회의 부정적 시선을
의식할 수밖에 없었다. 여성의 여행은 기본적으로·실덕(失德)이라는 비
판에서 자유로울 수 없었기 때문에, 더욱더 명분과 희생을 전제할 수밖
에 없었던 것이다. 이러한 상황 속에서 〈양씨전〉의 여성 여행 또한 시
모에 대한 효라는 명분 아래에서만 이루어질 수 있었던 것이다.

---

72) 서영숙, 「딸-친정식구 관계 서시민요의 특성과 의미」, 『한국고전여성문학연구』 18, 한
   국고전여성문학회, 2009, 182~183쪽. (『구비문학대계』 8-1 [거제군신현읍17] 밭매기노
   래, 주순선, 여·54, 1979.7.28., 박종섭, 방정미, 이연이 조사 재인용.)
73) 백순철, 「규방 공간에서의 문학 창작과 향유」, 『여성문학연구』 14, 한국여성문학학회,
   2005, 27쪽 및 이혜순 외(1999), 같은 책, 243쪽 참고.

4. 〈양씨전〉 속 효열부의 구약여행

19~20세기 초 소설 〈양씨전〉은 기존 소설에 대한 모방·변용으로 이루어진 윤리소설로 구약여행 또한 〈숙향전〉 속 구약여행에 대한 수용을 바탕으로 하고 있다. 그런데 〈양씨전〉의 구약여행은 그 수행자가 남성-신하가 아니라 여성-며느리로 바뀌면서 그에 따른 양상도 변화하였는데, 이는 여성의 여행에 대한 당대 여성의 시각과 무관하지 않다.

〈양씨전〉 속 구약여행을 보면 '주인공이 고난을 극복하고 선약을 얻어 오는 과정' 자체는 같지만 그 실상을 보면 오히려 여행 속에서의 고난은 약화되어있는 반면, 여행을 떠나기 전의 고난과 희생이 더 많은 비중을 차지하고 있다. 먼저 〈양씨전〉은 남편인 남전의 볼모행과 시모 심부인의 득병이라는 고난을 연달아 배치함으로써 여성인 양씨가 여행을 떠날 수밖에 없는 상황을 만들어 주었다. 또한 〈양씨전〉 전반부에서 등장하는 신이한 출생담과 비범한 행적 또한 그 결국은 유교적으로 이상적인 아내·며느리로서의 그녀를 드러내는데 쓰인다. 빈가(貧家)의 집안의 며느리가 되어, 산후통의 어려움을 극복하고 또 자신의 살을 잘라 남편을 살리는 등의 비범한 희생을 통해 효열부로서의 양씨의 위치를 공고히 한 것이다. 이를 통해 소설은 여성인 양씨가 떠나는 여행이 시모에 대한 효의 발로로 지지받을 수 있게 했다. 이처럼 〈양씨전〉에서는 인물의 고난과 극복과정이 여행 중이 아닌 여행 이전에 배치되면서 다른 소설 속 탐색모티프와 차이를 보인다.

한편 구약여행의 과정은 대체로 사해를 중심으로 한 중국의 명승지들에 대한 유람으로 이루어져 있다. 여행 과정에서 양씨는 안내자 용녀와 운송수단인 표주에 의지한 모습으로, 지나가는 승지에 대한 짧은 감

상을 드러내는 등 유람객으로시의 모습을 보여준다. 하지만 '구약여행'
이라는 점을 의식하여 황릉묘를 제외하고는 배 안에서의 구경으로 그
치는 소극적 유람의 형태를 갖추고 있다. 한편 구약여행의 최종 목적지
인 봉래산은 바로 양씨의 친정으로 나온다. 이는 양씨가 여행을 통해
끝내 가고자 했던 곳이 다름 아닌 친정집이라는 점을 보여준다. 특히
봉래산 하산장면에서는 부모와의 이별이 주는 절절한 분위기가 선약의
획득이라는 성취 자체를 넘어서 버리면서 그녀의 여행이 가진 귀녕으
로서의 성격을 강하게 드러낸다.

　〈양씨전〉의 구약여행에서 나타나는 이러한 양상은, 당대 여성들의
유람욕과 더불어 귀녕에 대한 갈망이 반영된 것이라 할 수 있다. 당대
유행하던 산수 유람 및 와유 문화의 영향으로 사람들은 지리에 대한
관심을 조선뿐 아니라 중국으로까지 확대하였는데, 특히 역사·문학적
으로 유명한 명승지들은 꼭 한번 가고 싶은 동경의 유람지였다. 이러한
점은 여성에게도 마찬가지였다. 이미 여러 연행록들을 한글로 번역하
여 향유해왔던 당대 여성층들에게도 유람에 대한 욕구가 존재하였고,
〈양씨전〉에서는 이러한 여성의 유람욕을 구약여행이라는 틀을 빌려 드
러낸 것이다. 또한 그 목적지인 봉래산의 성격을 통해 여성의 유감욕이
귀녕에 대한 욕구로 귀결되는 모습을 보여준다. 〈양씨전〉의 작가는 구
약여행의 목적지인 봉내산을 친정으로 설정하여, 친정을 시대과 대비
되는 이상적인 공간으로 미화하는 한편, 가장 가고 싶은 그리운 장소임
을 드러낸다. 이러한 묘사는 한편으로 온갖 고난의 장소인 시가에 대한
부정적 인식을 반영한 것이기도 하다.

　하지만 〈양씨전〉은 여성의 유람, 귀녕을 있는 그대로 그리지 못한다.
당대 여성의 노출에 대한 사회의 시선을 의식하였기 때문에 '구약여행'

이라는 명분을 지키기 위해 많은 부분에서 자기검열의 모습이 보인다. 더불어 해당 여행에 대한 비판적 시각을 불식시키기 위해 여행의 전반부에서의 희생을 통해 '효열부'로서의 모습을 공고히 하려한다. 이러한 모습은 외출이 쉽지 않은 당대 여성의 모습을 반영한 것이기도 하다. 이처럼 〈양씨전〉의 구약여행은 윤리 소설 속에서 양씨라는 유교적 이상향인 여성을 앞세운 여성 여행이라는 점에서 의미가 있다. 그러나 그에 대한 당대의 부정적 시각을 의식한 부분도 함께 드러난다.

또 하나의 어머니,
〈범문정충절언행록〉의 유모乳母

최수현

1. 국문장편소설 속 유모(乳母)

〈범문정충절언행록〉은 31권 30책으로 이루어진 국문장편소설로 현재 한국학중앙연구원에 소장된 필사본이 유일본으로 전한다. 그러나 20세기 초반까지 적어도 두 종의 이본이 있었으며, 속편까지 있었던 것으로 알려져 이를 염두에 둔다면 이 작품은 일정한 인기를 누렸던 작품이라 생각해 볼 수 있다.[1] 이 작품은 북송(北宋) 인종과 진종 시대를 배경으로 실존인물이었던 범중엄(范仲淹)과 그 자손들이 몰락한 가문을 일으킨 이야기를 관직 진출과 자녀들의 혼인을 통해 담아내고 있다.

그런데 범중엄의 가문을 중심으로 서사가 전개되는 이 작품에는 하층 인물인 범중엄의 유모 '열엽'이 비중 있게 등장해 눈길을 끈다. 31권으로 이루어진 작품에서 29권에서 생을 마감할 때까지 지속적으로 등장하는 열엽은 범중엄을 길러낸 것뿐만 아니라 범중엄과 고난을 같이 하면

---

1) 홍현성, 「〈범문정충절언행록〉 연구」, 한국학중앙연구원 박사학위논문, 2013, 12쪽.

서 가문을 일으키는데 직극적으로 일조하며 집안의 대소사에 자신의 생각을 드러내는 모습까지 보여주기 때문이다. 동시에 이 작품은 열엽이 가문 안에서 처한 삶의 구체적인 정황들을 섬세히 그려내 보여준다. 때문에 이 작품에 나타난 유모의 역할과 인물 설정을 탐색하는 것은 작가가 주제를 구현하는데 하층인물이나 보조인물을 활용하는 방식을 살펴볼 수 있게 한다는 점뿐만 아니라 가족의 경계선에 있는 하층인물에 대한 인식을 심도 있게 파악할 수 있게 한다는 점에서 의미가 있다.

특히 유모라는 위치는 이러한 면을 살펴보기에 적합하다고 할 수 있다. 상층 가문에 속한 시비이면서도 동시에 가문의 인물을 직접 길러냈다는 점에서 다른 시비들에 비해 가문 구성원에 밀착되어 있는 존재이기 때문이다. 이는 〈주자가례(朱子家禮)〉를 통해서도 확인되는데, 유모는 젖을 먹여 길러냈다는 점에서 상례(喪禮)에서 복제(服制)에 대한 구별이 있는 적모(嫡母), 계모(繼母), 양모(養母), 자모(慈母), 가모(嫁母), 출모(出母), 서모(庶母)와 함께 팔모(八母) 가운데 하나로[2] 다른 시비들과는 변별되는 존재이다. 따라서 이 작품의 유모 열엽의 가문 내에서의 위치와 가문에 대한 인식을 살펴보는 것은 상층 가문의 주변부에 위치한 인물의 삶의 궤적을 알아보는 것으로 작가의 인간에 대한 이해를 파악하게 한다는 점과 동시에 이 작품을 당대 향유하던 이들이 유모에 대해 지녔던 인식을 구체적으로 살펴보게 한다는 점에서 의미가 있다.

고전소설 가운데서도 특히 방대한 분량을 지닌 국문장편소설의 경우에는 중심인물뿐 아니라 보조인물 역시 무수히 많이 등장한다. 상층 가

---

2) 〈주자가례〉의 복제에 따르면 유모는 시마(緦麻)를 삼개월간 입어야 한다. "五日, 緦麻三月. …(중략)… 士爲庶母, 謂父妾之有子者也, 爲乳母也, 爲壻也." 주희 저, 임민혁 옮김, 『주자가례』, 예문서원, 2011, 286~287쪽.

문을 배경으로 일상의 모습을 그려내는 국문장편소설에는 다수의 상층
인물뿐만 아니라 이들과 함께 생활하는 무수한 시비들이 등장할 수밖
에 없기 때문이다. 하층신분이며 보조인물임에도 불구하고 이들은 고
유의 이름을 부여받을 뿐더러 주요인물을 돕는 것에서 더 나아가 종종
스스로의 판단으로 행위를 벌이고 이러한 일들은 서사 전개에 영향을
주기도 한다. 때문에 이러한 인물에 대해서는 선행연구에서도 주목을
하였다. 한길연은 〈임화정연〉, 〈화정선행록〉 등에서 주도적 역할을 담
당하는 시비를 '능동적 보조인물'로, 〈도앵행〉에서 주도적 역할을 맡은
시비를 '재치 있는 시비군'으로 명명하고 그 역할을 밝혔다.[3] 정선희는
〈조씨삼대록〉에 나타난 보조인물의 양상과 서사적 효과를 밝히면서 시
비, 유모, 상궁과 같은 이들을 살폈다.[4] 이는 국문장편소설에서 보조
인물에 대한 연구가 작품의 의미나 서사 전략을 규명하는 데 일조한다
는 점을 밝혔다는 점에서 의미가 있다.

　그런데 국문장편소설에서 유모나 시비는 여성중심인물과 밀접한 관
련을 맺는 것으로 등장하는 경우가 다수이다. 상층 가문의 번영과 영달
을 남성들의 관직진출과 자녀들의 혼인과 부부생활을 통해 그려내는
국문장편소설에서, 유모와 시비들은 주로 여성중심인물이 부부생활에
서 겪는 크고 작은 어려움을 함께 감내하며 풀어가는 모습으로 등장하
기 때문이다. 선행연구에서도 주로 연구대상이 된 시비와 유모는 이같

---

3) 한길연, 「大河小說의 능동적 보조인물 연구 : 〈임화정연〉, 〈화정선행록〉, 〈현씨양웅쌍린
　기〉 연작을 중심으로」, 서울대학교 석사학위논문, 1997; 한길연, 「〈도앵행〉의 '재치있는
　시비군' 연구」, 『한국고전여성문학연구』 13, 한국고전여성문학회, 2006.
4) 정선희, 「〈조씨삼대록〉의 보조 인물의 양상과 서사적 효과」, 『국어국문학』 158, 국어국
　문학회, 2011.

이 여성중심인물과 관련을 맺고 있는 이들이었다. 그런데 이 경우 보조 인물들의 서사적 활약이 주로 초점화 되기 때문에 이를 활용한 다양한 서사적 전략들을 파악하기는 수월하나, 보조인물 개개인의 삶의 정황 이나 가문 내에서의 위치들을 살펴보기에는 어려운 점이 있다. 이에 비 해 〈범문정충절언행록〉의 유모 열엽은 남성주인공의 유모로 주인공의 가문을 지키기 위해 고군분투하며, 그 삶의 정황이 섬세하게 그려지고 있어 주목을 요한다. 이는 하층인물인 유모가 상층가문에 대해 지닌 인 식이나 가문구성원들 속에서 처한 위치를 살펴볼 수 있게 한다는 점에 서 의미가 있기 때문이다.

이 작품에 관한 선행연구는 작품의 구조를 파악하고 주제의식을 파 악하는 측면에서 주로 이루어져왔다. 초기 연구에서는 이 작품이 영웅 의 일생 구조를 근간으로 가문의식을 지니고 있는 작품으로 파악하였 다.5) 이후 연구에서는 범중엄이 역사상 실존했던 인물임을 고려하여 사서(史書)에 나타난 행적과 작품 속 주인공의 행적을 비교해 역사에 대 한 수용이 주인공의 영웅성을 강화를 위한 방향으로 이루어지고 있음 이 밝혀졌다.6) 최근 연구에서는 이 작품의 유실된 1권의 재구본이 지닌 가치와 서사 구성 방식을 살펴 이 작품이 가문 서사를 보여주는 가운데 서도 사대부 남성의 출처(出處)에 초점을 맞추고 있다는 점을 밝혔다.7) 이러한 연구들은 이 작품을 거시적인 틀에서 조망하며 심도 깊은 이해 가 이루어질 수 있도록 도와주었다. 그런데 이 논의들은 주로 범중엄을

5) 이경희, 「〈범문정충절언행록〉 연구」, 경기대 석사학위논문, 1993.
6) 김준범, 「〈범문정충절언행록〉 연구」, 서울대 석사학위논문, 2001.
7) 홍현성, 「『범문정충절언행록(范文正忠節言行錄)』 재구본에 대하여」, 『정신문화연구』 36-3호, 한국학중앙연구원, 2013; 홍현성, 앞의 논문.

비롯한 중심인물에 초점이 맞춰져 이루어져왔다. 이 글에서는 이 작품
의 보조인물 유모 열엽의 인물 설정과 역할 및 기능을 면밀히 살펴보고
자 한다. 이 글에서는 현재 유일본인 한국학중앙연구원의 〈범문정충절
언행록〉 31권 30책을 대본으로 하면서, 필요한 경우 재구본인 〈범문정
충절언행록〉 1권을 활용한다.

2. 〈범문정충절언행록〉의 유모 설정

열엽의 역할과 기능을 알아보기에 앞서 가문 내에서의 위치를 파악
하기 위해 유모로 선택된 이유, 성격, 범씨 가문 구성원들의 그녀를 대
하는 태도를 먼저 알아보자. 앞서 말했듯이 〈범문정충절언행록〉은 송
나라 인종과 진종 시대를 배경으로 몰락한 범중엄 가문이 재기에 성공
하는 것을 그려내고 있다. 부친 범윤보의 죽음과 모친 심부인의 재가(再
嫁)로 몰락했던 가문의 재기와 영달을 이 작품은 범중엄이 자신의 뿌리
를 깨닫고 관직에 진출하는 것과 자녀와 손자들의 연이은 관직 진출과
혼인을 통해 풀어간다. 이를 전체 31권의 분량에 풀어내는데, 이 중 주
인공 범중엄의 유모 열엽은 29권에서 생을 마감할 때까지 비중 있게
등장하면서 크고 작은 사건과 장면에 개입한다.

우선 열엽이 유모로 선택된 과정을 알아보자. 작품 안에서 유랑, 상
유랑, 열엽, 유모, 상파 등으로 다양하게 불리는 상열엽은 범중엄의 부
친 범윤보 때부터 범씨 가문에 속한 시비로 소개된다. 상당수 국문장편
소설에서는 상층 가문에서 유모를 두는 정황이 손쉽게 발견되는데, 이
작품에도 열엽 이외에 다양한 유모들이 등장한다. 범중엄의 부인 왕씨

의 유모인 쵀유랑을 비롯해, 범중엄의 아들 범순인의 유모 벽연, 범순인의 부인 조씨의 유모, 범순인 아들들의 유모 등 여러 명의 유모들이 있기 때문이다.

그런데 열엽의 경우 이들과 달리 범중엄의 유모로 선발 된 이유가 제시되는데, 이는 다름 아닌 열엽의 처한 상황과 성격에 기인한 것으로 설명된다. 열엽이 유모로 발탁된 시점은 남편 장이랑을 여의고 심지어 자식이 연달아 죽은 때이다. 유모가 다른 시비들과 달리 유아에게 수유를 해야 한다는 점을 고려했을 때 이 시점은 열엽의 유도(乳道)가 풍만한 상태였기 때문에 유모로 선발된 것이라고도 볼 수 있는데, 유실된 1권의 재구본에 따르면 열엽이 남편의 죽음에도 개가(改嫁)하지 않고 범씨 가문에 남으려고 했던 점이 범윤보에게 높이 평가돼 유모로 선발된 또 다른 이유였던 것으로 소개된다. 즉 열엽의 수절에 대한 의지와 범씨 가문에 대한 충성심이 범중엄의 유모로 선발되는데 중요한 부분이었다고 볼 수 있는 것이다.

다음으로 열엽의 범씨 가문 내에서의 위치를 생각해보자. 열엽은 유모이자 시비라는 점에서 하층인물이다. 그러나 범중엄과 함께 몰락한 범씨 가문을 일으키는데 일조함으로써 다른 유모들과는 다르게 범씨 가문 구성원들에게 가문의 일원으로 대접받는 위치에 오른다. 열엽이 범중엄과 그 부인 왕씨로부터 가장 많이 듣는 평가는 '자모(慈母) 같은 이'라는 것이며, 범중엄의 과거 합격 이후 열엽은 가문의 최고 어른이라 할 수 있는 태부인과 흡사한 대우를 받고 있다는 평가를 범중엄의 모친 심씨와 주변 인물, 서술자로부터 지속적으로 받고 있기 때문이다. 또 범중엄은 부친 왕씨에게 열엽을 처음 소개할 때 남다른 정이 있는 유모임을 강조하며, 왕부인 역시 열엽에 대한 대접을 범연히 하지 못할 것으로 여기는 모습을 보여준다. 이러한 점은 열엽이 범중엄의 아들 범순인을 대하는 태도에서도 확인되는데, 열엽은 노주간의 예의를 다하면서도 범순인의 과거 급제를 축하할 때에 스스럼없이 기뻐하는 모습을 보여주는 등 범씨 가문 구성원들과 밀착된 모습을 보여준다.

이는 그 노년에 극대화되어 나타나는데, 열엽은 나이가 들었을 무렵에 정당의 한 부분에 머무를 곳을 받고 시비 5~6인을 부여 받아 집안에서 마마라 불리며 봉양을 받는 것으로 제시된다. 아울러 그 위상은 상례(喪禮)에서 재차 확인된다. 80여세가 되어 열엽이 죽자 범중엄은 친히 입관을 주도할 뿐더러 장지까지 따라가며 범씨 가문 구성원들은 상복을 입고 제문을 읽음으로써 상례를 치르기 때문이다. 이로 미루어볼 때 열엽은 하층신분에 속한 인물이지만, 범씨 가문 내에서 존중과 대우를 받으며 가문 구성원으로 받아들여졌던 것으로 파악할 수 있다.

3. 〈범문정충절언행록〉의 유모 '열엽'의 역할과 기능

1) 사건의 관찰과 전달

〈범문정충절언행록〉에서 유모 열엽은 범중엄을 생후부터 4살 때까지 길러낸 점 못지않게 서사 전개에서 여러 역할과 기능을 담당한다. 먼저, 열엽이 사건을 관찰하고 전달하는 역할을 담당하는 측면을 살펴보자. 열엽은 이 작품에서 가장 핵심적인 사건이라 할 수 있는 범씨 가문의 몰락을 목도하고 이를 범씨 가문 구성원들에게 지속적으로 전달하고 상기시킨다. 이 작품은 앞서 언급했듯이 몰락한 범씨 가문을 범중엄이 다시 일으키는 내용이 서사의 한 축을 이룬다. 그런데 범씨 가문의 몰락은 다름 아닌 범중엄의 부친이 죽은 후 모친 심부인의 개가(改嫁)로 인해 빚어진 것이라 할 수 있다. 범윤보는 고향인 소주로 내려와 지내던 중 죽음을 맞이하는데, 이는 비록 범윤보가 죽었을지언정 일정 정도의 재산이 있고 그 후사를 이을 범중엄이 태어난 때이기 때문에 범씨 가문을 몰락한 것으로 보기는 어렵다. 그러나 이후 심부인이 이웃에 사는 장처사에게 속아 가문의 재산을 잃어버리게 되면서 범씨 가문은 경제적으로 몰락의 길을 걷게 되며, 끝내 심부인이 범중엄을 데리고 상산 지역의 부호인 주거인에게 개가(改嫁)를 함으로써 범씨 가문의 대를 끊어버리도록 해 혈연적으로도 가문의 몰락이 닥친다.

이는 열엽에 의해 범씨 가문 사람들에게 알려지며, 곧 범씨 가문이 처한 상황을 파악할 수 있는 정보의 원천이 되어준다. 기실 범씨 가문의 몰락을 목도한 사람으로는 열엽뿐만 아니라 충학을 비롯한 다수의 노복과 시녀들이 존재한다. 그러나 열엽만이 심부인의 개가 직후부터 이 상황을 알리는 유일한 전달자가 된다. 열엽은 오랜 시간 동안 세 차례에 걸쳐 구양부인, 범중엄, 범순인에게 가문이 위기에 처했던 상황을 증언하는 모습을 보여주는데, 이는 마치 범씨 가문의 사건을 관찰자적 시점에서 바라본 인상을 줄 정도로 지속적으로 이루어진다.

먼저, 심부인의 개가 직후 열엽은 범윤보의 유일한 남매로 경사에 있는 구양부인에게 이 상황을 알리는 역할을 한다. 열엽은 하층인물임에도 불구하고 글을 쓰고 읽을 줄 아는 것으로 제시되는데, 손수 편지를 써서 구양부인에게 범씨 가문이 처한 상황을 알리고 처분을 구하며, 이후 구양부인으로부터 소주의 범부를 떠나지 말고 범윤보의 묘소를 지키며 범중엄이 돌아올 것을 기다리라는 명을 받고 이를 이행하는 모습을 보인다. 이러한 열엽의 행동은 다른 노복과 시비들이 가문이 몰락했다고 인지하고 구양부인의 이야기가 있기 전에 경사로 올라가는 것과는 변별된다.

다음으로 열엽이 가문의 몰락 상황을 알리는 것은 사건이 발생한 지 6여년의 시간이 흐른 후 범중엄에게 전달할 때이다. 우연한 계기에 부친의 존재에 대해 알게 된 범중엄은 그날로 주거인의 집을 나와 소주의 옛집으로 돌아와 열엽과 재회하며, 열엽으로부터 범윤보의 죽음부터 심부인의 개가가 있기까지 벌어졌던 상황에 대해 전해 듣게 된다. 4세에 심부인에 의해 주거인에게 갔던 범중엄은 유모와 헤어질 때의 상황만을 기억할 뿐 어린 나이였기 때문에 집안에 벌어진 일들에 대한 자세한 정황을 알지 못하는 것으로 그려진다. 때문에 사건의 목격자였던 열엽의 진술을 통해 가문에 벌어진 일들을 다시금 확인해 나가는 과정을 거치게 된다.

마지막으로 열엽이 가문의 몰락 상황을 다시 알리는 것은 사건이 발생한 지 대략 25년의 시간이 흘러 범중엄의 아들 범순인에게 전달할 때이다. 거란국, 서융, 북한이 송을 침입해오자, 범중엄은 북평대원수로 출정하게 되는데, 범중엄을 걱정해 그 아들 범순인이 함께 따라가게 된다. 이때 열엽은 범순인이 범중엄을 보다 엽렵하게 챙길 수 있도록 범중엄의 마음속의 회한을 알리고자 지난날 범씨 가문의 겪은 몰락 위기를 알려준다. 이러한 열엽의 사건 전달은 부친 범중엄이나 모친 왕부인, 고모할머니인 구양부인으로부터도 듣지 못했던 가문의 이야기를 범순인이 처음 듣게 됨으로써 가문에 벌어졌던 일을 새롭게 알게 되고 부친에 대한 이해를 보다 깊게 할 수 있는 계기가 되어준다.

이처럼 범씨 가문이 위기에 처했던 상황을 목격한 관찰자인 열엽은 자신의 판단으로 구양부인, 범중엄, 범순인에게 세 차례에 걸쳐 이를 전달하는 모습을 보여준다. 이러한 모습은 구양부인에게는 범윤보의 묘소와 소주의 범씨 가문 집을 지킬 충직한 범중엄의 유모로 인식되며, 범순인에게는 나이가 많고 학식이 높은 이도 따라오지 못할 정도로 귀중한 행동인 것으로 인식되는 것으로 제시되고 있어 긍정적으로 받아들여지고 있다고 볼 수 있다.

2) 고난 공유를 통한 감정의 교감

유모 열엽은 단지 범씨 가문의 몰락을 관찰하고 전달하는 데서만 그치는 것이 아니라 가문을 재건하는 과정에서 고난을 함께 겪으며 일조하는 모습을 보여준다. 그리고 이러한 고난의 공유를 통해 열엽은 범중엄과 감정의 교감을 나누는 역할을 담당하는 것으로 그려진다.

열엽은 범씨 가문을 일으키기 위한 과정에서 여러 고난을 겪는데 이를 범중엄과의 재회 전후로 나누어 살펴보도록 하자. 먼저 열엽은 범중엄과 재회하기 전 6여년 정도 범씨 가문을 위해 홀로 고난을 감수한다. 범중엄이 심부인과 함께 상산으로 떠나고 난 후 열엽은 구양부인의 명에 따라 범중엄의 소주 옛집을 지키며 범윤보의 묘소를 돌보고 제사를 받들기 때문이다. 이 과정에서 열엽은 여자 혼자의 몸으로 빈 집을 지키며 제사에 필요한 물품들을 준비하기 위해 방아품을 팔고 나물을 캐며 생계를 가까스로 이어나가는 것으로 나타난다. 구양부인이 열엽으로부터 범씨 가문의 몰락을 전해들은 직후 사람을 보내 범윤보의 신주를 경사로 가져가고 있기는 하지만, 그 후 범윤보의 제사를 모시는데 들어가는 비용과 관련해 별다른 언급이 없으며, 범중엄과 재회했을 때 열엽의 생활이 극도로 빈한한 것으로 미루어보아 경제적인 도움을 지속적으로 준 것으로 보이지는 않는다.

이는 열엽이 범중엄과 헤어진 후 처음 재회했을 때 상황에서 단적으로 드러난다. 범중엄의 눈에 들어온 열엽의 첫 모습은 남루한 옷차림의 수척한 모습이며, 옛집은 불을 피우지 못해 한기가 냉랭하게 도는 곳이기 때문이다. 더욱이 범중엄이 부친의 묘소에 올라가 하염없이 시간을 보내자 이를 말리러 온 열엽은 종일 아무 것도 먹지 못한 상태에서 추위에 노출되자 심하게 떨기에 이르는데, 이를 구호하기 위해 범중엄이 집안을 둘러보아도 마땅한 꺼리가 없자 결국 물을 데워 먹임으로써 기운을 진정시키는 것으로 그려지기 때문이다.

다음으로 열엽이 겪는 고난은 범중엄이 소주로 돌아오고 난 후 과거에 합격할 때까지 벌어지는 것이다. 10세 무렵의 범중엄이 소주로 돌아오기는 했지만 이 점이 열엽의 경제적인 어려움을 해결해주지는 못한다. 오히려 범중엄의 공부 뒷바라지를 해야 하는 상황 속에서 열엽의 경제적인 어려움은 더욱 가중된다고 볼 수 있다. 모친의 개가 사실을 수치로 여겨 과거에 합격하기 전까지 고모인 구양부인에게도, 소주에 있는 범씨 가문 친척들에게도 범중엄이 의지하지 않기 때문이다. 범중엄은 남도학사에 들어가서 공부를 하는데, 이 과정에서 유모 열엽은 범중엄의 학업 지원과 함께 여전히 범윤보의 제사를 위한 물품들을 마련하기 위해 품팔이와 나물 캐기 등등으로 고군분투하는 모습을 보여준다.

그런데 이처럼 열엽이 겪은 고난은 열엽 자신을 위한 일이 아니라 범중엄과 범씨 가문을 위해 감내한 것이라는 점에서 같은 목표를 지니고 있는 범중엄과 고난의 경험을 공유하게 한다. 또한 이는 범중엄이 16세에 과거에 합격할 때까지 대략 11~12년간 지속적으로 이어졌기 때문에 열엽은 고난을 공유한 범중엄과 정서적으로 가장 밀착된 인물로 그려진다. 범중엄이 과거에 급제한 직후에 열엽은 과거 급제를 기뻐하는 동시에 범중엄이 부친과 모친에 대한 생각으로 슬퍼하는 마음을 읽어내며 함께 슬퍼하는 모습을 보여주는데, 이처럼 열엽이 범중엄의 마음을 헤아리며 감정을 나누는 역할을 담당하는 점은 이후에도 지속적으로 발견된다.

대표적인 예로는 범중엄이 모친 심부인을 상산에 다시 데려다주고 이별을 하려고 할 때 그 슬픔을 열엽이 헤아리고 응대해주는 부분을 들 수 있다. 범중엄은 과거에 급제 한 후 소주에 머무를 때 잠시 심부인을 소주 옛집에 모셔와 봉양을 하며 모친에 대한 효성을 다한다. 그러나 이는 일시적인 봉양이기 때문에 다시 황제의 부름을 받아 경사로 가는 상황에서 범중엄은 심부인을 상산의 주거인 집으로 보내게 된다. 이 과정에서 범중엄이 힘들어할 것을 예측한 유모 열엽은 상산으로 가는 길을 따라 나서며, 잠에 들지 못하는 범중엄을 품에 넣고 다독이고 머리도 짚어주며 다리도 두들겨 주어 잠에 들 수 있도록 위로하는 역할을 한다. 범중엄이 심부인을 배행할 당시에는 이미 혼인을 하고 자녀도 둔 상황이기 때문에 열엽이 보여주는 위로의 행동은 아무리 유모라 할지라도 어른에게 행하기에는 어려운 행동이라 볼 수 있다. 그러나 누구보다 범중엄의 심리 상태를 잘 이해하며 범중엄을 걱정해 이 같은 돌봄을 보이는 유모의 행동은 범중엄에게 민망하기는 할지언정 위로가 되어 주는 행동으로 인식되면서 제지당하지 않는다. 이러한 감정의 교류는 어려움을 함께 공유한 것을 바탕으로 한 신뢰와 친밀감이 바탕이 되었기 때문에 가능한 것으로 여겨진다.

3) 개가(改嫁)한 주모(主母)에 대한 비판

앞서 살펴본 것처럼 범씨 가문의 몰락 위기를 관찰하고 전달하며, 고난을 공유하고 이를 극복하는데 일조함으로써 범중엄과 감정교류를 하는 역할을 담당하는 데까지 나아간 열엽은 이와 함께 범중엄의 모친 심부인에게 비교 대상의 기능을 하는 동시에, 열엽 스스로가 심부인에 대한 평가를 내리는 모습을 보여주기도 한다.

먼저 유모 열엽이 심부에게 비교의 대상으로 기능하는 부분부터 살펴보자. 상산에서 지내던 심부인은 범중엄이 소주에 머무르는 동안 잠시 함께 지내며 봉양을 받게 되는데, 이 과정에서 유모 열엽과 자신을 비교하는 모습을 자주 보여준다. 이는 심부인과 열엽이 비단 신분은 다르지만 남편이 죽었다는 상황을 동일하게 지니고 있다는 점에서 비교가 가능했던 것으로 여겨진다. 심부인은 남편의 죽음 후 개가를 하면서 범씨 가문을 버린 사람이라면, 열엽은 남편의 죽음 후에도 개가를 생각하지 않은 채 범씨 가문을 지킨 사람이기 때문이다. 이런 점으로 인해 심부인은 소주로 오면서 자신의 과거를 알고 있는 유일한 인물인 열엽을 회피하고자 하는 모습을 보이며, 열엽을 본 직후부터는 자신과 그의 처지를 끊임없이 비교하는 모습을 보여준다. 열엽이 범씨 가문에서 마치 태부인과 같은 대우를 받는 것에 비하여 자신은 범중엄의 봉양을 받을지라도 떳떳할 수 없는 인물이라는 사실을 심부인이 지속적으로 떠올리기 때문이다.

이처럼 심부인에게 비교의 잣대가 되어주는 역할을 담당하는 열엽은 직접적으로 심부인의 잘못을 비판하는 발언을 하며, 심부인에게 범씨 가문을 위해 행동해 줄 것을 요구하는 모습까지도 보여준다. 잠시 심부인을 봉양하던 범중엄은 황제의 부름으로 인해 경사에 나가야 하는 상황이 되자 더 이상 모실 수 없게 된 심부인을 개가한 남편이 있는 상산으로 돌려보내는데, 이때 범중엄과 이별하는 것으로 인해 마음 아파하며 잠을 못 이루는 심부인에게 열엽은 몸을 상하게 해서 병이라도 들어 범중엄의 경사 진출을 막는 상황이 발생해서는 안됨을 강조하며 심부인에게 직접적으로 몸을 챙길 것을 조언하는 말을 서슴없이 발화한다. 심부인이 개가를 함으로써 범씨 가문을 떠난 인물이기는 하지만, 범중엄이 자신의 생모라는 점 때문에 일부러 찾아와 봉양하던 이이며, 열엽이 한 때 모시던 주모(主母)였음을 고려한다면 열엽의 심부인의 행동에 대한 이 같은 직접적인 요구는 범씨 가문을 생각한 충성스러움에 기인한 것이기는 하나 거침없는 행동이며 단호한 것이라 할 수 있다.

이처럼 열엽이 심부인의 행동을 평가하고 비판하는 점은 심부인의 죽음에서 극대화되어 나타난다. 열엽은 심부인이 개가를 함으로써 범씨 가문을 몰락의 길에 들어서게 한 점을 두고 강도 높게 비판하는데, 이러한 열엽의 심부인에 대한 평가는 열엽 혼자만의 생각으로 그치는 것이 아니라 범중엄의 고모인 구양부인, 범중엄의 부인 왕씨, 그 며느리 조씨가 모여 있는 자리에서 직접적으로 발화된다. 열엽의 심부인에 대한 평가는 지난 일을 떠올리면 노주지간이어도 원망이 맺히고 한이 생겨날 정도이며, 심부인이 개가를 하지 않고 차라리 죽음으로써 수절을 하였더라면 범중엄이 고난을 겪지 않았을 뿐더러 심부인 역시 일가의 추앙을 받을 수 있었을 것이라며 거침없는 비판으로 나타나기 때문이다.

이같이 열엽이 심부인의 행동을 강도 높게 비판할 수 있었던 데에는 가문에 열엽이 조력했던 점뿐만 아니라 열엽이 수절을 한 여성이라는

점도 기인한 것으로 보인다. 앞서 살펴본 것처럼 재구본에 따르면 열엽
이 유모로 선발되었던 결정적 이유는 유모가 남편과 자식이 죽었음에
도 불구하고 범씨 가문을 떠나지 않고 수절을 지킨 것이었다. 유교적
세계관에서 열엽은 수절이라는 가치를 선택한 인물이기 때문에 신분의
차를 넘어서서 그렇지 못했던 심부인에 대해 공적인 자리에서 비판의
발언을 하더라도 받아들여질 수 있었던 것으로 여겨진다.

4. 또 다른 어머니, 가족으로서의 유모

〈범문정충절언행록〉의 주인공인 범중엄은 송(宋)대 실존했던 인물이
다. 때문에 범중엄의 실제 행적과 작품 안에서 그가 보여주는 행적들이
대다수 일치하고 있다는 점은 선행연구에서『송사(宋史)』를 비롯한 그
외의 다양한 문헌들과의 비교를 통해 이미 알려졌다.[8] 동시에 범중엄
의 모친 심씨가 개가를 한 것은 역사적 사실이나 이를 간소하게 기록하
고 있는 문헌들의 내용과 달리 작품 안에서 비중 있게 다루어지고 있어
〈범문정충절언행록〉의 작가가 허구로 만들어 낸 부분임이 밝혀졌다.[9]
이러한 점을 염두에 본다면, 유모 열엽과 관련된 내용들 역시 소설의
작가가 창조해 낸 인물이라고 보아야 할 것이다. 그렇다면 왜 이러한
설정으로 유모 열엽을 만들어내고, 서사 안에서 비중 있는 역할을 부여
한 것인지 그 의미를 생각해 볼 필요가 있다.

먼저 유모 열엽의 설정과 그녀가 보여준 역할들은 〈범문정충절언행

---

8) 김준범, 앞의 논문, 42~58쪽; 홍현성, 앞의 논문. 92~119쪽.
9) 홍현성, 앞의 논문, 35쪽.

록〉의 가문의식을 강화하는데 기여한다. 이 작품은 몰락한 범씨 가문을 재건하는 이야기가 서사의 큰 축을 이루고 있다고 해도 과언이 아닐 정도로 가문을 일으키는 일이 사대부 집안에서 중요한 과업임을 드러낸다.[10] 그런데 가문을 일으키는 핵심적인 역할을 하는 것은 범중엄이지만 이 일이 실현가능하도록 만들어주는 데에는 열엽의 역할이 지대하다고 할 수 있다. 심씨의 개가 이후 범윤보의 제사를 6년간 지낸 이는 다름 아닌 열엽이며, 범중엄이 과거에 합격할 수 있도록 학업을 지원하는 일 역시 열엽의 노력에 의해 이루어지기 때문이다.

그런데 기실 범윤보의 신주를 지키고 제사를 받들며 범중엄의 학업을 뒷바라지 하는 일은 유모 열엽의 역할이 아니라 범중엄의 모친인 심부인이 했어야 마땅한 일이라 할 수 있다. 그런데 〈범문정충절언행록〉은 심부인이 개가한 역사적 사실을 바꾸지는 않은 채 그대로 수용해와 서사를 전개하는 가운데, 범중엄이 집안을 일으키는 데 일조를 하는 인물로 심부인과 동질적인 면을 공유하면서도 신분적으로는 차이가 나는 유모 열엽을 설정함으로써 가문의식을 강화하고 있는 것이다. 열엽은 심부인과 함께 범중엄을 길러냈다는 점과 남편과 사별했다는 공통점을 지닌 인물이다. 동시에 개가를 해 범씨 가문을 떠난 심부인과 다르게 열엽은 범씨 가문을 지키는 인물이며 그 신분 역시 상층민이 아닌 하층민이라는 점에서 차이를 보인다. 때문에 심부인이 마땅히 했어야

---

10) 선행연구에서 밝혀진 것처럼 이 작품은 범중엄과 그 자손들의 행적을 통해 사대부 남성의 출사, 퇴거, 은일의 가치를 탐색하는 모습을 서사 전반을 걸쳐 보여주고 있다. 홍현성, 앞의 논문, 131~140쪽. 그러나 이 같은 남성의 출처를 고민할 수 있기 위해서는 우선 가문의 몰락이 해결되는 것이 급선무이기 때문에, 이 작품이 가문의 번영과 영달을 추구하는 모습을 보여주고 있다고 생각된다. 유모 열엽의 행적은 이 부분에 초점이 맞춰져 나타나고 있다.

야하는 역할을 되려 하층민인 열엽에게 부여하고 가문의 재건을 성공
적으로 일구어내는 모습을 보여주는 것은 작품의 가문의식을 강화하는
데 일조하게 하는 것이라 할 수 있다. 열엽이 보인 충성스러움은 범씨
가문을 자신의 주인 가문이자 자신이 속한 가문이라 생각하는 것에 기
인해 발현되는 것이기 때문에 열엽의 행동들을 가문의식에 포함해 볼
수 있다고 여겨진다.

　열엽이 심부인의 개가에 대한 비판의 목소리를 내는 점 역시 이와
연관해 생각해보아야 할 부분이다. 가문의 재건에 일조하였다고는 하
지만 한때 자신이 모시던 주모(主母)에 대한 비판을 상층인물들이 모인
자리에서 발화하는 것은 기실 불가능한 일이라 할 수 있다. 물론 심부
인이 가문의 몰락을 이끈 장본인이기 때문에 비난이 가능하다고 할 수
도 있지만, 엄연한 신분의 차를 무시하기란 어렵다. 특히 이는 심부인
의 죽음 직후에 이루어지기 때문에 망자를 두고 비판을 한다는 점에서
는 더욱 그러하다. 그런데 〈범문정충절언행록〉은 유모 열엽에게 심부
인의 개가 사실을 비난하게 하며 차라리 죽음으로써 열(烈)을 지키는
것이 범중엄과 범씨 가문에 나았을 것이라는 이야기를 범씨 가문의 여
성들이 모인 자리에서 공개적으로 발화하게 한다. 범씨 가문의 가장 큰
어른이라 할 수 있는 범중엄의 고모 구양부인, 범중엄의 부인인 왕씨,
그 며느리 조씨가 모인 자리에서 이루어진 이 발화는 제지당하기는커
녕 오히려 지지를 받는 것으로 제시된다.

　기실 심부인의 개가 사실을 이처럼 노골적으로 비판하는 이는 〈범문
정충절언행록〉에서 유모 열엽을 제외하고는 찾아보기 어렵다. 범중엄
이 과거에 합격한 이후부터 심부인 스스로가 자신의 개가 사실을 자책
하고 후회하는 모습은 지속적으로 서사에 나타나지만, 이를 범중엄이

나 구양부인이 직접적으로 비난하지는 않으며11), 범중엄이 이를 '모과(母過)'라고 지칭할 뿐이기 때문이다. 때문에 열엽 스스로 심부인을 판단하고 비판하는 목소리를 공개적으로 내며 이 발화가 지지받는 모습은 범씨 가문 구성원들이 심부인의 개가 사실에 대해 비판하는 모습을 보여주는 것인 동시에 몰락으로 이끈 이에 대한 비난에 동조하는 것이라는 점에서 이는 범씨 가문을 지키는 일이 무엇보다 중요하다는 점을 강조하는 데 기여한다고 여겨진다. 아울러 앞서 언급했듯이 심부인에 대한 비판이 가능한 것은 열엽이 하층민임에도 불구하고 수절이라는 유교적 가치관을 지킨 인물이라는 점에서 가능하다고 할 것이다.

다음으로 유모 열엽의 설정과 그녀가 보여준 역할들은 〈범문정충절언행록〉에서 하층인물인 유모가 가문의 구성원으로 받아들여지는 모습을 보여줌으로써, 이 작품의 작가의 인간에 대한 이해를 엿볼 수 있게 한다. 유모 열엽은 앞서 살펴본 것처럼 하층인물이기는 하지만 가문 재건에 대한 공을 인정받아 범씨 가문의 구성원으로 받아들여지는 모습을 보여준다. 범중엄이 열엽을 두고 '자모 같다'고 입버릇처럼 이야

---

11) 선행연구에서도 〈범문정충절언행록〉이 심부인의 개과 사실을 두고 심부인 스스로는 자책할지언정, 서술자를 비롯한 주변 인물이 비난을 가하지 않는다는 점은 지적되었다. 이와 함께 선행연구에서는 범중엄의 관직 진출에서 모친의 개가 사실이 문제가 되고 있지 않은 점을 들어 이 작품이 개가를 권하는 작품은 아니지만 개가에 대해서 부정적으로만 여기는 것이 아닌 전향적 이해를 보여주고 있다고 보았다. 홍현성, 앞의 논문, 140~149쪽. 그런데 이 작품의 심부인의 개가에 대한 이해는 보다 면밀히 생각되어야 할 부분으로 여겨진다. 유모 열엽을 통해서 심부인의 개가 사실을 비난하는 것뿐만 아니라 작품에서는 심부인의 개가 사실을 두고 범중엄과 전생에 원한 관계가 있는 것으로 설정하고 있으며, 범중엄의 꿈을 통해서 심부인 외에 전생 모친이 따로 존재하고 있다고 설명하고 있기 때문이다. 이러한 설정들은 역사적으로 벌어진 심부인의 개과 사실을 소설에서 수용하면서 이를 보완하는 장치로 마련한 것으로 보이기 때문에 개가에 대한 작품의 인식을 좀 더 면밀히 살펴보아야 할 것으로 생각된다.

기하는 점이나 노년의 열엽이 범씨 가문에 극진한 공양을 받는 점 그리고 열엽의 상례를 범중엄이 손수 주도하는 점 등을 보았을 때 열엽은 그 공로를 충분히 인정받고 있다고 할 것이다.

그런데 무엇보다 이 작품이 가문을 위해 충성을 다한 하층인물인 유모를 가문구성원으로 끌어안는 모습은 범중엄을 비롯한 범씨 가문 구성원과 열엽이 정서적인 교감을 나누고 자연스레 어우러지는 점을 섬세히 묘사해내는 데 있다. 기실 하층인물인 유모가 공적을 세웠다고 해서 진정으로 가문의 일원이 되기란 어려운 일이다. 그런데 〈범문정충절언행록〉에서 열엽은 단지 업적을 인정받아 그에 대한 보상의 차원에서 상을 받는 것이 아니라 어려운 시기를 함께 나누고 같은 목표를 위해 고군분투했던 이로서 범중엄과 범씨 가문 구성원들에게 인정받는 모습으로 나타난다. 범중엄의 자녀들의 출산이나 범중엄의 출정과 같은 행사들뿐만 아니라 일상의 순간순간 유모 열엽은 범중엄, 왕부인, 구양부인, 범중엄의 자녀들과 며느리들과 같은 공간 안에서 스스럼없이 어울리면서 대화를 주고받고 웃음과 슬픔을 나누고 있기 때문이다. 또한 열엽의 사후 범중엄을 비롯한 범씨 가문 구성원들은 눈물을 흘리며 슬퍼할뿐더러, 열엽이 더 이상 범씨 가문에 없는 것을 슬퍼하며 매번 녹봉 중 일부를 제사에 쓸 수 있도록 보내기까지 하기 때문이다. 〈범문정충절언행록〉에서 범중엄이 '자모와 같다'고 발화하는 인물은 유모 열엽과 고모인 구양부인 두 명이다. 혈연으로 이어진 구양부인이 범중엄의 혼인이나 집안 대소사를 주관하는데 도움을 주는 점에서 어머니와 같은 모습이라면, 태어난 직후 자신을 길렀을 뿐더러 가문의 몰락이라는 위기상황에서 이를 함께 극복해 낸 열엽은 보다 정서적으로 범중엄이 의지하고 기댈 수 있었던 존재였던 것으로 여겨진다. 이처럼 하층

인물이 주인인 남성인물과 정서적으로 친밀하며 주인 가문의 일원으로 받아들여지는 점은 이례적인 모습이라 할 수 있는데, 이는 신분을 뛰어넘은 인간에 대한 이해를 보여주고 있다고 할 수 있다.

〈주자가례〉에 상례에 대한 복제가 정해져 있을 정도로 유모(乳母)가 팔모(八母)에 해당하는 것은 사실이나 대개의 국문장편소설에서 유모의 모습은 단편적으로 나타나며, 설령 주인을 위해 조력자로서의 모습을 보인다고해도 유모 개인의 삶의 모습을 찾아보기란 어렵다. 이는 〈범문정충절언행록〉에서 왕부인의 유모 취유랑을 비롯한 여러 명의 유모들의 경우에서도 발견된다. 이 작품 속 열엽을 제외한 유모들은 아이들을 돌보거나 일상의 장면에서 주인 옆에 대기하고 있으면서 심부름을 돕는 것으로 나타나는 정도이기 때문이다. 이와 비교해볼 때 유모 열엽의 모습은 변별된다고 할 것이다. 아울러 〈범문정충절언행록〉은 이러한 열엽의 행동을 대개의 경우 열엽 스스로의 판단 아래 이루어지도록 함으로써 보조인물을 도구적으로 사용하지 않는 모습을 확인하게 한다. 열엽이 지키고자 하는 가치가 주인가문인 범씨 집안에 대한 충이기는 하지만 이를 정형화 된 모습으로만 보여주는 것이 아니기 때문이다. 범씨 가문의 몰락을 오랜 시간에 걸쳐 범씨 가문 구성원들에게 전달하는 점이나, 범중엄의 마음을 헤아리고 이를 위로하는 역할을 하는 점, 그리고 심부인에게 조언을 하거나 그 행동을 비판하는 목소리를 내는 점은 열엽을 서사에서 기능적으로만 사용되는 인물이 아니라 스스로 생각하고 움직이는 살아있는 인물로 만들어준다는 점에서 의미가 있다.

이처럼 〈범문정충절언행록〉이 하층신분인 열엽을 통해 가문의식을 강조하는 모습을 보여주거나, 범씨 가문의 일원으로 받아들여지는 모습을 보여주는 점은 이 작품의 작가가 하층인물에 대해 갖는 인식을 확인하게 한다. 하층민인 열엽이 자신의 속해 있는 주인 가문을 위해 충성을 다하는 과정에서 지속적으로 드러나는 것은 앞서 살펴보았듯이 열엽 스스로의 판단에 의해 충성을 다하는 모습인데, 이는 하층인물을 작가가 주도적으로 생각하고 판단하고 실행해 옮기는 인물로 인식하고 있음을 확인하게 하기 때문이다. 또한 이러한 행동을 주인 가문에서 인정해주고 신분을 뛰어넘어 정서적인 교류를 나누고 그에 걸맞은 위상을 갖춰주는 것은 이례적인 일이라 할 수 있는데, 이 같은 모습을 보여주는 점은 작가가 하층인물이 지닌 역량을 인정하는 것이라 할 수 있다. 아울러 가문의식을 강조하는 과정에서 하층인물인 열엽의 조력이 중요한 동력으로 작용하는 모습을 보여주는 점이나 상층인물임에도 불구하고 심부인이 개가한 것과 달리 하층인물임에도 열엽이 수절을 지키며 가문을 지키고자 하는 점을 보여주는 것은 인물의 인품이나 자질이 신분의 상하와 무관하다는 인식을 지니고 있음을 드러내는 것이라 할 수 있다. 이는 작가의 인간에 대한 이해가 그만큼 확장되어 있는 점을 확인하게 한다.

〈범문정충절언행록〉의 유모 열엽의 인물 설정과 역할 및 의미는 여타의 국문장편소설 속 시비나 유모와 비교해보면 보다 더 잘 드러난다. 〈현몽쌍룡기〉 연작의 후편인 〈조씨삼대록〉에서 보조인물들의 양상은 활발하게 드러나는데, 특히 시비와 유모는 형제와 친인척을 동원해 치밀한 악행을 주도하는 모습이나 주인을 위해 충성과 지혜를 발휘하는 모습을 보여줌으로써 작품의 현실성과 개연성을 강화시키고 있음이 지적되었다.[12] 한편 국문장편소설 〈옥환기봉〉과 연작관계에 놓여있는

---

12) 정선희, 앞의 논문, 251~260쪽; 263~266쪽.

〈도앵행〉은 분량은 짧지만 역시 시비의 활약상이 부각되는 작품으로 밝혀졌는데, 재치 있는 시비군으로 명명될 정도로, 이 작품의 시비는 주인을 위해 계획을 스스로 세우며, 상층 인물을 일깨우고, 혼인을 거부한 채 시비들끼리 친분을 맺고 동락함으로써 자매애를 실현하는 모습을 보여줌으로써 시비들이 상층의 경직된 결함을 보완해주는 역할을 담당하며 여성의 새로운 삶의 모습을 보여주었다는 점이 지적되었다.13)

  〈범문정충절언행록〉의 유모 열엽도 〈조씨삼대록〉의 시비나 유모처럼 주인을 위해 충성을 다한다는 점이나 〈도앵행〉의 시비들처럼 스스로의 판단으로 행동하며 상층 인물을 비판한다는 점에서 유사한 모습을 보여준다. 그러나 〈조씨삼대록〉의 시비나 유모들의 주인에게 충성스러움을 다한 이후 어떤 삶을 살아가는지 그 구체적인 정황들이 나타나지 않으며, 〈도앵행〉의 시비들이 혼인을 하지 않은 채 자신들만의 삶의 모습을 보여주는 것과 달리 〈범문정충절언행록〉의 유모 열엽은 자신의 주인인 범중엄과 정서적인 교감을 나누며 그 공을 인정받아 가문의 구성원으로 받아들여진다는 점에서 변별을 보인다. 이 같은 열엽의 모습은 현실세계에서 있음직한 공을 세운 시비에 대한 인정이라는 점과 비록 신분은 다를지언정 고난을 공유한 인물에 대한 폭넓은 이해의 시선을 보여준다는 점에서 작품의 현실성과 개연성을 강화해준다고 여겨진다.

  이 같은 점을 이 작품이 향유되었던 조선 후기 유모에 대한 인식과 관련해 살펴보기로 하자. 선행연구에서 〈범문정충절언행록〉은 그 제명(題名)이 처음 언급된 문헌이 모리스 꾸랑의 『韓國書誌』라는 점, 판소리

---

13) 한길연, 앞의 논문, 349~353쪽.

계 소설에 등장하는 유사한 삽화가 작품에 나타나는 점 등을 고려해
이 작품의 창작 시기를 19세기로 추정하였다.14) 그런데 이 작품이 향유
된 19세기와 그 직전인 18세기에 사대부가 남성들의 문집에서는 그전
과는 달리 유모에 대한 제문(制門)이나 광지(壙誌)들이 많이 발견되고 있
다. 18세기에 사대부 남성이 유모에 대해 남긴 글로는 김종후(金鍾厚,
1721~1780)의 〈유모광지(乳母壙誌)〉, 박필주(朴弼周, 1665~1748)의 〈유모
광지(乳母壙誌)〉, 신정하(申靖夏, 1680~1715)의 〈유목옥선광지(乳母玉僊壙
誌)〉, 이익(李瀷, 1681~1763)의 〈제유모문(祭乳母文)〉, 김주신(金柱臣,
1661~1721)의 〈유모제문(乳母祭文)〉과 〈유모윤소사광기(乳母尹召史壙記)〉
를, 19세기의 글로는 김조순(金祖淳, 1765~1832)의 〈유모허씨묘지명(乳
媼許氏墓誌銘)〉, 한장석(韓章錫, 1832~1894)의 〈유모김씨묘지명(乳母金氏
墓誌銘)〉이 찾아진다.15)

　김종후는 어린 시절 몸이 약한 자신을 젖 먹여 길러준 유모를 위해,
박필주는 태어나자마자 모친을 여읜 상황에서 자신을 길러준 유모를
위해, 신정하는 자기 자식은 버려두고 자신을 잘 보살펴주었던 유모를
위해 글을 남기고 있다. 특히 김주신과 김조순의 경우에는 제문과 묘지

---

14) "모리스 꾸랑은 1894~6년 서울을 중심으로 향유한 다양한 문헌 서목을 참조해『韓國書
　　誌』를 출간하였다" 홍현성, 앞의 논문, 6~7쪽.
15) 강성숙, 「김종후의 〈乳母壙誌〉」, 『18세기 여성생활사 자료집』 5, 보고사, 2010, 163쪽;
　　서경희, 「박필주의 〈乳母壙誌〉」, 『18세기 여성생활사 자료집』 6, 보고사, 2010, 171~172
　　쪽; 서경희, 「〈乳母玉僊壙誌〉」, 『18세기 여성생활사 자료집』 6, 보고사, 2010, 182~183
　　쪽; 서경희, 「〈祭乳母文〉」, 『18세기 여성생활사 자료집』 6, 보고사, 2010, 209~210쪽;
　　김남이, 「〈乳母尹召史壙記〉」, 『18세기 여성생활사 자료집』 7, 보고사, 2010, 88~89쪽;
　　김남이, 「〈乳母祭文〉」, 『18세기 여성생활사 자료집』 7, 보고사, 2010, 140쪽; 김기림,
　　「〈乳媼許氏墓誌銘〉」, 『19세기 20세기 초 여성생활사 자료집』 2, 보고사, 2013, 355쪽;
　　서경희, 「〈乳母金氏墓誌銘〉」, 『19세기 20세기 초 여성생활사 자료집』 6, 보고사, 2013,
　　384~385쪽.

명 속에서 사대부 남성이 유모를 위해 그 상례에 시마복(緦麻服)을 입었던 사실을 기록하고 있어 주목을 요한다. 더욱이 김조순은 종형과 자신 그리고 누이동생의 일찍 죽은 아이에게까지 대략 15,6년간 젖을 먹였던 유모 허씨에 대해 절절한 마음을 묘지명으로 남기고 있는데, 그 글에는 자신의 집이 가난해 유모를 굶주림과 추위에 떨게 했던 점을 안타까워하는 마음을 절절하게 담아내고 있다.16)

이로 미루어보았을 때 조선시대 사대부 가문에서 유모는 어렵게 찾아볼 수 있는 존재는 아니었던 것으로 보이며, 문집 기록에서 확인되는 것처럼 유모의 상례에 복제를 갖출 정도로 그 관계가 돈독했던 이들도 있었던 것으로 여겨진다. 특히 김조순의 경우처럼 가문의 어려움을 함께 나누었던 유모에 대해 남성들이 정서적으로 더욱 친밀감을 보여주는 점이 확인된다. 이러한 유모에 대한 인식은 〈범문정충절언행록〉에서 유모 열엽이 가문을 위해 충성스러운 모습을 보이는 점이나 범중엄과 정서적인 교감을 나누며 가문 구성원으로 받아들여지도록 형상화하는 데에도 영향을 주었으리라 여겨진다.

〈범문정충절언행록〉은 19세기 창작과 향유가 이루어진 것으로 추정되는 작품이다. 주지하다시피 19세기 조선사회는 신분 계층 안에 다양한 변화가 급속도로 일어났던 시기이다. 18세기를 거치면서 일부 양반이 특권을 독점하고 많은 양반이 도태되어 가던 것이 19세기에 이르러 더욱 심해지며 상당수 몰락 양반이 양반으로서의 권위를 상실하게 되

---

16) "嗚呼, 召史之沒, 在於己卯正月初八日, 而承訃於二月之旬, 設位一慟, 服麻三月", 김주신, 「乳母祭文」, 김남이, 『18세기 여성생활사 자료집』7, 보고사, 2010, 481쪽; "余與歜菴哭之慟, 服如制", 김조순, 「乳媼許氏墓誌銘」, 김기림, 『19세기 20세기 초 여성생활사 자료집』2, 보고사, 2013, 355쪽.

는 한편 18세기 전반 종모법의 시행으로 노비를 양인으로 신분을 상승
시키는 상황이 18세기 후반에는 공노비의 노비안이 도망과 합법적인
종량으로 말미암아 가속화되면서 신분제의 동요가 펼쳐지던 때이기 때
문이다.17) 이러한 시기에 향유되었던 〈범문정충절언행록〉이 하층인물
인 열엽을 통해 주인가문의 몰락 이유에 대해 비판의 목소리를 내게
하고, 그 하층인물의 행동이 주인가문의 재건의 동력으로 작동하는 모
습을 보여주며, 결국 하층인물이 신분을 뛰어 넘어 상층인물들과 인간
적으로 어울리는 모습을 보여주는 점은 이 작품이 산출된 19세기의 상
황과도 연관된 것으로 여겨지며, 앞서 언급한 것과 같이 유모 열엽의
형상을 이같이 재현하는 것을 통해 인간에 대해 보다 열린 시선, 확장
된 시선을 확인하게 한다.

---

17) 한국역사연구회 지음, 『한국역사』, 역사비평사, 2007, 149~151쪽.

장애인 간의 대안가족 공동체 모색, 〈한후룡전〉의 대안가족

구선정

1. '가족' 안에서의 장애인, 그 소외와 고립

아버지는 전쟁에 나갔다가 돌아오는 아들을 맞이하기 위해 역으로 향한다. 왼쪽 팔은 주머니에 쑤셔놓고 한 쪽 팔만 앞뒤로 흔들며 걸어가다가 외나무다리에 멈춘다. 조그마한 시냇물이 있는 외나무다리를 조심조심하면서 건너간다. 잘못하다가 떨어지면 한쪽 팔뚝 하나가 몽땅 잘라져 나간 흉측한 몸뚱이를 하늘 앞에 드러내 놓고 있어야 하기 때문이다. 아버지는 읍내에서 고등어 한 마리를 사서 들고 아들을 기다린다. 그런데 멀리서 아들이 양쪽 겨드랑이에 지팡이를 끼고 한쪽 바짓가랑이가 펄럭거리면서 오는 것이 아닌가. 아버지는 이내 '에라, 이놈아!' 하면서 아들을 안타까움과 원망스런 마음으로 바라본다. 아들은 미안한 마음에 고개를 들지 못한다. 아버지와 아들은 아무 말 없이 집으로 향한다. 그러다가 외나무다리에 도착한다. 아버지는 아들을 업고, 아들은 아버지의 한 손에 들려있었던 고등어 봉지를 든다. 이렇게 아들은 아버지의 다리에 의지하고, 아버지는 아들의 손을 빌려 한 몸이 된다. 전쟁으로 인해 생긴 육체적 상처는 외나무다리에서 서로 한 몸이 되면서 치유가 된다.[1] 이처럼 〈수난이대〉는 체재의 폭력에 의해 손상된 몸의 결여된 부분을 부자가 서로 채워주면서 서로 화해하게 되는 과정을 잘 그려내고 있다.

이 글을 진행하기에 앞서 현대소설인 하근찬의 〈수난이대〉를 제시한 것은 조선 후기 소설에도 이와 같이 장애를 가진 자들이 서로 이해와 연대를 통해 상처를 치유해가는 이야기가 있어서이다. 조선 후기에 창작된 〈한후룡전〉이 바로 그 작품이다. 전자는 부자관계이기 때문에 그 상호협력이 예상되지만 〈한후룡전〉은 혈연관계가 아님에도 불구하고 서로가 가진 장애를 이해하고 협력한다는 점에서 주목된다. 게다가 〈수난이대〉이전에 이미 조선 후기 고전소설에서도 장애인을 주인공으로 하여 장애에 대한 문제를 거론하고 있다는 점에서도 의미하는 바가 크다.

〈한후룡전〉은 신체적인 장애를 가진 두 명의 인물을 주인공으로 하고 있다는 점에서 독특한 소설이다.[2] 여타 영웅소설에서도 주인공의 결핍은 존재한다. 그러나 그 결핍은 대개 신분이나 자신이 속한 가문의 문제 때문에 발생한다. 〈한후룡전〉에서처럼 신체의 결함, 즉 '장애'를 결핍의 요소로 두고 있지는 않다. 앞을 못 보는 맹인과 걷지 못하는 앉

1) 하근찬, 『수난이대』, 어문각, 1993.
2) 〈한후룡전〉의 이본은 필사본(규장각 소장) 1종과 활자본(정학성 소장) 1종이 있다. 활자본은 1919년에 간행되었는데, 필사본의 내용, 특히 두 주인공이 장애 때문에 고난을 당하는 장면이 간략하게 요약되어 있는 반면, 군담 부분이 확대되어 있어, 필사본보다 후에 만들어진 것으로 보인다. 필사본에는 임진년에 필사되었다는 후기가 있는데, 영웅소설이 활발하게 유통되던 시기를 감안한다면, 1892년(임진년)에 필사되었을 가능성이 높다. 이 이본 간의 관계는 김미리의 논문에서 자세히 다루고 있다.(김미리, 「〈한후룡전〉 연구」, 한국교육대학교 대학원 석사학위논문, 2001, 4~14쪽)

은뱅이를 주인공으로 하고 있는 〈한후룡전〉은 '장애' 때문에 버림받은 두 주인공이 서로 연대하고 협력하여 장애를 이겨내고 영웅이 된다는 이야기를 담고 있다. 결핍을 가진 자들은 자신들의 정서적 고통을 진심으로 이해하고 자신들의 부정적인 행동까지도 포용해줄 수 있는 사람이 하나라도 있을 때 비로소 안정감과 연결감을 느낄 수 있게 된다. 이해야 말로 치유의 진정한 시작인 것이다.3) 〈한후룡전〉에서 부모들은 장애를 가진 자식을 이해하려고 하거나 소통하려고 하지 않았다. 오히려 부모들은 가족 안에서 장애를 가진 자식을 배제하고 소외시켰다. 그렇기 때문에 이해와 포용이 필요한 시점에서 한후룡과 임허영의 만남은 시사하는 바가 크다고 할 수 있다. 이렇게 〈한후룡전〉은 장애인이 집단 안에서 어떻게 인식되고, 또 어떻게 생존하게 되는지를 잘 보여주는 작품이다.

문학작품의 작품서사를 통하여 환자의 자기서사를 온전하고 건강하게 변화시키는 일이 문학치료라면,4) 〈한후룡전〉이야말로 이에 적합한 소설이 아닐까 여겨진다. 미성숙한 자기 서사를 가진 주인공들이 연대의 힘을 바탕으로 성숙한 서사를 만들어가는 과정은, 동병상련의 상처가 있는 사회적 약자들에게 희망과 감동을 주기 때문이다.

〈한후룡전〉에 대한 연구는 생각보다 많지 않다. 김기동이 처음으로 작품을 소개하였으며,5) 김미리는 〈한후룡전〉에 대한 학위논문을 통해 구체적인 작품론을 진행하였다.6) 신호림은 소경과 앉은뱅이 서사의 소

3) 김준기, 『영화로 만나는 치유의 심리학』, 시그마북스, 2009, 29쪽.
4) 정운채, 「서사의 힘과 문학치료방법론의 밑그림」, 『한국고전문학교육학회』 8, 2004, 171쪽.
5) 김기동, 『한국고전소설의 연구』, 교학연구사, 1985, 398~401쪽.

설적 수용 관점에서 〈한후룡전〉을 살폈고,7) 유춘동은 규장각에 소장되어 있는 세책본을 소개하는 가운데, 〈한후룡전〉을 언급했다.8) 기존 연구는 작품의 창작 과정, 작품의 특징과 의미 등 〈한후룡전〉 이해에 대한 바탕을 마련했다는 점에서 의미가 있다. 그러나 이제는 〈한후룡전〉이 장애인을 주인공으로 하는 소설인 만큼 보다 다양한 관점에서 심층적으로 살펴볼 때이다. 그 일환으로 이 글에서는 〈한후룡전〉에 나타난 장애인에 대한 시각과 연대를 통한 치유·극복방식에 대해 살펴본다.9)

2. 장애인 간 연대 동인과 형성의 과정

1) 연대 동인

소수자는 신체적 또는 문화적 특징 때문에 사회의 다른 성원에게 차별을 받으며, 차별받는 집단에 속해 있다는 의식을 가진 사람들이라 정의할 수 있다.10) 이 정의는 드워킨과 드워킨이 제시한 소수자의 네 가지 특성, 즉 식별가능성, 권력의 열세, 차별적 대우, 소수자 집단 구성원으로서의 집단의식을 정리한 것이다.11) 이렇게 볼 때, 한국 사회에서

---

6) 김미리, 「〈한후룡전〉 연구」, 한국교육대학교 대학원 석사학위논문, 2001.
7) 신호림, 「소경과 앉은뱅이 서사의 불교적 의미와 구비문학적 수용 양상」, 『구비문학연구』 37, 2013.
8) 유춘동, 「서울대 규장각 소장, 토정-약현 세책 고소설 연구」, 『한국문화』 66, 2014. 163~164쪽.
9) 필사본에서는 두 주인공이 장애를 가지고 태어나 극복하는 과정을 집중적으로 그리고 있는 반면, 두 주인공이 영웅이 되는 장면은 사건이나 갈등을 빈약하게 서술하는 등 간략하게 그리고 있다. 이 글은 〈한후룡전〉에 나타난 '장애'와 그에 따른 '극복'을 중심으로 논의를 펼칠 것이기 때문에, 선본이기도 한 필사본을 기본 텍스트로 삼는다.
10) 박경태, 『소수자와 한국사회: 이주 노동자, 화교, 혼혈인』, 후마니타스, 2008, 13쪽.

는 장애인, 성적 소수자, 외국인 노동자 등이 대표적인 소수집단이라 할 수 있다. 특히 장애인은 신체적 특성에서 한국 사회의 다수자들과 차이를 보이고 그 다름 때문에 차별의 대상이 된다.

〈한후룡전〉에서 한후룡과 임허영이 연대하는 동인도 바로 장애인에 대한 차별과 배제와 억압의 시선에서 비롯된다. 가부장제 이데올로기가 공고화된 조선 후기 '가문' 안에서 남성은 가문을 일으키거나 번성하게 해야 하는 의무를 가진다. 그렇기 때문에 건장한 체격과 훌륭한 외모를 갖춰야 하고 정신적으로나 능력 면에서 완벽해야 한다. 따라서 남성의 조건을 전혀 갖추지 못한데다가 신체적인 장애까지 있는 한후룡과 임허영이 다수자의 입장에서 '다름'으로 인식될 수밖에 없는 것은 당연하다. 그러나 문제는 '차이'가 '차별'을 만들고 '차별'은 곧 '배제'로 이어진다는 것이다. 그리고 이러한 차별과 배제의 출발점이 '가족' 안에서부터 시작된다는 것이 특징적이다.

한후룡의 부친 한칠진은 강어를 낚으며 한가하게 세월을 보내는 인물이다. 그러나 작품 내에서 그를 서생 혹은 한생이라 지칭하는 것을 보면 실세(失勢)하여 물러난 양반이라기보다는, 아직 관직에 오르지 못한 한미한 양반 출신의 서생이라 할 수 있다. 그렇기 때문에 한생은 누구보다도 자신의 가문을 일으켜줄 자식을 기대한다. 한생부부는 나이 삼십이 넘도록 자식이 생기지 않자 기자치성을 드려 아이를 갖게 된다. 한 노승이 부인의 꿈에 찾아와 '깨진 기와'를 주며 귀중한 보물이 될 것이라고 말해주지만, 부인은 토석일 뿐인 깨진 기와를 보잘 것 없다 생각하여

---

11) Anthony Gray Dworkin & Rosalind J. Dworkin, The Minority Report, CBS College Publishing, 1982, pp.15~19.

버리고 돌아오다가 꿈에서 깬다. 이는 부인이 겉모습에만 집착하여 내면의 진정성을 볼 줄 모르는 어리석은 인물임을 예견하게 한다. 만삭이되자 다시 꿈속에서 봤던 노승이 찾아와 깨진 기와를 부인에게 던진다. 그리고 한후룡이 탄생한다. 한생은 후룡이 태어난 것을 보고 기뻐하다가 이내 아들의 모습이 '양안이 희고 동ᄌ 분명치 아니'(1권 5쪽)함을 발견하고 실망한다. 그리고 '텬디를 보지 못ᄒ고 밍목 병신이'(1권 5쪽) 된 아들을 보며 자신의 신세를 한탄한다. 더욱이 점점 자라면서 '듸소변을 임의로 못보고 믜양 부모 닛그러 후정의 출입하'(1권 5쪽)는 아들을 보면서 쓸모없는 아들을 낳았다는 데에 괴로움을 견디지 못한다. 결국 '깨어진 기와'는 장애를 의미하는 것이었다.[12]

  이웃집에 임생이라는 자도 늦게야 남자 아이 허영을 낳았는데, 이 아이도 걷지 못하는 장애를 지니고 있다. '점점 자라나 능히 것지 못ᄒ고 긔여단니믹'(1권 7쪽) 임생 또한 허영을 '일무가취(一無可取)'라 여기며 탄식한다. 부모가 자신을 '일무가취'라 여기며 한탄하는 모습을 보는 자식의 심정은 어떠할까? 부모들은 장애를 가진 자식에게 직접적으로 구박하지는 않지만, 자식 앞에서 탄식하고 괴로워하는 모습을 보인다. 심지어 한생은 허영이 앉아서 곡식 지키는 일을 하는 것을 보자, '그 아히는 오히려 늬 집 아히보다 낫도다. 그 아히는 비록 안손병신이나 양안을 보믜 안ᄌ셔 가ᄉ를 보술필망졍'(1권 7~8쪽), '우리 아히는 쓸 곳이 전혀 업다.'(1권 8쪽)며 한탄한다. 후룡이 앞을 못 보는 대신 다른 어떤 일을 할 수 있을지 고민해 보지도 않고 그저 쓸데없다며 원망하는 것이

---

12) '기왜 씌어지문 그 병신을 표ᄒ미요. 희복시의 셔긔 신이ᄒ믄 비록 병신이나 늬두의
    반다시 귀히될지라'(1권 11쪽)

다. 반면 임생은 자기 자식이 그래도 곡식을 지킬 수 있다는 데에 전혀 기뻐하지 않고, 오로지 허영을 '일무가취'라 여기며 탄식한다. '쓸데없다'는 것은 가문의 장자로서 아무것도 할 수 없다는 것을 의미한다. 몸이 성치 않으니 결혼을 할 수도 없고, 그러면 가문의 대를 이을 수도 없으니 아무데도 소용이 없는 인간이 되는 것이다. 이러한 가족들의 태도는 후룡과 허영을 가문에서 배제하고 소외시킨다. 그리고 외로움과 절망감, 죄책감을 안겨주어 집을 나갈 수밖에 없게 한다.

후룡은 부모의 괴로움이 '병신'으로 태어난 자신에게서 비롯되었다고 생각한다. 그래서 자신과 같은 장애를 갖고 있는 이웃집의 허영을 찾아가 '출하리 이제로붓터 집을 써나 져지의 빌어먹어도 부모의 걱정은 덜허이니'(1권 8~9쪽) 같이 떠나자고 제안한다. 이에 허영도 허락하고 유리걸식하기로 결심한다. 부모가 한탄하는 모습을 보니 차라리 구걸하면서 다니는 편이 오히려 낫다고 판단한 것이다.

> 불초자 허영은 삼가 부모 젼의 빅비ᄒ고 상달ᄒ나이다. 불초직 견싱의 죄악이 즁ᄒ와 이졔 세상 말질의 병신이 되어 능히 것기를 임의로 못ᄒ여 지우금 십이셰의 부모의게 효양치 못ᄒ고 도로혀 괴로오믈 ᄭ치오니 불회 쳔하의 이 밧기 크미 없는지라. 이러므로 어린 소견의 부모의 근심을 덜미 도로혀 회될가ᄒ여 이제 건넌집 으히 후룡의 등의 업히여 힝걸노 ᄌ싱코ᄌ ᄒ여 지향업시 나가오니 복원 부모는 불효ᄌ를 하렴치 마르소셔 ᄒ엿더라.(1권 14~15쪽)

위의 지문은 허영이 후룡과 함께 떠나기 전 부모에게 쓴 편지이다. 허영이 떠나는 이유는 자신이 장애를 갖고 태어난 것과 그로 인해 부모에게 불효를 끼치고 있다는 데에 있다. 물론 부모들의 탄식에는 장애를 가진 자식에 대한 안타까움이 담겨있다고도 할 수 있다. 그러나 그보다 더 중요한 것은 '일무가취'인 자식에 대한 실망과 좌절의 마음이 더 크게 작용하고 있다는 데에 있다. 후룡이 떠난 후 "무지한 ᄌᆞ식을 병신이라 ᄒᆞ고 핍박ᄒᆞ여 닉쳐 범의 밥을 삼으니 엇지 텬앙을 면ᄒᆞ리오."(1권 16쪽) 하면서 자책하는 한생이나 후룡이 떠난다고 하자 내심 바랐다는 듯이 붙잡지도 않고 보내는 윤씨의 행동에서 그 속마음을 엿볼 수 있다.

이렇게 부모는 암묵적으로 장애를 갖고 태어난 자식에 대해 죄를 묻는다. 그리하여 자식이 가문에서 아무런 쓸데없다는 비관적 전망과 불효를 저질렀다는 죄책감을 갖게 한다. '가문'은 후룡과 허영을 자신의 집단에 들어오지 못하도록 해놓고서는 그들 스스로 유리걸식의 삶을 결정했다고 믿게 만든다. 이렇게 그들의 자발적 선택 이면에는 '효'라는 가치로 대변되는 집단적 이데올로기의 폭력성이 투영되어 있었다. 그리고 이렇게 만들어진 죄책감은 여행하는 내내 그들을 구속한다. 후룡과 허영은 구걸하여 밥을 먹을 때에도 "부모 ᄉᆞ랑치 아니시니 하믈며 다른 ᄉᆞᆷ이야 일너 무엇ᄒᆞ리요. 이졔 이 ᄉᆞ람의 밥을 두 번 먹으미 심치 올치 아닌지라"(1권 24쪽) 하면서 하루에 한 끼만 먹는다. 장애로 인해 부모에게 사랑받지 못한 상처가 고스란히 담겨있음을 알 수 있다.

이렇게 두 주인공에게 '집'은 장애에 대한 편견과 차별이 만연한 곳이었다. 부모는 장애를 안고 태어난 자식에 대해 슬퍼하면서도 한편으로는 아무데도 쓸모없는 자식이라 여겨 원망하고 사랑을 베풀지 않았다. 장애인은 비단 몸만이 아니라 아무것도 할 수 없는 무능력한 존재, 즉 부정적인 표상으로 바라보고 있는 것이다. 부모의 계속되는 탄식은 후룡과 허영에게 무언의 압박으로 작용된다. 후룡과 허영이 자처하여 떠난 것이지만, 실상은 '집'이라는 권력 앞에서 사회적 약자인 이들이 밖으로 내쳐질 수밖에 없었던 것이다. 후룡과 허영은 혈연으로 형성된 가족주의가 준 상처를 치유하고 자신의 절망과 외로움을 이해해줄 누군가가 필요했다. 더 이상 가족으로부터 어떠한 이해나 희망을 가질 수 없었던 이들은 같은 아픔을 공유한 친구를 새로운 동반자로 선택한다. 그리고 그들은 서로의 상처를 어루만지면서 자기정체성을 탐구하기 위한 여행을 시작한다.

2) 연대를 통한 치유

'연대'는 사회적 구성원의 단결(심), 공동목표나 이해관계의 구현 노력, 구성원 상호간의 우애와 헌신, 상호책무, 약자에 대한 배려, 공동의 적(敵)이나 억압구조 앞에서의 협조, 이상적 공동체의 원리 등의 의미로 매우 다양하게 사용된다.[13] 〈한후룡전〉에서도 가문 이데올로기로 인해 배제되고 억압받은 주인공들이 서로 상호간의 이해와 협력을 바탕으로 연대를 결성한다. 이 '연대'는 단순히 장애인인 사회적 약자들끼리의 결합 그 이상의 기능과 효과를 지니고 있다는 점이 주목된다.

앞이 안 보여 대소변도 혼자 해결할 수 없는 후룡과 걷지 못하는 허영이 어떻게 길을 떠날 수 있었을까? 가족들은 장애를 가진 자식이 집을 떠나자 범의 밥이 되어 죽었을 것이라 생각한다. 그러나 후룡과 허영은 보란 듯이 길을 떠난다. 이는 후룡이 허영을 업고, 허영이 앞을 인도했기 때문에 가능한 것이었다. 그들은 산이 험준하고 짐승이 많이 출몰하

---

13) 서유석, 「'연대'개념의 역사적 맥락과 현대적 의미」, 『시대와 철학』 21, 2010, 455쪽.

는 고개를 서로 의지하며 걸어간다. 완벽하게 걷지 못해 비틀비틀 거려도 서로 협력하여 쉬었다 떠나기를 반복하며 앞을 향해 나아간다.

고개를 서로 의지하여 건너가고 있는 중에 범이 나타나면서 그들은 큰 위기에 빠진다. 허영은 범이 나타나자 앉아서 죽기를 무릅쓰며 범의 꼬리를 잡는다. 그러나 앞이 안 보이는 후룡은 허영이 걷지 못하기에 도망가지 못하고 죽었을 것이라 생각하고 홀로 달아나다가 기절한다. 이러한 후룡을 발견한 마을 사람은 그를 데리고 와 극진히 간호해준다. 그리고 간신이 깨어난 후룡은 마을 사람을 이끌고 허영을 찾아 나선다. 범의 소리가 나는 곳으로 쫓아가 보니, 과연 범 하나가 나무 사이에 끼여 나가지 못하고 있었는데, 이는 허영이 범의 꼬리를 잡았기 때문이다. 마침 마을 사람들은 범이 마을에 자주 출몰하여 두려움에 휩싸여 있었던 터였다. 그런 와중에 허영이 범을 잡자 매우 고마워한다. 사람들은 후룡과 허영을 마을로 데려와 보살피며, 범을 잡은 사연을 관가에 고한다. 관가에서는 이를 치하하면서 후룡과 허영에게 은자 수십 관을 주지만, 이미 물욕에 관심이 없었기에 주저하지 않고 마을 사람들에게 은을 나눠준다. 이에 감동한 마을 사람들은 그 의기(意氣)를 사랑하여 그들에게 밥을 나눠준다.

이렇게 후룡과 허영은 범을 잡아 마을 사람들을 위험으로부터 구해내고 또 그 성과로 받은 은을 모두 나눠준다. 집에서는 부모들이 후룡과 허영을 쓸모없는 자식이라고만 생각하여 가둔 채 무기력하게 만들었지만, 이곳에서는 타인에게 도움을 주는 영향력 있는 사람이 되게 해주었다. 즉, 집은 비장애인과 더불어 원활하게 사회생활을 수행하고 싶은 후룡과 허영의 욕망을 꺾어버렸다면, 집 밖 세상은 이들이 차별을 극복하고 사회 속에 융화될 수 있는 가능성을 열어준 것이다. 이렇게 이들의 '연대'는 상호 협력을 통해 자신의 능력을 증명할 수 있는 기능을 한다.

특이한 점은 집 밖 세상이 장애인에 대해 더 냉혹할 것 같았지만, 오히려 그렇지 않았다는 것이다. 후룡과 허영은 여정을 통해서 많은 사람을 만나게 되는데, 그들은 후룡과 허영이 장애가 있다고 하여 먼저 편견을 갖고 거리를 두지는 않았다. 기절한 후룡을 간호해주었고 범에게 죽었을지도 모르는 허영을 기꺼이 후룡과 함께 찾아 나서 주었다. 이렇게 허영이 범을 잡아 앞 못 보는 후룡을 구해내고, 또 걷지 못하여 고개에 고립되어 있는 허영을 후룡이 찾았기에 이들은 무사히 고개를 넘고 다음 여정을 이어나갈 수 있게 되었다.

후룡과 허영은 다음 사건을 통해 연대와 협력을 더 확고하게 한다. 그들은 길을 가던 중 한 아름이나 되는 금을 발견한다. 후룡은 "나는 눈이 업셔 보지 못ᄒᆞᆽ고 형이 임의 보왓시니 형이 가지라."(1권 25쪽)고 하고, 허영은 "내 비록 눈이 이시나 형의 거름이 아니면 엇지 이곳에 니르러 금을 보리오."(1권 25쪽) 하면서 사양한다. 결국 후룡의 '눈'과 허영의 '걸음'이 합쳐져서 금을 발견할 수 있었음을 알 수 있다. 이들은 서로 금을 사양하다가 그냥 버리고 길을 떠난다. 그때 마침 도적들에게 재물을 다 빼앗기고 목숨만 부지한 채 울면서 앉아있는 상인을 발견하는데, 후룡과 허영은 아무런 미련 없이 금이 있는 장소를 상인에게 알려준다. 상인은 반신반의하면서도 그곳으로 찾아가 본다. 그런데 금이 있기는커녕 오히려 대망(大蟒)이 자신에게 달려들자 칼을 뽑아 내리치고 쏜살같이 달아나고 만다. 상인은 겨우 죽기를 면하고 다시 돌아와 "이 몹쓸 병신 ᄋᆞ히 나를 속이도다."(1권 28쪽) 하며 두 아이를 무수히 때리고 가버린다. 후룡은 이상하다 여기며 허영을 업고 다시 그곳으로 가본다.

그런데 놀랍게도 예전에 봤던 금이 두 조각이 난 상태로 놓여 있는 것이다. 이에 두 아이는 하늘이 주신 것이라 여기며 각각 나눠 가진다.

그들은 금을 가지고 다시 길을 떠난다. 이때 마침 화악산 천보사의 스님이 불상을 개금(改金)해야 하는데 금구하기가 힘들어지자 걱정하던 중이었다. 꿈속에서 "금호촌에 가면 두 병신 아히가 잇실거시니"(1권 31쪽) 가서 금을 구하라는 예언을 들은 스님은 그곳으로 가서 두 아이를 만난다. 스님이 절의 사정을 얘기하면서 시주하기를 요청하자 두 아이는 망설임 없이 그 금을 스님에게 준다.[14] 이렇게 후룡과 허영은 절로 가서 금을 시주하여 부처님께 축원한다. 이때 스님이 대시주를 누구로 할지 물어보자 이번에도 후룡은 "금을 보고 어든비니 져 수직 되시쥬되리라."(1권 35쪽) 하고, 허영도 "후룡의 힝뷔 아니면 엇지 금 잇는듸 니르러 금을 보리요."(1권 35쪽)라며 서로의 공을 칭찬하며 사양한다. 이에 스님이 허영을 대시주로 정하고 불전 앞에 나아가 축원사를 올린다.

> "축원을 밧고 지를 파흐듸 물너와 반스의 도라왓더니 츳야를 즈고 나니 믄득 허영은 다리 써러져 힝보를 능히흐고 후룡은 양안이 쓰이여 완젼흔 스람이 되엿는지라. 양인이 긔이히 넉여 다시 불젼의 ᄂᆞᄋᆞ가 스례흐고 둘이 의논흐듸, 우리 병신 되어 남의게 쳔듸를 밧고 부모의게 불효를 씨쳐 인즈지되 일분도 업더니 이졔 텬힝으로 불영신우흐시믈 입어 일시의 악병을 덜고 완인이 되어 능히 힝보를 임의로 조히흐며 능히 텬디만물을 보니 엇지 깃부지 아니며 또 엇지 긔걸 츠싱흐리요. 남즈 셰상의 쳐흐며 입신양명흐여 반농부봉흐며 츌상입상흐고 화협인각흐여 일홈을 쥭빅의 들이오미 장부의 쾌시라. 엇지 즐겁지 아니리요. 흐고 인흐여 그 졀의 쳐

---

[14] "우리 져 금은 쓸듸없스니 부쳐긔 드리고 ……"(1권 33쪽)

ᄒ여 학업을 힘쓸시 쥬야로 글을 읽어 비곱푸면 송엽을 먹고 치우면 괴를 안아 어한(禦寒)ᄒ며 기름이 업스면 반듸불을 모화 닑기를 힘써 고셔를 아니아니본거시 업더니……"(1권 38~39쪽)

시주를 하고 돌아와 하루 밤을 자고 일어났더니, 놀랍게도 허영은 두 다리가 떨어져 걸을 수 있게 되고, 후룡은 양안이 떠져 천지를 볼 수 있게 된다. 이제 장애에서 벗어나 완인이 된 것이다. 완인이 된 그들은 장애 때문에 남에게 천대받았던 일들, 부모에게 짐이 되어 불효를 저질렀던 일들을 회한한다. 그리고 장애 때문에 할 수 없었던 것, 바로 입신양명하고 출장입상하여 가문을 일으켜 부모에게 효도를 다할 수 있게 되었다는 것에 기뻐한다. 후룡과 허영은 그날로부터 학업에 힘쓰며 입신양명할 날만을 기다린다.

이렇게 연대는 비장애인으로부터 받은 편견과 차별로 인해 받은 고통과 상처를 치유해주는 기능을 한다. 즉, 후룡과 허영이 연대를 통해 서로의 육체적인 상처를 이해하고 감쌌기 때문에 새로운 여정을 이어나갈 수 있었고 자기 정체성을 탐구할 수 있었던 것이다. 이해를 통한 상처의 치유가 신뢰와 우정으로 이어져 연대를 형성하는 원동력이 되었다. 후룡과 허영이 신체적인 결함을 극복할 수 있었던 것은 바로 둘의 합심, 즉 '연대'가 이루어낸 결과라 할 수 있다. 후룡과 허영이 신체적 결함을 극복할 수 있을 때까지의 세상은 "병신 즁 말질이 되어…… 셰상이 모다 금슈만도 못녁여 안ᄒ의 업슈히 넉이고 부뫼 쪼흔 쓸듸업슨 ᄌ식으로 알아 괴로오믈 견듸지 못ᄒ여……"처럼 장애를 가진 이들에게 냉정하고 차가운 곳이었다. 이렇게 편견이 가득한 세상에서 이들의 연대가 본인의 능력을 증명하는 것뿐만 아니라 타인에게까지 영향

을 미친 것을 미루어본다면, 같은 아픔과 상처를 가진 사람들의 연대가
얼마나 강력한 힘을 발휘할 수 있는지 알 수 있다.

3) 연대를 통한 발전과 화합

후룡과 허영의 연대는 비장애인의 세계에서 이탈하거나 혹은 비장애
인처럼 되기 위해서 신체적인 결함을 극복하는 데 있는 것이 아니라,
사회 속에서 자기 자신을 긍정하고 증명하며 그 공간 속에서 모두와
소통하기 위함이다. 즉, 사회에 자신도 하나의 일원이라는 것을 증명하
는 것이다.[15] 그렇기 때문에 이들의 연대는 공동체적 삶으로의 귀환을
모색한다. 여기서 귀환은 기존의 체제로 다시 편입한다는 것이 아니라,
현존하는 체제를 새롭게 재편한다는 것을 말한다.

영웅소설을 규정하는 가장 강력한 규범은 아마도 전형적인 인물양상
에 있을 것이다. 일반적으로 주인공 영웅은 훌륭한 가문의 늙은 부부에
게서 태몽을 통해 알게 되는 신이한 혈통을 갖고 태어나는데, 대체로
천상적인 존재가 적강한 경우가 많다. 영웅은 현실에서 고난을 당하지
만 초월적인 능력을 발휘하거나 도사의 도움으로 적대자를 물리치거나
전쟁에서의 활약을 통해 난관을 극복하고 승리한다.[16] 후룡과 허영도
영웅소설의 전형적인 인물의 모습을 따르고 있다. 천상의 존재로 죄를

---

15) "스스로 해방된다는 것은 이탈을 감행하는 것이 아니라, 공통 세계를 함께 나누는 자로서
    자신을 긍정하는 것, 비록 겉모습은 그와 반대되기는 하지만 우리가 상대와 동일한 게임을
    할 수 있다는 것을 전제하는 것이다." (자크 랑시에르 지음, 양창렬 옮김, 『정치적인 것의
    가장자리에서』, 길, 2008, 113~114쪽)
16) 조동일·서대석, 『한국문학강의』, 길벗, 1994; 이상택, 『한국 고전소설의 세계』, 돌배개,
    2005년 참조.

짓고 적강하였고, 현실에서 숱한 고난을 당하지만 결국엔 능력을 인정
받고 영웅이 된다. 그러나 〈한후룡전〉에서 독특한 점은, 영웅이 한 명
이 아니라 두 명이라는 것이다. 이들은 천상에서 적강할 때에도, 고난
을 당하고 극복할 때에도, 도적을 물리칠 때에도 '함께'한다.

　장애를 극복하게 된 후룡과 허영은 이제 더 이상 신체적인 특징 때문
에 차별을 받지 않게 된다. 그러나 각자가 처했던 공간으로 다시 돌아
가지도 않는다. 왜냐하면 이들의 목표는 신체적 결함을 극복하는 데에
있지 않았기 때문이다. 이들은 가장 외롭고 절망스런 상황에서 만나 서
로 의지하며 고난을 극복했기 때문에 누구보다 연대의 힘을 인식하고
있었고 이를 바탕으로 새로운 공동체적 삶을 모색했다. 그래서 신체적
인 결함을 극복한 후에도 '함께하는 삶'을 계속 이어간다.

　후룡과 허영은 한 집안의 동서지간이 되어 새로운 가족을 구성한다.
후룡과 허영이 절에서 과거에 급제하기 위해 열심히 학업에 매진하고
있을 때, 한 종이 찾아와 뉴필의 집으로 인도한다. 뉴필은 자신이 "본
디, 이곳의 은거ᄒ여 남의 직물을 탈취ᄒ기로 일ᄉ더니……"(1권 43쪽)
라 하며 도적임을 밝힌다. 그리고 두 딸의 사위가 되어 달라고 청한다.
이에 후룡과 허영은 마지 못하여 결혼을 승낙하지만, 이내 만고절색의
두 신부를 보고 기뻐한다. 그 후로부터 후룡과 허영은 동서지간이 된
다. 우정으로 시작된 관계가 친족으로 발전된 것이다. 뉴필의 딸들과의
혼인은 이렇게 후룡과 허영을 떼려야 뗄 수 없는 더욱 친밀한 관계로
만들었다.

　장인인 뉴필은 두 사위가 학업에 전념할 수 있도록 서책 등을 구해다
주는 등 물신양면으로 도움을 준다. 게다가 두 사위에게 자신이 글을
배우지 않아 무식함을 고백하며 글을 가르쳐달라고 요청한다. 이에 후

룡과 허영은 기꺼이 장인 뉴필에게 글을 가르친다. 이렇게 장인과 사위 사이에는 권력이나 부로 인한 위계나 갈등을 찾아볼 수 없다. 대개 영웅소설에서 주인공은 명분을 중요시하기 때문에 이를 위배하는 장인을 용납하지 못하지만 〈한후룡전〉에서는 비록 도적이라 할지라도 진정성이 있고 또 개과(改過)할 수 있는 인물이라면 긍정적으로 받아들인다. 이는 주인공뿐만 아니라 황제도 마찬가지다. 훗날 뉴필이 군사를 조련하여 반란을 꾀하다가 패하여 황실에 잡혀 왔을 때에도 황제는 뉴필이 개과하자 오히려 대제학이라는 관직을 제수한다.

  아무리 완인이 되었다 할지라도 후룡과 허영의 행색은 초라하기 짝이 없었다. 집도 없이 절에 의지하여 있을 뿐만 아니라, "글을 읽어 비곱푸면 송엽을 먹고 치우면 괴를 안아 어한ᄒ며 기름이 업스면 반딧불을 모화 닑기를 힘써……"(1권 39쪽) 간신히 목숨을 유지하며 학업에 힘쓸 뿐이었다. 뉴필은 이렇게 초라한 후룡과 허영을 한 눈에 그 사람됨을 알아차리고 사위로 삼았으며, 물신양면으로 그들이 학업에 정진할 수 있도록 도와주었다. 비록 완인이 되었지만 경제적으로 자립할 수 없어 절에 붙어살아야 하는 후룡과 허영이나 도적이라 하여 멸시와 조롱을 받고 산에 숨어 살아야 하는 장인 뉴필이나 그의 딸들이나 모두 지배집단에서 배제된 권력의 열세에 놓인 사회적 약자들이라 할 수 있다. 이들이 새롭게 만든 '가족'이란 공동체에는 편견이나 차별이 존재하지 않는다. 오히려 서로의 부정적인 모습까지도 포용하며 응원하고 지지한다. 혈연 공동체는 정상/비정상, 주체/타자를 명확하게 구분하였다면, 비혈연으로 이루어진 공동체는 오히려 그러한 경계를 무너트리며 평등하고 안정되며 연결감이 느껴지는 공간으로 작용한다.

  안정되고 평화로웠던 새로운 공동체에서의 삶은 후룡과 허영이 동시에 꿈을 꾸게 되면서 해체된다. 꿈속에서 후룡과 허영은 한 선관이 주는 대초와 배 같은 것을 먹고 전생의 일들을 기억해낸다. 후룡은 천상에서 문서를 잘못 쓴 죄로 인하여 진세에 내쳐져 맹목 폐인이 되었고 허영은 구름타고 사해로 도망가 돌아오지를 않아서 마찬가지로 진세에 내쳐져 앉은뱅이가 되었다.17)(2권 54쪽) 옥황상제는 후룡과 허영이 금을 부처님께 시주한 점을 인정하여 이들의 죄를 모두 용서해 준다. 그러나 후룡과 허영은 진세에 돌아가기를 희망한다. 아직 그들이 지향하는 공동체 구축이 완성되지 않았기 때문이다. 이들은 간신들을 축출하여 혼란과 위선에 빠진 명실을 진정시켜 새로운 세상을 열어야 하고, 흩어진 가족들도 모아서 새로운 가족을 결성해야 한다. 여기서 흥미로운 점은 후룡과 허영이 죽었다가 혼이 되돌아와 다시 살아난다는 것이다. 후룡과 허영이 천상에 갔을 때, 둘의 육신은 죽은 상태였다. 이에 장인 뉴필과 후룡과 허영의 부인들은 통곡하면서 장례를 치렀다. 이런 와중에 다시 진간으로 내려온 후룡과 허영은 무덤 안에서 눈을 뜬다. '부활'이라는 것은 쇠퇴한 것에 다시 생명을 불어넣는 것이다. 새로 태어난 후룡과 허영은 새로운 세상을 만들 준비를 한다.

그 첫 번째는 입신양명하며 자신을 증명하는 것이다. 후룡과 허영은 과거에 응시하여 황제로부터 "진평의 관옥과 두목지의 풍치를 겸ᄒᆞ엿는지라."(2권 2쪽)라는 칭찬을 받으며 장원에 뽑힌다. 그리고 좌승지, 우승지의 관직을 부여받았다. 관직에 오른 후룡과 허영은 부모님이 있는 고향으로 금의환향한다. 이때 각각의 부모들은 후룡과 허영이 범의 밥

---

17) "후룡은 문서 그릇닥근 죄로 폐ᄒᆞ여 진세의 니쳐 밍목폐인이 되게 ᄒᆞ고 허영은 구름타고 ᄉᆞ희로 도망ᄒᆞ여 도라올 줄을 모르미 안손병신이 되게 ᄒᆞ엿더니……"(2권 53쪽, 54쪽)

이 된 줄 알고 슬퍼하고 있던 터였다. 한생은 "어떤 션비 금방의 참녜하엿관□ 져리 호화로이 도라오는고"(2권 17쪽) 하면서 벽제소리와 풍류소리가 들리는 곳으로 향한다. 이때 후룡이 "폐밍병신으로 기걸ㅎ여 나가던 불초ㅈ 후룡이로소이다"(2권 18쪽) 하면서 한생에게 인사한다. 한생은 이 일이 꿈인지 생시인지 몰라 "닉 너를 병신이라 ㅎ여 도로의 기걸ㅎ게 ㅎ엿더니 이졔 도로혀 병을 덜고 오늘늘 일신의 영화를 씌여 금의로 고향을 ㅊㅈ오니 엇지 기쁘지 아니리오"(2권 19쪽) 하면서 눈물을 흘린다. 허영도 집으로 돌아가니 부모가 놀라면서 "우리 부쳬 너를 병신이라 ㅎ고 핍박ㅎ여 도로의 힝걸ㅎ게ㅎ니 엇지 부ㅈ의 졍니리오" 하면서 미안해한다. 후룡과 허영은 경성에 화려한 집을 마련해 부모님을 모신다. 게다가 높은 관직을 제수받으면서 가문을 날로 번성하게 한다.

두 번째는 영웅성을 발휘해 혼란한 명실을 회복시키며 새로운 세상을 여는 것이다. 장인 뉴필이 군사를 조발하여 호서를 치고 화악 산성에 주둔하자, 황제는 후룡과 허영을 대도독과 부도독으로 임명하여 적진으로 보낸다. 이에 둘이 한가지로 행군하여 나아가 싸워서 불과 수합만에 적진을 초토화시키고 적장을 생금하여 돌아온다. 대적들을 다 잡고 각 처의 군현을 다 평정하면서 나라의 안정을 도모한다. 뿐만 아니라 간신 이열창에게 사로잡혀 시비를 판단하지 못하는 황제를 깨우친다. 권력에 의해 좌지우지 되는 황실을 바로잡으며 정직하고 능력 있는 사람이 인정받을 수 있는 세상을 연다.

세 번째는 흩어진 가족을 모아 새로운 공동체를 형성하는 것이다. 장인 뉴필이 잡혔을 때, 후룡과 허영은 부인과 재회한다. 이때 부인에게 장인 뉴필을 구한 다음 데리러 오겠다고 약속한다. 경성에 돌아온 후룡과 허영은 간신 이열창으로 인해 위기에 빠지지만 황제의 꿈에 나타난

한 선관의 도움으로 벗어난다.18) 황제는 사죄의 마음으로 후룡을 좌승
상으로, 허영을 우승상으로 봉할 뿐만 아니라 역적인 뉴필의 죄도 사하
여 대제학이라는 관직을 부여한다. 그 밖에 부모, 아내, 동생들도 높은
직봉을 받으면서 한데 모이게 된다. 이미 패서에서 부모님을 경성으로
모셔온 데다가 장인 뉴필과 아내들을 데리고 오면서 흩어진 가족들을
합쳐 화합시킨다.

후룡과 허영이 과거에 급제하고 반란군을 평정하고 높은 관직을 부
여받아 가문을 일으킬 수 있었던 것은 서로 연대했기 때문이다. 그러나
그 연대는 둘의 관계에서 머물지 않는다. 이들의 연대는 비장애인과의
화합으로 확장된다. 서로의 연대가 장애를 극복하는 데에서 끝나는 것
이 아니라 새로운 가족을 만들고 기존의 가족과 통합하여 가문을 회복
하고 번성하는 데에까지 나아가는 것이다. 신체적 결함을 극복하고 입
신양명한 후에 후룡과 허영은 집으로 금의환향한다. 지배집단이 원하
는 자격조건을 완성한 후에야 돌아갈 수 있었지만 그렇다고 그 체제에
순응하지도 않는다. 그들의 귀환은 가족들에게 반성의 계기를 제공하
며, 용서와 포용을 통해 편견으로 가득 찼던 그들의 마음 또한 치유해
준다. 이렇게 후룡과 허영은 여정을 통해서 만났던 가족들을 기존의 가
족과 합치면서 새로운 가족을 만들어냈다. 도적이었던 장인과 아내를
가족 성원으로 받아들이면서 편견과 차별로 가득했던 공간을 이해와

---

18) 간신 이열창은 황제에게 후룡과 허영이 역적 뉴필의 사위가 되어 대역을 모반하고 거짓
으로 뉴필을 생금하여 경성으로 와서 대위를 도모한다고 참소한다. 이이 말에 현혹된
황제는 후룡과 허영을 잡아 죽이라 명한다. 이때 황제의 꿈에 한 선관이 내려와 "폐히
엇지 이러툿 혼암ᄒᆞᄉ 간젹의 참소를 신쳥ᄒᆞ여 하늘이 닉신 츙냥을 죽이려 ᄒᆞ시나니잇
고"(2권 49쪽)라 충고하자, 황제는 이에 자신이 혼암불명했음을 깨닫고 후룡과 허영에게
사죄한다.

소통이 가능한 공간으로 변화시킨 것이다. 이렇게 후룡과 허영의 연대는 두 주인공의 발전을 넘어 주변 인물들의 변화와 화합에까지 관여하여 새로운 공동체를 만드는 데까지 나아간다는 점에서 의미가 있다.

3. 장애인 간 대안가족 형성의 소설사적 의미

소수자 중에서도 장애인에 대한 편견이 심한 이유는 바로 신체적 결함으로 인해 식별이 가능하기 때문이다. 즉, 다수자와 비교하여 그 '차이'가 가장 심하게 드러나는 것이다. 장애는 한 개인에게 어쩔 수 없는 불가항력적인 이유임에도 불구하고 신체적인 식별 가능성 때문에 차별받고 배척된다. 〈한후룡전〉에서 후룡과 허영도 '전생의 죄' 때문에 본인의 의지와는 상관없이 장애를 갖고 태어나게 되고, 그 장애 때문에 고난을 당한다. 여기에는 장애를 '죄악'과 연결시키는 부정적인 시각이 고스란히 담겨있다. 따라서 작가는 신체적 장애, 특히 선척적인 장애는 불가항력적인 것이지만 그럼에도 불구하고 그 장애 때문에 장애인들이 현실에서 차별받고 있음을 〈한후룡전〉을 통해서 보여준다.

흔히 과거의 장애인은 오늘날에 비해 매우 힘들게 살았을 것으로 생각하지만, 장애인과 비장애인을 구분지어 특별히 장애인을 차별하기 시작한 것은 오히려 근·현대에 이르러서이다. 과거의 장애인은 비록 과학 기술이 발달하지 못해 몸은 좀 불편했을지라도, 장애에 대한 편견은 훨씬 덜하여 사회에서 비교적 자유롭게 살아갔다. 일반 사람들과 스스럼없이 장난치고 여행을 다녔으며, 심지어 살인사건이나 간통사건을 일으키기도 하였다. 더 나아가 살아가는 데 불편한 것이 있으면, 함께

모여 임금께 나아가 상소하는 집단행동을 벌이기도 했다.19)

> 면(面)에서 가르치는 데는, 그중 뜻이 높고 재주가 많은 자는 위로 올려
> 조정에서 쓰도록 하고, 자질이 둔하고 용렬한 자는 아래로 돌려 민간에서
> 쓰도록 하며, 그중 생각을 잘하고 솜씨가 재빠른 자는 공업(工業)으로 돌
> 리고, …… 심지어 벙어리와 귀머거리·앉은뱅이까지 모두 일자리를 갖도
> 록 해야 한다. 그리고 놀면서 입고 먹으며 일하지 않는 자는 나라에서 벌
> 주고 향당에서도 버려야 한다. (홍대용, 『담헌서』 내집 4권, 보유(補遺),
> 임하경륜)20)

이 글은 홍대용의 〈담헌서〉에 나오는 것으로 조선시대 장애인도 장
애인이라 할지라도 저마다 자신이 할 수 있는 일을 하며 자립적으로
살았음을 보여준다. 더욱이 장애인과 비장애인이 한데 어울려 살아가
고 있었음을 알 수 있다. 뿐만 아니라, "잔질. 독질로 인해 더욱 의탁할
곳이 없는 자와 맹인을 위해서 이미 '명통시'도 설립하였고, 농아와 건
벽 등의 무리는 한성부로 하여금 널리 보수할 바를 찾고,(『세조실록』 9
권, 세조 3년 9월 16일.)"21) 등 장애인을 위한 복지정책도 비교적 잘 되어
있었다.

그러나 현실과 달리 〈한후룡전〉에서는 장애인의 대한 편견과 차별의
양상이 비교적 자세히 서술되고 있다. 장애인에 대한 시선은 '집'과 '집
밖'의 세상으로 나뉘어 나타난다. '집'에서는 후룡과 허영을 '병신', '몹

---

19) 정창권, 『역사 속 장애인은 어떻게 살았을까』, 글항아리, 2011, 32쪽.
20) 정창권, 위의 책, 109쪽 재인용
21) 정창권, 앞의 책, 166쪽 재인용.

쓸 병신', '말질의 병신', '폐밍 병신' 등으로 부르며 혐오스런 타자로 구분지어 가족 공동체에서 배제시켰다. 물론 민간에서도 장애인을 '병신'이라 지칭하기는 했지만, 〈한후룡전〉에서는 심할 정도로 유독 '병신'이라는 용어를 빈번하게 사용하고 있다.[22] 후룡이 부모가 자신을 '병신'이라 부르며 사랑해주지 않았다고 서운함을 토로하는 데에서 보면, '병신'이라는 지칭 안에 비하와 조롱과 차별의 의미가 숨어 있었음을 알 수 있다.

> 장님의 눈은 보는 데엔 쓸 수 없고 벙어리는 말하는 데엔 쓸 수 없으며, 귀머거리는 듣는 데엔 쓸 수 없고, 어리석은 자는 일을 모의하는 데엔 쓸 수 없다. 그러나 장님이라도 듣는 데엔 쓸 수 있고, 귀머거리라도 보는 데엔 쓸 수 있으며, 벙어리라도 말할 필요가 없는 데엔 쓸 수 있고, 어리석은 자라도 한 가지 전문 분야에는 쓸 수 있다. (최한기, 『인정(人政)』, 제25권, 용인문)[23]

위의 예문은 장애를 가졌다고 해도 세상에 버릴 사람은 아무도 없다는 것을 말해준다. 후룡은 비록 앞을 보지는 못했지만 두 발로 걸을 수 있었고, 허영은 비록 걷지는 못했지만 앞을 내다보는 눈이 있었다. 특히나 그들은 타인과 함께 상생하는 법을 알고 있었다. 그럼에도 불구하고 가족들은 그들이 장애를 가졌다고 하여 '병신'으로만 여기고 아무것

---

22) "병신이라는 단어는 몸을 중심으로 정상/비정상, 주체/타자, 우/열, 강/약, 有視/無視, 同化/異化를 뚜렷이 구분하는 성향이 있다. 이 점에서 이 단어는 이미 그 자체 내에 어떤 시선을 개입시키고 있다고 말할 수 있다. 그것은한 마디로 말해 차별과 배제의 시선이다. 이 때문에 이 단어에는 폭력성이 내재된다." (박희병, 「'병신'에의 視線-前近代 텍스트에서의」, 『고전문학연구』 24, 2003, 311~312쪽)

23) 정창권, 앞의 책, 108쪽 재인용.

도 할 수 없게 만들었다. '병신'이기 때문에 아무 쓸데없고 그래서 가문
에 짐만 되기 때문에 내심 없어졌으면 하고 바랐던 것이다. 그러나 가
족들의 불신과는 달리, 후룡과 허영은 여정을 통해서 자신의 능력을 발
휘한다. 범을 잡아 어느 한 마을의 근심을 덜어주었으며, 금을 발견하
여 필요한 사람들에게 나눠주어 타인에게 긍정적인 영향을 미쳤다. 집
밖 세상은 이렇게 자신들이 쓸모 있는 인간이라는 것, 즉 정체성을 확
인할 수 있게 해주는 공간이었다. 즉, '집'은 지배적인 이념이 작동하여
'다름'에 대해 부정적으로 인식되는 공간이었다면 '집 밖' 세상은 '다름'
에 대해 좀 더 포용적인 공간이었음을 알 수 있다.

〈한후룡전〉은 차별과 편견으로부터 받은 상처를 치유하는 방법으로
'장애인 간의 연대'를 제시했다. 사회적 약자라 할지라도 서로 힘을 합
한다면 이 냉혹한 현실도 극복할 수 있다는 것을 동병상련의 '연대'를
통해서 보여준다. 이미 후룡과 허영은 가문에 의해 내쳐지면서 권력을
가진 지배집단과의 연대 불가능성을 확인했다. 상처를 가지고 있는 사
람이 타인에게서 고립되는 이유는 마음 깊은 곳에 '그렇게 된 것은 내
잘못이었다.'라고 자책하는 믿음이 자리 잡고 있기 때문이다. 후룡과
허영도 본인의 잘못과는 상관없이 장애를 갖게 되었음에도 불구하고
이 모든 가정의 불화가 자신 때문이라고 자책했다. 이러한 상처를 안고
있는 사람에게 중요한 것은 누군가가 자신의 마음을 이해해 주는 것이
다. '네만 그런 것이 아니라, 나도 그렇다'라는 상처의 공유와 이해가
필요하다. 후룡이 직접 이웃집의 허영을 찾아간 것도, 바로 동병상련의
친구를 만나 아픔을 이해받고 싶은 욕구에서 비롯된 것이라 할 수 있다.

상처의 공유와 이해를 바탕으로 한 연대의 중요성은 판소리계 소설
〈심청전〉을 통해서도 알 수 있다. 알다시피 심청이의 아버지 심학규도

앞이 안 보이는 맹인이다. 심청이가 자신을 위해 인당수에 몸을 던져 죽은 후 남경상인은 딸을 데려가는 대가로 심봉사에게 재물을 준다. 심청이가 죽은 후 자신을 보필해줄 수 있는 사람이 절실하게 필요할 때, 심봉사 앞에 뺑덕어미가 나타난다. 뺑덕어미는 심봉사의 아픔을 이해하고 위로해줄 마음이 전혀 없다. 오로지 앞 못 보는 심봉사를 속여 재물을 빼앗고 이용할 생각뿐이다. 그리하여 뺑덕어미는 심봉사의 가산을 탕진하고 결국에 버림으로써 심봉사가 극도의 한계 상황에 처하게 한다.

그러나 심봉사는 뺑덕어미에게 재산을 탕진하고 옷가지마저 빼앗긴 끝에 안씨맹인을 만나게 되면서 안정감을 갖게 된다. 안씨맹인은 생명 부지 낯선 땅을 더듬거리며 가는 심봉사를 도와주고 자기 집으로 인도한다. 안씨맹인도 호칭 그대로 심봉사와 같이 앞이 안 보이는 장애를 가지고 있다. 그러나 같은 맹인이면서도 삶의 방식에 있어서는 현저한 차이가 있다. 심봉사가 구걸하면서 타인에게 삶을 의지한다면, 안씨맹인은 남의 점을 쳐주면서 독립적으로 생계를 꾸려나가는 것이다. 장애를 가지고 있다 할지라도 자신이 할 수 있는 일을 하며 자립적으로 살았던 조선시대 장애인의 모습을 안씨맹인을 통해서 볼 수 있다. 안씨맹인은 심봉사가 겉모습은 초라하지만 좋은 사람이라는 것을 짐작하고 남편으로 받아들인다. 그리고 심봉사가 심청이를 만날 수 있도록 적극적으로 도와준다. 이렇게 이들이 부부가 될 수 있었던 데에는 동병상련의 아픔을 서로 공유하고 이해했기 때문에 가능한 것이었다. 같은 처지의 사람들이 자신의 아픔을 치유하는 데에 연대가 큰 힘을 발휘했음을 알 수 있다.

4. 장애인 간 대안가족 형성에 대한 문학 치료적 효과

〈한후룡전〉은 문학치료적 관점에서 보더라도 의미가 있는 작품이다. 결함을 가진 주인공이 또 다른 동병상련의 주인공을 만나 상처를 극복하고 협력을 통해서 만들어가는 상생의 서사는 장애인과 같은 권력의 열세에 있는 소수자들에게 희망과 용기의 메시지를 주어 자기서사를 건강하게 변화시킬 수 있도록 하기 때문이다. 〈한후룡전〉의 문학치료적 측면은 다음과 같다.

첫째는 연대의 서사를 통해 공동체 안에서 상생할 수 있는 가능성을 장애인 독자에게 제공한다는 것이다. 장애인이나 비장애인들은 장애란 극복되어야 할 무엇으로 본다. 그러나 장애는 극복되어야 할 부정의 대상이 아니다. 병은 치료나 죽음에 의해 종료되는 일시적인 것이지만, 장애는 지속되는 것이기 때문이다.[24] 그렇기 때문에 장애인이라는 낙인이 부끄럽다고 해서 장애인 스스로가 자신의 장애를 떼어낼 수는 없는 일이다. 공동체 안에서 자신의 장애를 인정하고 긍정할 수 있어야 한다. 그렇게 하기 위해서는 장애인 간의 연대가 필요하다. 장애인 간의 연대 서사는 장애인의 아픔과 고통을 공감하고 위로해주며, 자신을 긍정하고 새로운 삶을 개척할 수 있는 힘을 제공한다. 그리고 더 나아가 비장애인과 더불어 살아가는 서사는 독자에게 공동체 안에서 서로 상생할 수 있는 방법을 제공한다. 즉, 〈한후룡전〉을 통해 장애인 독자는 현실을 파악하고 대처할 수 있는 서사를 보충할 수 있는 것이다.

둘째는 선행에 대한 보상의 서사는 장애인 독자에게 위안을 준다는

---

24) 베네딕테 잉스타·수잔 레이놀스 휘테 엮음(김도현 옮김), 『우리가 아는 장애는 없다, 장애에 대한 문화인류학적 접근』, 그린비, 2011. 13쪽.

것이다. 문학작품의 서사가 환자의 서사와 일치도가 높으면 환자는 그 작품에 공감하기는 쉬우나 환자의 서사를 개선할 여지는 오히려 줄어든다.[25] 원칙적으로 장애인은 치료될 수 없다. 재활을 할 수 있지만 말이다. 〈한후룡전〉에서 주인공도 장애를 인정하고 비슷한 장애를 가진 동반자와 삶의 여정을 함께 할 뿐, 장애를 극복하려고 애쓰지 않는다. 그러나 작가는 주어진 현실을 성실하게 살아가는 이들에게 환상적인 방법을 동원하여 신체적 결함을 극복할 수 있게 해준다.[26] 이러한 서사는 장애인에 대한 차별과 억압의 시선에 지친 독자에게 위안과 위로를 준다. 그리하여 부정적인 자기 서사를 건강하고 긍정적으로 변화할 수 있게 한다. 신체적 결함의 극복은 그 자체에 의미가 있다기보다는 상처에 대한 위안과 타인에게 베푼 선행에 대한 보상을 상징적으로 보여주기 위한 것이라 해석할 수 있다.

셋째는 다시쓰기를 통해 건강한 서사를 완성할 수 있게 한다는 것이다. 주지하다시피 고전소설 자체가 구전 서사의 수용을 통해서 형성되는 것이지만, 그럼에도 불구하고 〈한후룡전〉이 주목되는 것은 장애인 등장 야담을 수용하여 장애인의 문제를 확장하고 있다는 것이다. 특히, 그동안 장애인을 주인공으로 한 고전소설이 드물었던 바, 왜 작가가 장애인에 착인하여 〈한후룡전〉을 창작했는지 다시쓰기를 통해 유추해볼

---

25) 정운채, 앞의 논문, 161쪽.
26) 박일용은 영웅소설이 주인공의 하층 체험과 상층적 대결구조 사이의 거리가 비현실적으로 멀며, 갈등의 귀결 형태가 환상적인 형태로 제시되는 것은, 강화되어 가는 현실적 모순의 의미를 구체적으로 파악하여 그것을 극복할 수 있는 전망 및 세계관을 소설적 형상화 형태로 창출하지 못하기 때문에, 체제 내적 환상을 통해 현실의 고통을 보상받으려는 소설 향유층의 통속적 보상 심리를 반영한 것으로 해석할 수 있다고 하였다. (박일용, 「〈유충렬전〉의 서사구조와 소설사적 의미 재론」, 『영웅소설의 소설사적 변주』, 월인, 2003, 297쪽.)

필요가 있다. 〈한후룡전〉은 호환과 금줍기 이야기 등 야담을 수용하여 창작하였다. 사람들에게 구박받던 식충이가 우연히 나무에 낀 호랑이를 잡고 천하장사로 인정받아 부를 얻어 결혼을 하게 되었다는 류의 이야기와 앞 못 보는 지성이와 앉은뱅이 감천이가 길을 가다 우연히 금을 발견하고 주운 이후로 금으로 인한 갈등으로 양분됨이 없이 두 사람이 마음을 합쳐 사건을 해결해 나가는 류의 이야기를 수용하였다.[27] 작가는 이 부분을 후룡과 허영의 여정 부분에 사용하여 이들이 자신을 증명하고 발전할 수 있게 하였다. 그리고 후룡과 허영의 탄생과 가문 안에서의 삶, 영웅적인 행적은 새롭게 창작하고 있다. 기존의 야담 수용과 함께 가문의 이야기를 새롭게 설정한 것을 보면 그만큼 작가가 가부장제 이데올로기 안에서 장애인에 대한 차별과 억압의 시선을 고발하고 싶었기 때문으로 여겨진다. 그러나 작가는 여기에 머물지 않고 영웅소설의 관습을 적용하여 장애인들도 장애를 딛고 사회 구성원으로 살아갈 수 있는 서사를 제공한다. 장애를 가진 두 주인공이 집 안보다 집 밖의 행적을 통해 자아정체성을 확립하는 데에는 바로 이러한 서사의 영향이 있었기 때문에 가능했다. 이렇게 작가는 다시쓰기를 통해 장애인이 처한 현실에 대한 불만을 표출하여 공감을 이끌어내고, 야담과 영웅소설의 관습을 이용하여 장애인이 자아정체성을 확인하며 건강하고 긍정적인 서사를 만들어낼 수 있도록 한다.

〈한후룡전〉은 두 장애인을 주인공으로 하여 장애에 대한 편견을 문제 삼고 소수자들의 연대 가능성을 제시하여 독자에게 공감과 기대를 제공하며, 주인공의 고난과 선행에 대한 환상적 해결을 통해 독자에게 위안

---

27) 김미리, 앞의 논문, 38~49쪽.

과 희망을 제시하고, 다시쓰기를 통해 건강한 서사를 완성할 수 있게
한다는 점에서 문학치료 서사로도 가치가 있는 작품이라 할 수 있다.

참고문헌

아들은 그렇게 폭력적인 아버지가 되었다, 〈유효공선행록〉의 부자   p.31

김기동 편, 『필사본고소설전집』 15권, 16권, 아세아문화사, 1980.

강우규, 「〈유효공선행록〉 계후 갈등의 서술 전략과 의미」, 『어문논집』 57, 중앙어문
    학회, 2014.
김문희, 「〈유효공선행록〉의 인물에 대한 공감과 거리화의 독서심리」, 『어문연구』
    39, 한국어문교육연구회, 2011.
김성철, 「〈유효공선행록〉 연구」, 고려대 석사학위논문, 2002.
김영동, 「유효공선행록 연구」, 『한국문학연구』 8, 동국대 한국문학연구소, 1985.
맹자 저, 김혁제 교열, 『맹자 집주』, 명문당, 1983.
박일용, 「〈유효공선행록〉의 형상화 방식과 작가의식 재론」, 『관악어문연구』 20, 서
    울대 국문과, 1995.
사마천 저, 정범진 역주, 『사기』, 까치글방, 2001.
송성욱, 「고전소설에 나타난 부의 양상과 그 세계관」, 『관악어문연구』 15, 서울대
    국문과, 1990.
양혜란, 「〈유효공선행록〉에 나타난 전통적 가족윤리의 제 문제」, 『고소설연구』 4,
    한국고소설학회, 1998.
이승복, 「유효공선행록에 나타난 효우의 의미와 작가의식」, 『선청어문』 19권, 서울
    대 국어교육과, 1991.
임치균, 「〈유효공선행록〉 연구」, 『관악어문연구』 14, 서울대 국문과, 1989.
자현 김 하부시, 이경하 역, 「효의 감성과 효의 가치」, 『국문학연구』 13, 2005.
장시광, 「〈유효공선행록〉에 형상화된 여성수난담의 성격」, 『배달말』 45, 배달말학
    회, 2009.
전성운, 『조선후기 장편국문소설의 조망』, 보고사, 2002.
정혜경, 「〈유효공선행록〉의 효제 담론과 문제의식」, 『우리어문연구』 44, 2014.
조광국, 「〈유효공선행록〉에 구현된 벌열가문의 자기갱신」, 『한중인문학연구』 16, 한

중인문학회, 2005.

최길용, 「〈유효공선행록〉 연작 연구」, 『국어국문학』 107, 1992.

최윤희, 「〈유효공선행록〉이 보이는 유연 형상화의 두 양상」, 『한국문학논총』 41, 한국문학회, 2005.

* 이 글은 『한국고전여성문학연구』 30집(2015)에 실린 「〈유효공선행록〉에 나타난 가장권 행사의 문제」 및 『고소설연구』(2015)에 실린 「〈유효공선행록〉에 나타난 효제 수행이 부부관계에 미치는 영향」이라는 제목으로 실린 논문을 부자 관계를 중심으로 수정을 거쳐 수록한 것임.

'모성대상'에 대한 자기서사의 단절과 재건, 〈장화홍련전〉의 모녀   p.57

경판 28장본, 『한국고소설판각본자료집』 5, 국학자료원, 1994.

김광순 소장 31장본, 『김광순 소장 필사본 한국고소설전집』 32, 경인문화사, 1994.

박인수본(한문본), 전성탁, 「장화홍련전의 일연구-박인수작 한문본을 중심으로」, 『국어교육』 13, 한국국어교육연구회, 1967.

서울대소장(가람본) 33장본.

권순긍, 「근대초기 고소설의 전변양상과 담론화」, 『고소설연구』 36, 2013.

권순긍, 「〈콩쥐팥쥐〉 서사의 문학치료학」, 『문학치료연구』 30, 2014.

김해미, 「영화 〈장화홍련〉의 공포 표현에 관한 연구: 줄리아 크리스테바의 이론을 중심으로」, 홍익대 석사학위논문, 2010.

멜라니 클라인, 이만우 역, 『아동 정신분석』, 새물결, 2011.

박부식, 「영화적 환상에 관한 정신분석적 연구 : 〈장화홍련〉, 〈거미숲〉, 〈올드보이〉를 중심으로」, 동국대 석사학위논문, 2004.

박주영, 「환상 안에 있는 고딕 어머니: 멜라니 클라인의 대상관계이론에 관한 연구」, 『인문과학논총』 13, 2004.

박 진, 「공포영화 속의 타자들: 정신질환과 귀신이 만나는 두 가지 방식: 〈장화홍련〉, 〈분홍신〉, 〈거울 속으로〉, 〈거미숲〉을 중심으로」, 『우리어문연구』 25, 2005.

서은아, 「〈장화홍련〉 이야기의 문학치료적 효용」, 『문학치료연구』 7, 한국문학치료학회, 2007.

서혜은, 「〈장화홍련전〉 이본 계열의 성격과 독자 의식」, 『어문학』 97, 한국어문학회, 2007.

신동흔, 「착한 아이의 숨은 진실—〈장화홍련전〉에 깃든 마음의 병」, 『프로이트, 심청을 만나다』, 웅진 지식하우스, 2010.

심우장, 「유아살해서사의 전통과 영화 〈장화, 홍련〉」, 『문학치료연구』 31, 한국문학치료학회, 2014.

윤정안, 「계모를 위한 변명—〈장화홍련전〉 속 계모의 분노와 좌절」, 『민족문학사연구』 57, 민족문학사학회, 2015.

이강엽, 『신화 전통과 우리소설』, 박이정, 2013.

이정원, 「〈장화홍련전〉의 환상성」, 『고소설연구』 20, 2005.

이 희, 「고전소설 장화홍련전의 정신분석적 주석」, 『정신건강연구』 9, 1990.

장정은, 「놀이치료의 정신분석적 주제와 문학치료적 함축」, 한국문학치료학회 제143회 학술대회 발표요지, 2015년 9월 19일.

전성탁, 「장화홍련전의 일연구—박인수작 한문본을 중심으로」, 『국어교육』 13, 한국국어교육연구회, 1967.

정운채, 「문학치료학의 서사이론」, 『문학치료연구』 9, 한국문학치료학회, 2008.

정운채, 『문학치료의 이론적 기초』, 문학과 치료, 2007.

정운채, 「고전문학 교육과 문학치료」, 『국어교육』 113, 2004.

정운채, 「서사의 힘과 문학치료방법론의 밑그림」, 『고전문학과 교육』 8, 2004.

정운채, 「인간관계의 발달과정에 따른 기초서사의 네 영역과 〈구운몽〉 분석 시론」, 『문학치료연구』 3, 2005.

정지영, 「〈장화홍련전〉—조선후기 재혼가족 구성원의 지위」, 『역사비평』 61, 역사문제연구소, 2002.

조현설, 「남성지배와 〈장화홍련전〉의 여성형상」, 『민족문학사연구』 15, 민족문학사학회, 1999.

조현설, 『장화홍련전』, 현암사, 2005.

탁원정, 「〈장화홍련전〉의 서사공간 연구—박인수본, 신암본, 자암본을 대상으로」, 『고전문학연구』 31, 한국고전문학회, 2007.

프로이트, 박찬부 역, 「쾌락원칙을 넘어서」, 『정신분석학의 근본개념』, 열린책들, 2003.

하선화, 「한국 공포영화 속 모성담론의 재해석에 관한 연구: 정신분석학적 프랑스페미니스트 논의 개입을 위하여」, 동의대 석사학위논문, 2006.

하인즈 코헛, 이재훈 역, 『자기의 분석』, 한국심리치료연구소, 2002.

스테판 밋첼·마가렛 블랙, 이재훈·이해리 역, 『프로이트 이후 현대정신분석학』, 한국심리치료연구소, 2002.

* 이 글은『고소설연구』40집(2015)에 실린 「'모성 대상'에 대한 자기서사의 단절과 재건: 〈장화홍련전〉」라는 제목의 논문을 일부 수정하여 수록한 것임.

부부 화합의 조건, 〈명주기봉〉의 부부 　　　　　　　　　　　　　　　　　p.83

〈명주기봉〉, 고려대 소장본 22권 22책.
〈명주기봉〉, 한국학중앙연구원 소장본 24권 24책.

강전섭, 「〈언문칙목녹〉 소고」, 사재동 편, 『한국서사문학사의 연구』Ⅴ, 중앙문화사,
　　1995.
고은임, 「〈명주기봉〉의 애정 형상 연구」, 서울대학교 석사학위논문, 2010.
소혜왕후 지음, 이경하 주해, 『내훈』, 한길사, 2011.
송성욱, 「〈명주기봉〉에 나타난 규방에 대한 관심」, 『고전문학연구』7, 한국고전문학
　　회, 1992.
송성욱, 『조선시대 대하소설의 서사문법과 창작의식』, 태학사, 2003.
심경호, 「낙선재본 소설의 선행본에 관한 일고찰-온양정씨 필사본 〈옥원재합기연〉
　　과 낙선재본 〈옥원중회연〉의 관계를 중심으로-」, 『정신문화연구』13권 1호 통권
　　38호, 한국정신문화연구원, 1990.
양선숙, 「서사적 자아 개념과 그 여성주의적 함축 : 성폭력 트라우마의 극복과 관련
　　하여」, 『한국여성철학』24권, 한국여성철학회, 2015.
이나라, 「〈명주기봉〉에 나타난 가족 갈등과 그 의미」, 고려대학교 석사학위논문,
　　2014.
이영택, 「〈현씨양웅쌍린기〉 연작 연구」, 한국외국어대학교 박사학위논문, 2012.
이원주, 「고전소설 독자의 성향」, 『한국학논집』3, 계명대 한국학연구소, 1975.
이지하, 「〈현씨양웅쌍린기〉 연작 연구」, 서울대학교 석사학위논문, 1992.
이지하, 「대하소설 속 친동기간 선악 구도와 그 의미」, 『한국문화』63, 서울대학교
　　규장각 한국학연구원, 2013.
장시광, 「〈성현공숙렬기〉에 나타난 부부 갈등의 성격과 여성 독자」, 『동양고전연구』
　　27, 동양고전학회, 2007.
전성운, 「〈소현성록〉에 나타난 성(性)적 태도와 그 의미」, 『인문과학논총』16, 순천

향대학교 인문과학연구소, 2005.

정성희, 『조선의 섹슈얼리티: 개정판』, 가람기획, 2009.

최기숙, 「〈현씨양웅쌍린기〉에 나타난 '부부 관계'와 '결혼 생활'의 상상적 조율과 문화적 재배치-'현경문-주소저' 부부 관련 서사분석 중심으로」, 『한국고전여성문학연구』 20, 한국고전여성문학회, 2010.

최남희, 유정, 「트라우마 내러티브 재구성과 회복효과」, 『피해자학연구』 제18권 제1호, 한국피해자학회, 2010.

최수현, 「〈명주기봉〉 이본 연구 - 고대본 〈명주기봉〉을 중심으로」, 『한국고전연구』 32, 한국고전연구학회, 2015.

한길연, 「대하소설에 나타나는 '남편 폭력담'의 양상과 의미」, 『한국고전여성문학연구』 21, 한국고전여성문학회, 2010.

한길연, 「소인형 장인이 등장하는 옹서대립담 연구: 여주인공 입장을 중심으로」, 『고소설연구』 15, 한국고소설학회, 2003.

* 이 글은 『한국고전연구』 34(2016)에 실린 「〈명주기봉〉에 나타난 부부 화합의 조건」이라는 제목의 논문을 수정을 거쳐 수록한 것임.

'지기知己' 관계의 정실과 재실, 〈쌍천기봉〉의 처처   p.115

강우규, 「삼대록계 국문장편소설에 나타난 공주혼의 유형적·시대적 특성과 의미」, 『한국고전여성문학연구』 32, 한국고전여성문학회, 2016.

구선정, 「공존과 일탈의 경계에선 공주들의 타자의식 고찰-〈도앵행〉과 〈취미삼선록〉에 등장하는 공주들의 시댁 생활을 중심으로-」, 『한국고전연구』 26, 한국고전연구학회, 2012.

구선정, 「가부장제하 남성의 죄벌(罪罰)과 고통의 이면 : 〈쌍천기봉〉의 '이몽창'을 중심으로」, 『한국고전연구』 29, 한국고전연구학회, 2014.

김탁환, 「〈쌍천기봉〉의 창작방법 연구」, 『관악어문연구』 18, 서울대 국어국문학과, 1993.

박미숙, 「조선왕조실록에 나타난 이혼 양상에 관한 연구」, 호남대학교 석사학위논문, 2007.

박영희, 「〈소현성록〉에 나타난 공주혼(公主婚)의 사회적 의미」, 『한국고전연구』 12, 한국고전연구학회, 2005.

이선형, 「〈쌍천기봉〉〈이씨세대록〉 인물의 성장 의미」, 국민대 대학원 박사학위논문, 2010.

이수희, 「공주혼 모티프의 모티프 결합방식과 의미」, 『한국고전연구』 19, 2009.

이주영, 「늑혼을 둘러싼 사회 관계망과 전언 분석-〈소현성록〉, 〈유씨삼대록〉, 〈성현공숙렬기〉를 중심으로」, 『국문학연구』 32, 국문학회, 2015.

장병인, 『조선전기 혼인제와 성차별』, 일지사, 1997.

장시광, 「〈쌍천기봉〉의 여성반동인물 연구」, 『동방학』 9, 한서대 동양고전연구소, 2003.

장시광, 「〈쌍천기봉〉 여성수난담의 특징과 그 의미」, 『한국고전여성문학연구』 21, 한국고전여성문학회, 2010.

정선희, 「삼대록계 국문장편소설의 공주/군주형상화와 그 의미- 부부관계 속 여성의 감정과 반응 양상에 주목하여」, 『한국고전여성문학연구』 31, 한국고전여성문학회, 2015.

정영신, 「〈윤하정삼문취록〉의 혼사담 연구」, 한국외국어대학교 박사학위논문, 2008.

탁원정, 「〈이씨세대록〉에 나타난 비례(非禮)의 혼인과 그 의미」, 『한국고전연구』 28, 한국고전연구학회, 2013.

탁원정, 「〈쌍천기봉〉 연작의 혼인담에 나타난 여성 인물의 분노」, 『고소설연구』 39, 한국고소설학회, 2015.

* 이 글은 『한국고전여성문학연구』 33(2016)에 「〈쌍천기봉〉에 나타난 여성연대와 자기표현-공주혼을 대상으로-」이라는 제목으로 실린 논문을 수정하여 수록한 것임.

형제갈등의 비극적 가족사, 〈유연전〉의 형제   p.135

이항복, 〈柳淵傳〉 　　「白沙集」 16卷 雜著

이익, 　〈柳淵傳〉 　　「星湖僿說」 12권 人事門

송시열, 〈柳淵傳跋〉 　「宋子大全卷」 147권 跋

권필, 　〈柳淵傳後〉 　「石洲集」 7권

권득기, 〈李生訟冤錄〉 「晚悔集」 4권 雜著

이덕형, 〈與李子常書〉 「漢陰文稿」 10권

권시, 　〈閑居筆舌〉 　「炭翁先生集」 11권

고상안, 〈效嚬雜記〉 　「泰村先生文集」 4권 叢話

김진영, 「〈유연전〉에 나타난 조선 중기의 사회변화와 지향의식」, 『語文硏究』 84, 2015.

노꽃분이, 「〈유연전〉의 구성적 특징과 서술의식」, 『한국고전연구』 1, 1995.

박성태, 「유연전에 나타난 가정갈등 양상 연구」, 성대 『인문과학』 37, 2006.

송하준, 「관련 기록을 통해 본 유연전의 입전의도와 그 수용태도」, 『한국문학논총』 29, 2001.

신해진, 「〈柳淵傳〉의 惡人 형상과 그 행방」, 『어문연구』 54, 2007.

이수봉, 「〈유연전〉 연구」, 충북대 『호서문화연구』 3, 1983.

이종건, 『白沙 李恒福의 文學 硏究』, 국학자료원, 2002.

정긍식, 「〈유연전〉에 나타난 상속과 그 갈등」, 『법사학연구』 21, 2000.

정충권, 「형제갈등형 고전소설의 갈등 전개 양상과 그 지향점 -〈창선감의록〉, 〈유효공선행록〉, 〈적성의전〉, 〈흥부전〉을 대상으로-」, 『문학치료연구』 34, 2015.

조도현, 「〈유연전〉의 문학적 특성과 그 의미」, 충남대 『인문학연구』 34, 2007.

조춘호, 『형제갈등의 양상과 의미』, 경북대학교출판부, 1994.

여성 교화와 소망의 양면, 〈소현성록〉의 고부　　　　　　　　　　p.171

『소현성록』 15권 15책, 이대 소장본.

조혜란·정선희·허순우·최수현 역주, 『소현성록』 1~4권, 소명출판사, 2010.

김용기, 「회복적 대화를 통한 고소설의 인물갈등 치료 -〈소현성록〉의 소현성과 소운성 부부를 중심으로」, 『문학치료연구』 33, 2014. 10.

박영희, 「〈소현성록〉 연작 연구」, 이화여대 박사학위논문, 1994.

박일용, 「〈소현성록〉의 서술시각과 작품에 투영된 이념적 편견」, 『한국고전연구』 14, 2006.

소혜왕후 한씨 저, 김종권 역, 『내훈』, 명문당, 1998.

송성욱, 『조선시대 대하소설의 서사문법과 창작의식』, 태학사, 2003.

송시열 저, 김종권 역, 『계녀서(戒女書)』, 명문당, 1998.

이승복, 『고전소설과 가문의식』, 월인, 2000.

정선희, 「17세기 후반 국문장편소설의 딸 형상화와 의미 -〈소현성록〉연작을 중심으로」, 『배달말』 45, 2009.

정선희, 「17·18세기 국문장편소설에서의 부모-자녀 관계 연구」, 『한국고전연구』 21, 2010. 6.

성선희, 「장편가문소설의 놀이 문화의 양상과 기능」, 『한민족문화연구』 36, 2011. 2.

정선희, 「가부장제하 여성으로서의 삶과 좌절 -〈소현성록〉의 화부인」, 『동방학』 20, 2011. 4.

정선희, 「조선후기 여성들의 말과 글 그리고 자기표현 - 국문장편 고전소설을 중심으로」, 『한국고전여성문학연구』 27, 2013. 12.

조혜란, 「소현성과 유교적 삶의 진정성」, 『고소설연구』 36, 2013. 12.

최수현, 「〈유씨삼대록〉 속 이민족 여성의 형상화와 그 의미」, 『한국고전연구』 25, 2012. 6.

한길연, 「소인형 장인이 등장하는 옹서대립담 연구」, 『고소설연구』 15, 2003.

한정미, 「〈완월회맹연〉 여성 인물 간 폭력의 양상과 서술 시각」, 『한국고전연구』 25, 2012. 6.

황미숙, 「고소설에 등장하는 시부 연구」, 이화여대 석사학위논문, 2002.

* 이 글은 『문학치료연구』 36(2015)에 「17세기 소설 〈소현성록〉연작의 여성인물 포폄양상과 고부상」 이라는 제목으로 실린 논문을 수정한 것임.

어리석은 장인의 사위 바라기와 고집불통 사위의 장인 밀어내기, 〈완월회맹연〉의 옹서   p.199

김진세, 〈독해본 완월회맹연〉 1-12, 서울대 출판부, 1987~1994.

장서각본 〈완월회맹연〉 180권 180책.

서은선, 「〈완월회맹연〉에 나타난 가족갈등 양상 - 계후갈등과 옹서갈등을 중심으로」, 『문명연지』 14권 2호, 한국문명학회, 2013.

송성욱, 『조선시대 대하소설의 서사문법과 창작의식』, 태학사, 2003.

양혜란, 「창란호연록에 나타난 翁-婿, 舅-婦間 갈등과 사회적 의미」, 『외대어문논총』 7, 경희대학교 외국어대학, 1995.

조광국, 「〈유효공선행록〉과 〈옥원전해〉의 옹서대립담 고찰」, 『고전문학연구』 36, 한국고전문학회, 2009.

차충환, 「효의정충예행록」, 『고소설연구』 22, 한국고소설학회, 2006.

한길연, 「소인형 장인이 등장하는 옹서대립담 연구 –여주인공의 입장을 중심으로」, 『고소설연구』 15, 한국고소설학회, 2003.

한길연, 『조선후기 대하소설의 다층적 세계』, 소명출판, 2009.

한길연, 「〈완월회맹연〉의 정인광 : 폭력적 가부장의 '가면'과 그 '이면'」, 『고소설연구』 35, 한국고소설학회, 2013.

한길연, 「대하소설의 발산형 여성인물 연구 –〈완월회맹연〉의 박씨를 중심으로」, 『한국고전여성문학연구』 32, 한국고전여성문학회, 2016.

고전소설에 나타난 며느리의 여행과 친정, 〈양씨전〉의 친정   p.247

〈양씨젼이라〉 박순호소장본, 1권 1책

〈양씨츄효젼 권지단〉 박순호소장본, 1권 1책

〈진길충효록〉 박순호소장본, 1권 1책

김경미, 「〈玉麟夢〉의 주제와 의미」, 『한국고전연구』 2, 한국고전연구학회, 1996.

김상현, 「遊山記로 본 朝鮮時代 僧侶와 寺刹」, 동국대학교 석사학위논문, 2003.

김수봉, 『매화전, 석화룡전, 쌍둥전, 양씨전』, 세종문화사, 2002.

김용기, 「강·산의 초월적 성격과 문학적 대중성」, 『語文論集』 46, 중앙어문학회, 2011.

김문희, 「고전소설에 나타난 이비고사(二妃故事)의 변용과 의미」, 『한국고전여성문학연구』 28, 한국고전여성문학회, 2014.

박계옥, 「한국 사씨남정기에서의 중국 강남 이미지 연구」, 『고전과 해석』 15, 고전문학한문학 연구학회, 2013.

박혜인, 「〈양씨전〉 연구」, 『이화어문논집』 36, 이화어문학회, 2015.

백순철, 「규방 공간의 문학 창작과 향유」, 『여성문학연구』 14, 『한국여성문학학회, 2005.

서신혜, 「〈만하몽유록〉에서 작시와 유람의 기능」, 『어문논총』 41, 한국문학언어학회, 2004.

서영숙, 「딸–친정식구 관계 서사민요의 특성과 의미」, 『한국고전여성문학연구』 18, 한국고전여성문학회, 2009.

서정민, 「〈삼강명행록〉을 통해 본 여성의 성장」, 『한국고전여성문학연구』 14, 한국고전여성문학회, 2007.

서정민, 「〈삼강명행록〉의 창작 방식과 그 의미」, 『국제어문』 35, 국제어문학회, 2005.

유현주, 「조선시대 여행 판놀이를 통해 본 문학과 놀이」, 『한국고전연구』 31, 한국고전연구학회, 2015.

육재용, 「朝鮮時代 士大夫들의 餘暇文化에 나타난 觀光現象 研究 -'遊覽'과 '臥遊'를 中心으로」, 경기대학교 관광전문대학원 석사학위논문, 2008.

이경순, 「조선후기 사족(士族)의 산수 유람기에 나타난 승려동원과 불교전승비판」, 『한국사상사학』 45, 한국사상사학회, 2013.

이상균, 「조선시대 사대부의 유람 양상」, 『정신문화연구』 34, 한국학중앙연구원, 2011.

이상균, 「조선시대 사대부 유람의 관행 연구」, 『역사민속학』 38, 한국역사민속학회, 2012.

이종묵, 「조선시대 臥遊 文化 研究」, 『진단학보』 98, 진단학회, 2004.

이지영, 「무속신화에 나타난 구약 모티프의 서사화 양상과 그 의미」, 『口碑文學研究』 21, 한국구비문학회, 2005.

이혜순 외, 『한국 고전 여성 작가 연구』, 태학사, 1999.

정은주, 「조선후기 중국산수판화의 성행과 오악도」, 『고문화』 71, 한국대학박물관협회, 2008.

정지영, 「조선시대 부녀의 노출과 외출: 규제와 틈새」, 『여성과 역사』 2, 한국여성사학회, 2005.

지연숙, 「고전소설 공간의 상호텍스트성 -황능묘를 중심으로」, 『한국학연구』 36, 고려대학교 한국학연구소, 2011.

채송화, 「을병연행록 연구 -여성 독자와 관련하여」, 서울대학교 대학원 석사학위논문, 2013.

최기숙, 「여성인물의 정체성 구현 방식을 통해 본 젠더 수사의 경계와 여성 독자의 취향」, 『한국고전여성문학연구』 19, 한국고전여성문학회, 2009.

허현희, 「고시조에 나타난 중국 관련 이미지 연구」, 숭실대학교 대학원 석사학위논문, 2008.

Michel Onfray·Onfray, Michel, 『철학자의 여행법』, 세상의 모든 길들, 2013.

* 이 글은 『한국고전여성문학연구』 33(2016)에 실린 「고전 소설에 나타난 며느리의 여행과 친정 -〈양씨전〉을 중심으로」라는 제목으로 실린 논문을 수정을 거쳐 수록한 것임.

또 하나의 어머니, 〈범문정충절언행록〉의 유모乳母   p.287

〈범문정충절언행록〉, 한국학중앙연구원소장본, 31권 30책.
〈범문정충절언행록〉 1권 재구본, 한국학중앙연구원소장본.
주희 저, 임민혁 옮김, 『주자가례』, 예문서원, 2011.

강성숙, 『18세기 여성생활사 자료집』 5, 보고사, 2010.
김기림, 『19세기 20세기 초 여성생활사 자료집』 2, 보고사, 2013.
김남이, 『18세기 여성생활사 자료집』 7, 보고사, 2010.
김재민, 「『金瓶梅』 작품 속의 奴婢 硏究」, 『중국어문학논집』 33, 중국어문학연구회, 2005.
김준범, 「〈范文正忠節言行錄〉 硏究」, 서울대 석사학위논문, 2001.
박미선, 「18,19세기 왕실유모의 범위와 위상 −『탁지정례(度支定例)』와 『예식통고(例式通考)』를 중심으로」, 『사총』 73, 고려대학교 역사연구소, 2011.
서경희, 『18세기 여성생활사 자료집』 6, 보고사, 2010.
서경희, 『19세기 20세기 초 여성생활사 자료집』 6, 보고사, 2013.
이경희, 「〈范文正忠節言行錄〉 硏究」, 경기대 석사학위논문, 1993.
이은영, 「한문 산문에 투영된 어머니 −18세기 팔모(八母) 복제(服制) 담론과 어머니 관련 글들을 중심으로」, 『한국고전여성문학연구』 14, 한국고전여성문학회, 2007.
정선희, 「〈조씨삼대록〉의 보조 인물의 양상과 서사적 효과」, 『국어국문학』 158, 국어국문학회, 2011.
한국역사연구회 지음, 『한국역사』, 역사비평사, 2007.
한길연, 「〈도앵행〉의 '재치 있는 시비군' 연구」, 『한국고전여성문학연구』 13, 한국고전여성문학회, 2006.
한길연, 「大河小說의 능동적 보조인물 연구 : 『임화정연』, 『화정선행록』, 『현씨양웅쌍린기』 연작을 중심으로」, 서울대학교 석사학위논문, 1997.
홍현성, 「『범문정충절언행록(范文正忠 節言行錄)』 재구본에 대하여」, 『정신문화연구』 36−3호, 한국학중앙연구원, 2013.
홍현성, 「〈范文正忠節言行錄〉 硏究」, 한국학중앙연구원 박사학위논문, 2013.

* 이 글은 『인문사회과학연구』 17−1(2016)에 실린 「〈범문정충절언행록〉의 유모 '열엽' 연구」를 수정을 거쳐 수록한 것임.

장애인 간의 대안가족 공동체 모색, 〈한후룡전〉의 대안가족 　　　　　p.313

필사본 〈韓厚龍傳一〉, 〈韓厚龍傳二〉, 서울대학교 규장각 소장.
활자본 〈한후룡전〉, 정학성 소장.
하근찬, 『수난이대』, 어문각, 1993.

김기동, 『한국고전소설의 연구』, 교학연구사, 1985.
김미리, 「〈한후룡전〉 연구」, 한국교육대학교 대학원 석사학위논문, 2001.
김준기, 『영화로 만나는 치유의 심리학』, 시그마북스, 2009.
박경태, 『소수자와 한국사회: 이주 노동자, 화교, 혼혈인』, 후마니타스, 2008.
박일용, 「〈유충렬전〉의 서사구조와 소설사적 의미 재론」, 『영웅소설의 소설사적 변
　　주』, 월인, 2003.
박희병, 「'병신'에의 視線-前近代 텍스트에서의」, 『고전문학연구』 24, 2003.
신호림, 「소경과 앉은뱅이 서사의 불교적 의미와 구비문학적 수용 양상」, 『구비문학
　　연구』 37, 2013.
유춘동, 「서울대 규장각 소장, 토정-약현 세책 고소설 연구」, 『한국문화』 66, 2014.
이상택, 『한국 고전소설의 세계』, 돌베개, 2005.
정운채, 「서사의 힘과 문학치료방법론의 밑그림」, 『한국고전문학교육학회』 8, 2004.
정창권, 『역사 속 장애인은 어떻게 살았을까』, 글항아리, 2011.
조동일·서대석, 『한국문학강의』, 길벗, 1994.

베네딕테 잉스타·수잔 레이놀스 휘테 엮음(김도현 옮김), 『우리가 아는 장애는 없다,
　　장애에 대한 문화인류학적 접근』, 그린비, 2011.
자크 랑시에르 지음(양창렬 옮김), 『정치적인 것의 가장자리에서』, 길, 2008.
Anthony Gray Dworkin & Rosalind J. Dworkin. The Minority Report, CBS
　　College Publishing, 1982.

찾아보기

[집필진]

정하영 : 이화여자대학교 국어국문학과 명예교수. 저서로『춘향전의 탐구』,『역주 심청전』, 역서로『한국고전여성문학의 세계』(공역),『심양장계』(공역) 등 이 있음.

조혜란 : 이화여자대학교 인문과학대학 국어국문학과 교수. 논문으로「〈조부인전〉 연구」,「〈구운몽〉, 17세기 소설이 도달한 삶에 대한 통찰」, 저서로『고전 소설, 몰입과 미감 사이』,『옛여인에 빠지다』, 역서로『소현성록』(공역), 『삼한습유』등이 있음.

정선희 : 홍익대학교 국어국문학과 교수. 저서로『국문장편 고전소설의 인물론과 생활문화』,『고전소설의 인물과 비평』,『19세기 소설작가 목태림 문학 연구』,『한국어문학 여성주제어 사전』(공저), 역서로『소현성록』(공역), 『조씨삼대록』(공역), 논문으로「17·18세기 국문장편소설에서의 부모− 자녀 관계 연구」,「17세기 후반 국문장편소설의 딸 형상화와 의미」등이 있음.

탁원정 : 홍익대학교 국어교육과 강사. 논문으로「17세기 가정소설의 공간 연구− 〈사씨남정기〉〈창선감의록〉을 대상으로」,「〈옥수기〉에 형상화된 이국(異 國), 중국(中國)」,「정신적 강박증과 육체의 지병 : 국문장편소설을 대상 으로」, 저서로『조선후기 고전소설의 공간미학』, 역서로,『금오신화 전등 신화』(공역)가 있음.

김수연 : 이화여자대학교 인문과학대학 국어국문학과 교수. 논문으로 조선시대 여 성의 감정노동과 서사적 미러링을 통한 '이비 신화'의 문제 공유」,「명말 상업적 규범소설의 형성과 조선왕의 소설 독서」, 저서로『유의 미학, 금오 신화』,『치유적 고전, 서사의 발견』, 역서로『도연명을 그리다−문학과 회화의 경계』,『중국 고소설 목록학 원론』등이 있음.

최수현 : 세명대학교 교양대학 교수, 논문으로 「임씨삼대록 여성인물 연구」, 「국문 장편소설 공간 구성 고찰」, 역서로는 『소현성록』(공역), 『임씨삼대록』(공역)이 있음.

구선정 : 홍익대학교 국어국문학과 강사. 논문으로 「〈옥환기봉〉의 인물 연구—역사 인물의 소설적 재현」, 「가부장제하 남성의 죄벌(罪罰)과 고통의 이면—〈쌍천기봉〉의 '이몽창'을 중심으로」, 「〈유화기연〉을 통해 본 군자(君子)의 조건과 그 이면」, 「〈한후룡전〉·〈유화기연〉·〈영이록〉에 나타난 '장애인'의 양상과 그 소설사적 의미」가 있음.

한정미 : 한경대학교 미디어문예창작학과 강사. 논저로 「〈金英哲傳〉에 나타난 異邦人의 형상」, 「〈완월회맹연〉 여성 인물 간 폭력의 양상과 서술 시각」, 『고전 서사문학에 나타난 이방인』(공저) 등이 있음.

박혜인 : 이화여대 대학원 국문과 고전소설 전공 박사과정. 논문으로 「〈왕회전〉의 군담소설적 성격 연구 : 장편화 양상을 중심으로」, 「두 모습의 옹녀, 이방인의 서사, 〈변강쇠가〉」, 「〈양씨전〉 연구」, 「고전 소설에 나타난 며느리의 여행과 친정 —〈양씨전〉을 중심으로」가 있음.

고전 서사문학에 나타난 가족

2017년 4월 5일 초판 1쇄 펴냄

저　자　정하영·조혜란·정선희·탁원정·김수연
　　　　최수현·구선정·한정미·박혜인
발행인　김흥국
발행처　보고사

책임편집　황효은
표지디자인　오동준

등록　1990년 12월 13일 제6-0429호
주소　경기도 파주시 회동길 337-15 보고사 2층
전화　031-955-9797(대표)
　　　02-922-5120~1(편집), 02-922-2246(영업)
팩스　02-922-6990
메일　kanapub3@naver.com / bogosabooks@naver.com
http://www.bogosabooks.co.kr

ISBN 979-11-5516-658-1 93810
ⓒ 정하영 외, 2017